胡雪巖

胡雪巖系列

新校版

高陽

目次

第十二章

到新城先到富陽，走錢塘江這條水路；等送行的王有齡一走，嵇鶴齡把胡雪巖留了下來，說還有幾句話要談。

到船艙中坐定，他從拜匣裡取出一張梅紅單帖，放在胡雪巖面前，上面寫的是：「嵇鶴齡，以字行。湖北羅田人，嘉慶二十一年十月初四午時生。」

「喔！」胡雪巖笑道：「你倒真巴結，應該我先去討瑞雲的八字來給你。其實，這也可以不必。」

「不是，不是！」嵇鶴齡搖著手說：「這張帖子是交給你的。雪巖兄，我想高攀，我們拜個把子。」

「這──，」胡雪巖楞了一下；接著喜逐顏開地說：「那是我高攀了！不過，此刻來不及備帖子，而且也要磕個頭。」

「這都好辦，等我新城回來再行禮。」嵇鶴齡說：「相知貴知心。如果你不嫌棄，此刻我們就改稱呼。你今年貴庚？」

「我小得多。」胡雪巖改了稱呼，叫一聲：「大哥！」接著便給「大哥」磕頭。

嵇鶴齡急忙也跪下還禮，自然稱他「二弟」。兩人對拜了一拜，連「撮土為香」都用不著，就結成了異姓手足。

拜罷起身，彼此肩上的感覺便都不同了，嵇鶴齡是減輕而胡雪巖是加重；「大哥！」他說，「你儘管放心到新城去，專心一致辦事；家裡一點都不用記罣，一切都有我！」

「那自然要託你。」嵇鶴齡又說：「不過眼前有瑞雲在，也沒有甚麼不放心的，我走了，你也趕緊動身到上海去吧！早去早回，我們換帖子請客。」

「好的，我曉得，一路順風。」

胡雪巖離船登岸，坐轎進城。等王有齡到家，他接著也到了他那裡；臉上是掩抑不住的笑容，王有齡夫婦都覺得奇怪，問他甚麼事這麼高興？

「你們兩位再也想不到的，就雪公上了岸那一刻功夫，我跟鶴齡拜成把弟兄了。」

「太好了！恭喜，恭喜！」王有齡對他妻子說：「太太，這一來我們跟鶴齡的情分也不同了。」

「真成了一家人，至親好友，原是越多越好。」

「說到這一層，我倒想起來了。」胡雪巖從馬褂口裡摸出個紅封套遞向王太太。

她不肯接：「這是甚麼？」

「瑞雲的聘金——。」

話沒有完，王有齡先就亂喊：「不行，不行！這怎麼好收他的？你還給他。」

「慢慢，你不要吵！」王太太揮揮手說：「我先要問問清楚，瑞雲怎麼樣？她自己答應了沒有？」

「看樣子是千肯萬肯的了。」

「哪有這麼快？」王太太不信：「她到底怎麼說的？」

「這也用不著明說。」胡雪巖把昨晚上的情形講了一遍；這些眉目傳情，靈犀暗通的事，本來就是最好的話題，胡雪巖又有意刻劃入微，所以把王有齡夫婦聽得津津有味，都是微張著嘴，聳起兩面唇角，隨時準備放聲大笑的神態。

「差也差不多了。」等他講完，王有齡點點頭說。

「到底不是甚麼『千肯萬肯』，總還要我來說兩句，她才會鬆口。」

「拜託，拜託！」胡雪巖拱一拱手，趁勢又把紅封套遞了過去。

王太太已經接到手裡，王有齡一把奪了回來，塞回胡雪巖：「這不能收的。」

「沒有甚麼不能收。」王太太接口：「我們瑞雲是人家聘了去的，不是不值錢白送的。兄弟，你把聘金交給我，我另有用處。」

「你有甚麼用處？」王有齡大為不悅，幾乎要跟太太吵架了。

「我說給你聽！」王太太的聲音也很大：「瑞雲一份嫁妝歸我們預備。這一千兩銀子，我另外交給她，是她的私房錢。請問王大老爺，可以不可以？」

王有齡的表情立刻改變了，歉意地笑著，卻用埋怨的語氣回答：「太太，你何不早說？」

「現在說也不晚。」王太太拿著紅封套，得意地走了。

「雪巖！」王有齡略有憂色，「我們先商量一下，萬一嵇鶴齡此去無功，下一步該如何？」

「先撫後剿」的宗旨是早已定好了的，撫既不成，自然是派兵進剿，何須問得？但胡雪巖了解他的內心，便不肯這麼回答，只說：「你不必過慮！鶴齡跟我說過，無論如何，自保之策，總是有的，可見得他極有把握。而且，人逢喜事精神爽，他此去沒有後顧之慮，專心一致對付公事，當然無往不利。」

聽他侃侃而談，聲音中極具自信，王有齡不知不覺受了鼓舞，愁懷一放，連連點頭。

「還有，雪公，」胡雪巖又說，「你正鴻運當頭，瑞雲也要託你的福；她又是一副福相，看起來必有幫夫運，所以鶴齡一定馬到成功。瑞雲遲早是個『掌印夫人』！」

這一說，王有齡越發高興，「不錯，不錯！我也覺得，這無論如何不是倒楣的時候。」他又說：「等鶴齡功成回省，我一定力保他接歸安縣。這個缺，一年起碼有五萬銀子進帳。」

胡雪巖心想，歸安縣現在由王有齡兼署；保了嵇鶴齡，就等於從他自己荷包裡挖五萬銀子出來。一時慷慨，終必失悔，卻又是說不出的苦；朋友相交，到了這地步一定不能善始善終，倒要勸一勸他。

「歸安是一等大縣，只怕上頭不肯。如果碰個釘子，彼此不好，我倒有個想法。」

「噢！你說——一定是好主意。」

「你看是不是好主意？」胡雪巖說：「海運局的差使，你又兼顧不到，何不保鶴齡接替？」

「啊！」王有齡恍然大悟，「對了！這才是一舉數得。」

胡雪巖懂他這句話的意思，這一舉數得就包括了他的便利在內；嵇鶴齡接替海運局的差使，他經手的幾筆墊款、借款料理起來就順利了。

「準定這麼辦，」王有齡又問：「你哪天走？」

「至遲後天一定要走了。」

「那好，你辦完了事就回來。」王有齡放低了聲音說：「我託你帶筆錢去。」

帶給誰？心照不宣；胡雪巖只問：「帶多少？」

「給她二、三百兩銀子吧！」

「知道了，我替你墊付二百兩，回來再算。」

於是胡雪巖回家重整行裝。第二天抽出功夫來，親自上街買了好些茶食，去探望嵇鶴齡的子女；只見瑞雲把那六個孩子料理得乾乾淨淨，心裡大為寬慰。他跟嵇鶴齡拜把子的事，沒有跟他的兒女說，卻跟瑞雲說了。正在談著，來了位意想不到的「堂客」，是王太太。

她的來意，胡雪巖明白；他沒有理由妨礙她們談正事，便笑笑走了。

一到松江，仍舊在出四鰓鱸的秀野橋上岸，胡雪巖沒有帶跟班，卻有許多零零碎碎的行李，多是些杭州的土產，但他不怕照應不了；叫船家找了轎子和挑伕來，關照到通裕米行，那就連價錢都不用講，因為「車、船、店、腳、牙」雖然難惹，卻也十分開竅，通裕米行的後台是誰？碼頭上沒有一個人不曉得，也沒有一個人不賣帳。

到了通裕，恰好遇見陳世龍在門口，一見面就說：「胡先生，我天天在盼望，為啥到今天才到？」

「說來話長。」胡雪巖問道，「尤五哥在不在松江？」

「昨天晚上剛從上海回來。」

「好，進去再說。」

通裕的人聽見聲音也迎了出來，代為開發轎子挑伕；把他奉為上賓，同時趕緊派人去通知尤五。

「不必，不必！」胡雪巖攔著他們說，「我去看尤五哥，跟他一起到老太爺那裡請安。」

說著，便檢點土儀，叫陳世龍拿著跟了去。

尤五家住得不遠，不必再用轎馬。陳世龍一面走，一面把到了松江以後的情形，扼要的報告，人是分開來住，陳世龍住在通裕，老張住在船上，阿珠就住在尤五家。

胡雪巖心裡明白，尤五仍舊當阿珠是他的心上人，所以特加禮遇；這且不去管她，他關心的是貨色。

「貨色進上海絲棧了。」陳世龍說道，「是尤五叔作的主。堆在上海二洋涇橋北大街的裕記絲棧；棧單在尤五叔那裡——他要交給我，我不肯收。不過一張記數的單子，還在我手裡。」

陳世龍算是機警的，棧單在人家那裡，自己留著一張計數的單子，多少算個字樣。其實無用！把棧單收了下來，原是正辦；否則就索性大方到底。捏一張記數單子算是啥名堂？

這是陳世龍做事不夠老到，也正是自己要教導他的地方；但此時此地，不便多說，點點頭就算了。

到了尤五那裡，只見高朋滿座，胡雪巖方在躊躇，尤五已迎了出來，神情顯得異常親熱。兩個人拱拱手打過招呼，尤五拉著他的手問道：「我以為你還有幾天才來。王大老爺的公事有了頭緒沒有？」

他怎麼會知道王有齡的公事？看一看陳世龍，神態自如，顯然不是他告訴尤五的。然則消息何以如此靈通？胡雪巖飛快地在心裡轉念頭，同時口中答道：「有頭緒了！不然我也抽不出身來。」

「好的！回頭我們細談。」尤五把他拉到一邊，低聲說道：「廳裡那班『神道』，我不替你引見了。你懂？」

胡雪巖一想就明白，很爽脆地答了一個字：「懂！」

「那好。你先請到通裕去，等我『送鬼出門』馬上就來，」

「不要緊，不要緊！我們在老太爺那裡碰頭好了。」

「老太爺倒常提到你。我派人領了你去。」尤五又拍拍陳世龍的肩膀說：「這位小老弟也見過老太爺，蠻喜歡他的。」

聽得這句話，陳世龍臉上像飛了金一樣：「那還不是看胡先生的面子。」他一半謙虛，一半說的也是實話。

於是由尤五派了人，陪著到他老頭子那裡。「老太爺」已經退隱，除了有關一般的大計以外，別的事都已不問：每天空下來的功夫，都在徒子徒孫陪侍閒談中打發。最近興致不佳，但見了胡雪巖卻是十分高興；這有許多原因，最主要的一點是，他覺得胡雪巖頂對勁。

問過安，獻上土儀，老太爺叫都打了開來；大部分是茶食之類的東西，他每樣都嘗了些，不斷說好。這樣亂過一陣，算是坐定了，老太爺吩咐：「你們都到外頭坐坐！我跟胡先生有話說。」

摒人密談的事，除非是對尤五；現在對一位遠來的「空子」也是如此，大家不免詫異。不過也沒有人敢問；一屋中十來個人，都靜悄悄地退了出去。

「雪巖！」老太爺扶著他的肩說，「最近我興致很不好。兵荒馬亂，著實有些擔心。老五呢，能幹倒能幹，運氣不好，輪著他挑這副擔子，一天好日子都沒有過過。我做老頭子的，覺得對不起他。」

「兒孫自有兒孫福！老太爺，你實在可以想開些；船到橋門自會直，憑五哥在外頭的面子，無往不利，老太爺何必替小輩擔心？」

「江湖上總還好說，官面上事，再是朝廷的聖旨，教他有啥法子？雪巖，你倒想想我們的處境！」

胡雪巖明白，這是指漕米改為海運，漕幫有解體之危。這件事，他當初也想過，打算盡點心；都為接二連三地有所發展，忙得連想這件事的功夫都沒有。所以這時一聽老太爺的話，內心立即泛起濃重的歉疚。

「現在做官的人，不是我說句看不起他們的話，『江西人補碗，自顧自』，妻財子祿最要緊！不然，不會弄成今天這樣子的局面——。」

老太爺大發了一頓牢騷，說的卻是實話。這胡雪巖心裡也很明白，是對漕米海運有所不滿；或者說，不替漕幫謀善後之策有所不滿。不過他覺得這件事也不能完全怪官府，但這話此時不便說，說也無益，所以保持著沉默，要等弄清了他的意思再作道理。

「現在能替朝廷和老百姓辦事的人，不是我恭維你：實在只有像你老弟這樣的人！」老太爺又說，「王大老爺的官聲，我也有點曉得，算是明白事理，肯做事的官。為此，我有句話想跟老弟你說！」

「是的，老太爺儘管吩咐。漕幫都是我的好朋友，效得上勞的地方，我當我自己的事一樣。」

「所以我要跟你談。除了你夠朋友、重義氣以外，還有一層，你見得事明，絕不會弄錯我的意思。老弟，」老太爺湊過頭來，低聲說道：「一個人總要放他條路走，狗急跳牆，人急懸梁，何況我們漕幫的情形，你是曉得的，好說話很好說話，不好說話也著實難弄。事情總要預先鋪排，等抓破了臉，再想來擺平，交關吃力。雪巖，王大老爺還兼著海運局差使，請你勸勸他，不要顧前不顧後，替我們漕幫弟兄也要想一想。」

這番話聽得胡雪巖暗暗心驚，看樣子漕幫內部怨氣沖天，一旦紙包不住火，燒開來會成燎原之勢。局勢已經夠亂了——聽說太平天國跟洪門有關；如果再加上「安慶」一起造反，越發不得了。

做生意總要市面平靖，而市面的平靖，不能光靠官府，全須大家同心協力；胡雪巖一向有此想法，所以聽了老太爺的話，細想一想其中的利害關係，自覺義不容辭，有替漕幫好好出番力的必要。

於是他很鄭重的說道：「你老人家的話，也不光是顧自己，是為地方著想。一條運河，從南到北，沒有甚麼省界好分；只要我用得上力，一定效勞。」

「對呀！」老太爺拍拍他的背說，「所以我說你『見得事明』，曉得休戚相關，不分彼此，事情就好辦了。」

「那麼，老太爺，你請吩咐，要我回去怎麼說？」

老太爺略想一想答道：「第一，時世不同了，海運當然也有好處，不過河運也不是一點用處都沒有。請你跟王大老爺說，河運能維持還要維持。」

這意思是漕米不必盡改海運，要求也不算過分；胡雪巖點點頭說：「這應該辦得到的。」

「第二，」老太爺又說，「漕幫的運丁，總該有個安置的辦法。王大老爺也該替我們說說話。」

這更是義不容辭的事，「一定，一定！」胡雪巖滿口答應，「一定會說。」

「我曉得你老弟是有肩胛的。」老太爺拱拱手說，「做官的不大曉得底下的苦楚，難得有你老弟承上啟下，可以替我們通條路子。拜託，拜託！我替我們一幫磕頭。」

「老太爺這話言重了！」胡雪巖又說，「不過，我倒有句話，怕不中聽。」

「你儘管說。」

「我在想，漕幫自己也該尋條生路，譬如『屯田』可以整頓整頓。」

「老弟這話，自然在道理上。不過，說到『屯田』，真正是一言難盡，多少年下來，『私賣』、『私典』的不知道多少？松江獨多『掛戶田』，所以成了『疲幫』。」

「掛戶田」這個名目，胡雪巖還是初次聽到；因而老太爺替他作了一番解釋。「屯田」原是官產，「屯丁」領來耕種，算是皇家的佃戶；因此「屯丁」便有雙重負擔，一是向公家完納正賦，再是論畝出銀、津貼運丁，名為「津銀」，每畝銀子一分到三、四份不等。所以名為「屯田」，其實比民田的負擔還要重。

這一來就有許多弊病出現，一種是「丁逃地荒」；一種是為土豪劣紳，或者衛所衙門的書辦等類的人霸占；再有一種是私賣或者私典屯田——照律法講，以「私典軍田例」，買賣雙方均須治罪，因此有了「掛戶田」這個名目，就是買或典的人，仍舊在屯丁或運丁名下掛戶，完糧納稅，成了有名無實。

「從雍正十三年到道光十八年，屯田清查過七次；其中甚麼毛病，上頭都曉得，始終整頓不出一個名堂來。老弟，」老太爺雙手一攤，「請你想想，朝廷都沒法辦的事，教我們自己如何整頓？」

「我懂了！」胡雪巖說，「屯既成為漕幫一累，這事情反倒好辦。」

這話聽來費解，還須胡雪巖補充說明。他認為田地是樣「絆手絆腳的東西」，不知道多少人安土重遷，只為家鄉有塊田地捨不得丟下，不肯挺起胸來，去闖市面。松江漕幫的屯田如果有好處，屯丁、運丁或者會在本鄉本土，你爭我奪，事情就麻煩了；既然是個累，丟掉就丟掉，只要公家籌得了辦法，改行就行，無所瞻顧爭執，豈非反而省事？

「老弟，真正要佩服你！」老太爺大為感嘆，「英雄出少年，你的見解，實在高人一等。」

說到這裡，尤五闖了進來。老太爺便把剛才與胡雪巖的談話，扼要地告訴了他。尤五很仔細地聽著；但這只是表示「孝順」，心裡覺得這件事雖然重要，但有力無處使，只有聽其自然；至少在眼前來說是不急之務。因而答了句：「我跟小爺叔慢慢商量。」就把話扯開去了。

扯的是閒話，說阿珠在他家作客，跟他家內眷如何投緣？胡雪巖自然要客氣幾句。他從話風中聽出來，尤五似乎有事要跟他老頭子談，說閒話便有礙著自己在座的意思在內，因而很知趣地站起身來，說先回通裕休息，等尤五來一起吃飯，商量生意。

話還沒有完，尤五就拉住他說：「小爺叔，你等一等。我跟老太爺稍為說兩句話，一起走。」

「好的，那麼我在外面坐一坐。」

「不必！」老太爺對尤五說，「你小爺叔不是外人，有話不必避他。」

「不是我避小爺叔。我們是無法，人家找到頭上，不能把耳朵遮起來。小爺叔不相干的人，何必讓他也曉得？眼不見，心不煩，多好呢！」

「這話也是。那麼，雪巖，你就到外面坐一坐！」老太爺提高了聲音說：「來個人啊！陪客人去看看我的蘭花。」

老太爺養了好幾百盆「建蘭」，有專人替他照料；就由這個人陪著胡雪巖去看蘭花——一花一葉，都能談出好些名堂來；胡雪巖沒有那麼雅，敷衍著混辰光，心裡只在想，是甚麼機密而又麻煩的大事，尤五看得如此鄭重？

想到尤五在他自己家所說的「送鬼出門」這句談，胡雪巖恍然了。那班「神道」大概是「小刀會」的；不然亦必與劉麗川有關。

一想到此，又驚又喜。驚的是這要「造反」，尤五和他老頭子不要被牽涉了進去；喜的是小刀會的情形，尤五都知道，避凶趨吉，對自己的生意，大有益處。

只要益處，不要壞處！他在心裡說，這件事倒要跟尤五好好商量一下。

好久，尤五才跟老太爺談完話出來。於是招呼了陳世龍一起出門；「小爺叔，」他問，「你是到我那裡，還是到通裕？通裕比較靜，談天方便。」

話中的意思是，到他家便可以先跟阿珠見面；在這時來說，無此必要，所以毫不遲疑地答道：「到通裕好了。我有好些話要跟你一個人談。」

因為有這樣的暗示，所以到了通裕；只有他們兩個人把杯密談。「你的貨色，我代為作主進絲棧。棧單交了給你！」尤五首先交代這件事。

棧單在胡雪巖手裡有許多花樣好耍，起碼也可以作為表示實力和信用的憑證，因而他不必作不必要的客氣，接過來放在一邊。

「這家絲棧跟我也熟。棧租特別克己。不過你能早脫手，還是早脫手的好；絲擺下去會變黃，價錢上就要吃虧了。」

「五哥說得不錯。不過，」胡雪巖停了一下說：「我現在又有了新主意，要跟你商量。」

「這上面我不大懂。且不管它，你先講出來再說。」

「五哥跟洋行裡很熟？」

「是的。是不是要我介紹洋商？」

「還不止這一層。另外，我有句話，不知道該不該問？如果不該問，五哥老實不客氣告訴我。自己弟兄，千萬不要存絲毫不好意思的心。」

「我曉得了！『光棍心多，麻布筋多』，有時候，我不能不顧忌。不過對你不同。」尤五這時對胡雪巖的看法，跟剛才又不同了，「老頭子跟我說，說你的見解，著實高明；有許多事，是江湖道上的人見不到的。」

「多謝他老人家的誇獎，說句實話，我別的長處沒有，第一，自覺從未做過對不起朋友的事；第二，事情輕重出入，我極清楚。所以我那句也許不該問的話，五哥你大可放心。」

他這是一再表示不會洩密，尤五「光棍玲瓏心」，自然會意；心想何必等你問出來？我先告訴你，不顯得漂亮些嗎？

於是他說：「你要問的就是你今天在我那裡看見的那班『神道』？」

「對了。」胡雪巖很嚴肅地點著頭，「你是為我好，教我『眼不見，心不煩』；而我呢，另有生意上的打算。」

尤五不即回答，慢慢喝了口酒，挾了一塊魚乾在嘴裡嚼了半天；然後吐掉了渣滓說話。

「我不曉得你在生意上有甚麼打算。這件事，我老實告訴你好了，小刀會就這幾天要起事，他們來請我『入夥』：我決定隨他們自己去搞。」

果然是這麼回事！「五哥，」胡雪巖先敬一杯酒，「你這個主意捏得好！跟他們一起蹚渾水，實在犯不著。」

「主意是容易捏，做起來不容易；渾水要潑到你身上，要躲掉也蠻難的。」

這表示尤五雖未「入夥」，但也不便反對他們；胡雪巖了解他的難處，不了解的是小刀會的作為，「那麼，五哥，我還有句話請問。」他說，「你看那班人會不會成氣候？」

「這很難說。有外國人夾在裡頭，事情就難弄了。」

「怎麼？」胡雪巖一驚，「還有外國人插手？」

「那是劉麗川的關係。」

「照這樣說，夷場裡是一定不會亂的？」

「外國人跟劉麗川打交道，就是為了保夷場的平安。」尤五答道：「不然我為甚麼要把你的絲送進夷場的絲棧？」

胡雪巖不作聲，默默的把他的話，細想了一遍，覺得又是一個絕好的機會到了。

這個好機會自然要與尤五分享，而且事實上也不能不靠他的力量。因此，胡雪巖這樣說道：「五哥，照我的看法，小刀會一起事，不是三、五個月可以了事的；絲的來路會斷，洋莊價錢看好，我們可以趁此賺它一票。」

「我倒真想賺它一票。」尤五答說：「幫裡越來越窮，我肩上這副擔子，越來越吃力。就不知道怎麼賺法？你說買絲囤在那裡，等洋莊價錢好了再賣，這我也懂。不過，你倒說說看，本錢呢？」

最大的困難，就是本錢。胡雪巖已經有了成算，但需要先打聽一下尤五這方面的情形，「你能調多少？」他問，「先說個有把握的數目，我們再來商量。」

「『三大』的十萬銀子，我已經轉了一期；不能再轉了！眼前我先要湊這筆款子，那裡還談得到別的？」

「那麼，這筆借款上，你已經湊到了多少？」

「還只有一半。」

「一半就是五萬。」胡雪巖問：「三天之內你還能調多少？」

「最多再調兩萬。」

「那就是七萬。好了，你只管去調；『三大』轉期，歸我來想辦法。」胡雪巖接著又問：「有件事我不大明白，洋行裡可能做押款？」

「這倒沒有聽說過。」

「那麼請五哥去打聽一下。」胡雪巖說，「我們本錢雖少，生意還是可以做得很熱鬧，這有兩個辦法。」

他的兩個辦法是這樣：第一、他預備把存在裕記絲棧的貨色作抵押，向洋行借款，把「棧單」化成現銀，在上海就地收貨。如果洋行借不到，再向錢莊去接頭。

「慢慢！」尤五打斷他的話說，「你的腦筋倒動得不錯，不過我就不明白，為啥不直接向錢莊做押款呢？」

胡雪巖笑了，略有些不好意思地，「五哥，我要拿那張棧單變個戲法。」他低聲說道：「『三大』那面的款子轉期，要有個說法，就說我有筆款子劃給你，不過要等我的絲脫手，才能料理清楚。棧單給他們瞧一瞧；貨色又在絲棧裡不曾動，他們自然放心。哪曉得我的棧單已經抵押了出去？」

尤五也笑了：「你真利害！做生意那個都弄不過你。」他說，「我懂了！反正棧單不能流入錢莊，戲法才不會拆穿。如果洋行那方面不行，只要有東西，我在私人方面亦可以商量。」

「那就再好不過了。我再說第二個辦法——。」

第二個辦法，一直是胡雪巖的理想，絲商聯合起來跟洋行打交道；然後可以制人而非制於人。這個理想當然不是一蹴可幾；而眼前不妨試辦，胡雪巖的打算是用尤五的關係和他自己的口才，說服在上海的同行——預備銷洋莊的「絲客人」，彼此合作。

「這又有兩個辦法，第一個，我們先付定金，或者四分之一，或者三分之一，貨色就歸我們；等半年以後付款提貨。價錢上通扯起來，當然要比他現在就脫手來得划算，人家才會點頭。」

第二個辦法是聯絡所有的絲客人，相約不賣；由他們去向洋人接頭講價；成交以後，抽取佣金。

胡雪巖講得很仔細，尤五也聽得很用心。耳中在聽，心裡在算，照胡雪巖的辦法，十萬銀子就可以做五十萬銀子的生意，以兩分利計算，賺來的錢對分，每人有五萬銀子，加上已經在手裡的五萬，恰好可以還『三大』的借款。他不能不動心。

「小爺叔！」他說，「你的算盤真精明，我準定跟你搭夥。我們啥時候動身到上海？」

「你看呢？」胡雪巖答道，「在我是越快越好。」

「最快也得明天。」

「就是明天。一言為定。」

談完正事談閒天。尤五提到阿珠，笑著問他何時納寵，預備送禮。

「你弄錯了！」胡雪巖答了這一句，又覺得話沒有說對，「也不是你弄錯。實在是那個也不曉得我的心思。五哥，我倒要先問你一句話，你看阿珠為人如何？自己人，不必說客氣話。」

「人是好的，脾氣好像很剛。說句實話，這種小姐要嫁給肯闖市面的小夥子，倒是好幫手；嫁了給你，」尤五忽然問道：「嫂夫人的脾氣怎麼樣？」

「內人的脾氣，說好也不好，說壞也不壞。這也不去管她，反正跟阿珠不相干的了。」

「小爺叔，你這話奇怪了！」尤五詫異地，「聽你的口氣，不預備把她討回去；可是她跟內人無話不談，說你已經答應她在湖州另立門戶。這不是兩面的話對不上榫頭嗎？」

「是的。這件事我不知道做得對不對呢？我說出來，五哥，你倒替我想一想——。」

於是他把準備移花接木，有勸阿珠嫁陳世龍的打算，細細說了給尤五聽。

「原來如此！」尤五笑道，「小爺叔，你不但銀錢上，算盤精明；做人的算盤也精明。不錯！陳世龍這位小老弟是有出息的。我贊成你的主意。」

「那好！我一直想找個人談談，不知道我的想法，是不是『一廂情願』？既然你贊成，那就準定這麼做了。」

尤五一時高興，隨即自告奮勇：「這件事雖好，做起來不容易；她一心一意在你身上，忽然要教她拋掉，難得很。要不要我來幫忙？」

這是好意，胡雪巖沒有拒絕的道理，「當然要的。」他問，「就不知道怎麼幫法？」

「我不是跟你說過，她跟內人無話不談；要不要內人來做個媒呢？」

「這再好都沒有。不過——，」胡雪巖說，「這件事急不得。」

尤五一聽懂了，這是變相的辭謝，所以點點頭說：「好的！那麼等一等再看，只要用得著，隨時效勞。」

「言重了！」胡雪巖忽然又改了主意，「我想請嫂夫人先探探她口氣；一路上覺得陳世龍怎麼樣？如果她認為他不錯，那就請嫂夫人進一步勸一勸。看她是何話說？」

「不是這樣說法！」尤五搖搖頭。

這下，胡雪巖倒有些不大服貼了，難道以自己對阿珠的了解，還會不知道該如何著手？於是他問：「那麼，該怎麼說呢？」

「第一步就要讓她曉得，她給人做小是委屈的；第二步要讓她曉得，給你做小，將來未見得舒服。」

想想不錯，胡雪巖服貼了，「我是當局者迷。」他拱拱手說，「完全拜託這件事我就要丟開了。」

丟開了這件事，他才能專心一意去做他的絲生意；尤五心想，此事非把它辦成不可，不然會分他的心，彼此的利害，都有關係。

於是當天回家，就跟他妻子作了一番密商；話剛說完，看見阿珠從窗外經過，便喊住她說：「張小姐，我有句話告訴你。」

阿珠自以為胡雪巖的人，所以跟他用一樣的稱呼，叫一聲：「五哥！」接著便走了進來，挨著「五嫂」一起坐下。

在她面前，尤五卻不叫胡雪巖為「小爺叔」，他說：「雪巖託我告訴你一聲，他今天不來看你了；因為晚上還有好些事要料理。」

阿珠自然失望，不過心裡在想：他事情多，應該原諒他。所以點點頭：「我曉得了。」

「他明天動身，我跟他一起走。走以前，恐怕也沒有功夫跟你見面。」

這話就奇怪了：「我們不是一起到上海嗎？」

「不！」尤五答道：「他的意思，讓你住在我這裡。」

「你就住在我們這裡。」尤太太拉一拉她的手，接著她丈夫的話說，「過幾天我也要到上海，你跟我去；我們去玩我們的。」

阿珠一泡淚，忍住在眼眶裡。越是居停情重，越覺得胡雪巖可惡。看起來他有些變心了！

「張小姐，明天一早，我就要跟他碰頭，你有甚麼話要跟他說？我替你轉到。」

「沒有！」阿珠因為負氣，語聲很硬；說出口來，自己覺得很不應該這樣子對尤五，因而趕緊又用很溫柔的聲音說：「謝謝你，五哥！我沒有甚麼話想跟他說。」

「好！我就把你這句話說給他聽。」

這下，阿珠又有些不安了；她自己負氣，甚至於見著胡雪巖的面，想罵他幾句，但不願旁人把她的氣話傳來傳去，不過她也弄不懂尤五的意思，不便再有所表示，只問：「我爹和陳世龍呢？他們是不是一起走。」

「當然。上海有許多事情在那裡，人手不夠，他們怎好不去。」

「好的。那我明天到船上去看我爹。」她已打定了主意；明天到了船上，總可以遇見胡雪巖，一定要拿點顏色給他看——是怎樣的顏色，她卻還不知道；得要慢慢去想了再說。

「天氣真熱！」尤太太拉著她的手站了起來，「我們到亭子裡乘涼去。」

尤家後園，小有花木之勝，還有一座假山，山上一座亭子，題名甚怪，叫做「不買亭」，大概是取「清風明月不費一文錢買」的意思，但題名雖怪，亭子倒構築得相當古樸，而且地勢極好，登高遠眺，綠野遙山，頗能賞心悅目。園子的圍牆不高，假山上望得見行人，行人只望得見亭子裡的鬢絲麗影。在謹飭的人家，這座亭子是不宜女眷登臨的，但尤五家與眾不同，女眷向不避人，而外人也不敢打尤家女眷甚麼主意，所以從阿珠來了以後，幾乎每天晚上都隨著尤太太在「不買亭」納涼。

經常在一起的，還有尤五的一個妹妹，行七，尤家都叫她「七姑奶奶」。七姑奶奶早年居孀，與翁姑不和，住在娘家；三十歲左右，長得極豔，但坐在那裡不講話，是個絕色美人，一開口出來，會把膽小的男人嚇走，因為她伉爽有鬚眉氣概，而且江湖氣極重，不獨言詞犀利，表情豐富，橫眉瞪眼，殺氣騰騰，最讓男人吃不消的是，口沒遮攔，罵人也是如此，甚麼「蠢話」都說得出口，所以她嫂子叫她「女張飛」。

「女張飛」心腸熱，跟阿珠尤其投緣，一看她眉宇之間，隱現幽怨，忍不住要問：「怎麼了，有啥心事，跟我說！」

這心事如何肯與人說？尤其是在她面前，阿珠更有顧慮，「沒有，沒有！」她竭力裝得很輕鬆地，「住在你們這裡，再『篤定』不過，有啥心事？」

「我倒不懂了。」七姑奶奶心直口快，說話不大考慮後果，「你們那位胡老爺，既然來了，怎不來看你呢？」

這一問阿珠大窘，而尤太太大為著急，趕緊攔著她說：「你又來了！真正是莽張飛。」

「咦！這話有啥問不得？」

尤太太也是很厲害的角色，一看這樣子，靈機一動，索性要利用「女張飛」：「唉！」她故意嘆口氣，「家家有本難念的經，我們總要相勸張家妹子體諒胡老闆。」

一說「體諒」，再說「相勸」，這就見得錯在胡雪巖；阿珠還在玩味她這兩句話，七姑奶奶忍不住了，拉住她的手，逼視著說道：「你明明有心事，有委屈嘛！不管再忙，說來見個面都抽不出功夫；這話除非騙鬼！男人都是犯賤的，想你的時候，你就是皇后娘娘；一變了心，你給他磕頭，他給你拳頭。這種人我見得多了。」

「姑奶奶，姑奶奶！」尤太太彷彿告饒似地說，「你饒了我好不好？你這麼大聲小叫，算怎麼回事？」

「好！」七姑奶奶把聲音低了下來，但說得更快更急；一隻手把著阿珠，一隻手指著她嫂子：「張家妹子說得再清楚都沒有了，既然答應好兩處立門戶，早就應該辦好了，為啥到現在不辦？索性到了松江都不肯見一面，這算是啥？」說到這裡，她轉過臉來，對阿珠說：「我老早就覺得這件事不大對，替你不平，先還怕是我想錯了，照現在看，果不其然是『癡心女子負心漢』！」

「莽張飛啊莽張飛！你真正是——。」尤太太不說下去了。

阿珠在旁邊聽得心裡好不舒服！但是這不舒服是由七姑奶奶，還是由胡雪巖而來？一時之間，她卻弄不明白。反正又羞又氣，覺得忸怩得很，只有悄悄將身子挪一挪，把自己的臉避到暗處，不為她們姑嫂所見。

她們姑嫂卻偏不容她如此，雙雙轉過臉來看著她；「張家妹子，」尤太太握住她另一隻手，安慰她說：「你不要聽她的話！脾氣生就，開出口來就得罪人。」

這一來，阿珠倒不能不說客氣話了，「七姐也是為我。」她點點頭，「我不會怪她的。」

「你說話有良心！」七姑奶奶越發義形於色，「這是你終身大事，既然說破了，我們索性替你好好想一想。」她問她嫂子：「胡老闆這樣子，到底存著甚麼心思？」

尤太太笑道：「你問的話，十句有九句教人沒法回答。不過——。」

她故意不說下去，很謹慎地看著阿珠的臉色，想知道她心裡的感覺。這當然不容易看出來，因為阿珠覺得她們的關切，事屬多餘，所以極力矜持平靜，作為一種拒絕「好意」的表示。

七姑奶奶不甚明白她的意思，就明白也攔不住她自己的嘴；「張家妹子，」她換了比較文靜的態度，「不是我說，你一表人才，何苦委屈自己？」

尤太太一聽她的話，與她哥哥的意思一樣；正好藉她的口來為自己表達，所以看阿珠不答，便似唱戲對口一般，有意接一句：「怎麼叫委屈自己？」

「做低服小，難道不是委屈自己！」

言者無意，聽者有心，這句話正觸著阿珠的「隱痛」；要想保持平靜也不可能了。

「再說，如果太太脾氣好，也還罷了；不然做低服小，就是熱面孔貼人的冷屁股。」

「蠢話」又來了！尤太太已經一再告誡過這位姑奶奶，人家是「大小姐」的身分；不登大雅的話要少說。誰知到底還是本性難移。不過這時候要用她來做「配腳」，也顧不得指責；只嘆口氣說：「唉！正就是為此；人家胡老闆為難。」

話裡有話，阿珠必得問個究竟；不過用不著她費心，自有人代勞，「怎麼？」七姑奶奶問：「胡家那個是雌老虎？」

「聽胡老闆的意思，厲害得很！」

「那就是他不對了！既然家裡有個醋罈，為啥來騙我們張家妹子？」

「這我倒要為胡老闆說句公平話，」尤太太很認真地說，「原來是想跟他太太商量好了，再辦喜事，商量不通，只好打退堂鼓。這也不算騙人。」

「甚麼？」阿珠失聲問道，「五嫂，你怎麼知道？」

「她五哥，」尤太太指著七姑奶奶說，「都告訴我了。胡老闆實在有難處；話又跟你說不出口，悶在心裡不是回事，只好跟好朋友談談。張家妹子，你不要著急，我們慢慢想辦法。」

想甚麼辦法？語意不明；而阿珠心亂如麻，也無法細想。此時她唯一的意願是要跟胡雪巖當面談一談。

「辦法總有的。對付沒良心的男人，不必客氣。不過，」七姑奶奶低聲向阿珠問道：「你要說句實話，你們船上來來去去，在湖州又住在一起；你到底跟他——。」

不等她說完，阿珠便又羞又急地叫了起來，「沒有！」她的語氣異常決絕，唯恐他人不信：「絕對沒有！我不是那種人。」

「我曉得，我曉得。」七姑奶奶很欣慰地說，「沒有吃他的虧，就更加好辦了。」

「對！」尤太太附和，「這件事還不算麻煩。全在你自己身上。」

這話又有深意了，阿珠得好好想一想；可是七姑奶奶的話實在多，不容她有細想的功夫。

「幸虧發覺得早！」她說，「你想想，男人十個有十一個好新鮮，還沒有上手，對你已經這個樣子；等一上了手，嘗過甜頭，還不是一丟了事。那時候，你就朝他哭都沒有用。」

她已經算是措詞很含蓄了，但已把對男女間事似解非解的阿珠聽得紅暈忸怩得不知如何是好？低著頭想想，「女張飛」的話雖粗魯，卻說中了她從未了解過的一面；男人喜新厭舊，這話聽人說過，只不如她來得透澈。轉念到此，想起胡雪巖幾次「不規矩」，得寸進尺地到了緊要關頭，總算自己還守得住，真正是做對了！

慶幸之念一生，就不覺得那麼羞窘了，同時也不是那麼一顆心繫在胡雪巖身上，絲毫不能動彈了，她抬起臉來，掠一掠鬢髮，喝了口敗毒消火的「金銀花茶」，平靜地問道：「五嫂，七姐，你們說替我想辦法，想甚麼辦法？」

尤太太是等著她來問這句話的，這到了關係出入的地方，言語必須謹慎；所以一面按著七姑奶奶的手，示意她不要插嘴，一面反問了一句：「這要看你自己的意思。大主意要你自己拿！你說往東，替你想東的路子；你說往西，我們來看看，往西走不走得通？」

這話阿珠明白，兩條路；一條是仍舊跟胡雪巖；一條是過去的甜言蜜語，海誓山盟，一筆勾銷。但明白歸明白，一時間要她作個抉擇，卻是辦不到的事。

「照我來想，這種事，總要兩廂情願；人家既然有了這樣的話，一定要勉強人家也不大好。不說別的，起碼自己的身分要顧到。」

「真的！」七姑奶奶終於忍不住了，「五嫂這話說得真正有道理。我們嬌滴滴一朵鮮花，又不是落市的魚鮮，怕擺不起，要硬搖給他！」

聽這句話就像吃了芥末，阿珠一股怨氣直衝到鼻子裡，差點掉眼淚了；自己是嬌滴滴的一朵鮮花，胡雪巖卻當作落市的魚鮮，陰陽怪氣，愛理不理，想想真有點傷心，不由得咬著牙說：「哪個有那麼賤，一定要硬搖給他！」

「好了，你想明白了。」七姑奶奶說，「老實說一句，『兩頭大』已經委屈得不得了，他還說有甚麼難處。這種男人，真是『謝謝一家門』了。」

事情已一半成功，何必再罵胡雪巖，徒結冤家？尤太太便替他解釋：「七妹，你的話也太過分了。胡老闆人是再好沒有，他也是力不從心，不肯耽誤張家妹子的青春，你不要冤枉他。」

七姑奶奶有樣好處，勇於認錯。聽了她嫂子的話，心裡在想，胡雪巖有多少機會把阿珠弄上手，而到現在她還是「原封未動」；同時他給張家的好處，也真不少。這樣的人，說起來也很難得的了。

於是她笑著說道：「想想也是，費心費力，忙了半天一場空不說，還要挨罵，實在也太冤枉了！」

阿珠的一顆心，一直動盪不定，只隨著她們姑嫂倆的話，浮沉擺動；這時候聽了七姑奶奶的話，便又想起胡雪巖的許多好處，心裡實在割捨不下，但硬話已經說出去了——落下來的篷，再要撐起來，十分不易；心中萌生悔意，卻又是說不出的苦，因而滾落兩滴淚珠。

「咦！」七姑奶奶驚詫地說，「你哭點啥？」

「不要傷心，不要傷心！」尤太太也勸她，「路差點走錯，及早回頭，你應該高興。」

阿珠心想，怎麼高興得起來？七姑奶奶說胡雪巖費心費力一場空，自己何嘗不是？他的落空是他自己願意的；自己的落空是無奈其何！夜靜更深，想起從前的光景，將來的打算，一起都變了鏡花水月，這日子怎麼過法？

她一個人怔怔地在想心事，尤太太便趁此機會給她小姑拋了個眼色過去，意思是不必再多說了。但七姑奶奶卻不明用意：趁她起身去倒茶時，跟了過去，悄悄問道：「你有話要跟我說？」

本來無話，不過她既問到，倒也不妨跟她談一談，「話是有兩句，就怕你嘴快！」尤太太說，「事情成功了一半，不過還有一半不成功，就算統統不成功。」

「怎麼呢？」

「胡老闆的意思是，」尤太太朝阿珠看了一眼，把她拉至亭子外面，低聲說道：「還要替我們這位張家妹子做媒。」

「做給那個？」

「做給姓陳的那個後生。」

「他！」七姑奶奶驚喜的喊了起來。

「輕點，輕點！」尤太太埋怨她說，「真正是莽張飛！一點都不曉得顧忌。」

「這個人倒不錯！」七姑奶奶把聲音放得極低。她的心腸熱，為了阿珠，喜不自勝，「對路了！真正對路了！」

「你不要高興！事情還不知道怎麼樣呢？」

「我來勸她，一定要勸得她點頭。」七姑奶奶說，「我聽她說過，她對姓陳的蠻中意的。」

「喔！」尤太太很注意的問，「她跟你怎麼說呢？」

「說起來還真有趣！她跟我說過，姓陳的能幹、心好，將來要好好替他做頭媒。哪知道『養媳婦做媒，自身難保』。」

說到這裡，七姑奶奶哈哈大笑，彎腰頓足，笑得傻裡傻氣；這一下，連阿珠都被她逗得好笑。

「你笑啥？」

「笑你！」七姑奶奶說了這一句，又放開了剛止住的笑聲。

「傻相！」她嫂子白了她一眼，卻也忍不住笑了。

這詭祕的神情，越使得阿珠懷疑，盡自追問著，她有甚麼事值得她們如此好笑呢？尤太太長於機變，便編了一套話，支吾了過去。

於是扯了些閒話，吃罷夜點心，時間到了午夜。尤太太白天操持家務，相當勞累——倒不是親操井臼；尤五家的客人多，「吃閒飯」的人也不少，每天要開四、五桌飯，光是指揮底下人接待賓客，就夠忙的，這時支撐不住要上床了。

「你們呢？」她說，「天涼快了，也去睡吧！」

「我還不睏。想再坐一歇。」阿珠這樣回答；其實是有心事，上床也不能入夢。

「我也不睏。」七姑奶奶說：「天氣涼快了，正好多坐一歇。」

尤太太心想，這兩個人在一起，一定還要談到胡雪巖和陳世龍；她深怕七姑奶奶不夠沉著，操之過急，把好好的一件事弄糟，所以不放心地遲疑不定。

「你回房去好了。」七姑奶奶猜到她的心事，安慰她說：「我們稍為再坐一坐，也要上床了。」

「有啥話，明天再說。」尤太太特意再點她一句：「事緩則圓，我常常跟你說這句話，你總不大肯聽。」

「曉得，曉得！你放心。」

他們姑嫂這一番對答，明顯著還有許多沒有說出來的話，因而等尤太太一走，隨即問道：「五嫂說甚麼『事緩則圓』？」

「還不是你的事？」七姑奶奶想了想問道：「剛才談了半天，你到底作何打算。人家倒不是不要你——你這樣的人才，怕沒人要？不過胡老闆是到口的饅頭不敢吃；你也不能硬塞到他的嘴裡。」

這段話的前一半倒還動聽，說到最後，阿珠又有些皺眉了，「七姐，」她說，「你的譬喻，總是奇奇怪怪的，教人沒法接口。」

「怎麼呢？我說的是實話。心裡這麼想，嘴上這麼說，一點不會有虛偽。」

「我曉得你待人誠懇。不過——。」這該怎麼說呢？世間有許多事是只能在心裡想，不能在口中說的；這番道理阿珠懂，但講不明白，只好付之苦笑。

「不過怎麼樣？」七姑奶奶倒有些明白，「怪我心直口快，說話不中聽？」

這有些說對了，可是不會承認，「不是、不是！絕不是怪你。」阿珠答道：「府上一家，五哥、五嫂，連你七姐待我，不能再好了。既然像自己人一樣，原要實話真說。」

「那好！」七姑奶奶又忍不住了，「你知道我這個人的脾氣，別人的事就當我自己的事一樣，尤其是對你。我們現在長話短說，胡老闆這方面，你到底怎樣？」

阿珠想避而不答，但辦不到，想了一下，只好這樣推託：「七姐，這件事是我娘做的主，將來總也還要問她。」

「這話就奇怪了！你自己沒有主張？」

「父母的話，不能不聽。」

「啨！啨！你倒真是孝順女兒！」

語涉諷刺，阿珠臉上有些掛不住了。

「七姐！」阿珠用一種情商的口吻說：「你讓我想一想。我明天早晨再跟你談。」

七姑奶奶在家耳濡目染，對鑒貌辨色，也是很在行的；一看她這神色，再要多說，就是不知趣了。於是立刻接口答道：「你慢慢想，慢慢想！等你想停當了，要怎麼樣做，我一定幫你的忙。」

「謝謝七姐！」阿珠拉著她的手說：「虧得是在你們這裡，如果是在別地方，我連可以訴訴苦的人，都沒有。」

說這話，一大半是為了拉攏交情。其實在這時候，她就已無可與言之苦，七姑奶奶的心熱，熱得令人燙手；尤太太人很圓滑，看樣子是為了利害關係，站在胡雪巖這邊。此外就只有一個陳世龍了——這個人也差不多到無話不談的地步，但這件事跟他去談，是不是合適，卻成疑問。就算跟他談了，他幫著胡雪巖做事，要靠他提拔，能不能幫著自己對付胡雪巖，又成疑問。

千迴百折的心事，繞來繞去，又落到胡雪巖身上。她覺得以後變化如何，猶在其次；眼前橫亙胸中，怎麼樣也無法自我消除，而必得問一問的是：胡雪巖的變心，到底為了甚麼？

因此，這夜工夫，她的心思集中在第二天如何去找胡雪巖；同時如何開口問他？這樣設想著，便如跟那「沒良心的人」面對面在吵架，心裡又氣憤，又痛快；氣憤的是「他」說不出個道理，痛快的是把「他」罵了個狗血噴頭。

等「罵」過了，她卻又有警惕，不管如何，胡雪巖對她父母來說，是個無比重要的人物！世界上那裡去找這樣慷慨的人？就算他自己能忍受這頓罵，旁人也要批評她恩將仇報。這樣一想，阿珠氣餒了，同時也更覺得委屈了，真正吃的是有冤無處訴的啞巴虧！

一夜沒有睡好，第二天早晨又無法再睡。天氣熱，都要趁早風涼好做事，她身在客邊，不能一個人睡著不起來。尤家倒不拿她當客人看，等她漱洗出房，廳裡已擺好早飯，尤太太和七姑奶奶已端起碗在吃了。

道過一聲「早」，七姑奶奶看著她的臉說：「你的眼睛都窪下去了。一定一夜沒有睡著，來，吃了早飯再去睡。」

阿珠不作聲，只看著早飯發愁。松江出米，一早就吃炒飯；她的胃口不開，只想喝碗湯，吃不下飯。

「你們吃吧，」她說，「我不餓！」

尤太太一聽這話，便放下筷子，伸手到她額上摸了一下，又試試自己的額頭，皺眉說道：「你有點發燒。請個郎中來看一看吧！」

「不要，不要！」阿珠自覺無病，「好好的，看甚麼郎中？五嫂也真想得出。」

「那麼先弄點藥來吃。」

尤家成藥最多，都是漕船南來北往，從京裡有名的「同仁堂」、「西鶴年堂」等等有名的大藥鋪中，買了帶回來。當時便用老薑、紅棗煎了一塊「神麯」，濃濃地服了下去。出了些汗，覺得舒服得多，但神思倦怠、雙眼澀重，只想好好睡一覺。

但她心裡還有事放不下，想去看看她父親；卻又怕遇見胡雪巖——夜裡所想的那一套，此刻整個兒推翻了；她自己都不明白，怕的是甚麼呢？是怕跟胡雪巖翻臉，以至於為她家父母帶來糾紛，還是怕自己受不住刺激？甚至是怕胡雪巖面對面為難受窘？

精神不好，偏偏心境又不能寧靜，煩得不知如何是好呢？想想真懊悔有此一行！不管怎麼樣，在自己娘身邊，就算發頓脾氣，哭一場，也是一種發洩。現在不但沒有人可為她遣愁解悶，還得強打精神，保持一個做客人的樣子，其苦不堪！

想想又要恨胡雪巖了！是他自己跟她父親說的，讓她到上海來玩一趟。帶了出來，卻又這樣一丟了事，這算是那一齣？別的都不必說，光問他這一點好了；如果他說不出個究竟，便藉這個題目，狠狠挖苦他幾句，也出出從昨天悶到此刻的一口氣。

這樣想著，精神不自覺地亢奮了，於是趁七姑奶奶不在場，向尤太太說道：「五嫂，我想去看看我爹。請你派個人陪了我去。」

「那現成。不過你身體不大好，不去也不要緊；反正我們過幾天就要到上海，那時候再碰頭好了。」

「還是去一趟的好，不然我爹會記罣我。」

說到這個理由，尤太太不便再勸阻；正在找人要陪她到老張船上，恰好陳世龍來了。

「來得巧！」尤太太一本正經地問他說：「你好好陪了她去看她爹；揀蔭涼地方走！她在發燒。」

兩個人一前一後出了尤家，揀人家簷下，陽光晒不到的地方走；陳世龍照顧得很周到，三步一回首地探視，口中不斷在說：「走好走好！」那樣子既不像兄妹，又不像夫婦，引得許多人注目。阿珠有些發窘，心裡嗔怪；又不是黑夜，路也很好走，何苦這樣一路喊過去，倒像是有意要引人來看似地。

走出巷子，豁然開朗，臨河是一條靜悄悄的路。阿珠遙望著泊在柳蔭下的船，忽然停住了腳，喊一聲：「喂！」

陳世龍聞聲回頭，奇怪地問道：「你在跟那個招呼？」

「這裡又沒有第三個人；你的話問得可要發噱？」

「原來是叫我。有話說？」

「自然有話說，不然叫住你做啥。」阿珠想了想問道：「你有沒有聽見甚麼話？」

「甚麼話？聽那個說？」

「你是裝糊塗，還是怎麼？」阿珠有些生氣了。

「喔！」陳世龍這才明白，「你是說胡先生。他的話很多，不知道你問的是那一方面？」

「自然是說到我的！」

「這倒沒有！只說要趕到上海去接頭生意，過幾天再來接你，這當然不大對！」

聽得這句批評，阿珠心裡舒服了些，「連你都曉得他不對！」她冷笑道，「說好了讓我到上海去玩一趟，結果半路裡放人家的生，這不是有意欺侮人！」說到「欺侮」，又想起胡雪巖的無端變心，頓覺百脈僨張，眼眶發熱，一下忍不住，便頓著足，且哭且說：「他是存心好了的，有意欺侮我！有意把我丟在半路上！他死沒良心！」

陳世龍有些發慌，也有些傷心；從湖州一路來，他下了許多功夫，誰知她一寸芳心，仍舊在胡雪巖身上。不過轉念一想，他把已餒之氣又鼓了起來，女人的委屈，最怕鬱積在心裡，朝思暮想，深刻入骨，那就不容易把她的一顆心扳轉來；像這樣大哭大鬧，發洩過了，心裡空蕩蕩地，反倒易於乘虛而入。

因此，他默不作聲，只把雪白的一方大手帕，遞過去讓她擦眼淚。這個小小的動作，不知怎麼，在阿珠的心裡居然留下了一個印象；同時也喚起了回憶，想起在湖州一起上街，他總是拿這樣一方手帕，供她拭汗。

心無二用，一想到別的地方，便不知不覺地收住了眼淚；自己覺得有些窘，也有些可憐。拿手帕擦一擦眼淚，擤一擤鼻子，往前又走。

「慢慢！」這回是陳世龍叫住了她；等她回過身來，他又問道：「到了船上，你爹問起來，你為甚麼哭；該怎麼說呢？」

阿珠想了想答道：「我不說，沒有甚麼好說的。」

「你不說可以，你爹來問我，我不能裝啞巴！」

「你——，」阿珠這樣叮囑：「你只說我想家。」

「好了。走吧！」

到了船上，老張果然詫異的問起；阿珠不作聲，陳世龍便照她的話回答。

「那總是受了甚麼委屈；在別人家作客——。」

「跟人家有甚麼相干呢？」阿珠搶著說道：「尤家是再好都沒有了，爹不要冤枉人家。」

「那麼是甚麼委屈呢？不然不會好端端地想家。」

「我想，」陳世龍說，「大概是胡先生不讓張小姐到上海去的緣故。」

「這你不要怪他。他跟我說過了，一到上海，碌亂三千忙生意，照顧你沒功夫；不照顧你又不放心。等事情弄得略有些頭緒了，再來接你，好好去玩兩天。這話沒有啥不在道理上，你很明白的人都想不通？」

阿珠一面聽著，一面在心裡冷笑；聽完，憤憤地說道：「他這張嘴真會說！騙死人，不償命。現在也只有你相信他了。」

「怎麼？」老張大為驚詫；看她不答，便又轉臉來問陳世龍：「阿珠的話，甚麼意思？」

陳世龍自不便實說，但光是用「不知道」來推託，也不是辦法；想了想，覺得最好避開，讓他們父女私下去談。

於是他說：「你問張小姐自己！」接著，走出船艙，上了跳板，在柳蔭下納涼。

「阿珠！」船裡的老張神色嚴重地問：「到底怎麼回事，你倒說給我聽聽看。」

怎麼說？說人家不要我了？這話似乎自己作踐自己，她不肯出口。如說胡雪巖變心了，話不夠清楚，打破砂鍋問到底，依然難以回答。因而阿珠覺得很為難。

「說呀！」老張催問著。

想了半天，她答了這樣一句：「我懊悔來這一趟的！」

老張聽不懂她的話，著急的說，「你爽爽快快的說好不好？到底為了啥？」

「你不要來問我！你不會去問他？」

這個他，自然是指胡雪巖；老張有些不安，「怎麼？」他皺眉問道：「你們吵了架了？」

「人影子都沒有看見，那裡去吵架？哼，」阿珠冷笑道：「見了面，倒真的有場架好吵！」

「為啥呢？他對你有啥不對？」老張埋怨他女兒，「你的脾氣也要改改；動不動生氣，自己身子吃虧！」

先聽她爹的兩句話，阿珠忍不住又要光火；但最後一句讓她心軟了，到底還是親人！自己有這一雙爹娘，總算「八字」不錯——這樣一轉念，心境不由得變為豁達，提不起，放不下的事；此時也提得起、放得下了！

「沒有甚麼大不了的！」她不知不覺的受了七姑奶奶的感染，挺起胸來，擺出鬚眉氣概，高聲說道，「從此以後，他是他，我是我！我也不同他吵，吵不出名堂來的；他同我說話，我朝他笑笑，看他到晚來睡在床上，自己摸摸良心，難過不難過？」

怎麼一下子決裂得如此？老張相當詫異，卻還鎮靜；女兒許給胡雪巖，他原來就不大贊成，所以出現了這樣的局面，他覺得也並不壞。

不過，事情要弄清楚；看阿珠的神氣，可以想見胡雪巖有了很明確的表示。然而阿珠又說連「他的人影子都沒有看見」，那麼，「是不是他託人帶了甚麼話給你？」他問。

「自然囉！不然我怎麼曉得他的鬼心思？」

「不要開口罵人！」老張訓了她一句，「不管怎麼樣，人家人是好的。」

「你跟娘當然都要當他好人；沒有他，哪裡會有今天？」

這話對自己的父親來說，是太沒有禮貌了；老張又是帶些狷介的性格，無法忍受貪圖財勢的指責，所以臉色大變。

阿珠是順口說得痛快，未計後果；抬頭發現她父親的臉，大吃一驚！再想一想，才發覺自己闖了禍，趕緊想陪笑解釋，但已晚了一步。

「你當我賣女兒？」老張的聲音，又冷又硬像塊鐵，「我不想做啥絲行老闆！上海也用不著去了，我們今天就回湖州。」

阿珠沒有想到她爹生這麼大的氣；也曉得他性子倔，說得到，做得到。一時慌了手腳，又悔又急，又恨自己，「哇」地一聲哭了出來。

這一哭，使得老張好生心疼，但繃著的臉一下子放不鬆，依然氣虎虎地呵斥：「你哭甚麼？要哭回家去哭！」

於是阿珠心裡又加了一分挨了罵的委屈，越發哭；哭聲隨風飄到岸上，陳世龍聽見了，不能不去看個究竟。

看到阿珠用衣袖在拭淚，他又把他的手帕遞了過去，一面開玩笑地說：「今天哭了兩場了！」

阿珠正找不到一句話可以開口，心裡說不出的不對勁，恰好在陳世龍身上發洩，使勁把手帕往他身上一擲，白眼說道：「你管我？哭十場也不與你相干！」

看她拿陳世龍出氣的語調、神氣，完全是個嬌憨的小女孩，老張不由得好笑；同時心裡也動搖了，跟她生氣，不就跟小孩子一般見識了？

然而拿眼前來說，就算陳世龍熟得一家人一樣，到底是外人，應該客氣；女兒失禮，他做父親的應該有表示，所以趕緊向陳世龍說好話。

「世龍，你不要理她，瘋瘋癲癲，越大越不懂事了。」

「張老闆，你這話多說了的。」陳世龍笑道，「不是我這一來，張小姐的眼淚怎麼止得住？」

聽這一說，阿珠便瞟了他一眼，撇著嘴說：「多謝你！」

「好了，閒話少說了。」老張臉色一緊，又談到必須要談的正事，「世龍，」他用遲緩而認真的語氣說：「我們阿珠的事，你也曉得的；如今聽說胡先生另有打算了，到底是怎麼回事？問她她不說，只會哭。你想來總清楚，倒說給我聽聽看。」

「我實在不大清楚。」陳世龍很謹慎地答道，「不過在杭州的時候，我聽胡先生說起，好像為了這件事，胡先生跟胡師母吵得很厲害。」

「那——，」阿珠突然轉臉，看著陳世龍大聲質問：「這話你為甚麼早不告訴我？你早告訴我，我老早就好問他了，何至於弄到今天，要剛認識幾天的陌生朋友來傳話？不是有意出我們家的醜！」

問倒問得理直氣壯，但卻是片面之詞；陳世龍並沒有一定要把聽來的話告訴她的責任。但情勢是只好她發脾氣，別人不能反駁，否則就變成吵架了。而且陳世龍另有用心，更不肯正面講理，反倒點點頭表示歉意：「你要體諒我，這話在我不好亂說。」

「是嘛！你叫他胡先生，已經是他的學生子了，自然要幫師父。」

「好了！」老張不耐煩地阻止，「咭咭呱呱，就會吵架！這樣子談到天黑，也談不出一個結果。」

受了一頓排揎的阿珠，自知理屈，不敢開口；但臉上又有些掛不住，那就只好避了開去，「你們去談，不管我事！」說完，扭頭就走，到後艙去坐著靜聽。

老張不理她，管自己對陳世龍說：「我現在很為難。世龍，你看事情看得很準，我要跟你商量；我想帶阿珠回湖州——。」

話還沒有完，陳世龍吃驚地問：「這為啥？張老闆，你是不是生胡先生的氣？」

「不是，不是，絕不是！」老張極力否認，「我剛才還在阿珠面前幫他說話。不過，一個人窮雖窮，志氣是要緊的。說實話，阿珠的娘有點癡心妄想，我是從來也不覺得我做了絲行的老闆。以前說要結親戚，彼此還無所謂，現在事情有了變化，他不必再照應我，我也不好再受他的照應。你說，我的話是不是？」

「不是！」陳世龍直截了當地答說，「張老闆，你的想法，完全不對！」

「完全不對？」老張倒有些不服氣，「你倒說說看！」

「第一，胡先生不是那種人，不管事情有沒有變化，他喜歡照應人家的性子是不會改的；第二，開絲行，不是你受胡先生照應，是你照應胡先生。」

「你的話是說得好聽，可惜不實在。他那麼大本事的人，何用我來照應？」

「越是本事大的人，越要人照應。皇帝要太監，老爺要跟班，只有教化子不要人照應──這個比方也不大恰當；不過做生意一定要夥計。胡先生的手面，你是曉得的，他將來的市面，要撐得其大無比，沒有人照應，赤手空拳，天大的本事也無用。就拿這次買絲來說，湖州不是你們老夫妻兩位，還有珠小姐的照應，那裡會這樣子順當？所以，」陳世龍加強語氣說：「張老闆，你千萬不要存了甚麼受人好處的心思！大家碰在一起，都是緣分，胡先生靠大家照應，他也不會虧待大家；再說句實話，我們就算替胡先生做夥計，憑本事、憑力氣掙家當，用不著見那個的情。」

老張的心思拙，而且有些如俗話所說的「獨門心思」，鑽入牛角尖，不易自拔；他雖覺得陳世龍的話有道理，卻總丟不開恥於受人恩惠的念頭，因而只是搖著頭，重複地表示：「話不是這麼說！」

在後艙的阿珠，有些發急了！陳世龍的話不但句句動聽，同時她另有一種看法，即使跟胡雪巖「鬧翻」了，生意不妨照做，這樣橋歸橋、路歸路，才不會惹人說閒話。不然，一定會有人說，張某人的女兒嫁不成胡雪巖，連絲行老闆也做不成了！那有多難聽？

她又想到她娘，一心一意要丟掉那條船，在岸上立起個門戶，好不容易有了如陳世龍所說的「緣分」得以如願；誰知弄到頭來是「竹籃子撈月一場空」，那有多傷心？

為了這兩個原因，她不能不挺身而出，「爹！」一踏入中艙她就氣虎虎地質問：「你是不是跟我彆氣？」

老張一楞，不高興地說：「哪個來跟你一般見識？」

「既然不是彆氣，為啥一定要回湖州？人家的話，」她指著陳世龍說，「說得再明白都沒有了，你一定不肯聽，是啥道理？」

老張不作聲，心裡盤算了一會，如果硬作主張，一定夫妻吵架，而阿珠一定站在她娘這一面，吵不過她們，只好自己委屈些了。

「好了，好了，我聽！」

阿珠得意地笑了，但心裡對父親不無歉然；只是嬌縱慣了的，不但不跟老張說兩句好話，反而「沒大沒小」地笑道：「一定要我來凶兩句，才會服帖。」

「我算怕了你。」老張苦笑，「你們說的話，自覺有道理；到底怎麼回事，我自己心裡有數。」

「你是『獨門心思』，想法總跟人家不同。」

「一個人要自己曉得自己！」老張正色說道，「憑力氣吃飯，這話好說；說憑本事掙家當，我沒有那種本事！」

「那怕甚麼？」陳世龍毫不思索地接口：「有我！」

「聽見沒有？」阿珠很欣慰地說：「人家都要幫你的忙，你就是不願意。怪不得娘常常說你——，說你牛脾氣！真正是對牛彈琴！」說著，她掩著嘴笑了。

陳世龍看在眼裡，大為動心；覺得她笑有笑的妙處，哭也有哭的味道，實在比那些呆呆板板、老老實實的姑娘們有趣得多。

這時的阿珠，已走入後艙，取隻木盆，盛了她父親換下來一身白竹布小褂袴，預備到「河埠頭」去洗——除了嘴上不肯吃虧以外，她總算是個孝順女兒，但老張卻不領她這份孝心，大聲喊住她說：「放在那裡，我自己會洗。太陽越來越厲害了，你快回尤家。」說著，又向陳世龍呶呶嘴，意思是快領著她走。

阿珠奇怪，不知她父親為何急著催她走？只是跟爹吵了半天，不忍再執拗，把木盆放下，微咬著嘴唇，要細想一想，在臨別之際，有甚麼話交代？

「走了嘛！」老張說道，「有話過幾天到上海再說。」

「爹！」阿珠終於想到了一句話，「娘要買的東西，你有沒有忘記？」

「忘記也不要緊；等你到了上海再說。」

於是阿珠仍舊由陳世龍陪著，上岸回尤家。一面走，一面說話，阿珠把她心裡的疑問提了出來；陳世龍明白，老張急著催她走，是因為胡雪巖快要來了，怕他們見了面會吵架。這話他本來是不想說的；但為了試探，他還是說了出來。

阿珠不響，只沿著靜僻的河邊，低著頭走。這使是陳世龍感到意外，照他的預計，她聽了他的話，一定會有所表示，或者說她父親過慮，她不會跟胡雪巖吵架；或者說胡雪巖如何不對？這樣保持沉默，倒猜不透她的心思了。

「好熱！」阿珠忽然站住腳，回轉頭來跟陳世龍說。

「那就在這裡息一息！」他順理成章地用手一指。手指在一棵綠蔭濃密的大樹下，極大的一塊石頭，光滑平淨，一望而知是多少年路人歇腳之處。石頭上足可容兩人並坐，但男女有別，陳世龍只好站著。

一坐一站兩個人，眼睛都望著河裡；有五六個十歲上下的頑童，脫得精赤條條地在戲水。但兩人卻都是視而不見，都在心裡找話，好跟對方開口。

「噯！」阿珠突然想到有句話得問，「你剛才怎麼叫我『朱』小姐？」

陳世龍一楞，定神思索了一下才想到：「把阿珠小姐的『阿』字拿掉，就變成珠小姐，有啥不對？」

阿珠很滿意這個稱呼，「我還當你替我改了姓了呢？」她笑著說。

那嫵媚的笑容，對他是又一次很有力的鼓勵，多少天來積在心裡的情愫，到了必須表達的時候，就算操之過急，他也顧不得了。

「要改姓，也不會替你改成姓朱。」他半真半假地回答。

阿珠驟聽不覺，細想一想才辨出味道，心裡在想：這個人好壞！他那「胡先生」剛一打退堂鼓，他就來動腦筋了。於是把臉一沉；但是她馬上發覺，要想生他的氣也生不起來。以致剛繃起的臉，不自覺地立刻又放鬆。

這忽陰忽晴，比黃梅天變得還快的臉色，讓陳世龍有些莫名其妙。不過由陰變晴，無論如何是個好徵兆，所以膽又大了。

「阿珠！」他這樣喊了一聲；同時注意她的神態。

她的神態是一驚，而且似乎微有怒意，不過很快地轉為平靜，用聊閒天的語氣說道：「先叫我張小姐，剛才叫我珠小姐，現在索性叫我的名字了，越來越沒有規矩！」

「從前，你是候補胡師母，我不能不叫你小姐──。」

他的話還沒有說完，阿珠就搶著問道：「現在呢？」

「現在自然不同了。你我是平輩，我為啥不能叫你名字？」

他的話不能說沒有道理，不過阿珠心裡還有些不舒服；也不響、也不笑，撿起一把碎石子，一粒一粒拋向水裡，看著漣漪一個個出現、擴大、消失，忽然覺得世間凡事都是如此，小小一件事，可以引起很大的煩惱，如果不理它，自然而然地也就忘記了。

「平輩就平輩，」她說，「我也不想做你甚麼長輩。」

她這句話是有感而發，但在陳世龍聽來，寬心大放，第一步的試探，已經成功，不妨再接再厲，從今天起，就要教她一顆心放在自己身上。

於是他說：「阿珠，我要問你一句話，這句話如果你不便回答，可以不開口，我就曉得了。」

阿珠也是很好奇的，聽這話就覺得有趣；但也不無戒心，因為聽得出來，他要問的那句話，一定很難答覆。所以就像小孩玩火那樣，又想下手，又有些躊躇，不知如何處置？

這樣拖延了一會兒，陳世龍認為她默然就是同意，便把那句話問了出來：「阿珠，你憑良心話，你到底喜不喜歡我？」

竟是這樣一句話！阿珠大吃一驚，只覺頭上「轟」地一下，滿臉發燙，一身的汗，不但無法回答，最好能夠往河裡一跳，躲開了他的視線。

他的視線直盯著她。阿珠只好把頭轉了開去，心裡在想，這個人臉皮真厚！而且有些憊賴；如果不開口，他一定道是自己喜歡他。但是要說不喜歡他；又覺得有些不願。左右為難之下，不由得發恨，「你這個人，」她站起身來說，「我不高興跟你說！」

「不高興說，就是『不開口』，我曉得了！」

「你曉得啥？」阿珠放下臉來說，「你不要亂猜！」

「我一點不會亂猜。你心裡的意思，我都明白。」

倘或她真的無意，大可置之不理，反正心事自己明白，隨他亂猜也不要緊；無奈她怎麼樣也不能泰然置之，「我心裡的意思，你怎麼會明白？」她說：「你一定不會明白！」

「那麼，要不要我說給你聽？」

「你說！一定不對！」

「你一點都不喜歡我。」

她在猜想，他一定會說：「你喜歡我。」誰知不是！這話太出人意外，以致楞在那裡，無從置答。

「怎麼樣？我說得不對？」

「也不能說不對！」

「那麼，」陳世龍緊接著問，「你是喜歡我的？」

阿珠讓他把話纏住了，自己都弄不清楚是怎麼回事？反正，心裡雖恨他促狹，卻無論如何不肯很清楚地表示：我不喜歡你！

「我再也不跟你說了！」她大發嬌嗔，「你比你『先生』還要難惹！」

「不會。」陳世龍的語氣極堅定：「我跟胡先生都不是難惹的人。」

阿珠聽人說話，有時不聽意思，只聽語氣；由於陳世龍的聲音堅定有力，令人有種可信賴的感覺，她也就忘記掉自己的話，真的認為他並不難惹。

「我問你，」陳世龍又說，「你預備哪天到上海去？」

「我哪裡曉得，要看尤太太和七姑奶奶的意思。」

「尤太太是靠不住的。他們家天天高朋滿座，都靠尤太太招呼，又有孩子，那裡抽得出空來陪你到上海去？」

「七姑奶奶有空。不過──。」

「不過你不大願意跟她在一起！是不是？」

「她人是好人，心直口快，可惜稍為過分了些。」阿珠苦笑著搖頭，「真有些吃她不消。」

陳世龍頗有同感，他也吃不消七姑奶奶。說起來也是好意，總拿他當兄弟看，但大庭廣眾之間，過於親熱，看起來彷彿情有所鍾似地。陳世龍雖有些浪子的氣質，因為身在客邊，輩分又矮，怕惹出許多話，所以總避著她；這也就是他少到尤家去的原因。

但以前可以少去，現在要在阿珠身上下功夫，不能不多去。去了又吃不消七姑奶奶；而且說不定會引起阿珠的誤會，這倒是個難題。

看他不說話，她覺得再坐下去也沒有意思，便站起身來，把衣襟和下襬扯一扯平穩，又掠一掠髮鬢說道：「該回去了吧？」

「再坐一下，我還有話說。」

阿珠不即回答，心裡在想，這一坐下來再談，就絕不是談甚麼可有可無的閒天，他是在自己身上打主意，當然有些緊要的話要說。自己跟胡雪巖就是這樣好起來的：前車不遠，應當警惕，如果自己根本不容他打甚麼主意，那就不如趁早躲開。

然而心裡想得很明，那雙腳卻似釘住在地上，動彈不得。最後，終於糊裡糊塗坐回原處。

「我看你不必等尤太太和七姑奶奶了。過兩天，我來接你。你看，好不好？」

這也沒有甚麼不好。只是一走容易，到了上海，不能好好玩一玩，反倒無趣，那得先問一問清楚。

「到了上海以後怎麼樣呢？」

「玩嘛！」陳世龍說，「夷場上很開通的，洋人和洋婆子都是手攙手上街——。」

阿珠很敏感，大聲打斷他的話說：「哪個要跟你手攙手上街？」

「我沒有這樣說。」陳世龍覺得好笑，「不過拿洋人作個比方，我的意思是，你要在上海逛一逛，也不必一定要七姑奶奶作伴，我就好陪你。」

話倒說得輕鬆，實際上絕不會這麼簡單，「偶爾陪一趟可以，天天陪我上街——。」阿珠很吃力地說：「成甚麼樣子？」

「人家不曉得我們是怎麼回事？說是兄妹，難道不可以？」

「這哪裡好冒充？親兄妹到底親兄妹，一看就看出來了。」

「不見得。」陳世龍說，「這也可以裝得像的。」

「怎麼裝法？」

「第一，要親熱——。」

「啐！」阿珠臉紅了，「哪個要跟你親熱？」

動輒是「哪個要跟你」怎麼樣，「哪個要跟你」怎麼樣，陳世龍注意到了這種語氣；蓬門碧玉他見多了，了解這種語氣後面的真意，完全是「對人不對事」，意思是「手攙手上街」也可以，「親熱」也可以，只不過不願「跟你」如此而已。當然，這也算是句反詰，有點故意「搭架子」的意味；彷彿暗示著，只要情分夠了，無事不可商量。

這就是無意間流露的真情，陳世龍越覺得有把握，也就越不肯放鬆，「你不肯跟我親熱也不要緊，」他說，「好在我裝得像，教人家看起來，一定當我是你的親哥哥。那一來，你還怕甚麼？」

阿珠想了一會，決定依他的話，但還要約法三章：「我話先說在前面：第一，不准你嘻皮笑臉；第二，不准你嚕哩嚕囌；第三，」她略頓一頓，板著臉說：「不准你動手動腳！你答應了，我跟你去。」

陳世龍笑道：「還有第四沒有？」

「你看你，」阿珠斜著白眼看他：「剛剛說過，不准你嘻皮笑臉，你馬上就現形了。」

這是真的有點生氣，陳世龍起了戒心，正一正臉色答道：「好，你不喜歡這樣子，我懂了。我絕不討你的厭！」

這倒提醒了阿珠。她一直弄不清自己對陳世龍是怎麼樣的一種感覺？現在「找」到了：這個人不討厭，而且應該說是蠻討人喜歡的。這樣想著，忍不住抬頭看了他一眼。

大大方方地看，原也不妨；她卻偏要偷偷摸摸去看，一瞥之下，迅即迴避。越是如此，越使陳世龍動心，幾乎當時就想違反她的約法第三章，抓住她那白白、軟軟的手握一握。

「嗨！」突然有個在戲水的頑童大喊：「你們來看，一男一女吊膀子！」

這一下把阿珠羞得臉如紅布，顧不得陳世龍，拔腳就走，走得像逃；河裡的頑童，還在譁笑大喊：「吊膀子、吊膀子！」阿珠急得要哭了。

「小鬼！」陳世龍恨不得抓住他，狠狠揍一頓；只是顧阿珠要緊，便也拔腳追了上去。

追是很快地追上了，阿珠不理他；特意避到對面簷下去走。陳世龍很機警，知道她這時的心境，不敢再跟過去。

尤家快到了，只見她忽然站住腳，微微回頭望著；這自然是有話要說，陳世龍加快幾步，到了她身邊。不忙開口，先看臉色；紅暈尚未消褪，怒色更其明顯。他心裡有些著慌，不知道該怎麼說？

「都是你！」阿珠咬牙瞪眼地埋怨。

遷怒是可想而知的，他唯有解勸：「那些淘氣的小鬼，犯不著為他們生氣！」

「你臉皮厚，自然不在乎！那些難聽的話——。」阿珠深感屈辱，眼圈一紅，要掉眼淚。

「不要哭！」陳世龍輕聲說道：「七姑奶奶喜歡管閒事，當心她會打破沙鍋問到底。」

這下提醒了阿珠，她的原意就是要告誡他，不准把剛才這件事當笑話去講；所以此時用手指抹一抹眼角答道：「只要你不說就好了！」

說完，阿珠轉身就走。陳世龍心裡很不是味道，好好一件事，不想教那幾個「小鬼」搞得糟不可言，這是從何說起？細想一想，也要怪自己太大意；如果能夠謹慎小心些，不是在那人來人往的河邊，大訴衷曲，豈不是就不會有這樣掃興的事了？

徒悔無益，為今之計，必須全力挽回局面。因此，陳世龍經過仔細考慮之後，還是跟了進去。他在尤家沒有像阿珠那樣熟，而且尤家雖說江湖上人，比較開通，男女之防，還是很著重的，儘管七姑奶奶不大在乎，他卻不便穿房入戶，闖入後廳。到尤家，只是存下個見機行事的打算，就算不能見著阿珠，無論如何要讓她知道，為了她戀戀不忍遽去。

他不知道，這天的情形跟昨天已大不相同，不同的原因，就在尤家姑嫂對他已「另眼相看」；所以當他正在廳上與尤五手底下的人閒談時，尤太太打發一個丫頭來請，說有話跟他談。

這真是「寵召」了！陳世龍精神抖擻地到了後廳，恭敬而親熱地招呼：「尤太太，七姑奶奶！」

「不要用這樣客氣的稱呼了。」七姑奶奶說道：「你跟我們張家妹子一樣，也叫『五嫂』、『七姐』好了。」

陳世龍越有受寵若驚之感，而且福至心靈，想起一句很「文」的話：「恭敬不如從命！」

他垂著手喊：「五嫂、七姐！」

一面喊，一面眼風順便掃過阿珠；她把臉轉了過去，不知是有意不理，還是別有緣故？

「世龍！」尤太太開口了，語氣平靜自然，「你今天下午要走了？」

「是的。下午走。」

「我託你點事，可以不可以？」

「五嫂怎麼說這話？有事儘管吩咐！」

「我託你在上海買點東西。」尤太太接下來解釋，「不要看我這裡，差不多天天有人到上海，關照他們買點東西，總是不稱心，不是樣子不對，就是多了少了的，真氣人！我曉得你能幹，這一趟特為託你。」

「五嫂說得好。」陳世龍笑道，「只怕我買回來，一樣也要挨罵。」

「不會的。」尤太太問道：「東西很多，要開個單子；你會不會寫字？」

陳世龍學過刻字生意，字認得不多，卻寫得很好，便即答道：「會！」

他一說會，七姑奶奶已把筆硯捧了過來，在紅木方桌上放下，拉開凳子，還拿手拍了一下：「來！坐下寫。」

他坐在東首順光的那一邊，七姑奶奶坐在他對面；左手方是尤太太。還空著上首一個座位，七姑奶奶把阿珠硬拉了來坐下；三雙眼睛灼然地看著陳世龍手中的那枝筆。

他忽然意會了，「這哪裡是開買東西的單子？簡直是考自己的文墨嘛！」心裡不安而又興奮；打起精神，希望在三位「考官」面前交一本好卷子。

真如「說書先生」常用來表白的那句話：「磨得墨濃，舐得筆飽」；陳世龍執筆在手，看著尤太太，靜候吩咐。

「男人的袍子要一丈四。一丈四、一丈四、兩丈八；再加八尺，就剪四丈八好了。」尤太太念念有詞地盤算了一會；抬頭看著陳世龍：「哆囉呢四丈。」

第一遭就遇著難題。哆囉呢這種衣料聽說過，是外國來的呢子；卻不知怎麼寫法？不過陳世龍的腦筋也很快，他想，外國名字大多加個「口」字傍，譬如「　咭唎」之類，那就不妨如法炮製。

這一下倒是寫對了。他也很細心，寫完又問：「甚麼顏色？」

「玄色。」

「玄」字不會寫，卻也不算錯，他在「哆囉呢」三字下，註了個「黑」字。

就這樣尤太太口述，陳世龍筆錄，許多洋貨的名字，他「以音為之」，只譯寫聲音，反正自己知道。尤太太她們也不來管他——實在是不知道他寫對了沒有！不過阿珠看他那筆字，寫得端端正正，心裡也不知是安慰，還是得意，只覺得臉上很有光彩。

女人家辦這些瑣碎事最麻煩，尤太太跟她小姑又商議、又爭辯；阿珠也不時參加些意見，越發耗費辰光。陳世龍很耐心地等著。等那單子寫完，已經誤了中飯時間，一桌子的菜都擺得涼了。

「吃飯，吃飯！」七姑奶奶對陳世龍的稱呼，與眾不同，比較親暱：「阿龍，你不必到外頭吃，同我們一桌好了。」

如果是在平常日子，陳世龍一定會辭謝她的好意；而這天不同，欣然落座，坐下來就吃，一面吃，一面閒談；不過「手揮五弦，目送飛鴻」，視線不斷繚繞在阿珠臉上，她除掉偶爾低下頭來，很快地眨著眼，彷彿有些事在想以外，臉色大致是恬靜的，大可教人放心。

吃完飯，尤太太進去取出一張一百兩銀子的銀票，交了給陳世龍。這就該走了！他卻還不肯告辭；總覺得沒有機會跟阿珠再說兩句話，於心不甘。

誰知有個意想不到的機會，「我還要到船上去一趟。」阿珠起身說道：「有兩句要緊話，剛才忘了跟我爹說了。」

用不著陳世龍自告奮勇，有意為他們撮合的七姑奶奶，當然會順理成章地建議，仍舊由陳世龍陪著她到船上。

「不要走那條路了。」一出尤家後門，阿珠就嘟著嘴說。

「總歸要到河邊。」陳世龍答道，「那些小鬼再淘氣，我一定捉牢他們敲屁股。」

「你少替我多事！」

其實，阿珠並不要到船上，只是有件事要跟陳世龍說；所以當先領路，走到僻靜之處站住了腳。

「我請你辦點事。」她說，「在尤家叨擾了他們許多日子，應該有點意思；我想送他們一份禮，請你在上海辦一辦。」說著，她從手巾裡取出一張銀票，遞了過去：「盡二十兩銀子，辦要辦兩份；送五嫂的那份，是伢兒用的東西就可以了。」

「我曉得了。等我辦好了，回來再跟你算。」

「那樣我就不要。」阿珠把銀票塞到他手裡。

不接不行，陳世龍也就不再多說甚麼；只另外問了一句要緊話：「我先前說來接你的話，怎麼樣？」

阿珠知道，這像走路一樣，又到了一處三叉路口，一條路渺渺茫茫，走到那裡算那裡，路雖平坦不會摔跟斗，但沒有甚麼景致，也不知走到頭來是何光景？

另一條路已可以看得出來，崎嶇難行，但必有山光水色、奇石怪木，堪以流連，而走到頭來，若有歸宿必是個很好的歸宿，就怕中途失足，葬送一生。

陳世龍見她久無回答，心急催問：「怎麼樣呢？你倒是說一句吵！」

「讓我想一想也不要緊——。」

「好，好！」陳世龍是怕她聽而不聞，在轉別的念頭；只要是想這件事，時間再長，他也能等待，所以這樣搶著說：「你儘管慢慢想！」

想了半天，委決不下；心裡是願意走第二條路，卻又有些膽怯。她這時候才感覺到，一個人不能沒有一個可以商量心事的親人或者朋友；如果有七姑奶奶在旁邊就好了。

這樣一轉念，她越不肯作肯定的答覆；不過這一來，反倒有話可說了：「到時候再看！」這句話，如果他一開口她就這麼回答，必是敷衍；經過好一陣考慮才說，那是打不定主意。陳世龍雖有些掃興，不過因為一時得不到一句準話；細想一想，正見得她重視此行，不僅僅是為了玩一趟。至於她為何打不定主意？這倒該設法在她心裡查一查。

於是他問：「你是不是還顧忌著胡先生？」

「顧忌他點啥？」阿珠把臉繃得極緊，才好說出她那一句不大好意思出口的話：「我跟他清清白白，乾乾淨淨，有啥好顧忌的？」

不但已可以把胡雪巖拋開，而且在表明心跡了，其中的意味，著實深厚。陳世龍心滿意足，「自說自話」地放下諾言：「我五天以後來接你。」

阿珠差一點又要說：「哪個要你來接？我又沒有答應你一起走。」只是畢竟未曾出口；而且心裡覺得好笑，此人比胡雪巖還要不講理。

「好了，好了。我要回去了。」阿珠揮揮手說。

「要不要我送？」

「不要！」阿珠又說，「你也該早點到船上去，人家在等你。正經事也要緊；不要盡轉不相干的念頭。」

陳世龍笑笑走了，走了幾步，轉臉去看，恰好阿珠也回身在望；視線一觸便離，扭轉身去，沿著路邊很快地走了。

這一個望著苗條的背影，回想她臨別之際的那兩句叮嚀，覺得有咀嚼不盡的餘味：心裡是說不出的好過。

阿珠卻跟他不同，心裡亂糟糟地，不辨是何滋味？卻又無法靜下來想一想，因為一回去就讓七姑奶奶纏住了。

「你怎麼這麼快就回來了？」

這第一句話就讓她不容易回答；她嘴上不大肯讓人，其實說不來假話。自己算一算，到船上來回一趟，這點辰光是不夠的；因而疑心七姑奶奶已發覺她根本沒有去見她父親，只是借故溜出去跟陳世龍「講私話」。

於是像被人捉住了短處似地，她一張臉漲得通紅，半晌說不出話來。

七姑奶奶等於一個女光棍，那雙眼睛看阿珠這樣的人，表裡俱澈。恍然大悟之餘，心中好笑：真正是做賊心虛。但她雖口沒遮攔，對這句話到底還有顧忌，怕阿珠臉皮薄，一個掛不住，會傷了彼此情分，因此笑笑不響。

這一笑在心思也極靈敏的阿珠，當然亦猜到了她的心理。掩飾不可，只有解釋，索性把話說明了，倒也無所謂。

「老實告訴你，」她的臉色反轉為平靜，「我也要託陳世龍買點東西；不好當著你們的面說。」

「為啥？」

「在府上打擾了好些日子，哪怕送點不值錢的東西，也是我一點心。我如果當了你們的面說，你們一定不肯，所以我要避開你們託他。」

「原來這樣。你何必又破費——」

「是不是？」阿珠理直氣壯似地，「我就曉得你們一定會攔住我。」

「好了。我就不客氣了。自己姐妹，老說客氣話也沒有意思。」七姑奶奶看一看桌上的自鳴鐘說：「我要到書場去了。你去不去？」

七姑奶奶喜歡聽書。一部書聽上了癮，天天要聽。阿珠總覺得女人拋頭露面上書場，不像樣子。而且有些「先生」，說到男女間事，看有「堂客」在座，比較含蓄；有些就毫無顧忌了，繪聲繪影，春情十足，七姑奶奶不在乎，阿珠卻窘不可言。她「上過一回當」，頗存戒心；七姑奶奶也不便勉強，只是每天去總要問她一聲。她有時去，有時不去，要看那天說的是那一回書。

阿珠知道，她聽上癮的那部書是《玉蜻蜓》，隨即問道：「今天說到那裡？」

「快要〈庵堂產子〉了。」

〈庵堂產子〉只有懷孕足月的小尼姑志貞，沒有造孽緣的申貴升，聽這回書不會受窘，阿珠便答應同去。

有人作伴，七姑奶奶的興致格外好，一面塗脂抹粉，細細打扮，一面把〈庵堂產子〉的情節和昨天的「關子」說到甚麼地方，都講了給阿珠聽。

「到底是『申大爺』，還是『金大爺』？」

「應該是『申大爺』，說書先生都稱『金大爺』；因為蘇州申家勢力大，不敢得罪他們，這部書，從前是禁的。」

「這樣說來，真的有這回事了？」

「那就不曉得了。不過，」七姑奶奶說：「申家上代出過狀元，倒是真的。有年到蘇州，走過一家人家，門口下馬石、旗桿、有塊匾『狀元及第』，氣派大得很，別人說是申狀元家。」

「這個狀元，就是小尼姑志貞的兒子？」

「照《玉蜻蜓》說，志貞的兒子叫申元宰；後來中了狀元，『庵堂認母』，把她接回家裡。」

「那麼，」阿珠問道：「『申大娘娘』呢？怎麼說？」

「這還有啥話說？兒子雖不是她生的，誥封總要先歸她；再說申大爺老早癆病死在庵裡，為死人吃醋也沒有這個道理。」

「這一下，志貞總算苦出頭了。」阿珠感嘆著說，「大概她做夢也不曾想到，兒子會中了狀元。」

「照我想想犯不著。」七姑奶奶很平靜的說：「苦守苦熬多少年，才熬得兒子出了頭；頭髮白了，眼睛花了，牙齒掉了，就算有福好享，也是枉然。倒不如覓個知心合意的，趁少年辰光，過幾天寫意日子。」

這話不知是不是有意諷勸？反正阿珠的印象極深。等聽了「庵堂產子」回來，感觸越深；而且由志貞的伶仃無告，勾起她想家的念頭，渴望著回到湖州，覺得只有在自己娘身邊，這顆心才能定得下來。

鄉思造成失眠，一直到四更天還不曾睡著。七姑奶奶跟她住東西兩廂房，一覺睡醒，發覺對面還有燈光，心裡有些不放心，便起床來敲她的房門。

阿珠知道是七姑奶奶；除了她不會有第二個人。於是開門問道：「你怎麼還不睡？」

「我已經睡過一大覺了，看見你這裡燈光亮著，過來看看。」她走進門來，發覺阿珠的兩面帳門都未放下，便奇怪的問：「你一直都不曾睡嗎？在做甚麼？」

「甚麼都沒有做，就是睡不著。」

「在想哪個？」

阿珠臉一紅，「會想哪個？」她說，「自然是想娘。」

「怪不得！」七姑奶奶捏著她的手臂問：「冷不冷？」

「還好。」阿珠見她只穿一件對襟短袖的褂子，胸前鈕扣，不曾扣好，露出雪白的一塊肉；褂子又小了些，鼓篷篷的凸出兩大塊。心裡便想，七姑奶奶像花開到盛時，卻形單影隻的守了寡，似乎也可憐？

這樣想著，不由得伸手捏住了她的豐腴的手臂，「七姐，」她說，「這裡來坐！」

她拉著她併坐在床沿上，怔怔地看著她；眼中有些迷惘和憂鬱，把七姑奶奶看得莫名其妙，便即問道：「怎麼回事？你有話說嘛！」

「我在想，」阿珠緩慢而低沉地說，「俗語說『家家有本難念的經』，這話還不對；實在是『人人有本難念的經』。譬如七姐你，別人看起來，一天到晚，嘻嘻哈哈，好像沒啥心事；仔細想一想，你一個人的日子也難過。」

這兩句話聽來平淡無奇，誰知恰好觸著了七姑奶奶的隱痛；連她兄嫂在內，從來沒有人說過這話——午夜夢迴，淒涼萬狀，那時的心境，只有自己知道，如今總算還有個人了解她的苦楚！七姑奶奶頓有知遇之感；那麼剛強的人，竟忍不住眼圈一紅，快要掉眼淚了。

但是剛強的人總是剛強的，就在這時候，也不願讓人覺得她可憐，「你說得不對！」所以她裝得很豁達地，「我倒不覺得日子難過。」

「叫我，」阿珠搖搖頭，「這種日子就過不下去。」

「所以囉！」七姑奶奶為人的心又熱了，接口勸她，「你過不慣這種一個人孤孤單單的日子，要趁早打主意。跟胡老闆斷了，這著棋走得一點不錯；他是個做大生意的人，一會兒湖州，一會兒上海，說走就走，丟下你獨守空房，這味道不大好受的。」

「噯！」阿珠皺眉搖手，「不要去講他了。講講別人吧！」

她是無心的一句話，七姑奶奶卻大為興奮；「來！」她拉著她倒下，「今天我陪你。我們姐妹也說說私話。」

阿珠也是精神亢奮，毫無睡意；剛過了立秋的天氣，後半夜非常舒服，她也願意作個長夜之談。不過七姑奶奶如不羈的野馬，她實在有些怕她，便得要有句話「言明在先」。

「說私話可以。」她笑道，「就是你哇啦、哇啦吃不消。」

「傻妹子！」七姑奶奶捧著她的紅馥馥的臉香了一下，「說到私話，怎麼會哇啦、哇啦？自然只有你我兩個人才聽得到。」

「這樣才好。」阿珠問道，「你餓不餓？我有杭州帶來的『紹興香糕』，要不要吃？」

「『紹興香糕』哪有你們『湖州酥糖』好吃。有沒有『沙核桃糖』？」

「有，有！我倒忘記掉了。」

阿珠從置放茶食用，可以收燥的石灰罎裡，摸出一大包沙核桃糖，帶到床上；兩個人並頭共枕，蓋著一條薄薄的紫羅被，一面吃糖，一面談私話。

「七姐，你守寡守了幾年了？」

「四年。」

這四年的味道如何呢？阿珠很想問，又覺得礙口，只好扯些不相干的話：「想來你那婆婆很凶。」

「憑良心說，倒也還好。就是脾氣合不來，一天到晚嚕囌；實在也是好意，譬如說，天氣熱胃口總有不好的時候，只要一頓不吃，她老人家就問長問短，一刻不停了。一會兒是不是病了？

要不要看醫生？一會兒又說受涼了，晚上睡覺要小心。如果我不理她，她就哭兒子——我都想哭在那裡，聽見她哭，你想煩不煩？」

「那麼，回娘家來住，是哪個的意思呢？」

「自然是我自己的意思。」七姑奶奶說，「哪個都做不得我的主。」

「難道——，」阿珠很謹慎地問：「在娘家住一輩子？」

「住一輩子也不要緊。我五哥、五嫂，跟別家的兄嫂不同。」

「這我看得出來的，說句良心話，五哥、五嫂待你是再也沒話可說了。」

「當然，自己同胞手足嘛！不過——，」七姑奶奶又說，「其中還有個道理，說給你聽聽也不要緊。」

原來尤五在十幾年前，是倔強到底、寧折不彎的脾氣；有一次跟松江府知府的大少爺，在妓院裡打架，被抓到了「班房」裡。那知府倒也還明理，預備訓斥一頓，放他走路。但尤五自覺道理上站得住，所以言語頂撞，不受責備；這一下知府動了真氣，非辦他個「目無官長」的罪名不可；「老太爺」託出許多人來求情，那知府是個書獃子，說甚麼也不行。

「這時漕糧要起運了，船上不是我五哥，就吃不住，老太爺十分著急。後來是我出面去見知府，」七姑奶奶回憶著得意的往事，那雙眼睛格外亮，格外顯得一汪水似的，「我說：『大老爺，我哥哥得罪了大少爺，又得罪大老爺，理當吃三年六個月的官司。不過現在他有公事，好不好我來做押頭？把我關起來，放我哥哥出去當差；等漕船回空，他進監牢，我再出去。』」

「你倒想得出。」阿珠聽得津津有味的笑道：「那知府大老爺，怎麼說法？」

「大家都說知府大老爺是書獃子，其實不獃。」七姑奶奶答道：「當時他跟我說：『你哥哥不講道理。世界上只有老百姓怕官；照他這樣子，莫非官要怕他，那不是沒有王法了嗎？我本來不但要重辦，還要申訴到上頭，革他「尖丁」的差使。現在看你倒還講道理，不過你也不要看得太容易，監獄裡的罪不是好受的。』我說：『我曉得。不過不是這樣子，大老爺不能消氣，說不得只好我咬咬牙關來受罪。』大老爺聽我這一說，搖搖手：『罷了，罷了！看你這樣子，我也不氣了。你具個結，把你哥哥領了回去。』」

「這真正是新聞。」阿珠笑道：「還要你具結？」

「是啊！硬是我蓋手模具結。具了結，知府大老爺把五哥叫了去說：『你要改過自新！再是這樣子橫行霸道，我不辦你，辦具結的人。你要想想，倘或你連累你妹子吃官司，對不對得起你父母？』」

「啊！這一著利害。」阿珠倒懂得那知府的用意，「就算五哥自己天不怕、地不怕，總要顧到你。這一來，脾氣無論如何要改改了。」

「就是這話囉！所以我說知府大老爺一點不獃。」

七姑奶奶又說，「等堂上下來，老太爺親自來接我；接到他家，擺開靠十桌酒席，幫裡弟兄都到了，老太爺叫我坐首座。他說：阿七可惜是女的，如果是男的，我要收了『他』才『關山門』。」

「七姐！」阿珠聽得出了神，「我倒沒有想到，你出過這麼大的風頭？」

「唉！」七姑奶奶長嘆一聲：「就是那次風頭出壞了。」

「怎麼呢？」阿珠詫異地問。

是老於世故的，就不會覺得詫異。以七姑奶奶的性情，出了這樣一回風頭，自不免得意非凡，從此以後，也像男子漢一樣，伸手管事；「吃講茶」常有她一份。豪情勝概，自然會把女孩兒家的溫柔，消磨殆盡。

「女人總是女人。」七姑奶奶不勝悔怨地說：「女人不像女人，要女人做啥？像我這樣子，弄到頭來，吃虧的是自己。」

這句說說得極深。七姑奶奶以過來人的資格，才有此「見道之言」。阿珠既警惕、又感動。警惕的是女人爭強好勝，使得男人敬神而遠之，實在欠聰明；感動的是七姑奶奶的這些話，真正是肺腑之言，對旁人是絕不肯說的。

「七姐！」阿珠也還報以真情，「你不說，我不敢說；你既然說了，我倒要勸你。你不開口坐在那裡，真正是一尊觀音菩薩；一開口就比申大娘娘還要利害。如果申大娘娘不是雌老虎；中大爺不會迷上那幾個『師太』，一條命也不會送掉。我勸你，也要像五哥一樣，把脾氣好好改一改。」

「我何嘗不想改？」七姑奶奶搖搖頭，不說下去了。

這是說改不掉？阿珠在想，改不掉就不會有男人敢要她。真的守一輩子寡？想守出一座貞節牌坊來？

她疑心七姑奶奶守不住。但這話說出來會得罪人，所以幾次想開口，終於還是忍住了。

「我問你，」七姑奶奶突如其來地說：「你看阿龍這個人怎麼樣？」

「又要提到他了。」阿珠想攔住她，因而特意裝出不悅的神情，「你為啥這麼關心他？」

七姑奶奶笑了，略帶些忸怩的神色；這樣的神色，阿珠幾乎還是第一次看見，在她的印象中，七姑奶奶從不知甚麼難為情？因而這一絲忸怩之色，便特別引人注意。阿珠想起她平日對陳世龍的殷勤，深悔失言──自己的這句話，可能在七姑奶奶聽來刺耳。

正想有所彌補時，七姑奶奶說出一番令人大吃一驚的話來：「不錯，我關心他。老實跟你說了吧，我也想過好幾回，要嘛不嫁，要嫁，現成有在那裡！」

「現成在那裡」的，自然是陳世龍。話說得如此赤裸裸，阿珠簡直不能相信自己的耳朵；回憶一遍，並未聽錯。這一來，心裡的滋味，便不好受了；臉上的神色，也不好看了，勉強笑著問了聲：「你是說那個？陳世龍？」

「是啊，陳世龍。」七姑奶奶看了看她的臉色，又問：「你看我嫁他配不配？」

真正臉皮厚，居然問得出來！阿珠心想：你不怕難為情，我就胡胡你的調。因而點點頭說：

「配！怎麼不配？」

「你倒說說看，我跟他怎麼樣的相配？」

「這話就奇怪了。」阿珠依然是很勉強的笑容，「怎麼樣的相配，你自己總想過，何用來問我？」

「我跟你開開玩笑的。」七姑奶奶在她臉上輕輕擰了一把，「我怎麼會跟他相配？第一、年紀不對；第二、身分不配——他沒有討過親，要娶自然娶個黃花閨女；第三、脾氣不配，他的性子也是好勝的，兩個人在一起，他不讓我，我不讓他，非天天吵架不可。」

阿珠不知怎麼，頗有如釋重負之感，但因為她言語閃爍，一會兒像煞有介事，一會兒又說「開玩笑」，所以大起戒心，不敢輕易答話，只微笑著作出不甚關心的樣子，同時很仔細地觀察她的臉色。

「你說，我的話對不對。」

「也不見得對！」阿珠很謹慎地回答；反過來試探她：「七姐，陳世龍娶了你，也有很多好處。像你這樣的人才，打了燈籠都沒處去尋的，又漂亮，又能幹，而且還有五哥的照應。再好都沒有了。」

「真的？」七姑奶奶有意相問。

語氣中聽得出來，有說她作違心之論的意味在內；阿珠有些發窘，但不容不答，更不容改口，硬著頭皮答道：「自然是真的。」

七姑奶奶笑一笑不答。隨後又說：「話再拉回來，你看阿龍這個人怎麼樣？」

第二次再問，如果依舊避而不答，便顯得「有心」了。阿珠想了想說：「我跟他認識的日子也不久，只曉得他人很能幹的。」

「心呢？」七姑奶奶問：「你看他的心好不好？」

「我看不出來。」阿珠說：「有道人心難測。」

「別人的心思難測，阿龍的心，你總曉得的。」

「又來說瘋話了！」阿珠一半害羞、一半賭氣，翻個身臉朝裡，以背向人。

過了一會，沒有動靜，她當七姑奶奶有些動氣了，想回過身來敷衍兩句；但外床的人比她快了一步，已經起身下床。

「嗨！」她提高了聲音喊，「你到哪裡去？」

「哪裡也不去。」七姑奶奶「噗」地一聲，吹滅了燈，仍舊上床；上床卻不安分，一把抱住了阿珠。

這是異樣的滋味。自懂人事以來，阿珠就沒有這樣子為人緊抱過，何況是面對面在黑頭裡；雖明知道跟自己一樣是個女人，仍然禁不住怦怦心跳。

「鬆手，鬆手！」阿珠輕喊：「抱得我氣都透不過來了。」

七姑奶奶略微鬆了些；「現在你用不著怕難為情了。」她說，「有話儘管講。」

「我沒有甚麼話好講。」

「那麼你就想，」七姑奶奶說，「想我就是阿龍。」

阿珠被她說得臉上火辣辣發燒，一面掙扎，一面喘氣：「噯！真不得了；從沒有遇見過你這樣的人！」

「這怕甚麼？嘴饞沒有肉吃，想想肉味道都不可以？」

「有啥想頭。想得流口水！」

「這倒是真的。」七姑奶奶又把她抱緊了；不但如此，還這樣要求：「你也抱緊我。」

「我不來！」

「來嘛！心肝。」七姑奶奶膩聲說道，「我抱的是你，心裡想的是我死掉的那一個。」

阿珠大出意外，沒有想到自己會成為她丈夫的替身；心有不忍，便姑且順從，抱緊了她，同時跟她開玩笑：「我是你的『老爺』，你明天要服侍我洗腳！」

「你正好說反了，從前是我們那口子，服侍我洗腳。」

「我不相信！男子漢大丈夫，做這種齷里齷齪的事，真正氣數！」

「你不懂。」七姑奶奶聞著她的臉說，「夫婦淘裡，有許多異出異樣的花樣，將來等你嫁了阿龍就知道了。」

又是阿龍！阿珠不作聲，爭辯也無用；而且覺得越爭辯似乎越認真，不如隨她說去。她心裡倒是在想，夫妻淘裡有些甚麼古怪花樣？但這話問不出口，只希望七姑奶奶自己說下去。

七姑奶奶那裡猜得到她是這樣的心思？看她不響，她也不開口；抱著阿珠，別有綺想，就這樣神思昏昏地，一覺睡到天亮。

是阿珠先驚醒，只聽見有人叫門：「阿七、阿七！」是尤五嫂的聲音：「張家妹子！你醒醒！」

「來了！」阿珠聽得尤五嫂的聲音有異，急忙推醒七姑奶奶：「你聽，五嫂在叫你；好像出了甚麼事似地。」

七姑奶奶定定神，一骨碌下床，拔開門閂；只見尤五嫂的臉色有些驚惶。

「怎麼搞的！都叫不醒。」尤五嫂一腳跨進門來，拉住七姑奶奶的手，連連搖撼：「小刀會造反，上海昨天失守了。」

「喔！」七姑奶奶回身看了看阿珠，「不要把她嚇一跳！到我房裡去說。」

這句話反而說壞了，阿珠的耳朵尖，已經聽得清清楚楚，急急趕過來問道：「七姐，出了甚麼事？」

「你慌啥？」七姑奶奶很沉著地指著她嫂子說：「我也是剛聽她說，說上海失守了！」

阿珠何能不慌？小刀會要起事的消息，事先她毫無所聞；只想到上海失守，她父親便要陷在裡面；還有陳世龍、還有胡雪巖，都是有關係的人，如今一起都有危險，因而急得快要哭了。

「你怎麼想不穿！」這些時候，就看出七姑奶奶的「本事」來了，說出話來，明白有力：「我五哥也在上海，難道我倒不急？」

想想不錯，尤五嫂似乎也不怎麼著急，可見得事情不要緊；再想到尤五的手面，越發心寬。當然，關切還是關切，不過看她們姑嫂有正事要談，只得暫時忍耐，回頭再來打聽。

尤五嫂沒有功夫來管她，拉著七姑奶奶的手說：「你快去穿衣服。嘉定有人來了，你去跟他見個面。」

聽她這一說，七姑奶奶拉著尤五嫂就走；到了她自己房裡匆匆漱洗，攏一攏頭髮，穿裙著衫，走來走去地忙著；尤五嫂便跟來跟去，把嘉定來客的話，告訴了她。

第十三章

這個不速之客是嘉定的一個土豪周立春派來的。周立春與劉麗川有勾結，所以上海一起事，周立春預備在嘉定響應；事先曾經跟尤五接頭，希望「有福同享，有難同當」，尤五不願蹚這渾水，但也不便得罪他們，所以一直採取敷衍的態度。但以前可以敷衍，此刻到了真刀真槍要上場的時候，那就敷衍不過去了。

「我來跟他說。」七姑奶奶小聲詛咒著，話又難聽了：「他娘的！只有強奸，沒有逼賭！造反又不是去吃花酒，還有啥硬拉牢了一起走的？」

「你又來了！」尤五嫂又氣又急，「求求你，姑奶奶！你要跟他去吵架，還是不要去的好。」

「唉！五嫂，你又看得我那樣子草包了！我不過在這裡發發牢騷，見了面，人家總是客人，我無緣無故得罪他做甚麼？」七姑奶奶推著她說：「你先去應酬應酬，要特別客氣，不要冷落人家。」

「不要緊。我開了早飯，請他在吃酒。」尤五嫂說：「人家是連夜趕來的。」

「那麼，你看他吃好了，請他在五哥的那間房子裡見面。」

尤五有間密室，看是孤零零一座院落，四外隔絕，其實有地道與外間相通。七姑奶奶為怕走漏風聲，特意約在那裡相會。

那個人是周立春的本家兄弟，排行第六；七姑奶奶也認識，但談這些事，非另有憑信不可，因而一見面，她先這樣問說：「周六哥，你要尋我五哥有啥話說呢？」

周六略略躊躇了一下答道：「七姑奶奶，立春有幾句機密話——。」

「慢點！周六哥，」她攔著他說，「既然是周大哥的機密話，你總曉得規矩？」

「喔，我倒忘記掉了。」周六歉意的笑著，伸手到腰上去掏摸。

他掏摸出來一塊漢玉，送到七姑奶奶手裡——這是信物；周立春因為造反是要殺頭的機密大事，往來接洽，不便形諸筆墨，而派人傳話，卻又口說無憑，便與尤五作了個約定，用這塊漢玉作為憑證。無此信物，守口如瓶；七姑奶奶知道有這樣一個約定，所以首先就要查問。

驗明無誤，她把漢玉交了回去，接著便說：「周六哥，你曉得我們這裡情形的，你有話跟我說也一樣。」

「是，是！我們也曉得七姑奶奶女中丈夫；令兄凡遇大事，都要跟你商量。」周六說到這裡，不放心似的望外面看了一下，然後把聲音放得極低：「上海方面的情形，七姑奶奶想必已有消息？」

「我也是剛剛聽說，詳細情形還不曉得。」

「上海已經成功了。劉大哥有洋人撐腰，事情很順手，以後還要順手；蘇州的綠營兵，湖州人居多，跟劉大哥是同鄉，已經約定，就要起事。」周六頓了一下，很吃力地說：「立春也就要在這兩三天動手，以前跟尤五哥談過，尤五哥答應到時候一定幫忙。我今天來，就是來談這件事。」

「喔，」七姑奶奶從從容容地答道：「你們談過這件事，我是曉得的。不過我沒有聽我五哥說過一定幫忙的話。」

這一下就談不下去了，周六楞住在那裡，一臉懊喪之色。

「周六哥，我五哥最講義氣，為朋友上刀山、下油鍋，他都肯的。是不是？」

「是啊！」周六連連點頭，「就為此，立春才來請尤五哥幫忙的，大家『有福同享，有難同當』。」

「實不相瞞，我五哥眼前就是難關。」七姑奶奶正好接住他的話，「如果是前一兩年，我五哥有啥推辭是孫子王八蛋；眼前真正叫有心無力。為啥呢？為來為去為的是，不曉得那個贓官想出來的，斷命的『海運』呀！」

「海運？」周六問道：「是說漕米改海運？」

「是啊，漕米改了海運，挑沙船幫發財！走關東的沙船，本來一向是裝了壓艙石頭到北邊的，現在改裝漕米，平白裡賺一筆水腳銀子；運到天津不出事，還有啥『保舉』，沙船幫老大也做官了，氣數不氣數！」七姑奶奶嚥了口唾沫，接下去又說：「沙船幫交賊運，我們漕幫要沒飯吃了。松江是疲幫，你也曉得的；我五哥當這個家，真正是黃連當飯，苦頭吃足。轉眼重陽節邊，西北風起，漕幫弟兄的夾衣裳都還在當鋪裡，我五哥不能不想辦法。現在陪了個『空子』到上海去做絲生意了，多少想掏摸幾個，貼補貼補。周六哥你倒想想，我五哥在江湖上的身分，倘不是窮極無奈，怎麼肯去服侍一個空子？這樣子泥菩薩過江，自身難保的時候，怎麼幫得上周大哥的忙？」

一番話說得周六啞口無言，好半天才說了句：「既然如此，尤五哥為啥又說，到時候一定幫忙。」

「這就是我五哥的為人。你現在跟他去說，他還是會答應幫忙。不過這個忙，照我看，是越幫越忙。」

「噢！」周六深為詫異，「這是啥道理？」

「啥道理？吃飯的道理。」七姑奶奶答得極其爽脆，「漕米為啥改海運，說運河水淺，有時候漕船不通，這好想辦法；時世一亂，漕船走不過去，那才是死路一條。幫裡的弟兄，對『長毛』都搖頭；現在再要他們跟周大哥一起走，表面不說，心裡另有打算。萬一做出啥對不起人的事來，我五哥一定壓不住。這不是越幫越忙嗎？」

周六聽他這一說，打了個寒噤。果然要松江漕幫協同起事，說不定洋槍到手，槍口朝裡，那豈是兒戲之事？

不過，仔細想一想也不對。俗稱「通草」的「通漕」，周六也見過，上面記著，陸祖命翁、錢、潘三祖下山行道，行的就是「反清復明」的道，陸祖說的兩首偈子，第一首中的「前人世界後人收」，就指的是光復大明江山；第二首中「日月巍巍照玉壺」，日月合成「明」字，「壺」字諧音「胡」，指的滿清，也有反清復明的意思在內。那麼，現在起事反清，漕幫弟兄何能倒戈？

他是想到就說，而七姑奶奶報以輕蔑說：「周六哥，這些道理不曉得是啥辰光留下來的？『皇帝不差餓兵』，飯都沒得吃了，現在想大明江山，不好笑？」

再說下去，依然無用。這一趟完全白來。周六想了想，只好這樣說：「那麼，七姑奶奶，我今天這番話，算是沒有說；你也當作不曾聽見過好了。」

這話她懂，「儘管請放心！我哪裡會做這種半吊子的事？如果周六哥，你今天跟我說的話，漏一個字到外面，你儘管來尋我們兄妹說話。」她接下來又極誠懇地說：「周六哥，害你白來一趟，我心裡真正過意不去。不過事情明擺在那裡，實在力不從心。請你回去跟周大哥說，這一次真對不起他；別處有用得著我們的地方，儘管吩咐。話再說回來，我們也有請周大哥照應的時候，『行得春風有夏雨』，只要力量夠得到，幫朋友就是幫自己。」

周六暗暗點頭，都說這位七姑奶奶辦事跟男子漢一樣，果然名不虛傳。這幾句話還有打招呼的意思在內；事情不成，朋友要交，索性賣賣她的帳。

「這就是七姑奶奶的話了！儘管請放心！嘉定過來青浦，青浦過來松江；過幾天到了貴寶地，有『老太爺』在，絕不敢驚動的！」

「周六哥，你這句話值錢了。我替松江老百姓，謝謝你！」說著，她學男人的樣子，抱拳作了個揖。

總算不傷和氣，把周六送出後門；七姑奶奶心裡不免得意，笑嘻嘻地回到後面，尤五嫂迎著她問道：「怎麼說法？」

「沒事了！」她守著給周六的諾言，「詳細情形也不必說，總而言之一句話，五哥的麻煩，我通通把他掃乾淨了。」

「真正虧得你！」尤五嫂極欣慰地，「實在也要謝謝胡老闆，不是他來，你五哥不會到上海去。叫他自己來應付，還不如你出面來得好。」

「這話倒是真的。」七姑奶奶想了想說，「五嫂，我今天要到上海去一趟。」

「應該去一趟。」尤五嫂說，「就怕路上不好走。」

「怕甚麼？」七姑奶奶毫不在乎的，「他們鬧事是在陸路上，我坐船去，根本就碰不見；碰見了也不要緊，憑我還會怕他們？」

「那好，你就趕快去一趟，叫你五哥在那裡躲一躲，省得那班『神道』又來找麻煩。」

「我曉得。我去收拾東西；五嫂，你關照他們，馬上替我備船。」

於是七姑奶奶回到自己臥室，匆匆收拾隨身衣物；正在手忙腳亂的當兒，阿珠悄悄的走了進來，有所央告。

「七姐！」她用耍賴的神態說道：「我不管，你一定要帶我一起走。」

「咦！」七姑奶奶有些詫異：「我又不是去玩兒。」

「我也不是去玩兒。我要去看我爹，不然不放心。」

「話是不錯，走起來有難處，路上不平靖。」七姑奶奶鄭重其事地說，「你想想看，造反的人，那個不是無法無天？遇見了，不是好玩兒的。」

「我不怕！」阿珠豁出去了，「大不了一條命。」

「他不要你的命，要你的身子。」

聽這句話，阿珠不能不怕；楞了一會說：「那麼你呢？」

「我不要緊，跟他們『滾釘板』，滾過明白。」七姑奶奶又說，「我再告訴你，我學過拳頭，像阿龍這樣的，三、五個人，我一樣把他們『擺平』！」說完，她拿起牆角的一枝青皮甘蔗，右掌平平的削過去，也不見她如何用力，甘蔗卻已斷成兩截。

這一說一試，效用恰好相反，阿珠對她本就信賴，現在看她「露了一手」，益發放心，輕鬆地笑道：「我有個女鏢客保鏢，還怕甚麼？我跟你走定了！我也去收拾東西。」

「慢點，慢點，」七姑奶奶一把拖住她；想了又想，無奈點頭：「你一定要去，我就依你。不過，說實話，像你這樣人又漂亮，年紀又輕的人，我帶了你走，責任很重。你要聽我的話做，不然——。」

「聽、聽！」阿珠搶著表示態度：「不管你怎麼說，我都聽。」

「那麼，」七姑奶奶說，「你也不是沒有在江湖上走過的，總曉得女人有女人的笨法子。你有沒有粗布襯袴？」

阿珠也聽人說過這種「笨法子」，很願意試一試，但是，「粗布袴子倒沒有。」她說。

「那就多穿兩條。」

阿珠依言而行，穿了三條襯袴，兩件緊身小馬甲，到了七姑奶奶那裡；關緊房門，拿針線把袴腰袴腳、和小馬甲的前襟，縫得死死的。這樣子，遭遇強暴，對方就很難得逞了。

到了飯後，正預備下船；突然來了個意想不到的人，是陳世龍，一身泥濘，十分狼狽，但精神抖擻，臉上充滿了經歷艱險，安然到達目標的快慰。

這一到，立刻為尤家的人所包圍，都要聽他從上海帶來的消息。七姑奶奶和阿珠也就停了下來，先聽他說了，再定行止。

「你是怎麼來的？」尤五嫂急急問道，「我們的人都好的吧？」

「都好，都好！」陳世龍大聲答道：「都住在夷場，安穩得很。」

有這句話，大家都放心了；「那麼，上海縣城呢？」尤五嫂又問。

「縣城失守了。」陳世龍所了解的情形，相當完整；於是從頭細說，「小刀會要起事，早有謠言了，壞在吳道台手裡——。」

吳道台是指蘇松太兵備道吳健彰。他跟劉麗川是同鄉舊識；而上海縣的團練又多是廣東、福建人，因此，吳健彰對於小刀會利用團練起事的流言，不以為意——在他的想法，小刀會起事，就是跟他過不去；有彼此的交情在，劉麗川不會做出甚麼對不起人的事來。

誰知劉麗川已經跟太平天國的「丞相」羅大綱有了聯絡；同時與英國領事溫那治有所勾搭，

決定於「丁祭」那天起事，先攻縣衙門。

上海縣知縣名叫袁祖　，是袁子才的孫子，由捐班的寶山縣丞，升任上海知縣；這天一早整肅衣冠，預備坐轎到文廟去上祭，人剛走出大堂，擁進來一群紅巾裹頭的亂民，為頭的叫小金子，曾經為袁祖　把他當流氓抓來辦過罪，仇人相見，分外眼紅，雪亮一把刀立刻遞到胸前。袁祖　倒也是個硬漢，破口大罵，不屈而死。吳健彰得到消息，溜到了英國領事署，總算逃出一條命。

於是道署、縣署、海關，都被搶一空。小刀會占據了小南門喬家濱、沙船幫巨擘郁馥山新起的大宅作巢穴。城內亂得很厲害，但「紅巾」不敢入夷場一步；因此難民紛紛趨避，十里夷場反倒格外熱鬧了。

「官兵呢？」七姑奶奶問道：「難道不打一打？」

「官兵少得很，根本不敢打；帶兵官是個守備，姓李，上吊死了。」

「鴨屎臭！」七姑奶奶不屑地，「有得上吊，為啥不拚？」

「不去管這些閒事了。」尤五嫂問，「你是怎麼來的？」

「我特地來送信，口信。」陳世龍看了看說，「可以不可以到裡面去說？」

這自是機密信息，引入內廳，陳世龍告訴尤五嫂說，尤五特地囑咐，如果嘉定有人來，好好敷衍，千萬不可得罪。

「原來是這麼一句話！」七姑奶奶問道，「怎麼會叫你來的呢？」

這話問得有理，尤五手下多的是人，傳這樣的信息，理當派自己人；何至於勞動來作客的陳世龍？

「其中有個道理，」陳世龍道，「胡先生叫我把珠小姐送回湖州，順便就要我帶個口信。」

「這——，」七姑奶奶深感意外，「這是為啥？」

「胡先生說兵荒馬亂，還是回去的好。張老闆也是這麼說。」

「這要問問她自己。」七姑奶奶忽然又說，「這樣吧，我們已經約好一起到上海，船都備好了；你跟我們一起走，有啥話到上海再說。」

「好的。啥時候走？」陳世龍看著身上說，「我一身爛汙，總得先洗個澡。」

等陳世龍到「混堂」裡去洗澡的功夫，七姑奶奶才去找到因為他們要傳機密口信而迴避的阿珠；說了陳世龍此來的本意，以及她的決定，阿珠自然表示同意，但也不免奇怪，胡雪巖此刻正當用人之際，何以肯放陳世龍專程送她回湖州？

這就是七姑奶奶厲害了，一下子就看出是胡雪巖替陳世龍安排機會，漫漫長途，寡女孤男，而又當一個此身無託，一個愛慕不已，彼此都有了意思的時候，只怕如乾柴烈火，生米很快可以煮成熟飯。但是，七姑奶奶自己覺得對他們倆的了解，比胡雪巖更深；有把握促成好事，所以自作主張，改變了胡雪巖的安排。

舟入吳淞江，順風順水，一夜功夫就到了上海。船不敢再泊小東門，在洋涇浜上岸，直接坐轎到了裕記絲棧；絲棧裡亂得一團糟，連走廊上都打著地鋪，全是縣城裡和浦東一帶逃難來的，沾親帶故，半央求、半強占地住了下來。

七姑奶奶也是第一次到這裡來，一看這情形就喊了起來：「這裡怎麼住法？五哥他們住在那裡？」

「不要吵，不要吵！有地方。」

陳世龍引著她和阿珠，逕自走到最後，另有道黑漆石庫門，虛虛掩著，推開一看，別有天地，三開間一樓一底，推滿了絲包。

「咦！阿珠。」阿珠抬頭一看，是她父親正開了樓窗在喊。

「樓下堆絲，樓上住人。」陳世龍告訴七姑奶奶說：「上樓再說。」

老張下樓把他們接到樓上，父女相見，因為有了一番變亂的緣故，所以多少有恍如隔世之感；坐定下來，七姑奶奶問道：「他們呢？」

這是指尤五和胡雪巖，「洋人請他們吃番菜，談生意，大概快要回來了。」老張又問她女兒，「我跟雪巖商量，叫世龍送你回湖州，你怎麼跑到上海來了。」

「是我的主意。」七姑奶奶搶著答道，「好在也方便得很，閒話少說，張老闆，對不起你，請你樓下坐下坐，我們要房間用一用。」

這話真說到了阿珠心裡，自從用了那個「笨法子」，太不「方便」，她連茶都不敢多吃一口；急於解除束縛，輕鬆一下，所以幫著七姑奶奶催：「爹，你先請下去，快，快！」

老張莫名其妙，但女人的事也不必多問，提著旱煙袋就走，陳世龍自然也要下樓，指一指左右說：「兩間房都開著，隨便你們用那一間。」

「阿龍，」七姑奶奶喊住了他；從來不曉得甚麼叫難為情的人，這時也不免有些忸怩，窘笑著說：「拜託你一件事，也不曉得他們這裡有沒有娘姨，大廚房在那裡？替我們提一桶熱水來，好不好？」

「怎麼不好？」陳世龍也很機警，「胡先生房間裡有個新買的腳盆，你們用好了。」說著，「蹬、蹬、蹬」一直下樓。

「你看，」七姑奶奶低聲對阿珠笑道：「阿龍替你提洗腳水去了！」

阿珠無心理她的戲謔，匆匆奔進房去；七姑奶奶自然也跟著行動，兩個人的手腳都很快，關緊門窗，相互幫忙，在黑頭裡摸索著，解除了束縛。

不久，樓梯聲響，是陳世龍提了水上樓，一壺熱水、一桶涼水，交代明白，便待下樓。

「阿龍慢一點！」七姑奶奶喊道：「黑咕弄冬的怎麼辦？要替我們拿盞燈來。」

那間房正就是他跟老張的臥室，因而答道：「我桌上有洋蠟燭，還有包紅頭洋火，在我枕頭下面。」

「那張床是你的？」

「靠壁的那張。」陳世龍說：「紅頭洋火，隨便那裡一劃就著，當心燒著手。」

「曉得了！你不要走，我還有事情要你做。」

七姑奶奶摸著洋火，取一根在地板上一劃，出現小小一團火；向阿珠那裡一照，只是一身細皮白肉，她正拿件布衫在胸前擋著，剛想開句玩笑，只見阿珠一張口把火柴吹滅，低聲說道：「當心他在外面偷看。」

轉臉一望，果然壁間漏光，有縫隙可以偷窺；七姑奶奶便問：「阿龍，你在外頭做啥？」

「我坐在這裡，等你有啥事情吩咐。」

「你不是在『聽壁腳』？」七姑奶奶格格笑著：「你要守規矩，不准在外頭偷看。」

陳世龍笑笑不響，阿珠便低聲埋怨她：「你不是在提醒他？洋蠟燭不要點了！」

這句話讓外面的陳世龍聽到了，心裡不知道是怎麼一股滋味？想想還是「守規矩」要緊，便大聲說道：「沒有事我就下樓去了。」

七姑奶奶這時也覺得讓他避開的好，「那謝謝你了。」她說，「你在樓梯口替我們把守，不要讓人闖上來。」

有陳世龍把守樓梯，大可放心；七姑奶奶到對面胡雪巖房間裡，找著腳盆，提水進來，兩個人大洗大抹了一番，然後取出梳頭盒子，重新塗脂抹粉，打扮得頭光面滑，換了一身乾淨衣服，才開了房門出來。

巧得很，正好裕記絲棧的老闆娘，聽說有「堂客」到了，帶了一個粗做娘姨和一個丫頭趕來；七姑奶奶是認得她的，招呼一聲「陳太太」，接著便替阿珠引見。

等娘姨在樓上替他們收拾了殘局，賓主坐定寒暄，問了問路上的情形，陳太太邀她們到家去住。

七姑奶奶怕拘束不肯去，轉身跟阿珠商量；她也不願住陳太太家，便以見了她父親，馬上就要回湖州，不必費事作推託。七姑奶奶也就設詞力辭，陳太太只得由她們；坐了一會，邀客到她家吃晚飯，七姑奶奶答應等他們兄妹見過面，談完正事再赴約。

於是等陳太太一走，陳世龍動手替她們設榻；老張和他搬到樓下，在絲包旁邊安設床位。原來的房間裡一張大床，一張小床，七姑奶奶占大床、阿珠用小床，而這張小床，正就是陳世龍原來所睡的。

剛剛安置停當，胡雪巖和尤五回到了裕記絲棧。時地相異，感覺不同，胡雪巖固然神態自若，阿珠也還顯得從容。七姑奶奶略略道了決定到上海來的緣由，隨即向尤五使個眼色，示意避人密談；尤五因為跟胡雪巖已到了共機密的程度，所以順手把他一拉，一起來聽七姑奶奶的報告。

「嘉定的人，昨天早晨來過了……。」她把經過情形，細說了一遍。

「這樣應付也好！」尤五很欣慰的。

默默在一旁聽著的胡雪巖，不曾想到七姑奶奶，如此能幹，不免刮目相看。她發覺了他的眼色，心裡覺得很舒服，便笑著問了句：「小爺叔，你看我說錯了話沒有？」

「當然不錯！」胡雪巖轉臉對尤五說：「這下了掉一件心事；我們在上海可以好好動一動腦筋。」

尤五先不答他的話，向他妹子低聲叮囑：「阿七，我一時不能回去；家裡實在放不下心，趁這一兩天，路上還不要緊，你趕緊回去吧！」

七姑奶奶點點頭；問起他們在上海的情形：「生意怎麼樣？」

這話在尤五就無從置答了，只是微微嘆口氣，見得不甚順手。

「生意蠻好！」胡雪巖卻持樂觀的態度，「正在談，就要談出結果來了。」

事實上不容易談得出結果，胡雪巖扳持不賣，洋行方面因為小刀會起事的關係，是在觀望之中，所以最大的兩項「洋莊」貨色，茶和絲都變成有行無市，混沌一團。尤五因為生意方面不大在行，而局勢甚亂，自不免悲觀，因而才嘆氣不答。

「阿七，」尤五又說，「你明天就回去吧！」

「曉得了！」七姑奶奶不悅，「我會走的。不過張家妹子是我帶到上海來的，總要把她作個交代。」

「交代她爹就是了。」

話是不錯，但七姑奶奶一心要牽那條紅線，巴不得當時就有個著落；這點又似乎不宜出口，因而沉默著。

「七姐！」胡雪巖看出她的熱心，安慰她說：「事情是一定會有個好交代的，急也急不得。我想把她先送回湖州，叫世龍送了去；那也就算是有交代了。」

「嗯，嗯。」七姑奶奶不置可否地；然後又說：「裕記老闆娘，今天請我們一起去吃夜飯，也該走了。」

「不行！」尤五搖頭，「我們今天夜裡約好一個要緊人在那裡。你們去吧！」

於是乍一相見，匆匆又別；尤五和胡雪巖席不暇煖地，趕到一家「堂子」裡去赴約會。

第十四章

要會的那個要緊人姓古，廣東人，是個「通事」，結交的洋朋友極多，對英國人尤其熟悉；而在上海的英國人，自從洪秀全在江寧「開國」，便有許多花樣。他們去會那姓古的，就是要打聽這些花樣。

尤五在上海的路子也很廣，輾轉打聽到，英國洋行已經跟洪軍展開貿易。曾經有兩隻英國兵船，從上海開到下關；洪軍起初以為是清軍邀來助陣的，大起戒備。誰知英國人帶了一名通事上岸，一開口就表明，此來特為通商。商品是槍械火藥；以貨易貨，換來的是，洪軍從長江東下，沿路擄掠所獲的珠寶古玩。那家洋行，大獲其利；而所帶的通事，就是這個姓古的，名叫古應春。

於是胡雪巖又有了新的主意，他跟尤五商量，最好能夠跟古應春結交，在珍寶和槍械方面都有生意好做。尤五對胡雪巖已到了言聽計從的地步；便設法託人，從中介紹，前一天已在吃花酒的場面上見過面，當時約定，這天是尤五回請，全班人馬，一個不缺，其實主客只有一個古應春。

設席的地點在寶善街怡情院；尤五是這家「長三堂子」的主政，怡情老二的恩客，所以連帶胡雪巖亦有賓至如歸之樂。到了那裡，在「大房間」落座，剛剛卸去長衫，聽「相幫」在喊客到；怡情老二親自打開簾子，只見古應春步履輕快地踏上台階了。

「古大少，真真夠交情。」怡情老二盈盈笑著：「第一個到。」

「尤五哥請客不能不早點來。」古應春又說：「而且是在你這裡請客，更不能不早到。」

「這是我沾尤五少的光，謝謝，謝謝。」

「承情之至。」尤五也拱手致謝；接著向裡一指，「要不要裡頭躺一會？」

「我是過足了癮來的。不過躺一會也可以。」

一聽這話，怡情老二便喊：「點燈！」接著把古應春的嗶嘰袍子接過來，引入裡間。

裡間就是怡情老二的香閨，一色紅木家具，卻配了一張外國來的大銅床，雪白珠羅紗的帳子吊得高高地；床上已設著一副極精緻的鴉片煙具。古應春略略客氣了一下，先在上首躺下；對面的空位，尤五讓胡雪巖，胡雪巖又讓尤五──這是一番做作，胡雪巖是客，而且有話要問古應春，自然該他相陪。

「香」過兩筒煙，說過一番閒話，怡情老二要去招呼「檯面」，尤五也另有客要陪，小屋間裡便只剩下胡、古二人。胡雪巖已經看出，古應春也是個很「外場」的人物，不難對付，因而一上來便用請教的口氣說：「應春兄，我總算運氣不錯，夷場上得有識途老馬指點，以後要請你多多指教。」

「不敢當。」古應春答道，「尤五哥是我久已慕名的；他對你老兄特別推重，由此可見，足下必是個好朋友，我們以後要多親近。」

「是，是！四海之內皆弟兄，況且海禁已開；我們自己不親近，更難對付洋人了。」

「著！」古應春拿手指拍著煙盤，「雪巖兄，你這話真通達。說實在的，我們中國人，就是自己弄死自己，白白便宜洋人。」

這話就有意思了，胡雪巖心想，出言要謹慎，可以把他的話套出來。

「現在新興出來『洋務』這兩個字，官場上凡是漂亮人物，都會『談洋務』，最吃香的也是『辦洋務』，這些漂亮人物我見過不少，像應春兄你剛才這兩句話，我卻還是第一次聽見。」

「哼！」古應春冷笑著，對胡雪巖口中的「漂亮人物」，做了個鄙夷不屑的表情，「那些人是閉門造車談洋務，一種是開口就是『夷人』，把人家看做茹毛飲血的野人；再一種是聽見『洋人』二字，就恨不得先跪下來叫一聲：『洋大人』。這樣子談洋務、辦洋務，無非自取其辱。」

「這話透澈得很。」胡雪巖把話繞回原來的話頭上，「過與不及，就『自己人弄死自己人』了。」

「對了！」古應春拿煙籤子在煙盤上比劃著說：「恨洋人的，事事掣肘；怕洋人的，一味討好，自己互相傾軋排擠，洋人腦筋快得很，有機可乘，絕不會放過。這類人尤其可惡。」

胡雪巖看他那憤慨的神情，知道他必是受過排擠，有感而發。「不遭人妒是庸才」，受傾軋排擠的人，大致能幹的居多；看他說話，有條有理，見解亦頗深遠，可以想見其人。於是胡雪巖心想，自己正缺少幫手，尤其是這方面的人才；倘或古應春能為己所用，豈不大妙？

這個念頭，幾乎在他心裡一出現，就已決定，但卻不宜操之過急，想了想，他提出一個自信一定可以引起古應春興趣的話題。

「應春兄！」他矍然而起，從果碟子，抓了幾粒杏仁放在嘴裡大嚼，嘴唇動得起勁，說話便似乎格外顯得有力；「我有點不大服氣！我們自己人弄死自己人，叫洋人占了便宜；難道就不能自己人齊心一致，從洋人手裡再把便宜占回來？」

古應春聽了他的話，只是翻眼，一根煙籤子不斷在煙盤戳著；好久，他說：「雪巖兄，從來沒有人跟我說過這話。上次開了兩條兵輪到下關去賣軍火；價錢已經談好，要成交了，有個王八蛋跑來見洋人，他會說洋文，直接告訴洋人，說洪軍急需洋槍火藥，多的是金銀珠寶。就這句話，洋人翻悔了，重新議價，漲了一倍還不止。這就是洋人占的大便宜！我也一直不服氣，能夠把洋人的便宜占回來，哪怕我沒有好處也幹。於今照你所說，自己人要齊心一致，這句話要怎麼樣才能做到，我要請教。」

「這話倒是把我問倒了。」胡雪巖說，「事情是要談出來的，現在我還不大知道洋人的情形，說不出個所以然來。不過既說齊心一致，總要有個起頭；譬如說，你、我，還有尤五哥，三個人在一起，至誠相見，遇事商量，哪個的主意好，照那個的做，就像自己出的主意一樣，這樣子一步一步把人拉攏來，洋人不跟我們打交道則已；要打，就非聽我們的話不可！」

「好！」古應春也一仰身坐了起來：「三人同心，其利斷金。就從你、我、尤五哥起頭。我洋行裡那個『康白度』也不要做了。」

洋行裡管事的人叫「康白度」，是洋文的譯音；地位又非僅僅負傳譯之責的通事可比。胡雪巖覺得他不須如此做法。

「應春兄，」胡雪巖首先聲明：「自己人說話，不妨老實。你洋行裡的職位，仍舊要維持；不然跟洋人打交道不方便，而且這一來，洋人那裡的消息也隔膜了。」

古應春原是不假思索，想到就說的一句話；即使胡雪巖不點明，他回想一下，也會改變主意的。因而當然一迭連聲的表示同意。

「我在想，」胡雪巖躊躇滿志的說：「你剛才所說的『三人同心，其利斷金』，這句話真正不假。我們三個人，各占一門，你是洋行方面，尤五哥是江湖上，我在官場中也還有點路子。這三方面一湊，有得混了！」

古應春想一想，果然！受了胡雪巖的鼓舞，他也很起勁的說：「真的，巧得很！這三方面要湊在一起，說實在的，真還不大容易。我們明天好好談一談，想些與眾不同的花樣出來，大大做他一番市面。」

因為有此契合，這頓花酒，吃得十分痛快；尤五的手面很大，請的客又都是場面上人，每人都叫了兩三個局，鶯鶯燕燕，此去彼來；弦管嗷嘈，熱鬧非凡。吃到九點多鐘，又有人「翻檯」，一直鬧到子夜過後，才回裕記絲棧。七姑奶奶和阿珠都以累了一天，早早入夢；老張是一向早睡早起；只有陳世龍一個人，泡了一壺好茶在等他們。

「五哥，你睏不睏？」胡雪巖興致勃勃的問。

「不睏。」尤五問道：「你有啥事情要談？」

「事情很多。」胡雪巖轉臉說道：「世龍，你也一起聽聽；我今天替你找了個讀洋文的先生。」

這一說，尤五立即明白：「你是說古應春！你們談得怎麼樣？」

「談得再好都沒有了——。」胡雪巖把他跟古應春在煙榻上的那一席對話，源源本本地說了給尤五聽。

尤五比較深沉，喜怒不大形於顏色；但就算如此，也可以發現他眉目軒豁，這幾天來陰沉沉的臉色，似乎悄然消失了。

「你的腦筋快，」他用徐緩而鄭重的聲音說，「倒想想看，跟他有甚麼事可以做聯手的。」

「眼前就有一樣，不過——。」胡雪巖的尾音拖得很長。

「咦！」尤五詫異了，「有啥為難的話，說不出口？」

「我不曉得你跟卯金刀，到底有沒有交情？」

「卯金刀」是指劉麗川，尤五當然明白，很快地答了句：「談不上。」

「我這麼在想，英國人反正做生意，槍砲可以賣給太平軍，當然也可以賣給官軍。今天我在席面上聽說，兩江總督和江蘇巡撫，都為了卯金刀在傷腦筋，奏報出去，輕描淡寫，好像是地方上鬧事；其實是想多派兵，一仗把他打倒。既然如此，槍砲、火藥是要緊的；我們好不好先替他們辦個『糧台』，等他們的兵一到，就好出隊打仗。如果你認為這個辦法可以，我馬上到蘇州去跑一趟；江蘇巡撫許乃釗是我們杭州人，一定可以找得到路子見一見他。」

「主意倒是不錯。不過我不能做。」

「是因為『圈吉』的關係？」胡雪巖問。

「圈吉」周，是指周立春；尤五點點頭說：「一點不錯。不過你跟他沒有交情，你可以做。」

「那就算了。第一、要做，就是大家一起來；第二、人家也曉得我跟你的交情，如果你覺得有妨礙，我做了一樣也有妨礙。」

尤五聽得這話，大感快慰；他心裡是巴不得胡雪巖不要做，但「光棍不斷財路」，明明是筆好生意，自己不能叫他罷手，所以那樣言不由衷地說「你可以做」。

「我還有第二條路子，浙江現在正在辦團練；湖州由一位姓趙，名叫趙景賢的紳士出面，此人極其通達能幹，跟王雪公的公誼私交都不錯，我一說就可以成功。」

「那好！這筆軍火生意，我們一起來做。」

「就有一樣麻煩，要尤五哥你有辦法才能成功。」胡雪巖說，「英國人的兵船開不到湖州，只能在上海交貨；上海運到湖州，路上怕有危險。搶掉了怎麼辦？」

「危險也不過上海到嘉興這一段；一進浙江境界，有官兵護送，那個敢搶？至於這一段路，歸我保險。」尤五又說，「反正我們漕幫弟兄現在都空在那裡；要人要船都現成。藉此讓他們賺一筆水腳，事情再好都沒有了。」

「這一說，在我們兩個人就算定局了。說做就做，你倒再想想看，你那面還有甚麼事要我做到的？」

尤五仔細想了想說：「你請浙江方面，替我們這裡的督糧道來封公事，說要用松江漕幫的船運軍火。這樣，我對官面上就算有了交代。」

「這一定辦得到。」胡雪巖轉臉對陳世龍說，「又要你辛苦跑一趟了。」

「到杭州，還是到湖州？」

「先到杭州。如果王大老爺已經回任，你就再到湖州；尋著他算數。不錯，」胡雪巖忽然又說，「你正好把阿珠送了回去。」

「好的。啥時候走？」

「最多兩三天，等我在這裡接頭好，寫了信，馬上就走。」

接頭是跟古應春接頭。第二天在怡情老二的香閨中，三個人又見了面；胡雪巖說了經過，問古應春，英國人肯不肯將槍砲、火藥賣給這方面？

「有啥不肯？他們是做生意，只要價錢談得攏，甚麼都賣。」古應春問道，「你要些甚麼東西，我好去談。」

這下把胡雪巖難倒了，「這上面我一竅不通。」他說，「只要東西好就好。」

「不光是東西好壞，還有數目多少。總要有個約數，才好去談，譬如洋槍，應該多少枝？」

「總要一千枝。」

「一千枝！」古應春笑道，「你當一千枝是小數目？我看辦團練，有五百枝洋槍就滿好了。

還有，要不要請教習？洋槍不是人人會放的；不會用，容易壞，壞了怎麼修，都要事先盤算過。」

「應春兄，」胡雪巖拱拱手說，「你比我內行得太多了。索性你來弄個『說帖』，豈不爽快？」

古應春慨然應諾，而且立刻動手。怡情老二親自照料，移過「叫條子」用的筆硯來，磨濃了墨，卻無紙可寫；好在是草稿，不妨拿「局票」翻過來，將就著用。

於是古應春一面提筆構思，一面過鴉片煙癮——煙泡裝上煙槍，槍嘴上接根橡皮管子，一直通到他嘴裡。十六筒煙抽完，精神十足，文不加點，洋洋灑灑地寫完，遞到了胡雪巖手裡。

胡雪巖自己不能動筆，看卻會看，不但會看，而且目光銳利；像這些「說帖」，最要緊的是簡潔，要幾句話就能把那些大官兒說動心，才是上品。古應春的筆下很來得，但流暢有餘，不免枝蔓；他把洋槍、火藥的好處，源源本本談起，好雖好，看來卻有些吃力。胡雪巖心想，這個說帖，王有齡、趙景賢一定會看完，但遞到黃宗漢手中，他有沒有看完的耐心，就難說了。

「高明之至！」胡雪巖先聲色不動地把說帖遞給尤五。

「我不必看了。」尤五笑道，「看也是白看。」

「雪巖兄，」古應春接口問道：「我是急就章，有不妥的地方你儘管說。」

「好極了！不過，應春兄，對外行不好說內行話；說了，人家也不懂。我看，前面這一段，有些地方要割愛。」

「我懂！」古應春點點頭，「現在談洋務，都是些閉門造車，自說自話朦人的玩意。那些談槍、砲怎麼樣製造的道理，說句實話，也真沒有幾個人懂，我可以把它刪節。刪歸刪、添歸添，你看，那裡還可以多說兩句？」

「很好了。還有些地方不說也可以。」

這顯然是客氣話，古應春便說：「我這個人做事，不做則已，一做一定要把它做好；何況是自己人，盡請直言。」

「既如此，我說出來請你斟酌，第一，說道光年間，『英、法犯我，不幸喪師；癥結所在，厥為刀矛不敵火器』，這句話一針見血；不過還可以著力說兩句。」

「對！我自己也有這麼個想法。」

「再有一層，應春兄，是不是可以加這麼一段——。」

胡雪巖所建議增加的是，說英國人運到上海的洋槍、火藥有限，賣了給官軍，就沒有貨色再賣給洪軍及各地亂黨；所以這方面多買一枝，那方面就少得一枝，出入之間，要以雙倍計算；換句話說，官軍花一枝槍的錢，等於買了兩枝槍。

「你這個算法倒很精明，無奈不合實情；英國人的軍械，來了一批又一批，源源不絕，不會有甚麼賣給這個，就不能再賣給那個的道理。」

「是的。應春兄，這種情形，我清楚，你更清楚；不過做官的不清楚；京裡的皇上和軍機大臣，更不會清楚。我們只要說得動聽就是。」

古應春看著尤五笑了；尤五的話，很爽直：「應春兄，這些花樣，我的這位小爺叔最在行；你聽他的，包定不錯。」

「好！」古應春說，「我都懂了。如果沒有別的話，我今天帶回去，改好謄正；再連洋行裡的估價單，一起開來交給你。」

「慢來！」尤五插嘴問道：「估價單怎麼開法？」

「照例是二八回扣。」古應春答道：「如果要『戴帽子』，我亦可以去說。」

聽他的口氣，顯然不主張浮報價款的「戴帽子」。胡雪巖也覺得一方面不能教洋人看不起；另一方面對浙江官方要建立信用，不宜在兩成回扣以外，另出花樣。

「對！」尤五很誠懇地接受，「我原是怕你們疏忽，提一句；既然都曾想過，那就怎麼樣都是不錯的了。」

「不過，」古應春接下來問：「除了洋槍，還有大砲；要不要勸浙江買？」

「這慢一點。浙江有個姓龔的，會造砲——。」

姓龔的是福建人，名叫龔振麟；曾經做過嘉興縣的縣丞，道光末年就在浙江主持「砲局」。從明朝中葉以來，一直在仿製的「紅衣大將軍砲」，都用生鐵翻砂；龔振麟卻發明了鑄砲鐵模，著成「圖說」；還著了一本《樞機砲架新式圖說》，在鑄砲技術上，頗有改良。他的兒子名叫龔之棠，能得父傳。父子二人，都很得浙江大吏的重用。

「當然，打『群子』的土造大砲，不及西洋的『落地開花大砲』；但這話不能說！一說，砲局裡的人當我們要敲他的飯碗，一定雞蛋裡挑骨頭，多方挑剔，結果是連洋槍都不買。」

「雪巖兄，」古應春既感慨又佩服地：「你真正人情熟透；官場裡的毛病，被你說盡了。」

「官場、商場都一樣！總而言之，『同行相忌』；彼此能夠不忌，甚麼事都可以成功！」

古應春和尤五，都認為他這句話說得好；因此感情亦特別融洽。在怡情院中，淺斟低酌，談了許多開展的計畫；一直到午夜散席，約定第二天下午，仍舊在原處見面。

古應春走了，尤五宿在怡情老二那裡，因為還有事要談，所以胡雪巖就在怡情院「借乾鋪」。尤五要談的是，他這天中午，和胡雪巖分手以後，到怡情院重新見面以前，所得來的一個消息。

聽說，劉麗川跟英國人搭上線了。夷場四周，英國人預備建築圍牆，不讓官軍進駐，也不准官軍借道；但是英國人卻預備開放陳家木橋，讓劉麗川能夠獲得軍火和糧食的接濟。

「照這樣子，上海一年半載，不會光復。我們的絲生意，是不是做得下去？現在先要作個打算。」

「這倒要好好想一想。」胡雪巖提出疑問，「上海的關稅，是兩江的命脈；總不會一直讓英國人張牙舞爪，一定有對付的辦法。」

「這也聽說了。」尤五答道，「兩江總督怡大人怡良，因為洋人助逆，早就預備禁止內地跟夷場通商。來源一斷，我們在上海還有甚麼發展？」

「這話分兩方面來說，來源一斷，貨價必高，對我們有利；沒有貨色，貨價再高也無用，對我們無利。」胡雪巖說，「生意還是可以照常做；只要對我們不利的這方面，能夠避掉。」

「怎麼避呢？就是避不掉！」

有個辦法，就是走私。以尤五在水路上的勢力，呼應靈活，走私亦非難事；但犯法的勾當，胡雪巖不敢做，而且目前事事順利，也犯不著去幹犯法的勾當；就這一轉念間，他把到口的話，縮了回去。

「小爺叔，我想只有這麼樣，」尤五自己提出了一個辦法：「盡量調動現款，就在上海收貨，囤一段時期脫手。另外除了軍火以外，有啥生意好做，我們再商量。頂好是我們漕幫弟兄能夠一起出力的事，一則大家有口苦飯吃；二則也免得游手好閒去闖禍。」

胡雪巖聽出尤五的話中，對漕幫生計日窘，懷有隱憂，既成知己，休戚相關，應該替他分憂，於是問起松江漕幫的困難，看有甚麼辦法好想？這一談就談得深了，直到天色微明，方始歸寢。

一覺睡到近午時分，胡雪巖為怡情院一個「大姐」喊醒，說有客來。起床一看是陳世龍，遞上一封信，說是王有齡專程派人送了來的。啟封細看，才知道新城縣抗糧滋事案，大功已成；嵇鶴齡不負所望，協同地方紳士，設計擒獲首要各犯，已經解到杭州審訊法辦。

報告喜訊以外，接著便談冬漕，因為上海失守，浙江的漕米海運，決定改由瀏河出口；這一來便多了周折，所以必須提早一個月啟運，連帶也就要提早催徵，王有齡得要趕回湖州。

同時又因為上海失守的緣故，浙江人心惶惶；各地團練，都在加緊辦理，湖州亦不例外，雖說有趙景賢主持其事，地方官守土有責，不能不問。所苦的是，海運局的差使還不能擺脫，分身乏術，希望胡雪巖無論如何回浙江一趟，他有許多事要當面商量。

看完信，胡雪巖又高興、又為難，而且還有些困惑，高興的是新城建功；為難的是他亦分身乏術；困惑的是嵇鶴齡應有酬庸，卻未見提起。

怎麼辦？他定神想了想，決定回去一趟；但不能「空手而回」，有兩件事，可以先為王有齡做好。想停當了他告訴陳世龍說：「你回去收拾行李，我們明天就走；阿珠也一起走。」

接著，他匆匆漱洗，去找尤五商量，一談漕米由瀏河出口，尤五皺著眉說：「這麻煩大了！」

「怎麼呢？」

「瀏河在嘉定北面──。」

「啊！」胡雪巖失聲而呼；漕米駛運到瀏河，由青浦、嘉定這一條路走，是不可能了，「那麼，該怎麼走呢？」

「要兜圈子！」尤五蘸著茶在桌上畫出路線：「從嘉興往北，由吳江、崑山、太倉到瀏河。」

「這真是兜了個大圈子。」胡雪巖又問：「太倉是不是靠近嘉定？」

「是啊，太倉在嘉定西北，四、五十里路。」說著，他深深看了胡雪巖一眼；意思是要當心周立春劫漕米。

胡雪巖心裡明白，靈機一動，笑嘻嘻地說道：「尤五哥，你的生意來了，靠交情賣銅鈿；浙江冬漕，最後到瀏河那段路，歸你包運好不好？」

這是順理成章，極妙的事；但尤五因為來之太易，反有天下那有這種好事的感覺，一時竟茫然不知所答。

「怎麼樣？」胡雪巖催促著說：「這件事我有把握，完全可以作主，只等你一句話，事情就算定局。」

「不曉得『那方面』賣不賣我的帳？」尤五躊躇著說。

出入關係，就在這一點上；所謂「靠交情，賣銅鈿」也就是這一點，胡雪巖說道：「尤五哥，別的我都可以替你出主意；這方面要你自己才有數，我不便說甚麼！」

「是的。」尤五深深點頭，「這要我自己定主意。說實話，既然答應下來，要有肩胛，不能做連累你和王知府的荒唐事。這樣，為求穩當，我只能暫且答應你；好在日子也還早，我託人跟『圈吉』去打個招呼看看，如果口氣不妙，我立刻通知你，只當沒有說過這回事。你看怎麼樣？」

「你怎麼說，怎麼好。我們假定事在必成，先商量商量怎麼個辦法。」

於是議定浙江漕船到吳江，歸尤五接駁轉運，到瀏河海口為止，因為包運要擔風險，水腳自然不能照常例計算，胡雪巖答應為他力爭，多一個好一個。

談完了一件談第二件，這要去找古應春。胡雪巖估計情勢，浙江當道不但一定會買洋槍，而且因為上海失守，人心惶惶，防務亟待加強，所以對洋槍的需要，會備感急迫。看準了這一點，不妨雙管齊下，一面帶說帖回去，勸浙江當道大批購買；一面帶著現貨回杭州，如果團練不用洋槍，就勸王有齡買了，供他的親軍小隊使用。

找到古應春家，只見他正衣冠整齊地，預備到怡情院赴約。等胡雪巖說明來意，古應春想了一下問道：「你想要買多少枝？」

「先買兩百枝。」胡雪巖說，「我帶了一萬銀子在身上。」

「兩百枝，有現貨。你怎麼運法？」古應春提醒他說，「運軍械，要有公事；不然關卡上一定會被扣。」

「是的。我跟尤五哥商量好了，由上海運到松江，不會有麻煩。我一到杭州，立刻就請了公事迎上來接貨，這樣在日子上就不會有耽擱了。」

「好！我此刻就陪你去看洋人，當面議價。」說著，古應春拉了胡雪巖就走。

「慢點，慢點！」胡雪巖怯意地笑著，「跟洋人打交道，我還是第一回——。」

「你怕甚麼？」古應春打斷他的話說，「洋人也是人，又不是野人生番，文明得很。」

「不是說野蠻、文明，是有些啥洋規矩？你先說給我聽聽，省得我出洋相。」

「這一時無從談起。」古應春說，「中國人作揖，洋人握手；握右手。到屋子裡要脫帽。洋人重堂客；回頭你看見洋婆子要站起來——那個哈德遜太太很好客，最喜歡跟中國人問長問短；洋人的規矩是不大重男女大防的，你不必詫異。」

「這倒好，」胡雪巖笑道，「跟我們尤家那位七姑奶奶一樣。」

「你說誰？」

「不相干的笑話，你不必理我。」胡雪巖搖搖手說，「我們走吧！」

於是兩乘肩輿，到了泥城橋一座小洋房；下轎投刺，被延入客廳，穿藍布大褂的聽差，也不奉茶，也不敬煙，關上房門就走了。

隔不多久，靠裡的一道門開啟，長了滿臉黃鬍子的哈德遜大踏步走了出來；胡雪巖已打定主意，亦步亦趨跟著古應春，看他起身，他亦起身；看他握手，他亦握手，只有古應春跟洋人談話時，他只能看他們臉上的表情。

表情很不好，洋人只管聳肩攤手，而古應春大有惱怒之色，然後聲音慢慢地高了，顯然起了爭執。

「豈有此理！」古應春轉過臉來，怒氣沖沖地對胡雪巖說，「他明明跟我說過，貿易就是貿易，只要有錢，他甚麼能賣的東西都願意賣，現在倒又反悔了，說跟長毛有協議，賣了給他們就不能再賣給官軍。我問他以前為甚麼不說，他說是他們領事最近才通知的。又說，他們也跟中國人一樣，行動要受官府約束，所以身不由主。你說氣人不氣人？」

「慢來！」胡雪巖問道：「甚麼叫協議，是不是條約的意思？」

「大致就是這意思。」

「那就不對了，朝廷跟英國人訂了商約，開五口通商；反而我們不能跟他通商，朝廷討伐的叛逆，倒能夠跟他通商。這是啥道理！」

古應春大喜：「不錯，不錯，說得真有道理！等我問他。」

於是古應春轉臉跟哈德遜辦交涉；胡雪巖雖然聽不懂意思，卻聽得出語氣，看得出神色，古應春一派理直氣壯的聲音，而哈德遜似乎有些詞窮了。

到最後只見洋人點頭，古應春含笑，向胡雪巖說道。「成功了！他答應跟他們領事去申訴。看樣子未必有甚麼協議，只因為我們的生意小，長毛的生意大；怕貪小失大而已。」

「請你告訴他，眼前我們的生意小，將來生意會很大；眼光要放遠些，在目前留些交情，將來才有見面的餘地。」

古應春便把他的話譯了過去，洋人不斷頷首，同時也不斷看著胡雪巖，顯然是心許其言。

「雪巖兄，」古應春說：「他說，你的話很有意味，要交你一個朋友，想請你去喝杯酒。問你的意思怎麼樣？」

「當然，應該敘敘，歸我們做東好了。」

「那倒不必。讓他做東好了。等生意談妥，我們再回請。」

於是，等古應春轉達了接受邀請的答覆，哈德遜到屋角將一條在中國犯禁的「明黃」色絲繩一拉，外面叮叮噹噹的響了起來；接著便見原來的那個聽差推門而入，這讓胡雪巖學了個乖，洋人招呼聽差，是打鈴不是拉長了聲音喊：「來呀！」

哈德遜吩咐聽差，是準備馬車；親自拉韁，把他們兩人載到一家外國酒店，入門一看，胡雪巖覺得有些頭暈，四面鏡子，映出無數人影、燈燭、桌椅，趕緊順手扶住一張椅子，立定了腳再說。

「就是這裡吧！」古應春喊住哈德遜，各拉一張椅子坐下來。

於是胡雪巖也拉開椅子坐下，一抬眼，恰好看見鏡子中出現的麗影；轉臉來望，見是個金髮碧眼的美女，真正是雪膚花貌，腰如一捻，露出一嘴雪白的牙齒，笑著在問話。

於是哈德遜囑咐了幾句，那女侍轉身走了。胡雪巖不便盯著她的背影看，只望著鏡子；西洋女人見得還不多，這一望，眼睛便捨不得離開鏡子，看到那剛健婀娜的行路姿態，不由得想起穿著「花盆底」的旗下大姑娘，一搖三擺的樣子，覺得各擅勝場，都比三寸金蓮，走路講究裙幅不動的漢人婦女來得中看。

正在這樣想著，鏡中的麗影又出現了；她手托銀盤，盤中一瓶顏色像竹葉青的酒，三隻水晶杯，又有一瓶涼水。擺設停當，哈德遜取了三塊銀洋，放在銀盤裡。

「這酒也不便宜。」胡雪巖說，「一塊銀洋七錢二，三塊銀洋就合到二兩一錢多銀子。」

「是啊！運費貴。」古應春答了他一句；幫著哈德遜倒酒，又加上涼水，然後彼此舉一舉杯。

「怎麼？」胡雪巖問：「這就吃了？有酒無肴！」

「洋盤！」古應春用夷場中新近流行的諺語笑他，「洋人吃酒，沒有菜的。」

「這我倒還是第一回。」胡雪巖喝了一口；酒味倒還不壞，但加了水，覺得勁道不夠，便又把杯子放下了。

「我們談生意吧！」古應春說了一聲；跟哈德遜去交談，然後又問胡雪巖說，「他問你貨色甚麼時候要？」

「最多三天就要起運。」

「那價錢就不同了。」古應春說，「有一批貨色，他已經答應了鎮江一個姓羅的長毛；你要可以先給你，要三十兩銀子一枝。如果你肯等半個月，他另有一批貨色從英國運到，只要二十兩一枝。」

「三十兩就三十兩。貨色要好。」

古應春點點頭，又跟哈德遜去說；就這樣由他居間口譯，很快地談妥了一切細節，兩百枝槍，一萬發子藥，總價一萬一千兩銀子，二八回扣，實收八千八百兩。另外由哈德遜派一名「銅匠」隨貨到浙江去照料，要二百兩銀子的酬勞。

「貨款我帶在身上，是不是此刻就交？」

「不必。」古應春說，「明天到他洋行裡去辦手續。」

「那就託你了。」胡雪巖取出銀票，交了過去，「這裡一萬兩，多的是你的。」

「用不著。」古應春急忙搖手，「大家一起做，回扣列入公帳，將來再說。」

「這話也對。那麼，多的一千兩算存在你的手裡好了。」

古應春點點頭，指著銀票又跟哈德遜去談；只見洋人笑容滿面，很快的說了好些話，據古應春傳譯，哈德遜認為跟胡雪巖做生意，很痛快，他要額外送一枝最新式的「後膛七響」，以表敬意。

「請你替我說，謝謝！」胡雪巖又說，「再請你問問他，那種甚麼『後膛七響』，可以不可以賣幾枝給我？我要帶回去送人。」

這有些困難，哈德遜在中國好幾年，深知貪小便宜的人多，留著這幾枝好槍要用來應酬人情；不肯出售。

然而最後哈德遜卻又讓步了，願意勻出兩枝來賣給胡雪巖，價錢是每枝一百五十兩銀子；據他說，完全是照成本出讓。每枝槍另配一百粒子藥，也是白送。

做了額外的這筆小交易，哈德遜要開一瓶香檳酒慶祝。古應春心想，胡雪巖對那種帶點酸味的淡酒，未見得會感興趣，而開一瓶香檳很貴；讓哈德遜破費還是小事，回頭胡雪巖端起杯子一喝，皺眉搖頭，淺嘗即止，那就是件很不禮貌的事，不如辭謝了的好。

於是他告訴哈德遜，說胡雪巖喝不慣洋酒，不能領受他的好意，表示抱歉。哈德遜便問，胡雪巖是不是不會喝酒？及至聽說他的酒量很好時，哈德遜便表示奇怪，說桌上那瓶酒，來自蘇格蘭，不但是最有名的牌子，而且窖藏甚久，為何胡雪巖不喝？又說，他跟好些中國人有過交往，凡是會喝酒的，都欣賞蘇格蘭的酒，何以胡雪巖獨異？接著又表示，如果胡雪巖不介意，他很想知道其中的緣故。

古應春想敷衍一下，就算過去。倒是胡雪巖看哈德遜不斷指著酒瓶和他的酒杯，滔滔不絕地在說話，猜到是談杯中物；便自己先問起此事。古應春自然照實回答。

「飲食一道，蘿蔔青菜，各人自愛；好像女人一樣，情人眼裡出西施，沒有甚麼道理好講的。」

古應春把他這一段話譯給哈德遜聽，洋人大點其頭，說飲食沒有道理好講，這就是道理。

接著又說，外國酒種類很多，胡雪巖不喜歡英國酒，也許喜歡法國的拔蘭地，於是招一招手把那女侍叫了過來，指明要一種名牌的拔蘭地。

喝這種酒又是一種杯子，矮腳敞口大肚子；但酒倒得不多，也不摻水。哈德遜通過古應春，教胡雪巖喝這種酒的方法，說要雙手閤捧酒杯，慢慢搖晃，等手心裡的熱氣，傳入酒中，香味自發，便益覺醇美。胡雪巖如法炮製，試一試果如其言。

哈德遜告訴古應春說，他終於找到了一種為胡雪巖所喜歡的酒，覺得很高興。接著便談拔蘭地的製法，由採擷葡萄到裝瓶出售，講得非常詳細。最後指著標貼紙上的一個洋字，讀出它的譯名叫「可涅克」，說選拔蘭地，一定要注意這個字；它是個地名，法國出酒最好的地方。

「我懂了！」胡雪巖對古應春說，「好比中國的黃酒一樣，一定要『紹興』才道地。」

「對，就是這意思。」

「現在──。」哈德遜接著便跟古應春說，他的洋行，剛剛取得這種法國酒的代理權；希望胡雪巖為他介紹買賣。

「原來他是推銷貨色！」胡雪巖笑道，「怪不得這麼起勁。不過我不懂，甚麼叫『代理權』？」

「就是歸他包賣。」古應春為他解釋，「這種酒在我們中華土地上，歸他總經銷，坐抽水子，這就叫代理權。」

胡雪巖立刻就懂了，這種坐享其成的事，完全要靠信譽，牌號響，信用好，貨色銷得出去，貨款收得進來，到時候結帳，不欠分文，人家才肯賦予代理權。他心裡在想，自己也大可這麼做；不過那是將來的事，眼前怎麼樣也談不到此，所以不再往下說了。

酒味甚美，只是有酒無肴，胡雪巖還不習慣這樣的飲酒方式，所以喝得不多，但為了酬答雅意，也為了餽贈所需，他決定買五箱拔蘭地帶回去。哈德遜也很會做生意，馬上又給他一個很優惠的折扣，他的目的是在推廣；杭州是浙江省城，除了總督，各式各樣的衙門都有，又是運河起點，商業相當繁盛，這個碼頭在哈德遜看，是可以有所作為的，他希望得到胡雪巖的助力，能夠把他所代理的各種洋貨，推銷到杭州。

這番意思經由古應春表達以後，胡雪巖自然歡迎，但他跟古應春說了實話，他官商兩方面，纏在手裡的事情實在太多；一時無法給哈德遜任何確實的答覆，看這話是如何說法？

「那就直接回頭他！」

這裡的「回頭」是辭謝的意思，胡雪巖卻又覺得這是個機會，棄之可惜；最好是拖延著，要能讓哈德遜不找別人，為他保留著這個機會。

腦筋一動，想到了一番話：「你這樣跟他說，本來我馬上可以答應他，為他在杭州策劃；但目前局勢不穩，上海到杭州的路會斷，貨源不繼，變成白貼開銷。等局勢稍微穩定下來，我馬上替他動手。」

哈德遜認為他的看法很穩健，同意等一等再說；不過他要求胡雪巖在杭州先替他看看洋貨的行情，預作準備；將來有任何代理承銷的機會，答應讓胡雪巖優先承攬。

生意談到這裡為止，彼此都覺得很圓滿。古、胡二人先起身告辭，安步當車，走回怡情院。

一路走，一路談，談的卻不是生意；胡雪巖問道：「怎麼樣？外國酒館裡的那個洋女人，算是啥名堂？」

「賣酒的還有啥名堂！」古應春笑道，「你想她賣啥？」

胡雪巖笑笑不答；不一會卻又以抱憾的聲音說：「可惜我不懂洋文。不然，跟她談談說說，一定是滿有趣的一件事。」

「我倒想不到，」古應春也笑了，「你會中意洋女人！」

「女人總是女人，管她是華是洋，只要動人就好。」

「慢慢來！」古應春說，「將來你在上海住長了，總有跟洋女人落個交情的時候。」

就這樣談著夷場風月，不知不覺到了怡情院；一進門就見相幫、娘姨、大姐聚在一起，指指點點在小聲說笑，似乎遇見了甚麼神祕而有趣的事，胡雪巖便好奇地問道：「你們在講啥？」

「胡老爺，有位堂客在裡面，跟二小姐談得好親熱。」

「堂客！」胡雪巖詫異：「堂子裡只住官客，那來的堂客？」說著便站住了腳；因為有堂客在裡面，雖未「放門簾」，也不便亂闖。

「不要緊！胡老爺你請進去看了，就曉得了。」

古應春比胡雪巖更好奇，聽得「不要緊」三字，首先就拔腳進門，只覺眼前一亮，那位堂客如雪山皚皚，令人不可逼視。

這位豐腴白皙、艷光照人的少婦，正是七姑奶奶。看見闖來的那個陌生男子，長身如鶴，英氣勃勃，不覺心中一動——五百年風流冤家，就此在不該相遇的地方遇到了。

一半是不知如何招呼，一半是目眩心迷，正當他們錯愕無語，而怡情老二也覺得為難之際，胡雪巖跟了進來，一看亦大感意外：「咦，七姐！是你。」

有人搭腔，事情便好辦了；七姑奶奶向來說話粗聲大氣，不堪領教，這時不知是受了怡情老二一口吳儂軟語的感染，還是因為有古應春這個一見便生好感的陌生男客在，心存顧忌，居然斯斯文文地喊一聲：「小爺叔，你想不到我在這裡吧？」

自然想不到，胡雪巖心想，兄弟一起逛堂子的事，聽說過；兄妹一起逛堂子，卻是天大的新聞。便點點頭說：「我道是那位堂客？怎麼樣也想不到是你。」

「請坐，請坐！」怡情老二看古應春和七姑奶奶偷眼相望，隨即說道：「胡老爺，你來引見吧！」

於是胡雪巖為古應春及七姑奶奶作了介紹，一個盈盈含笑，把雙手放在左腰上，福了一福；一個抱拳作揖說道：「原來是七姐！真正亢爽不讓鬚眉。」

七姑奶奶懂了他那句話，雖是恭維，卻也有驚詫的意味在內；想想一個良家婦女，獨闖娼門，說起來是有些不守婦道；所以很難得地害了羞，紅著臉報以微笑。她的笑容最甜，雖是窘笑，依然嫵媚。古應春心裡在想：倒不曾料到，尤五有這樣漂亮的一個妹妹！

等怡情老二招呼著坐定，胡雪巖自然要問來意，七姑奶奶坦率相告，因為尤五一夜不曾回家；而她回松江之前還有許多話要問他，心裡焦急，所以找上門來。

「你一個人來的？」

「是啊！」七姑奶奶頑皮而得意地笑道：「我那位妹子不許我來，阿龍也不肯帶路，我只好藉故溜了出來，自己雇一頂小轎到這裡。不曾遇著五哥，倒跟二小姐談得好投機。」

「啊呀！七姑奶奶，」怡情老二不安地笑著：「真正不敢當你這麼的稱呼，叫我老二好了。」

「或者叫小五嫂。」胡雪巖打著趣問：「那麼，人呢？」

這是指尤五，怡情老二答道：「有朋友約了出去了。說八點鐘一定回來，請胡老爺、古老爺務必等他。」

「自然要等。」胡雪巖問七姑奶奶：「想來你也還沒有吃飯，我們是上館子，還是就在這裡吃。」

「自然是在這裡吃。」怡情老二急忙接口：「我請七姑奶奶吃便飯；請你們兩位作陪客。」

「理當奉陪。」

古應春都答應了，胡雪巖還有甚麼話說？七姑奶奶卻是外場人物，招招手把他叫到一邊，悄悄問道：「小爺叔，這裡的規矩，我不大懂。你看，這頓飯該不該吃？」

「來都來了，還講甚麼規矩？」

七姑奶奶臉一紅，「本來是沒有這種規矩的，我大著膽子亂闖。只怕叫人笑死了！」說著，俏伶伶一雙眼睛瞟了過去。

胡雪巖順著她的眼光看過去，恍然大悟，怪不得「女張飛」這般斯文！當時只有一個念頭，要成人之美。於是他輕輕說道：「七姐，你請過來，我有句話說。」

怡情院的那個「大房間」甚大，西面用個「多寶槅」隔開，他領著她到裡面，在窗下紅木太師椅上坐下；兩人的臉都朝外，透過多寶槅，只見古應春和怡情老二也正談到起勁，不會注意到他們的談話，於是胡雪巖才出言規勸。「七姐！」他用兄妹般，極懇切的聲音說：「你不開口，是尊觀音，開出口來，說句實話，別人吃你不消！今天總算難得，替五哥做了面子。回頭你自己再做忌些，那樣子，人家就不會笑你了。」

在平日，七姑奶奶對他這話，一定不服貼；這時卻是窘笑著點一點頭說：「我曉得了。就是這句話嗎？」

「就是這句話。」胡雪巖說：「你是玲瓏七竅心，自己有數就是，何必還要我多說呢？」

這話有言外之意，七姑奶奶想再問些甚麼，到底還不好意思出口，只很嫵媚地笑著道謝：「謝謝你，小爺叔！」

兩人走到外面，怡情老二迎上來說：「古老爺的話不錯，這裡太嘈雜；請到我『小房子』去吃吧！」

姑娘與恩客另營不慮人干擾的雙宿雙飛之處，叫做「小房子」；怡情老二的小房子就在這條弄堂的末尾，也是尤五每個月貼開銷，但尤五的朋友多，在怡情院會客比較方便，所以難得到小房子去。想不到這時候倒派上了用場。胡雪巖自然贊成，回頭對七姑奶奶說道：「那是老二住家的地方，比較清靜，走吧！」

於是怡情老二關照相幫，凡有「局票」來，只說病了，不能出「堂差」；又關照，等尤五一來，請到小房子去。

這一下倒提醒七姑奶奶了，依然是把胡雪巖喊到一邊，悄悄說道：「我是溜出來的。不見我的人，他們會發急。」

這是指阿珠和陳世龍而言，「那好辦！」他說，「叫人去通知一聲就是了。」

當時寫了個便條，說七姑奶奶與尤五在一起，到時自回，不必著急。胡雪巖掏了個銀角子做力錢，叫怡情院的相幫，立刻送交陳世龍。

辦妥了這一切，一起走到怡情老二的小房子；是一樓一底的石庫門房子，樓下是另一家；她住樓上，布置得楚楚有致，看上去是很舒服的地方。

剛剛坐定，怡情院裡自己做的酒菜，已經送到。怡情老二和古應春都要推七姑奶奶上坐；她則一定不肯，結果是古應春首座，她和胡雪巖兩對面，主人末座，正好各據一方。

款客的是紅葡萄酒，古應春送的洋酒。據說那是補血的；連宮裡都經常飲用。怡情老二把它看得很珍貴，殷殷相勸；七姑奶奶的酒量，也還不壞，但一心只記著胡雪巖的忠告，強持著不肯多喝，也不多說話。席面上只聽古應春在談胡雪巖上外國酒館的經過，七姑奶奶和怡情老二都聽得只是笑。

古應春這天的興致很好，談笑風生，滔滔不絕；一直到尤五出現，話風才被打斷。

兄妹相見，都有些不自然的表情；尤五的不悅，還可以想像得到，但對七姑奶奶的微現懼憚，胡雪巖卻有些意外，在他的印象中，七姑奶奶行事任性，從不知甚麼叫害怕？平日只見尤五有些怕她；此刻為何她怕尤五？

這就是為了有古應春在座的緣故。胡雪巖很快的想通了；她怕她哥哥責備她幾句，當著古應春下不得台。既然如此，倒要小心防護她；因此，他首先就替她解釋不能不來的緣故。接著便談與哈德遜會面的經過，算是讓尤五忘掉了對七姑奶奶的不快。

自此開始，就沒有功夫說笑了；許多正事要商量，頭緒紛繁，一件事沒有辦妥，又扯到第二件。直到午夜，還未安排停當。

「怎麼辦呢？我非早早趕回杭州不可。」胡雪巖有些著急，「一直都覺得人不夠用，此刻越覺得擺布不開。」

半天未曾開口的七姑奶奶開口了：「也沒有甚麼擺布不開！小爺叔你明天儘管動身，路上沒有人送，我送；保你到了嘉興，我再回松江。」

「這倒也是個辦法！」尤五點點頭，「好在一路上，阿七都熟。就這樣吧！你到了杭州，趕快派世龍拿了公事到松江來接洋槍。」

他們兄妹這一番對答，使得古應春大為驚奇；「原來七姐是這麼能幹！」他自愧不如以外，也為她擔憂，「這條路上，這幾天很不好走，要當心！」

「謝謝你！」她報以矜持的微笑，「不要緊的。」

「真的不要緊！」到這時候，尤五總算找到機會，可以說她一句了：「我們家這位姑奶奶，一個人亂闖闖慣了的。」

「也不是甚麼亂闖。」七姑奶奶覺得必須分辯，「有把握的地方我才敢去，摸不清路道的地方，我也不敢亂闖。像這裡，我就曉得是不要緊的。」

「對啊！」怡情老二接口說道，「要是不嫌棄，常常請過來，這裡就跟自己家一樣。」

「聽見沒有，五哥！」七姑奶奶得意地，「就跟自己家一樣！」

「只有一件，」古應春也湊趣說笑，「回去在五嫂面前瞞著點。」

「這倒不礙事。我五嫂最賢慧，不管他這筆帳。」

「好了，好了！」尤五看看鐘說，「該走了。」

於是古應春首先告辭，卻悄悄拉了胡雪巖一把；他知道是有話說，跟著古應春下樓出門，站定了腿笑道：「你可是要跟我打聽一個人？」

「咦！」古應春詫異：「你怎麼知道？」

「你不管！說吧，可是要問七姑奶奶？」

「是的。」古應春說，「我聽老二告訴我，她似乎居孀多年。可有這話？」

「有的。不過也不算多年。」

「倒守得住？」

這是指七姑奶奶守節為何守不住，胡雪巖覺得他的話問得好笑，而且難以回答，只好半開玩笑地答道：「你何不自己去問她？」

古應春也發覺自己失言，只好報以苦笑；就這時候看到尤五兄妹和怡情老二，已經走下樓來，古應春心想，明天胡雪巖就要走了，此一去又有多日睽隔，而自己有一番心事非要跟他商量不可，因而便向尤五說道：「五哥，你們先請。我跟雪巖兄還有些事要商量。」

尤五還不曾開口，怡情老二便說：「何不請到我那裡去談？」

這就是胡雪巖機警了，不等古應春開口，他先就搭話：「實在是我有點私事託應春兄，就在這裡談一談好了，你們先請過去，我們馬上就到了。」

「那麼，快點來。」怡情老二說：「等你們來吃消夜。」

等他們走遠了，胡雪巖便問：「應春兄，是在這裡談，還是找個地方坐坐呢？我看你要談的事，不是三言兩語所能談得清楚的。」

「你大概也猜到了。」古應春說，「七姑奶奶的相貌、風度，很對我的勁。我託你做個媒。」

胡雪巖想不到他這麼開門見山，就說了出來，一時倒有些無從答覆，楞在那裡，半晌無聲。

「怎麼樣？」古應春很關切的問，「是不是有難處？」

「有沒有難處，還不知道。」胡雪巖說，「你總得先把你的情形跟我說一說。」

「對，對！這是我的疏忽——。」

古應春說了他的家庭，父母都在廣東，也娶過親，只是妻子已經過世；有個女兒，今年十六歲，隨祖父母在鄉，如此而已。

「那倒好，沒有甚麼嚕囌。」胡雪巖說：「七姑奶奶就因為跟她婆太太合不來，才回的娘家。照你府上這情形，如果不回廣東，大概她也願意。」

「那——。」古應春反倒遲疑了，「不回廣東是辦不到的。無論如何要回去見一見家父、家母。」

「那自然。我是說不回廣東鄉下去住，你們夫婦在上海自立門戶。這都是以後的事——。」胡雪巖沉吟著說：「看樣子，七姑奶奶對你，倒也還中意。不過，我有句話，一定要說在前面。」

「是，是。你說！我總盡力照辦。」

「不是要你甚麼『照辦』。是要你忍耐。你曉不曉得七姑奶奶有個外號，叫做『女張飛』！」

「是不是說她脾氣暴躁？」古應春搖搖頭，「我看倒不像『女張飛』！」

這一半是「情人眼裡出西施」，一半也是七姑奶奶特意收斂，看樣子好事可諧；但情願還是先把話說得深些，勸他慎重的好。

「應春兄，」他說，「日子太淺，相知不深，好在以後見面的時候有得是，你何不看一看再說？」

聽語氣是七姑奶奶有著不便說破的缺點；自己去看，當然最好。但古應春鰥居十年，一下子動了心，有如古井重波，心瀾難平，急於要問個明白，所以接下來又說：「看歸看，聽歸聽！你多告訴我些。」

胡雪巖不知該告訴他些甚麼？七姑奶奶的情形，他耳聞目見的很多，但不能一味說好話，更不能一味說壞話。如果是尋常女子，品貌過得去，他一定盡說好話，促成美事，因為那可以斷定，絕不會成為怨偶。而七姑奶奶與眾不同，做媒的責任甚重，真彷彿一言可興邦，也可喪邦，誰能受得了她的脾氣，一定是個賢內助；否則，感情會搞得極壞，媒人挨罵一輩子，於心何安？

「說實話，你們都是一見鍾情，瞞不過我；我也用不著你說，就已經想來做這個媒。應春兄，」胡雪巖非常懇切的說，「你知道我的，我做事一向性子急；但這件事，實在急不得！」

「為啥呢？七姑奶奶的好處，是別人沒有的；她的叫人啼笑皆非的脾氣，也是別人沒有的，所以你要我說，我實在說不像。要你自己看，反正我總一定幫你的忙，做你的參贊。再透個信息給你，七姑奶奶的願守不願守，她兄嫂都做不得她的主；現在她似乎也看中你了，那你就請放心，好事遲早必成。」

這番話對古應春是顆定心丸，而且啟發甚多；大致七姑奶奶是個巾幗鬚眉，個性極強，遇事敢當。這樣性格剛強的人，要看自己能不能駕馭得她住？駕馭得住，百煉鋼化為繞指柔，閨房中仍有畫眉之樂；駕馭不住，一輩子是她繫在腰帶上的裙下之囚。

「多謝，多謝！就你這幾句話，我已受惠匪淺。走吧！」

兩個人一起回到怡情院，只見七姑奶奶跟怡情老二，並坐在床邊，喁喁細語，親熱得像姐妹。尤五顯然對此感到欣慰，含笑坐在一旁，神態顯得很恬靜。

「來了，來了！」他站起來，興致勃勃地：「有人送了我一簍蟹，剛才忘了拿到那裡去吃了；嚐一嚐！」

於是怡情老二急忙站起來招呼，七姑奶奶也要下手幫忙；做主人的一定不准她動手——這是堂子裡；七姑奶奶是客，下手幫忙變得也成了主人，那不像話，但她想不到此；最後是胡雪巖遞了個眼色，她才會過意來。

這使得古應春又得了個極深的印象，他覺得她只是凡事熱心，所以顯得有些魯莽。好在她也肯聽人教導，絕不是那種蠻不講理，死不認錯的潑婦。這就沒有可怕了。

擺好桌子，娘姨端出兩大盤熱氣騰騰，加紫蘇蒸的陽澄湖大蟹；此是文人墨客筆下的天下第一名物，陽澄湖的尤其出名，特徵是「金毛紫背」；通常每隻八兩，兩隻一斤，所以稱為「對蟹」。七姑奶奶嗜蟹如命，但這時卻很斯文，先挑了一隻團臍送到尤五面前。

「先敬客嘛！」尤五完全是做哥哥教導弟妹的派頭。

客是兩位，論客氣應該是古應春；七姑奶奶不知不覺地又有些著意，便拿那隻蟹送到胡雪巖面前。

「七姐，我們自己人。我自己來！」胡雪巖有些促狹，不但話裡擠得她非把那隻蟹送給古應春不可；而且還用手往外推謝。

「那就你來！」七姑奶奶被逼到差不多的地步，「衝勁」就來了，大大方方地對古應春說；並且還把一小碗薑醋推到他面前。

「謝謝！」古應春含著笑說，同時深深看了她一眼。

七姑姑奶裝作不見，另拿一隻蟹在手；看胡雪巖已經自己動手，便拿向她哥哥面前，然後自己也取一隻，同時轉眼去看怡情老二。

怡情老二正取了一副吃蟹的傢伙出來，純銀打造，小鉗小錘子的，看來十分精巧；七姑奶奶覺得好玩，取過小錘子來，一下打在蟹螯上。在她自覺未曾用力，但那隻蟹螯已被砸得甲碎肉爛，一塌糊塗了。

大家都笑，七姑奶奶自己也笑，「這東西不是我用的。」她說，「還是用手方便。」

她的那隻手彷彿生來就是為剝蟹用的，手法熟練非凡；只用一根牙筷幫忙，須臾之間，把一隻蟹吃得乾乾淨淨，蟹螯、蟹腳和那個「蓋」拼湊在一起，看來仍舊是一隻蟹。

廣東人的古應春，吃蟹自然沒有蘇錫嘉湖一帶，出蟹地方的人來得內行；表裡不分，胡嚼一氣，吐了一桌子的渣滓，七姑奶奶直性子，實在看不過去，便打趣他說：「你真是豬八戒吃人參果。看我來！」

「這倒著實要點本事。」古應春頗為驚異，「我還是第一次見！」

她取了一隻蟹，依然只用一隻筷子，很快地剝了一蓋子的蟹肉，黃白雜陳，倒上薑醋，卻不是自己享用，一推推到了古應春面前。

這真叫古應春受寵若驚了，但也知不宜顯示心中的感覺，所以只是接連說了兩聲：「多謝，多謝！」

巧得很，怡情老二正好也用小鉗小錘子，敲敲打打，外帶嘴咬手剝，也弄了一蓋子蟹肉，送給尤五。於是胡雪巖笑道：「你們都有人代勞，只有我沒有這份福氣！」

古應春知道他在打趣七姑奶奶，怕她臉上下不來；有意要把「美人之貽」這回事，看作無所謂，便將那蟹蓋推過去說：「你來，你來，你來！」

「你捨得？」胡雪巖抓住題目，越發要開玩笑。

這話很難回答，要說「捨得」，馬上就會惹七姑奶奶在心裡罵一句：沒良心！想了想這樣答道：「在別人，自然捨不得；你老兄又當別論。」

「承情之至。不過，只怕你捨得，人家捨不得。」胡雪巖說：「人家辛辛苦苦剝了給你吃的；讓我吃掉了，一定會心痛！」

話還不曾完，七姑奶奶發急了，「小爺叔！」她用笑容掩飾窘態，「罰酒！你的話真正說得氣人。」

「是啊！」怡情老二在一旁幫腔，平她的氣：「胡老爺話裡有骨頭，應該罰酒。」

「好，好！」胡雪巖原是為古應春試探，看七姑奶奶雖然羞窘，並無慍色，覺得試探的結果，大可滿意，便欣然引杯，一飲而盡。

一直坐在那裡不說話的尤五，到這時才恍然大悟；他是做哥哥的想法，覺得七姑奶奶有些放浪形骸，心裡便不大舒服。胡雪巖鑒貌辨色，看出風向不對，很知趣地把話題引了開去，同時也不肯再多作流連，找個機會，提議散席。

時近午夜，而怡情院所在地的那條弄堂，卻還熱鬧得很；賣熟食的小販，往來如梭，吆喝不停；弄口停著許多小轎，流蘇轎簷，玻璃小窗，十分精緻，專做深宵尋芳倦客的生意，唯有這天抬著一位堂客——七姑奶奶。

回到裕記絲棧，她第一個下轎，往後直奔，剛上樓梯，便扯開喉嚨大喊：「張家妹子，你睡了沒有？」

阿珠還沒有睡，先是不放心七姑奶奶，要為她等門；後來是跟陳世龍吃零食閒談，談上了勁，倒把要等的人忘掉了。這時聽得樓下一喊，方始驚覺，趕緊起身迎了出去。

兩人在樓梯口相遇，只見七姑奶奶雙頰如霞，眼波如水，一片春色，不覺大聲而問：「你在哪裡？吃得這麼醉醺醺地回來？」

「你看，我帶了甚麼好東西來給你吃！」七姑奶奶把一只細竹籃遞了過去。

這時胡雪巖和尤五亦已上樓；加上阿龍和聞聲起床的老張，擠得滿滿的一屋子，卻只聽得七姑奶奶一個人的聲音，大講在怡情院消磨了這一晚上的經過。

在老張父女是聞所未聞的奇事，就連陳世龍也覺得這位七姑奶奶膽大得驚人。

「你們吃嘛！」最後她揭開了籃蓋，裡面是六隻陽澄湖大蟹；她粗中有細，特別周到，連薑醋都是現成帶著的。

一則情不可卻，再則那蟹也實在誘人；老張父女和陳世龍，便一面剝蟹，一面聽七姑奶奶談怡情院的風光。尤五卻向胡雪巖使個眼色，兩人避到裡面談心去了。

「小爺叔，」尤五皺著眉頭說：「你看我這個妹子越來越不像樣，怎麼得了？」

「不要這麼說！」胡雪巖笑嘻嘻地答道，「五哥，我要討喜酒吃了。你曉得老古跟我怎麼說？他要託我做媒！」

尤五大為詫異，楞了好一會才問：「是想娶我們阿七。」

「對！這才叫一見傾心。姻緣，姻緣，真正是緣分。」

「甚麼緣分？」尤五的雙眉皺得更深，「說起來是在堂子裡見過面，那有多難聽！」

這個回答大出胡雪巖的意料，一時不知如何為他和七姑奶奶譬解？楞在那裡，好半晌作聲不得。

「我倒不懂了，老古怎麼會知道阿七此刻住在娘家？」尤五又問，「他當阿七還是大小姐？」

「不！他曉得七姐居孀。是老二告訴他的；不對！是他跟老二打聽的。」接著，胡雪巖便把古應春家裡的情形說了一遍。

「那麼，小爺叔，你怎麼回答他的呢？」

「我說，要他自己看。我看——，他們有緣，這杯喜酒吃得成功的。」

尤五不以為然，大搖其頭：「算了，我看不要害人！」

「你倒也不必把我們這位姑奶奶貶得太厲害！」胡雪巖以不平的語氣說：「像她這樣的人才，嫁給老古，照我看還是委屈的。至於說她脾氣不好，這話要說回來，女人家心思最怪不過，只要她自己願意，自然會改。看今天的樣子，斯斯文文，大大方方，可見已經在改了！」

話雖說得動聽，卻無結論；事實上婚姻大事，一時也不可能有甚麼結論，只有擺著再說，先料理第二天動身的事。

下船是在中午，胡雪巖「師弟」，老張父女，加上七姑奶奶一共五個人；除卻老張，各有只可促膝密談，未便公然表露的心事，加以路上不太平，風吹草動，需要隨時當心，所以就連七姑奶奶這樣愛說話的人，也是保持沉默的時候居多。

第二天快到松江了，胡雪巖該當作個決定，要不要七姑奶奶送到嘉興？如果認為不需要，把她留在松江，揚帆而走，至多停泊半日，將他自己和阿珠寄在尤家的行李搬上船；否則，至少得在松江停一天，讓七姑奶奶先打聽消息，或者帶個把可供奔走的人同行。

「小爺叔！」等胡雪巖剛一提及，七姑奶奶便搶著說，「不管我送不送你，無論如何在我們那裡住一天再走。」

「杭州等得很急——。」

「急也不急在一天，我五嫂有話跟你說。」

這倒奇了，尤五嫂會有甚麼話？就有話要說，七姑奶奶怎麼會知道？凡是遇到艱難，胡雪巖總要先通前徹後想一遍；等自己想不通時再發問。

他的腦筋特別快，察言辨色，覺得只有一個可能，「七姐，」他問，「是不是你自己有話不便說，要請五嫂來問我？」

七姑奶奶笑了，帶些頑皮，也有些忸怩；「小爺叔，」她說：「你頂聰明。」

「既然如此，你何不直接告訴我？」

「還是等五嫂自己來問你的好。」

這話倒像是關於尤五夫婦的事，胡雪巖有些困惑；細想一想，莫非是有關怡情老二的話？也許七姑奶奶多事，要到她嫂子那裡去「告密」；所以尤五嫂會有些話要問。或者七姑奶奶倒是好心，與怡情老二投緣，在她嫂子面前下說詞，勸她為夫納妾，這樣尤五嫂就更會有些話要問。

同樣是問，有的話可說，有的話不可說。到底是怎樣的一問？先得把方向弄清楚，臨事才不致窘迫。於是他問：「七姐，你曉不曉得五嫂要問我的話，是好事還是啥？」

「自然是好事。」

這下胡雪巖放心了。船抵松江，上岸直到尤家，歇一歇腳；他趁空去拜訪了「老太爺」，在他那裡吃了飯，再到尤家，談不到三五句話，尤五嫂起身說道：「小爺叔，我有件事拜託你。」是拜託胡雪巖做媒，卻不是為尤五娶怡情老二進門；是替七姑奶奶促成良緣。尤五嫂告訴他說，當他在裕記絲棧跟尤五密談古應春時，七姑奶奶在外屋趁老張父女和陳世龍吃蟹吃得起勁時，悄悄在「聽壁腳」；古應春的意思她已經知道了，表示非古應春不嫁。因為聽出尤五似乎不贊成這頭親事，所以特為來跟嫂子談。

聽完經過，胡雪巖失笑了。笑自己誤解了七姑奶奶的語氣，上了自己的當；如果是跟人做一筆出入甚鉅的生意，也是這樣子胡思亂猜，自以為是，那就非大蝕其本不可。

「小爺叔，」尤五嫂問道，「阿七怎麼會認識那姓古的；好像是第一次見面，在那裡？」

這一問就不易回答了，尤其是對她。誠然如尤五所說的，在堂子裡見的面，這話提起來難聽。再問下去：她怎麼跑到了那種地方去？那又要牽涉到怡情老二；尤五這樣的人，在花街柳巷走走，尤五嫂自然不會干涉，但如說是怡情老二的恩客，在外面置了「小房子」，就難保尤五嫂會不吃醋。

於是他說：「在裕記絲棧。老古現在跟五哥、跟我，三個人合夥。這頭親事說起來倒也是順理成章的事；郎有意姐有情，那還有啥話說？至於做媒的話，不但義不容辭，而且是所謂非我莫屬。不過，五嫂，我們有這樣一個想法，說出來你看，對不對！」

「你的話沒有錯的，小爺叔，你說。」

「我們杭州說媒人『吃十三隻半雞』，意思是說要媒人一遍遍傳話，事情極慢。別的親事嫌慢，這頭親事嫌快；我看還是慢一點的好。」

「我懂小爺叔的意思，是怕太快了，彼此都看不清楚，將來會懊悔？」

「對了，就是這個意思。」

「意思是好的。不過，你曉得的，我們家這位姑奶奶是急性子。」

「這就要你勸她了。」胡雪巖放低了聲音說：「還有一層，聽七姐的意思，好像有點跟五哥嘔氣，你不大贊成，我偏要嫁他。婚姻大事，嘔氣就不對了。」

尤五嫂想了想，深深點頭：「小爺叔，你的話不錯的。我倒沒有想到。」

胡雪巖探頭望了一下，弄清楚七姑奶奶沒有在「聽壁腳」，才向尤五嫂說：「她性急，你不能依她；事情拖它一拖，等五哥回來大家好好商量。你就這樣說好了，做媒要按規矩行事，你要先相一相親。這一來就半個月拖過去了。」

「我懂，我懂！我會想辦法來拖。不過，我再問小爺叔一句話：那姓古的，人到底怎麼樣？」

「你最好自己去看。」

胡雪巖這樣回答，不像一個媒人的口吻；其實他確是有了悔意。七姑奶奶的性子太急，而且在嘔氣，尤五又有意見；隱隱然使他感覺到，這件事將來會有糾紛。一片熱心頓時冷了下來。

就因為如此，他要躲著七姑奶奶；所以堅辭她送到嘉興的好意。第二天上船沿運河下駛，總算一路順利；風平浪靜地進入浙江省境，從此到杭州，就不會再有甚麼危險了。

第十五章

放下一顆懸著的心，胡雪巖又把全副精神放在正事上；船上無事正好算帳，結出總帳一看自己都有些不相信了。

不過短短半年功夫，自己經手的款項，已有五十萬兩銀子之多，杭州、湖州、上海三處做生意，局面搞得確是很熱鬧，事情也十分順手。但萬一出了意外，牽一髮動全身，自己倒下來不說，還要牽連許多人，第一個是王有齡，第二個是張胖子，第三個是郁四，第四個是尤五。

這樣轉上念頭，便覺得河上秋風，吹到身上格外冷了。推開算盤，獨對孤燈，思前想後，生出無限警惕。他告訴自己：不要自恃腦筋快、手腕活，毫無顧忌地把場面拉開來；一個人的精力到底有限，有個顧不到，就會出漏洞，而漏洞會很快地越扯越大，等到發覺，往往已不可收拾。

想到這裡，自然而然生出兩點覺悟，一是節省精力，不必去多管那些無謂的閒事；二是還要多尋幫手，劉慶生算是找對了，已可獨當一面；陳世龍是塊好材料，卻未曾善加利用。於是他決定，趁這到杭州的一段旅程，將生意場中的各種「門檻」，好好教他一教；教會了就把上海這方面的事務都交給他。

但是沒有讓他「學生意」以前，先要為他安排親事；那也就是連帶了清了他自己跟阿珠之間的關係，從此心無牽掛，也是節省精力之道。於是盤算了好一會，想定了入手的辦法。

第二天一早開船，除了老張在船梢上幫同把舵以外，其餘的人都沒有甚麼事；他特意叫陳世龍進艙談話——從一上船，阿珠便常在後艙，就是一起吃飯的時候，也不大交談。當然，陳世龍是常到後艙去找她的；胡雪巖料定他跟陳世龍在中艙談甚麼，她一定會在後艙，留心靜聽，所以他預備裝作「言者無意」，其實是有心要說給她聽。

「世龍！」他說，「我現在的場面是撐起來了。不過飯是一個人吃不完的，要大家一起來動手。我現在問問你的意見，你是想在湖州，還是想在上海？」

陳世龍不知道他胸有成竹，有意如此發問；只當真的要他自己挑一處。上海雖然繁華，做事卻無把握；在湖州是本鄉本土，而且又廝守著阿珠，自然是湖州好。

「我想先在湖州，把絲行弄好了再說。」

「我曉得你要挑湖州，」胡雪巖背對後艙，不讓阿珠看見他的臉，所以向陳世龍使勁擠一擠眼睛，表示下面那句話別有用心，叫他留神：「你是捨不得阿珠！」

陳世龍也很聰明，做一個不好意思的笑容，表示默認。

一個如此說，一個如此承認；除非阿珠自己走出來明明白白說一句，不願嫁陳世龍！那麼，他們三個人之間的關係，就在這一句話中交代清楚了。在後艙聽壁腳的阿珠，十分氣惱，心想：簡直把一個人看成一包絲一樣，憑你們一句話，就算交易過手了！世上那有這樣自說自話的事？

想歸想，氣歸氣，人還是坐在那裡不動，屏聲息氣，細聽外面，胡雪巖又在說了。

「我的意思，絲行有你丈人、丈母娘在那裡——。」

聽到這裡，阿珠驚異不止。「丈人、丈母娘」是指誰？她自己這樣在問。

細聽下去，明明白白，陳世龍的丈人、丈母娘，不是自己父母是那個？阿珠驚疑羞憤，外帶一種說不出的興奮，心裡亂得如萬馬奔騰；自己克制了又克制，才能勉強聽得清外面的話。

「說起來，阿珠的娘的想法也不大對！她以為我幫了她家的忙，她就得把女兒許配給我，作為報答。其實橋歸橋，路歸路，我幫他們的忙，又不是在想他們的女兒——。」

哼！假正經！阿珠不由得在心裡罵；同時想起胡雪巖當初許多勾引的行徑，臉上有些發燒，暗暗的又罵了句：不要臉！

再聽下去，她比較舒服了。「講句良心話，」胡雪巖說，「我喜歡不喜歡阿珠呢？當然喜歡的。不過，我不肯委屈阿珠。冰清玉潔，大家小姐不見得有她那樣子的品貌！世龍，她嫁了你也是委屈的。」

「我曉得。」陳世龍自慚的點一點頭。

「你曉得就好。」胡雪巖又說，「總要格外對她體貼。」

陳世龍依然是那句話：「我曉得。」

口口聲聲順從著，倒像真的已把人家娶到手了似的。阿珠心裡非常不服氣；同時也有些奇怪，聽口風好像他們早就瞞著自己，暗中做了「交易」；倒要仔仔細細先把事情弄清楚，然後再想報復的主意。

這回是陳世龍在說話：「胡先生，那麼，你看我這件事該怎麼辦？赤手空拳，一點底子都沒有。」

「有我！」胡雪巖答得極其爽脆，「我今年一共有三頭媒要做，一頭已經成功了，還有一頭要看看再說；再有就是你這頭媒。老張那裡我一說就成功，你丈母娘更不用說，最聽我的話。阿珠最孝順，只要跟兩老說好了，不怕她不答應。」

原來如此，阿珠心想：拿我父母來壓我，所以有這樣子的把握，那也太目中無人了。於今之計，第一步先要在爹面前說好，不可輕易答應。到時候教你乾瞪眼！

剛想得好好地，立刻又是一楞，因為胡雪巖說破了她的心思，「不過，」他說：「阿珠的性子最傲，服軟不服硬；也要防她一腳！就算父母之命，勉強依從，心裡一千一萬個不甘心，將來也不會對你怎麼樣好的。所以說到頭來，兩相情願最要緊。你總要記住我這句話，阿珠服軟不服硬。處處依她，包你一輩子有福享。」

聽到這幾句話，阿珠心裡又酸又甜；同時也覺得洩了氣，甚麼勁道都拿不出來了。不過總還有些不甘，不甘於如此受人擺布；同時也覺得不能就這麼便宜了陳世龍。

「我的打算是這樣，看看年底辦喜事來不來得及。如果來不及，就今年『傳紅』，明年『入贅』……。」

「入贅！」

陳世龍大聲插嘴；光聽聲音，就知道他不願——在後艙的阿珠不由得就把心懸了起來。

「又不是要你改姓張，不過兩家併作一家；也不是甚麼失面子的事！」

「不改姓就可以。」

「你不要得福不知！」胡雪巖故意這樣說給阿珠聽：「就算你想改姓，阿珠也許看你不上眼。」

陳世龍露著一嘴雪白的牙齒，不好意思地笑了——這笑容正落在壁縫中向外張望的阿珠眼中，她的感覺是得意的舒服。

「老婆雖好，吊在裙帶上一步不離，也太沒有出息了。」胡雪巖說，「湖州絲行有你丈人、丈母娘在，盡可以照料得了；我希望你在上海幫我的忙，跟老古把洋文學學好，將來受用無窮。」

「好啊！」陳世龍很興奮地，「古先生的洋文，說得真是呱呱叫；我一定跟他學會了它！」

「這才是！」胡雪巖用欣慰的聲音說，「好在絲生意上有關聯，常常要回湖州，有得你跟阿珠親熱的時候！」

要死！阿珠一下子飛紅了臉；頓時覺得坐也不是，站也不是，卻又不敢弄出聲響來，怕前面發覺她在偷聽；於是躡手躡腳，掩到自己鋪位上，手撫著一顆突突在跳的心，細細去想他們所說的那些話。

這一想想得忘掉辰光，直到老張在喊，她才警覺；朝窗外望了一下，太陽當頭，已經中午了。

「來吃飯！」老張問道，「阿珠，你在作啥？一直不見你的人？」

「我睡著了！」她自己覺得這句話答得很好；睡著了便表示根本沒有聽見胡雪巖和陳世龍的話，見了面就容易裝糊塗了。

她裝人家也裝；在飯桌上胡雪巖和陳世龍一如平時，倒是老張有許多話，因為這天下午船泊德清，就要分手；胡雪巖和陳世龍往南到杭州，老張帶著女兒，原船往北回家，自然有些事要交代交代。

當天下午，很早就到了德清，船一泊定，胡雪巖邀老張上岸走走。阿珠立刻想到，他們是有關自己的話要談；她上午躺在床上想心事，就已經盤算過，這件終身大事，不管怎麼樣，要自己回到湖州先告訴了娘，再作道理。如果她爹一答應，便毫無商量的餘地；她不甘於隨人擺布，因而打定主意，這一天要一直跟爹在一起，不容胡雪巖有開口的機會。

那麼此刻怎麼辦呢？唯一的辦法，仍是跟著不放；胡雪巖總不見得當面鑼，對面鼓，有自己在場，便好意思提做媒的話！於是她接口喊道：「爹，我也去！」

胡雪巖自然不要她去。這容易得緊，想都不用想，便有了話：「阿珠，拜託你，替我的零碎東西收拾收拾，好不好？」

「是啊！」老張老實，「要掉船了，各人的東西該歸一歸。你不要去！」

這一說，胡雪巖又有了話，「對的！」他喊道，「世龍，你也看一看，那些東西該帶到湖州送人的，跟阿珠交代清楚，不要弄錯了！」

說完，他跟老張揚長上岸；有意把陳世龍留在船上，好跟阿珠細訴衷曲。

阿珠心裡實在有些氣不過，想想自己真像《西遊記》的孫悟空，怎麼樣也翻不出胡雪巖的手掌。這份閒氣，此刻自然要發在陳世龍頭上了。

「他們上岸去做啥？」她氣鼓鼓地問。

陳世龍本來就聰明，加以這陣子跟著胡雪巖，耳濡目染，學會了許多待人處事的訣竅。這樣一件有關自己一輩子的大事，當然更不敢疏忽；所以這時不忙著答阿珠的話，先抬眼看、用心想，要把她的態度弄明白了再說。

他在想：阿珠問到這句話，就可以證明，他們上午的那一番談話，她已經聽得清清楚楚；此刻是疑心胡雪巖跟她父親去談她的終身。既然如此，上午為何不站出來說話，此刻卻大光其火？可見得光火是鬧脾氣；她的脾氣他也摸透了，越頂越凶，最好的應付辦法是讓她發不出火。

於是他陪笑答道：「這我倒不曉得。要不要我追上去問一聲？」

「難為你！」阿珠一波剛平，一波又起：「你們師父徒弟，一上半天，亂七八糟在講些甚麼怪話？」

既然叫穿了，陳世龍何可否認？但怎麼樣承認呢？笑而不答，惹她反感；細說從頭，就會把胡雪巖苦心設計，說到了她心裡的那番話的效用，付之東流。左右不是，十分為難，而阿珠看他不答，似乎又要光火了。

一急急出一個計較，覺得就像築堤防水一樣，多少日子，多少人工，辛辛苦苦到了「合龍」的那一刻，非要眼明手快，把握時機不可；河官到了合龍的時候，如果情況緊急，往往會縱身一跳，跳在缺口裡，身擋洪流。別人看他如此奮不顧身，深受感動，自然一起著力，得收全功。現在自己也要有那縱身一跳的勇氣，大事方得成功。

想到這裡，他毫不猶豫地雙膝一跪，直挺挺地跪在阿珠面前說：「既然你已經都聽見了，也就不用我多說了。阿珠，我一條命都在你手裡！」

阿珠不防他有此一著，急得胸頭亂跳——急的是怕人看見不像話，便低聲喝道：「怎麼這副樣子？快起來，快起來！」

「起來也容易，你說一句，我就起來！」

這一句是甚麼？阿珠自然知道；但就是心裡肯了，也說不出口，那便只有先嚇他一嚇：「你越是這麼賴皮，我越不說！起來，起來！不然，我永遠不理你。」

陳世龍是打定了主意，非要一下子有個了局不可，因而用毫無商量餘地的聲音說：「你不說一句，我永遠跪在這裡！」

「沒有見過你這樣的人！」阿珠恨聲說道：「你要我說甚麼？」

「你自己曉得的。」

「對了！你曉得，我也曉得，不就行了嗎？」

聽得這一句，陳世龍一顆心踏實了，笑嘻嘻地問道：「真的『行了』？」

「不要嚕囌！」阿珠把臉一沉：「你再不起來，行了也不行！」

到此地步，不能再不聽她的話；但陳世龍還要試探一下，「起來可以，」他說，「你拉我一把！」

「不拉！為啥要我來拉你？」阿珠拿手指刮著臉羞他：「『男兒膝下有黃金』，就是你兩個膝蓋不值錢。」

「就看在『膝下有黃金』的份上，扶我一把！」陳世龍一面說，一面把手一伸。

阿珠真不想理他，但她那隻右手跟心中所想的不一致，莫名其妙地就伸了出去；等陳世龍拉住她的手，可就不肯放了！他站起身來，一隻手緊握著她的手，坐向她身旁；另一隻手很快地伸向船窗，只聽「咯喇」一響，艙中頓時漆黑；木板船窗被拉上了。

阿珠輕聲喝道：「這是幹甚麼！」

「不幹甚麼！只要親親你！」

「你敢！」

「敢」字不曾出口，已讓陳世龍一把摟住；也不知他的一雙眼睛是怎麼生的，伸手不見五指的地方，他那兩片嘴唇會一下子很準確地找著了她的嘴唇，壓得她透不過氣來。

阿珠又羞又急，卻又有種夏天傷風閉汗吃酸辣熱湯麵的味道，是說不出的刺激而痛快。但艙裡雖然黑漆一團，外面卻是朗朗乾坤，如果讓人發覺了，怎麼還有臉見人？因而，一顆心提到了喉頭，口乾舌燥，滿頭大汗。

「放手！」她好不容易才能扭過頭去，這樣低聲說了一句。

「再親一個！」

「還要？」阿珠發怒了，「你不要弄得人怕了你！」

這是極嚴重的警告，陳世龍適可而止，放開了手，拉她坐了起來，溫柔地問道：「要不要開窗子？」

「自然要開的。」說著，她自己伸手去拉開了窗子，等光亮撲了進來，她趕緊避開，縮向外面看不到的角落，理理鬢髮，揭拉衣襟，閉著嘴，垂著眼，彷彿受了甚麼委屈似地。

「阿珠——。」

「你不要再跟我嚕囌！」她搶著說道，「安安分分說幾句話；不然，你就替我請出去！」

陳世龍不響，只嘻嘻地笑著，一雙眼睛盯著阿珠，從頭到腳，恣意賞鑒，把阿珠看得既窘且惱。

「你不要這樣子盯著人看，好不好？」阿珠白了他一眼，「又不是不認識。」

「對不起！」陳世龍笑道，「我捨不得不看。」

這話說得她別有一股滋味在心頭，於是語氣緩和了：「好也好在心裡好了！何必一定都要擺在臉上呢？你臉皮厚，不怕人笑；也要給人家想想。」

說到這話，陳世龍便把視線避開；但立刻又拉了回來——不見阿珠的臉，就像失落了一樣甚麼要緊的東西，一定得找著了，才能安心。

就這片刻的沉默，阿珠覺得自己的一顆心比較平伏了，摸一摸臉，也不再那麼發燙，於是便說：「我要好好問你幾句話，你是不是規規矩矩的告訴我，就看你自己的良心！」

「好！」陳世龍斬釘截鐵的回答，「我一定憑良心。你說好了。」

「你跟你師父，老早就談過我的事？」

「是的。老早談過。」

「怎麼說法？」

「這話就難說得清楚了。」陳世龍說，「話很多，不曉得從那裡說起。」

「照這樣看，你們不知道打過我多少遍主意了！」阿珠又想起他們「私相授受」的可惡，便發怨聲，「只怕讓你們把我賣到外國，我都不曉得。」

「那個敢打你的主意？」陳世龍故意裝得很認真地說：「第一個我就不依！」

「哼！」阿珠撇一撇嘴，「你是好人，如果你是好人，為甚麼這許多日子，你一句口風都不肯透露？」

「不是不肯，是不敢！」

「為啥不敢？」

「怕碰你一個釘子，以後的話就難說了。」

想想這也是實話。但她同時也想到，自己在小姐妹淘裡，被公認為厲害腳色；比起胡雪巖和陳世龍來，差得就太遠了。如果他們真的起下甚麼沒良心的意思，自己一定被他們擺布得走投無路。然則自己所倚恃的是甚麼呢？是陳世龍的一顆心，能收服了他的心，自己才可以放心。

想到這裡，覺得要恩威並用，體貼固然要緊，但也要立下許多「規矩」，不可遷就。當然，這是以後的話；眼前還得多打聽一些關於自己的事。

「胡先生到底怎麼說我？」

「胡先生」這個稱呼，在陳世龍聽來非常新鮮；以前她從沒有聽她這樣叫過。此刻改口的意思，一面是表示與胡雪巖的關係，到此告一段落；另一方面表示「夫唱婦隨」，他怎麼叫，她也怎麼叫——意會到這一點，陳世龍覺得非常欣慰，不由得又傻嘻嘻地瞪著她看。

這是她在胡雪巖臉上從沒有見過的表情。那像個頑皮的大孩子的笑容，另有一種使人醉心之處；這時反倒是她想伸手去摸一摸他的臉了。

突然，陳世龍問道：「你剛才說的甚麼？」

阿珠心不在焉，被他問得一楞，不過對這樣的場面，她有個「倒打一耙」的法子，「你看你！」她不滿地說，「剛剛說過的話，就忘記得乾乾淨淨！你那裡有一點心在人家身上？」

「對不起！」陳世龍陪笑致歉，「我實在高興得有些昏頭了。」

在這一遷延之間，阿珠已想起了自己的那句問話，便又說一遍：「我是問，胡先生到底怎麼說我？」

「你自己總聽見了！千言萬語一個字：好！」

這是指她「聽壁腳」而言，不便否認；「我是說平常，總還有些話。」她說。

「不要去打聽了。」陳世龍搖一搖手，「我們只談我們的事。」

「對！」阿珠脫口說了這一個字，接著便問：「他們上岸談啥？是不是談我？」

「一定是的。」

「那麼你剛才怎麼『裝羊』，說不曉得？」

「剛才是剛才，現在是現在。現在我可以不叫你阿珠了，叫你一聲：太太！」

「咄！」阿珠紅著臉說：「不要肉麻！」

「想想真妙！」陳世龍有些不勝感嘆似地，「先叫你張小姐，以後叫你阿珠，現在叫你太太！幾個月的功夫，變得這麼厲害！」

阿珠想一想，深有同感。人生在世，實在奇妙之至；從認識胡雪巖開始一直到今天，不知經歷了多多少少新奇的事！這半年功夫，過得真有意思。

「我在想，」陳世龍又說，「一個人全要靠運氣，遇著胡先生就是我交運的日子到了。」

「也不要這麼說！一個人不能光靠運氣；運氣一時，總要自己上進！」

話中帶著些教訓的意味，陳世龍覺得有點刺耳；但轉念想到，這正是阿珠心裡有了做成夫妻，休戚相關的想法，才會有這樣的話頭。於是他的那一絲反感，很快地消失了。

他沒有再作聲，阿珠也不開口；沉默並不表示彼此無話可說，你看著我，我看著你，不管是他的長伺眼波，還是她的一瞥即避，無不意味深長地傳達了太多的心曲。

「天黑了！」阿珠訝然說道，「爹還不回船？」

「一定在鎮上吃酒。有一會才得回來。」

「你餓不餓？」

「我不餓。」陳世龍問道：「你呢？」

「我也不餓。不過——」阿珠頓住了，在想心事。

不餓就是不餓，「不過」這個轉語下得令人莫名其妙；陳世龍忍不住追問：「不過，怎麼樣？」

「我們到外頭去！」阿珠站起身來，「黑咕隆咚地，兩個人在這裡，算啥一齣？」

照陳世龍的心思，最好就在這樣的黑頭裡，相偎相依，低聲密語。但為了順從阿珠，言不由衷地答道：「好，好！到外頭點了燈等他們！」

走到中艙，點起煤油燈一看，方桌上已擺了四個碟子，四副杯筷，一壺酒；也不知船家是甚麼時候進來過，一艙之隔，竟無所知，令人驚訝。

再多想一想，阿珠的臉又紅了，「你看！」她低聲埋怨陳世龍，「我們在裡頭說的話，一定叫人家都聽了去了。」

他也明白，必是船家來陳設杯盤時，聽見他們在後艙密語，不肯驚動，所以擺好了這些東西，也不點燈，也不催他們吃飯，聽其自然。看來倒是個極知趣的人。

「我們都是說些大大方方的話，聽了去，也不要緊。」陳世龍設詞寬慰，「好在總歸瞞不住他們的；再說也用不著瞞。你索性毫不在乎，像七姑奶奶那樣，反倒沒有人拿你取笑了。」

提起七姑奶奶，阿珠既關切又好奇，而且心裡還有種說不出的，不大好過的感覺，「我倒問你，」她說，「七姑奶奶口口聲聲叫你『阿龍』，你心裡是怎樣個味道？」

陳世龍還不曾想到自己，先辨出她的話中微帶酸味；心裡立刻便生警惕，「她要那麼叫，我只好那麼答應，說實在的——。」話到口邊，陳世龍覺得有些刻薄，搖搖手說：「啊，啊！不談了。」

「怎麼？」阿珠釘緊了問：「為啥不談？」

「不相干的事，何必談它？」

「說說也不要緊嘛！」

看她如此認真，陳世龍不能不答，昧著良心說道：「聽了實在有點肉麻！」

阿珠微微笑了，這是對他的答覆，頗為滿意的表示；因而沒有再問下去。

陳世龍有如釋重負之感，幫阿珠點好了燈，對坐吃飯。平日是各管各，即使心中有意，也不便公然獻殷勤；此刻不同了，他替她盛飯、挾菜，自嘲是個「大腳丫頭」——這是他從杭州聽來的，嘲笑喜歡服侍娘兒們的男人的一句俗話。

這頓飯吃了有一個鐘頭，是陳世龍的話多，談這個、談那個，不大談到他自己，但阿珠仍舊聽得趣味盎然。

「回來了！」

突然間，陳世龍一喊；阿珠回頭去看，只見兩盞燈籠，冉冉而來。她頓時心慌，不知見了她父親和胡雪巖，持何表情？當然也沒有躲到後艙的道理，那怎麼辦呢？唯有盡力裝得平靜，收拾收拾飯桌；等他們上了船，隨機應付。

陳世龍很快地迎了出去，幫著船家搭好跳板；扶著老張上了船，又來扶胡雪巖，他乘機把陳世龍的手，重重一捏，暗示大事已經談妥。

「咦！」胡雪巖一進艙就開玩笑，「你們兩個人這一頓飯，吃了多少辰光？」

「都是等你們，一直等到現在。」阿珠看他們都是滿臉通紅，酒氣薰天，便先提出警告：「不要吃醉了，來說瘋話！」

「不說，不說！」胡雪巖醉態可掬的，「不說瘋話，說正經話。」

「吃醉了酒，有啥正經話好說？我替你們去泡濃濃的一壺茶來；吃了去睡，頂好！」說著，她喊著船家來拾掇殘餚，自己拿著瓷茶壺去沏茶。

人在外面，心在艙中，注意著聽胡雪巖會說些甚麼？那知所聽到的，卻是老張的聲音：「世龍！」

「嗯！」陳世龍重重答應。

就這一呼一應，把阿珠的一顆心，懸了起來；這隻手捏著一把茶葉，那隻手捏著一把汗，不知道她父親會說出甚麼來？偏偏老張又沒有聲音了，越發使得做女兒的驚疑不定。

「老張，」胡雪巖打破了難耐的沉默，「你跟阿珠去說，我來跟世龍說。」

「好，好！我不曉得跟世龍說的啥？你來！」接著老張便喊：「阿珠，阿珠！」

聽這語氣，想來爹爹已經答應了！阿珠心想，這話要悄悄來說，怎好大呼小叫地？心裡有些氣，便大聲答道：「我在泡茶！」

「泡好了你出來，我有話說。」

「有啥話你不會進來說？」

「我就進來。」老張答應著，果然走出艙外；酒是喝得多了些，腳步有些趺趺衝衝走不穩。

阿珠趕緊扶住了他，埋怨著說：「黃湯也少灌些！為啥吃這許多？」

「我高興啊！」老張答道，「人生在世，就是像今天晚上這樣子，才有個意思。」

慈愛之意，溢於言表，阿珠不但感動，而且覺得自己的福氣真不壞；不過口頭上當然還帶著撒嬌埋怨的語氣。

「一開口就是酒話！」她說，「從來也沒有聽你說過甚麼『人生在世』；文縐縐地，真肉麻。」

說是這樣說，孝順還是孝順，把她父親扶著坐下；沏好了茶，先倒了一杯過來。

於是老張一把拉住她，抬眼望著她說：「阿珠，你要謝謝胡老爺。」

「為啥？」

「他替你做了一頭好媒，」老張放低聲音說了這一句，又連連點頭：「這樣最好，這樣最好！」

阿珠有些好笑；但卻不便有所表示。心裡也矛盾得很，一方面希望她父親就此打住，不再多說，免得受窘；一方面卻又想聽聽，胡雪巖到底跟他說了些甚麼？

老張當然還要說，「阿珠，」他一本正經地，「胡老爺做媒，我已經答應他了。希望你們和和氣氣，白頭偕老。」

說了半天，到底是指的誰呢？雖明知其人，也知道她父親不會說話；而阿珠心裡仍有些著急，總覺得要聽到了「陳世龍」這個名字，才能放心。然而口中卻是害羞的話：「爹，說你說酒話，你還不肯承認。好了，好了，不要說了。」

「是啊！你總也曉得了；我不說也不要緊，不過婚嫁大事，總得跟你說一聲。」

話說得顛三倒四，而且有些不著邊際；外面的胡雪巖忍不住了，大聲說道：「你們父女倆請出來吧！我有幾句話說。」

「好，好！」老張也高聲答道：「還是要你來說。」

說完，他站起身來去拉女兒，阿珠怕羞，不肯出去，卻經不住她父親硬拉，到底還是進了中艙，靈活的眼珠，在陳世龍臉上繞得一繞，馬上收了回來，低著頭站在艙門口。

「阿珠！你一向最大方，用不著難為情。」胡雪巖說：「媒是我做的，你爹也答應了，陳世龍更是求之不得，只等你答應一句，我就要叫世龍給你爹磕頭，先把名分定了下來。你大大方方說一句，到底喜歡不喜歡世龍？」

「我不曉得。」阿珠這樣回答，聲音又高又快，而且把臉偏了過去，倒有些負氣似地。

「這大概不好意思說。這樣，你做一個表示，如果不喜歡，你就走了出去；喜歡的就坐在這裡。」

胡雪巖真促狹！阿珠心裡在罵他；走出去自然不願，坐在這裡卻又坐不住，那就依然只有裝傻了：「我不懂你的意思。」

「說不懂就是懂！」胡雪巖笑道，「好了，玩笑也開過了，我正正經經問一句話，你如果不好意思跟我說，就跟你爹說了來告訴我。世龍算是我的學生，所以我又是媒人，又是他的長輩，百年大事，不同兒戲，有啥話這時說清楚了的好，你對男家有啥要求？」

這就是胡雪巖做事老到的地方，明知這樁親事，一方面阿珠和陳世龍兩情相悅，千肯萬肯；一方面自己於張家有恩，媒人的面子夠大，但仍舊要問個清楚，省得女家事後有何怨言。

說到這話，老張首先覺得他是多問，「沒有，沒有！」他搖著手說，「那裡談得到甚麼要求？你大媒老爺怎麼說，我們怎麼依！」

「就因為你是這麼想，我不能不問。」胡雪巖轉臉又說，「阿珠，終身大事，千萬不可難為情。你現在說一句，我看做不做得到？做不到的，我就不管這個閒事了。」

這是一句反逼的話。阿珠心想，如果真的不肯說，他來一句：「那我只好不管了！」豈非好事落空，成了難以挽回的僵局？這樣一急，便顧不得難為情了，低著頭，輕聲說道：「我也沒有啥要求，只要他肯上進，不會變心就好了！」

「你聽見沒有？世龍！」胡雪巖說，「你如果不上進，好吃懶做；或者將來發達了，弄個小老婆進門，去氣阿珠，那你就是存心要我媒人的好看！」

「日久見人心，胡先生看著好了。」

「好，我相信你。」胡雪巖又說，「阿珠，你放心！有我管著他，他不敢不上進；至於變心的話，真的有這樣的事，你來告訴我，我替你出頭。」

阿珠想說一句：「謝謝你！」但不好意思出口，只看了他一眼，微點一點頭，表達了感激之意。

「好了！世龍，你跟你丈人磕頭，就今天改了稱呼。」

聽得這話，阿珠拔腳就走；老張也連連表示「不必」，但陳世龍仍舊跪倒在地，磕了個響頭，笑嘻嘻叫一聲：「爹爹！」

「請起來，請起來！」老張又高興，又不安；一面笑口大開，一面手忙腳亂地來扶陳世龍。

陳世龍起來又跪倒，替胡雪巖也磕了個頭；接著便受命去取了個拜匣來——胡雪巖早有打算，在上海就備好了四樣首飾；一雙翡翠耳環、一副金鐲子、兩朵珠花、四只寶石戒指，算起來總要值五、六百兩銀子，作為送女家的聘禮。

老張當然很過意不去，但也不必客氣；道謝以後，高聲喊道：「你來看看！你真好福氣；你娘也不曾戴過這樣好的首飾。」

躲向後艙，在縫隙中張望的阿珠，原來就激動得不得了；一聽她爹這兩句，不知怎麼心裡一陣發麻，滾燙的眼淚一下子流得滿臉，同時忍不住發出哽咽的聲音。

「咦！好端端地——。」

「不要去說她！」胡雪巖搖手打斷老張的話，「阿珠大概是替她娘委屈。」

阿珠覺得這句話正碰到心坎上，也不知是感激親恩還是感激胡雪巖，索性倒在床上，嗚嗚咽咽地哭個不住。心裡是越哭越痛快；越哭越膽大，哭完了擦擦眼睛，大大方方地走了出去，不過笑總還不好意思笑，繃著臉坐在那裡，預備等她爹或者胡雪巖一開口，便好搭腔。

胡雪巖說了話：「阿珠，你替我們泡的茶呢？」

「啊呀！我倒忘記了。」阿珠站起身來，「只怕已經涼了。」

「就是涼茶好！你拿來吧！」

於是阿珠去取了茶來，倒一杯給胡雪巖，再倒一杯給她父親；還有靦靦腆腆坐在一旁，蠻像個新郎倌的陳世龍——她遲疑了一會，終於替他倒了一杯，只是不曾親自捧給他，也沒有開口，把茶杯往外移了移，示意他自己來取。

「你自己看看！中意不中意？」胡雪巖把拜匣打了開來。

望著那一片珠光寶氣，阿珠反倒楞住了。這是我的東西？她這樣在心裡自問；彷彿有些不大能相信它是真的。

「財不露白！」久歷江湖的老張，還真有些害怕，「好好收起來，到家再看。」

這一說，阿珠不能不聽；但不免怏怏，蓋好拜盒，低著頭輕輕說了句：「胡先生，謝謝你！」

「小意思，小意思，」胡雪巖笑嘻嘻地說：「等世龍將來發達了，給你買金剛鑽。」

「世龍！」老張也有些激動，口齒亦變得伶俐了，「胡先生待你們這樣子好，你總要切記在心裡，報答胡先生。」

陳世龍深深點頭，正在想找一句能夠表達自己感激的話來說時，胡雪巖先開了口。

「老張，你這話不完全對；談不到甚麼報答！我請你們幫我的忙，自然當你們一家人看，禍福同當，把生意做好了，大家都有好處。好了，」他向老張使個眼色，「我們上床吧，讓阿珠和世龍替我們把東西理一理齊，明天上午好分手。」

這是有意讓他們能夠單獨相處，說幾句知心話。陳世龍掌燈把他們送回鋪位，走回來先把船窗關上，然後取了一面鏡子放在桌上，溫柔地說道：「這些首飾，你倒戴起來看看！」

這是極可人意的話，阿珠聽他的話，打開拜匣，首先把那副翡翠秋葉的耳環戴上；然後雙腕套上金鐲；又取了個紅寶石戒指戴。只有珠花沒有辦法上頭；因為那是戴在髮髻上的，而她一直是梳的辮子。

坐在對面的陳世龍，含笑凝視，顯得異常得意。阿珠原來就不大有小家碧玉的味道，這一戴上首飾，越覺她那張鵝蛋臉雍容華貴，絕不像搖船人家的女兒。

在鏡子裡左顧右盼的阿珠，突然收斂了笑容，慢慢摘下首飾，一件件放好。陳世龍倒有些奇怪了，不懂她這意興闌珊的表情，從何而來？

「你——，」他很吃力地說，「好像有點不大高興。」

「不是不高興；有些可惜——。」

「甚麼可惜？」陳世龍急急說道：「難道像你這樣的人，還不配戴這些東西？」

「不是這話！『好女不穿嫁時衣』，這些首飾，可惜不是你買給我的。」

這句話讓陳世龍震動了！心裡千迴百折，一遍遍在想，要如何爭氣，才對得起她？這樣楞了半天，終於逼出幾句答覆：「你有志氣，我也有志氣！不過，你如果不肯跟著我吃幾年苦，將來想替你辦這樣子的首飾，是做不到的事。」

「你當我吃不來苦？」阿珠答一聲：「你看著好了！」

「我相信，我相信。」陳世龍笑道：「說實在的，我哪裡肯讓你吃苦？照現在這樣子，生意十分順手，日子會過得很舒服。這都是胡先生的提拔！」

「為人總不好忘本。」阿珠終於說了一句心裡的話：「我們總要先把他的生意，處處顧到，才對得起人家。」

夜深人靜，即令是他們低聲交談；睡在鋪上的胡雪巖，依然隱約可聞，他覺得這件事做得極好，不但欣慰，而且得意，於是心無罣礙，怡然入夢。

一到杭州，胡雪巖回家坐得一坐，立刻便到阜康；陳世龍已押了行李先在那裡等候——行李雖多，盡是些送人的禮物；由劉慶生幫著料理，一份份分配停當，派了一個「出店」陪著陳世龍一家家去分送。胡雪巖則趁此片刻工夫，聽取劉慶生的報告。

「胡先生，請你先看帳。」劉慶生捧著一疊帳簿，很鄭重地說。

「不忙，不忙！你先跟我說說大概情形。」

「請你看了帳再說。」

聽他如此堅持，料知帳簿中就可以看出生意好壞，於是他點點頭先看存款；一看不由得詫異了，存戶中頗多「張得標」、「李德勝」、「王占魁」、「趙虎臣」之類的名字；存銀自幾百到上萬不等，而名下什九註著這麼四個小字：「長期無息。」

「唷，唷！」胡雪巖大為驚異，「阜康真的要發財了！怎麼會有這麼多的戶頭？」

「胡先生！」劉慶生矜持著說：「你再看這一筆帳。」

他翻到的一筆帳是支出，上面寫著：「八月二十五日付羅尚德名下本銀一萬一千兩。息免。」

「喔，原來羅尚德的那筆款子，提回去了？」

「不是！」劉慶生說：「羅尚德陣亡了；銀子等於是我送還的。我不知道這件事做得對不對——。」

劉慶生細談這件事的經過，是八月廿五日那天，有兩個軍官到阜康來問，說是聽聞羅尚德曾有一筆款子存在阜康，可有其事？又說羅尚德已經陣亡，但他在四川還有親屬；如果有這筆款子，要提出來寄回去。

羅尚德的存摺在劉慶生手裡，倘或否認其事，別無人證。但他不肯這樣做，一口承認；同時立即取出存摺，驗明銀數；但他表示，不能憑他們兩個人的片面之詞就付這筆存款。

「那麼該怎麼辦呢？」

「我知道羅老爺跟撫台衙門的劉二爺是朋友；要劉二爺跟你們營官一起出面，出條子給阜康。」劉慶生說：「只要羅老爺是真的陣亡，你們各位肯擔責任。阜康立刻照付。」

於是那兩個軍官，當天便找了劉二爺來，公同具了領條；劉慶生立即捧出一萬一千兩銀子，還要算利息，人家自然不肯再要。這樣到了第二天，張得標、李德勝等等，便都上門來了。

胡雪巖聽他講完，異常滿意，「慶生，」他說，「阜康的牌子打響了！你做得高明之極。」

「老實說，」劉慶生自己也覺得很安慰，「我是從胡先生你這裡學來的竅門。做生意誠實不欺，只要自己一顆心把得定就可以了；誠實不欺要教主顧曉得，到處去講，那得要花點心思。我總算靈機一動，把機會抓住了。」

「對！做生意把握機會，是第一等的學問。你能夠做到這一點，我非常高興。慶生，我現在幫手不夠；你還是替我多管點事，以後錢莊的生意都歸你。」胡雪巖說：「我一切不管，都歸你調度。」

「這——，」劉慶生興奮之餘，反有恐懼不勝之感，「這副擔子我怕挑不下。」

「不要緊！你只要多用心思，凡事想停當了去做；就冒點風險也不要緊。不冒風險的生意，人人會做，如何能夠出頭？只要值得，你儘管放手去做。」

「這話就很難說了，怎麼叫值得，怎麼叫不值得？各人看法不同。」

「人生在世，不為利、就為名；做生意也是一樣，冒險值得不值得，就看你兩樣當中能不能占一樣？」胡雪巖停了一下指著帳簿說，「譬如這筆放款，我知道此人是個米商，借了錢去做生意，你就要弄弄清楚，他的米是運到甚麼地方？運到不曾失守的地方，不要緊；運到長毛那裡，這筆放款就不能做；為啥呢，萬一這筆帳放倒了，外面說起來是：哪個要你去幫長毛？倒帳活該！這一來名利兩失，自然犯不著冒險。」

「我懂了！」劉慶生深深點頭，「凡事總要有個退步。即使出了事，也能夠在檯面上說得過去。」

「對啊！慶生，」胡雪巖拍著他的肩說，「你完全懂了！我們的生意，不管是啥，都是這個宗旨，萬一失手，有話好說。這樣子，別人能夠原諒你，就還有從頭來起的機會，雖敗不倒！」

「雖敗不倒！」劉慶生把這句話在心裡念了好幾遍，頗有領悟。接著便談了些業務擴充的計畫，胡雪巖因為自己在杭州只有幾天耽擱，一拖便無結果，所以或可或否，當時便要作出決定。

正在從長計議時，只聽有人一路喊了進來：「二弟，二弟！」

聽這稱呼便知是嵇鶴齡，胡雪巖急忙迎了出去；只見他紅光滿面，梳一條又黑又亮的辮子，身上穿一件極挺括的紫醬色線春夾袍，外面套一件黑緞「巴圖魯」坎肩，平肩一排珊瑚套扣，捲著袖子，露出雪白紡綢的袖頭，左手盤一對核桃，右手拿著枝湘妃竹鑲翠的短煙袋，十足一副紈袴公子的打扮；以前的那副不修邊幅的名士派頭，連影子都找不到了。

「大哥！」胡雪巖笑道：「你年輕了十幾歲，差點都認不得了。」

「都是瑞雲啊！」嵇鶴齡有著掩抑不住的喜色，「打扮了幾個孩子，還要打扮我。不作無益之事，何以遣有生之涯？這且不去說它。我是奉命來邀客；瑞雲叫我來說，晚上為你接風，沒有甚麼菜吃，但一定要到。」

「一定到。只是時候不會太早。」

「你是要先去訪雪公？」嵇鶴齡說，「那就不必了。我已約了雪公，他到舍間來會你；吃完飯，你們一起走好了。」

「那好，省了我多少事。」胡雪巖笑著問道，「瑞姑娘怎麼樣？」

「那是盡在不言中了。總而言之一句話，承情不盡。」

「新城的案子，雪公已經寫信告訴我了，說得語焉不詳，我在上海䍐記得很。」胡雪巖問道：「對你總有個安排？」

「是的，我正要跟你詳細談。」嵇鶴齡略一躊躇，接著又說，「話太長，一說開頭，就無法收場了。這樣吧，我還要去辦點事——瑞雲要我去買幾盆菊花；我把轎子留在這裡，回頭你坐了來。最好早些到，雪公未來之前，我們先可以好好談一談。」

看他春風滿面，服飾華麗；此時又知道養了「轎班」，可知情況很不壞；胡雪巖先就放心了，點點頭答應，盡快赴約。

在阜康把幾件緊要的事處置完畢，胡雪巖坐了轎子逕到嵇家；嵇鶴齡也剛回來不久，正穿著短衣在指揮花匠陳設菊花，一見他來，便說一聲：「你到裡面坐，我洗了手就來。」

這時張貴已來肅客，看見胡雪巖異常恭敬，也格外親熱，一面傴僂著身子引路；一面殷殷問訊，直接領到後廳，迎面遇著瑞雲。

「二老爺！」因為胡雪巖與嵇鶴齡拜了把子，所以她這樣含笑稱呼；略一凝視，接著又說，「清瘦了些；想來路上辛苦了！不過精神氣色都還是老樣子。」

「你像是發福了。」胡雪巖笑著問：「日子過得還稱心吧！」

「託二老爺的福。」瑞雲向裡喊道：「荷官，領了弟弟，妹妹來見二叔！」

「噢！」裡面嬌滴滴地答應一聲；只見丹荷領頭，帶著一群小傢伙，搖搖擺擺走了來；一個個都穿得很乾淨，等丹荷一站定，便也都站住了。

「叫啊！二叔。」瑞雲看著丹荷說。

於是丹荷先叫；她叫過了再叫弟、妹們叫。胡雪巖一看這情形，對瑞雲佩服得不得了；她是用的「擒賊擒王」的手段，不知怎麼一來，把最調皮的丹荷籠絡得服服貼貼！那一群小傢伙便也都安分了。

「老大呢？」他問。

「我送他『附館』去了。」嵇鶴齡進門接口；兩個小的立刻便都撲了過去。

胡雪巖心裡著實羨慕嵇鶴齡，自然也深感安慰；拉著丹荷的手問長問短，好半天不放。

「好了好了！」瑞雲大聲說道，「都跟著二姐到裡頭去，不要來煩你們二叔！」

遣走了孩子們，瑞雲也告個便回到廚下。於是嵇鶴齡跟胡雪巖談起別後的光景；新城之行，先撫後剿的宗旨定得不錯，當地士紳對嵇鶴齡單槍匹馬，深入危城，都佩服他的膽氣，也了解他的誠意，因此都願意跟他合作，設法把為首的「強盜和尚」慧心，引誘到縣自首；蛇無頭而不行，烏合之眾，一下子散得光光。前後不過費了半個月的功夫。

功成回來，王有齡自然敬禮有加，萬分親熱；私人先送了五百兩銀子，作為謝禮。嵇鶴齡不肯收，王有齡則非送不可，「到後來簡直要吵架了。」他說，「我想你跟他的交情不同；我跟你又是弟兄，就看在這一層間接的淵源上，收了下來。」

「你真是取與捨之間，一絲不苟。」胡雪巖點點頭說，「用他幾個也不要緊。這且不去說他；你補缺的事呢？雪公說過：『補實缺的事，包在他身上』，現在怎麼樣了？」

「這件事說起來，有點氣人。」嵇鶴齡急忙又加了一句：「不過，雪公對我是沒有甚麼好說的，他保我署理歸安縣，黃撫台不肯；又保我接海運局，他也不肯，說等『保案』下來再說。」

地方上一件大案子，或則剿匪，或則河工，或則如漕運由河運改為海運等等大事曲張的案子，辦妥出奏，照例可以為出力人員請獎，稱為「保案」；保有「明保」、「密保」之分，自然是密保值錢。

「黃撫台給了我一個明保；反是雪公倒是密保——。」

「這太不公平了。」胡雪巖打斷他的話說：「莫非其中有鬼？」

「嗨！」嵇鶴齡一拍大腿，「真正機靈不過你！黃撫台手下一個文案委員，要我兩千銀子——我也不知道這兩千銀子是他自己，還是他替黃撫台要？反正別說我拿不出，就拿得出來，也不能塞這個狗洞。」

「那麼，雪公怎麼說呢？」

「雪公根本不知道。我沒有告訴他。」嵇鶴齡說，「我跟他說了，他一定為我出這兩千銀子。我何必再欠他一個人情？」

官場中像他這樣耿介的人，已經不多了；胡雪巖不由得肅然起敬。但他可以這麼想：自己應該跟王有齡說清楚，無論如何要把海運局的差使拿下來，那怕「塞狗洞」也只好塞了再說。

「大哥！」他說：「這件事你不必管了，雪公必有個交代；等我來跟他說。」

「其實也不必強求。」嵇鶴齡搖搖頭，「官場中的炎涼世態，我真看厭了。像我現在這樣也很舒服，等把那五百兩銀子花光了再說。反正世界上絕沒有餓死人的。」

「你真正是名士派。」胡雪巖笑道，「不是我說句大話，像你這樣的日子，我也還供給得起；不過你一定不肯，我也不願意讓你閒下來不做事。人生在世，不是日子過得舒服，就可以心滿意足的。」

「一點不錯。」嵇鶴齡深深點頭，「我自然也有我的打算；如果浙江混不下去，我想回湖北去辦團練。」

「那不必！我們在浙江著實有一番市面好做；等雪公來了，大家好好談一談。」

說到曹操，曹操就到；因為已成熟客，剛聽得張貴來報：「王大老爺到！」王有齡已經進門，一面走，一面在喊：「雪巖，雪巖！」

「雪公！」胡雪巖迎了出去，拱拱手招呼。

「我天天在盼你。等你一來，我就有回湖州的日子了。」

「老爺！」是瑞雲在喊，她仍舊用他在家的稱呼，「請裡面坐，就吃酒吧！只怕胡老爺也餓了。」

「好，好，吃酒，吃酒！」王有齡很高興地說，「今天要痛痛快快吃幾杯。」

於是延入後廳，只見已擺了一桌子的菜：有瑞雲的拿手菜紅糟雞，也有她別出心裁，將嵇鶴齡家鄉口味的魚雜豆腐和杭州菜的魚頭豆腐燴在一起的一品鍋，烹製得濃腴非凡，正宜於這西風落葉的黃昏食用。

「胡老爺送的洋酒。」瑞雲拿著一瓶拔蘭地笑道，「我竟不知道怎麼開法？」

「我來，我來！」嵇鶴齡接過酒來，很自然把雙手撫在她肩上說：「喝這酒省事，不必燙。你請到廚房裡去吧！菜慢一點好了。回頭你也來敬酒。」

他這樣款款而言，一點都不覺得有甚麼不合適；瑞雲卻很不好意思，微微窘笑著白了他一眼，然後低聲埋怨：「你真嚕囌！」

王有齡向胡雪巖看了一眼；等瑞雲的背影一失，忍不住哈哈大笑，「雪巖！」他說，「我現在才知道你的樂趣，看天下有情人都成眷屬，實在是件賞心樂事。」

「願天下有情人都成眷屬」，是西湖月老祠的對聯，嵇鶴齡隨即笑道：「這一字改得好！雪公有此襟懷，自然常樂。」

「好說，好說！都虧你們兩位幫了我的大忙。今天先借花獻佛，聊表寸心。」

於是三個人先乾了一杯。拔蘭地不比紹興酒，嵇鶴齡喝得太猛了些，嗆了嗓子，咳得面紅脖子粗，連瑞雲在廚房裡都聽到了；趕了出來一看，便一面問原因，一面替他搥背。王、胡兩人看在眼裡又相視而笑了。

「你那位珠小姐呢？」王有齡問胡雪巖，「現在是要看你的了！」

「那也是件賞心樂事——。」

「怎麼？」王有齡很關切地搶著問，「莫非好事不諧？」

「在阿珠仍舊是件好事，這也不去談她了。倒是畹香，」胡雪巖說，「我在上海叫人去看過她，還住在梅家弄，不曾受到甚麼驚嚇。她有意思來玩一趟，雪公，你看如何？」

「看看再說吧！」王有齡的神色很冷淡；是不大願意談及此事的神情。

嵇鶴齡本來想問畹香是何許人？看見他這樣的神色，見機不言。胡雪巖當然更不會再提；話題一扯，談到他自己在上海的交遊及生意。

此刻有兩件事要談，一件是代買的洋槍；一件是海運由瀏河出口，交尤五駁運。後者又跟嵇鶴齡的出處有關，胡雪巖靈機一動，認為可以當作嵇鶴齡的見解提出來，顯得他在這方面也有過人的才幹，因而決定先談洋槍。

「雪公！」他問，「湖州的團練怎麼樣了？」

一問到此，王有齡大為興奮，「很好哇！全省各地的團練，就數我湖州順利。平心而論，都是趙景賢的功勞。」他對嵇鶴齡說，「此人的才具，不遜於老兄。幾時我介紹你跟他交個朋友。」

「我亦聽說此君既賢且能，很想交這個朋友。若蒙雪公引見，真是快事！」說著，他陶然引杯，一仰脖子乾了酒。

「雪公！」胡雪巖把話題拉了回來，「我替你買了一批洋槍——。」他把整個經過說了一遍。

「我也要浮一大白！」王有齡極高興地說，「雪巖你這件事，辦得好極了！前兩天，撫台還跟我談起；兵在精而不在多，又說欲善其事，先利其器。龔振麟父子，對造砲雖有經驗，無奈不會造槍；現在能夠買到洋槍，對防務大有裨益。我明天就『上院』去見撫台，籌個通盤的辦法出來，洋槍多多益善。」

「那是以後的事。目前這批槍呢？」

「這一批槍，當然是我們湖州買！有了這批洋槍，將來的效用如何，且不去說它；起碼眼前就可以激勵團練的士氣，關係甚重。」王有齡又說，「趙景賢知道了這個消息不知道會高興成甚麼樣子！」

「雪公！」嵇鶴齡插進來說，「既然湖州志在必得，事情就不是這麼個做法。明天要防黃撫台截留這批槍，還是暫時不說的好。」

「那麼到甚麼時候再說？」

「我看要用這麼個步驟，」嵇鶴齡慢條斯理地答道，「先跟藩司請一張洋槍的運照，接著了這批槍，送到湖州，然後再跟黃撫台去說。那時槍枝已經發了下去，莫非黃撫台倒說，統統收了回來，給他的親兵用？」

「對，對！」王有齡說，「有你們兩個人替我策畫，真正是萬無一失！來，吃酒！」

一面喝酒，一面胡雪巖又談買這批洋槍，還有拉攏英商，教他們少跟洪、楊打交道的好處。嵇鶴齡在一旁默默聽著，心裡便在為胡雪巖盤算；等他們談話告一段落，便用提醒的語氣說：

「雪巖，這批貨色的價款如何算法，你要不要先跟雪公談一談？」

胡雪巖還不曾開口，王有齡瞿然說道：「提到這一層，我倒想起來了。團練都是官督民辦，地方上自己籌了餉，自己保管。湖州富庶，地方上也熱心，團練經費很充裕。我本來想跟趙景賢說，教他把公款存在阜康；又怕碰個軟釘子，面子上下不來，所以一直不曾開口。現在好了，有了這批洋槍，是個很好的『藥引子』，趙景賢一定很見你的情，我就容易說話了。至於這一批貨色的價款，說多少是多少，回扣當然是你的。」

胡雪巖此刻最感困難的，第一是人手不足；第二是頭寸調不轉。有了湖州團練的大筆經費存進來，如魚得水，再妙不過。有了大生意，他就不肯貪小利了；「不！」他說，「我的事需要做得漂亮。回扣或者歸公，或者歸景賢手下的人去分，我完全當差。」

「白當差也不必。」王有齡說，「這件事你不必管了，我來跟趙景賢說。」

要談的兩件事談妥了一樁；另一樁得要從嵇鶴齡身上談起；「雪公！」他開門見山地問：「鶴齡的事怎麼了？」

一提到這話，王有齡把已送到唇邊的酒杯又放下，意興闌珊地先嘆了口氣。

「為這件事，我睡覺都不安枕。」王有齡說，「我也正要等你商量。撫台不知打的甚麼主意？跡近過河拔橋，教我怎麼對得起鶴齡兄？」

於是他把幾次為嵇鶴齡的事，跟黃宗漢去談的經過，說了一遍，先是請示，沒有確實答覆，便改做保薦；保薦依舊不得要領，就只好力爭，無奈至今爭不出名堂來。

「雪巖！」王有齡說到最後，又要請教他了，「你料事比別人來得準，倒看看，是何道理？」

「『無鬼不死人！』」胡雪巖很坦率的說，「其中必定有鬼。」

「我也想到了這一層。」王有齡答道，「問過文案上的人，說要不要有所點綴？文案上的人，回話很誠懇，說這件事全看撫台的意思，他們此刻還不敢受好處；怕受了好處，事情辦不成，對不起人。等將來嵇某人的委札下來，自然少不得要討他一杯喜酒吃。雪巖，你聽，這話不是說到頭了嗎？」

王、嵇兩個人兩樣的話，擺到胡雪巖心裡一辨味道，立刻就懂了。兩千銀子是黃宗漢要，卻又不肯叫王有齡出，所以才有這樣的話；如果是文案上要錢，管你這銀子姓王姓嵇，只要成色足就行了！

懂是懂了，卻不肯說破。說破了，王有齡即或花了錢，仍舊會覺得替嵇鶴齡不曾盡到心而感疚歉；在嵇鶴齡則既有那樣不願花錢買官做的表示，說破了更會成僵局。

於是他笑笑說道：「他們鬧鬼，我就是專捉這路鬼的『茅山道士』。且看我的手段！」

「那麼，你預備如何『捉鬼』？」王有齡問。

「天機不可洩漏。」胡雪巖拿手一指嵇鶴齡，「雪公，鶴齡給我的信上，談到漕米海運，由瀏河出口，因為小刀會鬧事，怕出亂子，出了個主意你看行不行？」

聽得這話，嵇鶴齡大為詫異，自己何嘗出過甚麼主意？正要開口，發覺有人輕輕踢了他一腳；這自然是胡雪巖遞過來的暗號，嵇鶴齡便不作聲了。

「甚麼主意？」王有齡極注意地問，「上頭正為這件事在擔心；我也很頭痛——派兵護漕，原是公事；誰知百端需索，綠營兵真正都該裁撤！」

「那好！這個主意用得著了。」胡雪巖不慌不忙地說道，「鶴齡曉得我跟尤五的交情，也曉得尤五的手面，出的主意就是包給尤五駁運。你看如何？」

王有齡思索了一下，拍案稱賞：「這個主意想絕了！尤五是松江漕幫，該起來便宜不落外方，那方面都交代得過。鶴齡兄，你真正才氣縱橫。這樣吧，請你今天就做個說帖，我明天上院面遞。如果撫台再有嚕囌，那就真正是出了鬼了！」

「是，是！」嵇鶴齡答應是在答應；不免有些面紅耳熱，只是借酒蓋臉，一時看不出來。

「甚好，甚好！」王有齡舉杯說道，「拔蘭地我也喝過幾回，似乎都不如今天的來得香，來得醇。」

「『與周公瑾交，如飲醇醪！』」嵇鶴齡引了句《三國志》上的話，端杯向王有齡一舉，眼卻看著胡雪巖。

乾了這一杯，王有齡說：「酒差不多了。鶴齡兄今晚上還要寫說帖；明天晚上到我那裡再喝個痛快！」

話剛完，只聽瑞雲一面掀簾子走了出來，一面笑道：「我還沒有敬胡老爺，敬老爺呢？」

「敬胡老爺應該，謝媒！」

瑞雲原有這意思，讓王有齡一說破，便不好辦了，一手執壺、一手持杯，僵在那裡有些手足無措；幸好，這不過眨眨眼的功夫，因為嵇鶴齡很機警地替她解了圍。

「還是應該先敬雪公！」他接過壺來說，「雪巖跟我弟兄，那是自己人。」

「糟了！」王有齡笑道，「你們都是自己人，只剩下一個我是外人。」

「老爺也不要這麼說，」瑞雲窘意消失。依然很會應酬了，「胡老爺跟嵇老爺都沒有拿老爺當外人看。」

「對了！」有了幾分酒意的王有齡，詞鋒特別銳利，「女心外向，倒是你拿我當外人看了。」

「我不敢！」雖是戲言，瑞雲卻當作正經話回答，「我在老爺家十幾年，不敢忘記老爺、太太待我的好處。」

說到這樣的話，王有齡就是借酒蓋臉，也不好意思跟她再說笑話；規規矩矩受了她一杯酒。接著，瑞雲又敬了胡雪巖，放下杯子要走；他喊住了她，要她也敬嵇鶴齡。這時候的瑞雲可大方不起來了！但越是不肯，胡雪巖越鬧得厲害；把幾個小把戲都招引了來，在門簾後面遮遮掩掩地看熱鬧，特別是最調皮的丹荷，格格地笑個不住。嵇鶴齡藉著去叱斥兒女的機會；算是替瑞雲又解了圍。

飯罷回到書房裡去喝茶，又談正經。王有齡問起胡雪巖說：「駁運一節，你跟尤五談過沒有？」

「談是談過，沒有定局。因為不知道你的意思究竟如何？」

「其實你就作了主也一樣。」王有齡問：「尤五怎麼說？」

「尤五還不是一句話！費用好商量，不過要浙江給他們江蘇督糧道一件公事。」

「公事現成！那怕就是給江蘇許撫台，也不費甚麼事。倒是費用一層，還要有個大概數目，才好籌劃。」

「我想——，」胡雪巖說，「總比請派綠營兵保護，要便宜得多。」

「那行！」王有齡很仔細的想了想說道：「只要尤五真的能夠保險，這件事就太妙了！」

胡雪巖聽出他的意思，是有些不放心尤五；但許多話亦不便跟他說，譬如尤五跟周立春的交情之類。不過既然王有齡有這話，而且又扯上嵇鶴齡，算是他的「條陳」，那麼一出紕漏，於他們兩個人的前程，都有妨礙，不能不重新考慮。

「事情是有七分把握，不過『不怕一萬，只怕萬一』；我想——，」胡雪巖看著嵇鶴齡說，「條陳裡寫活動些，讓黃撫台去作主。」

「不行，不行！」王有齡搖著手說，「他不肯擔責任的。」

這一下，事情變得就要重新再談；胡雪巖因為責任太重，總覺得很難有萬全之計，方在沉思之際，嵇鶴齡開了口。

「此事要盤馬彎弓，有一番做作。」嵇鶴齡說：「現在防務吃緊，各地方都要增添兵力，原有的兵勇尚不敷用，何能再抽人護送漕米？」

「啊，啊！」王有齡恍然大悟，「我懂了。」

「我也懂了。」胡雪巖說，「不過這話，最好不由雪公來說。」

「你是說由綠營自己來說？」王有齡搖搖頭，「他們不肯說的；這是趟好差使，又舒服、又有出息，何樂不為？」

「舒服卻未見得，真的遇見小刀會，開起仗來，綠營不是他們的敵手。」

「無奈他們不這麼想。我也不能這麼說。」王有齡下了個決定：「準定由我面見撫台，相機行事。」

「那麼，」胡雪巖問道，「條陳呢？」

「條陳還是今夜把它擬好，我帶了去，寧可備而不用，不可要用而未備。」

「既如此，我連夜趕起來。」嵇鶴齡慢了一下說，「我想把雪巖留下來，一起商量，斟酌盡善。雪公看如何？」

「也好！」王有齡看著胡雪巖說：「我們就明天上午碰頭好了。」

這樣說停當了，王有齡告辭回家。胡雪巖和嵇鶴齡也就毫無耽擱，立即動手；一個條理清楚，一個筆下來得，不費甚麼事就已把草稿擬好，重新斟酌一遍，作成定稿；隨手謄清，由胡雪巖帶走。

第二天上午王有齡不出門，專誠在家等候胡雪巖；一到便在書房裡閉門密談──自從新城之亂平服，王有齡愈得黃宗漢的信任；因而妒忌他的人也不少，辦事不免多掣肘的人，為此他有許多苦惱，要向胡雪巖傾吐。

「雪巖，」他說，「我現在有件大事，要跟你商量。聽說黃撫台有調動的消息，如果他一走，來接他的人不知怎麼樣。所以我頗有急流勇退之想。」

一聽這話，胡雪巖大吃一驚，急急說道：「雪公你怎麼起了這麼個念頭？局面剛剛擺開，正搞得順手，為啥要打退堂鼓。」

「一則我怕後任一來，如果彼此不甚對勁，我許多經手的事，收拾起來就會有嚕嗦，趁黃撫台在這裡，辦交卸比較容易；二則江忠源由湖北臬司調升安徽巡撫，他跟我有舊，來信問我，願意不願意到安徽去？他跟曾國藩兩個，現在聖眷甚隆，我想到他那裡去也不錯。」

「不然！」胡雪巖大為搖頭：「安徽地方你不熟悉，我也不熟悉。而且說句老實話，你到安徽，我不會去的；因為我去了也幫不了你的忙！」

「好了！」王有齡點點頭，「你說到這話，我不必再多說；今天就寫信，回謝江忠源的好意。」

聽他這樣表示，胡雪巖自然感到安慰了；然而也不免覺得責任愈重，想了想說：「黃撫台調動的消息，確不確？」

「有此一說，不可不防。」王有齡又說，「現在浙江各地，都有土匪滋事的情形；星星之火，可以燎原，黃撫台對這方面非常認真。因為新城的案子辦得不錯，所以這些差使，以後怕都會落在我頭上。海運局的事又不能不拖在那裡，實在有點心餘力絀。」

這就見得嵇鶴齡的事，格外重要。說實話，王有齡比嵇鶴齡本人還急；但他在黃宗漢面前，卻是有力使不上，因為論功行賞，王有齡走錯了一著棋；或者說：這一著棋，他沒有去走——在黃宗漢，對新城一案的酬庸，是早就分配好了的；王有齡和嵇鶴齡兩人，給一個密保，一個明保，誰密誰明，他沒有意見。當初出奏的時候，如果王有齡說一句：「嵇鶴齡出的力多，請撫台賞他一個密保。」黃宗漢也會照辦。就因為少了這一句話，把自己搞成了密保；如果這時候，再力薦嵇鶴齡，彷彿投機取巧，他怕黃宗漢心裡不高興，因而始終不敢多說。這一層苦衷，甚至在胡雪巖面前，都難啟齒；而時間隔得愈久，那種近似「冒功」的歉疚愈深，渴望著胡雪巖能出個主意，把這件事，早早辦成。

「照現在看，恐怕還不是三天兩天的事。」王有齡說，「先要談防務，讓黃撫台曉得抽不出兵；然後就讓他自己來問，可還有別的好辦法？那時我才能把鶴齡的條陳拿出來。你想想，這是多繞彎子的事？」

胡雪巖同意他的說法，重新把前因後果考慮了一遍，發覺自己錯了！錯在想為嵇鶴齡「顯顯本事」；其實，那個條陳對嵇鶴齡能不能接海運局差使的關係不大。關係還在文案那裡。

「火到豬頭爛、錢到公事辦！」怎麼連這兩句話都想不起？

於是他說：「雪公；我請你緩一緩，快則明天，遲則後天，再去見黃撫台。」

「怎麼呢？」王有齡問，「你又有甚麼安排？」

「還是那句話，」胡雪巖笑道：「天機不可洩漏。」

「好吧！我也不問了，聽你的招呼好了。」

於是彼此又談了些在上海、在杭州的情形，話太多一時說不盡；加上王太太又出來很應酬一番，談起瑞雲，越發說個沒有完。胡雪巖也索性丟開正事，聊了些閒天，在王家吃了午飯，告辭出門，一直來到阜康替嵇鶴齡辦事。

他就用本號的銀票，開了兩張，一張兩千，一張兩百，用個封套封好；上寫「菲儀」二字，下面具名是「教愚弟嵇鶴齡」。

「慶生！拜託你走一趟，託劉二爺代為遞到文案上的陳老爺。說我還有幾天忙，雜務稍為定一定，請他過來敘一敘。」

「好的。」劉慶生又問：「要不要回片？」

「不必了。」胡雪巖說，「他給你就帶了回來、不給也不必要。反正心到神知。」

劉慶生辦事極快，不過一個時辰，就已回店，帶來撫署文案委員陳老爺的一張名片，上面有四個字：「拜領謝謝！」

於是胡雪巖當夜就通知王有齡，說可以去見撫台談這件事了。王有齡不知道他葫蘆裡賣的甚麼藥？反正照他的話做絕不會錯；因而下一天衣冠整肅地到了撫台衙門。手本遞了進去，劉二回出來說：「上頭交代，上半天客多；準定請王大爺下半天三點鐘來。」

凡是上憲專約時刻會商，皆是格外看重的表示，意思是要抽出一段時間，可以從容細談。

王有齡聽得這話，便打道回府，到了下午再來。

黃宗漢在巡撫衙門後花園的「船廳」接見，一到叫先換了便衣，接著便邀王有齡一起吃點心；千層糕、燕皮湯、地力糕，甜鹹俱備，冷熱皆有，都是他們八閩的家鄉口味。

一面吃、一面談，先談時局，說向榮的江南大營，每月耗餉甚鉅，公文急如星火，催索不已，是件很傷腦筋的事。

「這也不該浙江一省出。」王有齡表示意見，「需索無底，難以為繼；大人似乎可以跟向帥商量，是不是通盤籌劃，由江蘇、江西、浙江三省，每月確定額數，到期報解？這樣子，大家籌措起來也比較容易。」

「你這個主意不錯，我可以試一試。」黃宗漢又說，「你湖州這方面，關係甚重；通省的餉源，主要的就靠你那裡。我看，海運局你真有點兼顧不到了！」

王有齡心裡有些嘀咕，聽這意思，撫台夾袋中似乎有人；倘或此時就提了出來，一個上司、一個下屬，直來直往，中間沒有緩衝的餘地，嵇鶴齡豈不是就落空了？

這還在其次，如果換一個人來，立刻就得辦移交，海運局的虧空，除非能找一筆錢來補上，否則就會原形畢露，那怎麼得了？

一想到此，額上便見了汗。黃宗漢不知就裡，隨即說道：「十月小陽春，天氣太熱。你請升冠吧！」

升冠就是脫帽，是不禮貌的，王有齡拿塊手巾擦擦汗說：「不要緊、不要緊！」

這是小事，黃宗漢也不再多說，又談公事：「那個姓嵇的，我看倒有點才氣。」

聽得這一句，王有齡頓覺心頭一寬，耳目清涼，趕緊答道：「大人目光如炬；凡是真才，都逃不過大人的耳目。」

這一聲恭維，相當得體，黃宗漢瘦刮刮的臉上有了笑容，「讓他接你的海運局。」他用徵詢的語氣說：「你看怎麼樣？」

「那是再適當不過。」王有齡乘此機會答道：「嵇鶴齡此人，論才具是一等一；有人說他脾氣太傲，也不見得。有才氣的人，總不免恃才傲物；不過所傲者，是不如他的人。其實他也是頗懂好歹的，大人能夠重用他，我敢寫包票，他一定會感恩圖報，讓大人稱心如意。」

最後一句話，意在言外，不盡關乎公事妥貼；黃宗漢其實也不需他「寫包票」，胡雪巖那張阜康的銀票，比王有齡的「包票」更來得有力。所以他點點頭說：「我知道！你就回去準備交卸吧！」

「是！」王有齡站起身來請了一個安：「大人容我暫息仔肩，真是體恤我。」

「不敢當，快請起來。」黃宗漢也站起來，虛扶一扶——這一站起來，不再坐下，便是等待送客的表示。

「我就告辭了。」王有齡轉臉地加了一句：「我回去就將大人這番栽培的德意，告訴嵇某人，叫他實心報效。」

「可以，你就告訴他好了。我馬上叫人下委札。」

於是王有齡告辭回家；第一件事就是派人去請胡雪巖和嵇鶴齡；自然是胡雪巖先到，因為阜康離王家不遠，而他是早就關照了王家門上的，有事到阜康招呼，所以一請就到。

「佩服，佩服！」王有齡翹著大拇指說，「雪巖，你具何神通，料事如此之準？」接著，把會見黃宗漢的經過，細說了一遍。

胡雪巖也不曾料到事情是這樣子的順利，因而也有喜出望外之感，想了想問道：「那麼，條陳是怎麼說法？」

「條陳不曾上。」王有齡答道，「一拿出來，倒顯得早有成算似地。大人物分兩種，一種喜歡先意承志，事事先替他想到；一種是喜歡用不測之威，不願意別人知道他的心思，黃撫台就是這一類人。我覺得等鶴齡接了事，或者謝委的時候，當面請示比較好。」

「事情要快，就讓他謝委的時候請示吧！」胡雪巖又問，「運槍的公事——。」

「啊！把這件事給忘記掉了。」王有齡說，「不要緊，我寫封信就行了。」

剛把信寫完，嵇鶴齡到了。王、胡二人一見他先道賀；然後略說緣由，嵇鶴齡有點摸不清首尾，不知道是誰的力量使然？唯有向他們兩個人都道了謝。

這時王家的男女傭僕也都來磕頭道喜，嵇鶴齡正帶著一張三十兩銀子的銀票在身上，很大方地發了「總賞」，還有人說要給瑞雲道賀，又說她福氣好！尤其是待嫁的兩名丫頭，眼看瑞雲「飛上枝頭作鳳凰」，豔羨之意，溢於詞色。這就不但是嵇鶴齡，連胡雪巖也覺得很得意。

這樣喜氣洋洋地亂過一陣，王有齡便說：「鶴齡兄，你請回去吧！說不定已有送喜信的人到府上去了。雪巖幫著一起去招呼、招呼；我們晚上再談。」

叫胡雪巖去招呼，是招呼放賞：這方面的「行情」他不大熟悉，少不得先要向王有齡問清楚了，然後順道往阜康交代了幾句話，才一起回到嵇家。

「二弟！」嵇鶴齡在轎子裡把事情想通了，一到家率直問道：「可是你走了門路？」

因為嵇鶴齡說過不願買官做的話，所以胡雪巖的回答很含蓄：「也不過託人去說過一聲。」

「怎麼說法？」

「無非拜託而已。」

嵇鶴齡靜靜地想了想說：「我也不多問了。反正我心裡知道就是！」

正說到這裡，劉慶生也到了嵇家，他是奉了胡雪巖的指示，送東西來的；一千兩銀票、五百兩現銀，另外一扣存摺，上面還有三千五百兩。

「二弟！」嵇鶴齡把存摺托在手裡說，「我覺得沉重得很，真有點不勝負荷。」

這是說欠他的情太多了，怕還不清，「自己弟兄，何必說這話？」胡雪巖答道：「而且水幫船，船幫水，以後仰仗大哥的事還多。」

「這用不著說，你的事就是我的事。海運局的內幕，我還不大清楚，要你幫我的忙，才能頂得下來。」

剛談到這裡，只見聽差引進一位客來，是撫台衙門的一名戈什哈——這是滿洲話「侍奉」的意思，轉用為護衛的名稱，到了後來，凡是督撫左右跑腿的差官，都叫「戈什哈」，此人戴著個金頂子，也是個八品官兒；但遇見候補州縣七品官的嵇鶴齡，不敢以官自居，搶上來請兩個安，一面口稱：「恭喜嵇大老爺！」

這自是報喜信的，嵇鶴齡連稱：「不敢當！」扶起來請教：「貴姓？」

「不敢！敝姓朱。撫台派我在文案上當差；文案陳老爺特別派來跟嵇大老爺報喜。」說著，從「護書」中，取出來一封蓋著紫泥大印的委札，雙手捧向嵇鶴齡。

委札不曾封口，取出來一看，不錯，是接王有齡的「海運局坐辦」；嵇鶴齡順手交了給胡雪巖，轉臉向姓朱的說一聲：「勞你的駕，請坐了說話！」

「不敢！」姓朱的說：「陳老爺交代，說先跟嵇大老爺道喜；晚上再來拜會。又交代：撫台今天身子不大爽快，嵇老爺今天不必拜謁，等到明天上院好了。」

「好，好！費心你轉達陳老爺，多承他關照，心感萬分。準定我今天晚上到他府上去拜訪。」

「是，」姓朱的又說：「請嵇大老爺賞個名片，我好回去交差。」

這是早準備好的，一張名帖，一封二十兩銀子的紅包，剛打發了姓朱的！只見瑞雲走了出來，穿一件紫緞夾襖，繫一條雪青綢裙，一朵紅花，盈盈笑道：「嵇老爺我來道喜！」

「怎樣！」嵇鶴齡有些意外，也有些手足無措似地，「你也來這一套，何必！免了，免了。」

「應該的。嵇老爺大喜！」說著，她手扶左腰襝衽為禮；隨後又喊：「荷官，帶了弟弟、妹妹來替爹爹磕頭。」

於是丹荷領頭，一群小把戲，推推拉拉地都從門邊出現；顯然是瑞雲早就安排好的，一個個都像過年的樣子，穿得整整齊齊的衣服，在一長條氈條上，七跌八衝地，一面磕頭，一面笑著；嵇鶴齡扶住這個，抱住那個，嘴裡還要應付調皮的丹荷「討賞」，亂到十分，也熱鬧到了十分。

「瑞雲！」嵇鶴齡等亂過一陣，這樣說道：「實在要謝謝二老爺——。」

「是啊！」瑞雲搶著接口，「不過倒不是謝謝二老爺，也是要跟二老爺道喜。」

「同喜，同喜！雙喜臨門，喜酒吃不完。」胡雪巖笑道，「瑞雲，都是你帶來的運氣。」

這句話說得瑞雲心花怒放，不自覺地就瞟了嵇鶴齡一眼；然後正一正臉色說道：「這有好幾天可以忙了。馬上就有道喜的人來，茶煙點心，都要早早預備，二老爺請寬坐，我不陪你了。」說著又福了福，轉身而去。

大家婦女的派頭，講究穩重，行路無聲，裙幅不動，才是福相；瑞雲居然亦有這副風範，使得胡雪巖大感意外。大概婢學夫人，早就有心了；於此見得她的志氣，不由得讚了一聲：「實在不錯！」

嵇鶴齡也看到了瑞雲那儼然命婦的派頭，自然也很得意；得意思往，想到兩個月前與胡雪巖初見的光景，恍似夢寐——這是一個令人沉醉的春夢，而且一時不會醒，還有更妙的夢境在後面。

無量歡喜竟化作濃重感慨，「提起來也真好笑！」他說，「記到我們第一天見面，我還埋怨你跟雪公做下圈套，令人拒之不可，受之不甘。誰知是這樣的圈套，只怕再耿介的人，也要去鑽一鑽。」

提到這個回憶，胡雪巖更覺得意；從與王有齡認識以來，他出過許多奇奇怪怪的花樣，而以「收服嵇鶴齡」最足以自豪，因為第一，救了新城地方一場刀兵之災；其次，幫了王有齡一個大忙；復次，好人出出頭，使得嵇鶴齡不致有懷才不遇之嘆；第四，促成了一頭良緣；最後，自己交了一個親如骨肉的好朋友。一舉而眾善備，自覺這個腦筋動得實在不壞。

於是他半開玩笑地說道：「我聽你談過，說漢高祖的陳平，出過多少條奇計；我的奇計也很多，大小由之，大才大用，小才小用，只看對方自己怎麼樣。」

「是的！」嵇鶴齡說：「你應該是諸侯的上客，像現在這樣是委屈了。」

「那也不見得。事在人為！」胡雪巖跟嵇鶴齡交談，話中不知不覺就有書卷氣了，「俗語說得好，『將相本無種，男兒當自強』，我現在雖不是諸侯的上客，幫人做到諸侯的位分，自然就是上客了。」

「這話說得好！亂世本來是出人才的時候，徵諸史書，歷歷可見。」

「書上怎麼說，我不曉得。不過，大哥，」胡雪巖的臉上，顯出那種在他難得有的，古板正經的神色，「你說現在是出人才的時世，我相信！亂世故事，不必講資格例規，人才容易出頭；再有一層，你到過上海，跟洋人打交道，就曉得了，洋人實在有洋人的長處，不管你說他狡猾也好，寡情薄義也好，有一點我們及人家不來，人家丁是丁、卯是卯，你說得對，他一定服你，自己會認錯。不像我們，明明曉得這件事錯了，不肯承認；彷彿認了錯，就失掉了天朝大國的面子。像洋人那樣，不會埋沒你的好處，做事就有勁了，才氣也容易發揮了——凡是有才氣的人，都是喜歡做事的，不一定為自己打算；所以光是高官厚祿，不見得能出人才，只出旗人對皇上自稱的『奴才』！」

「嘿！」嵇鶴齡睜大了眼說：「想不到你能這麼痛快的議論。書，我比你多讀了幾句；論世故，我實在不及你。」

「我是瞎說的。」胡雪巖謙虛著，「吃虧還在書讀得少。」

「不然，不然！」嵇鶴齡不斷搖頭，換了個話題；「我說過，我想認識幾個江湖上的朋友；第一個是尤五，這一回少不得要借重他了。我想接了事，先到上海、松江走一趟，一則看看海口的情形，再則專誠去拜訪尤五，不曉得你能不能陪我一起走？」

「可以，我本來在上海也還有好些事要料理。不過，此刻來說，言之過早。等你明天謝了委、接了事再來商量，也還不遲。」

說到這裡，張貴來報，有道喜的客來了。

這位賀客是裘豐言，向主人道過喜，便來跟胡雪巖招呼，將他奉若神明；因為裘豐言原來最佩服嵇鶴齡，而胡雪巖能使得恃才傲物的嵇鶴齡服貼，進而結為昆季，這就像如來佛收服孫悟空一般，不能不令人傾倒。

胡雪巖也很喜歡裘豐言；此人生來心腸熱、脾氣好、肯吃虧，最難得的是眼力高，識得人的長處，而且衷心敬服。同時他的趣味別具一格，說他俗，俗到不堪言狀；說他雅，做兩件別出心裁的事，比雅人還雅，這就是嵇鶴齡能夠跟他成為好朋友的一大原因。至於胡雪巖的喜歡他，是喜歡他那副生氣勃勃的勁道；哪怕家裡等米下鍋，外面看來是吃飽睡足只想找樂趣的樣子。

胡雪巖因材器使，馬上替他想到了一樁「差使」：「老裘，你今天就不要走了！替主人陪陪客。」

「義不容辭！」裘豐言笑嘻嘻地答道：「鶴齡兄春風得意，聲名鵲起；賀客必多，都歸我招呼。擺酒唱戲『開賀』，我心裡也有譜了，起碼有十天好熱鬧。」

「噯，老兄，老兄！」嵇鶴齡連忙攔著他說：「你少給我出點花樣，弄出暴發戶的樣子來！」

「做此官，行此禮；哪個不是這樣子熱鬧熱鬧的？」

「斯世何世？長毛打到黃河以北，上海又是小刀會起事；我們在這裡瞎起鬨，給京裡『都老爺』曉得了，隨便甚麼奏陳時政的摺子上，帶上一筆，吃不了還兜著走呢！」

「這倒也是實話。」胡雪巖一想是該當心，「老裘，眼前不必鋪張，自己人悄悄玩一兩天，有個慶賀的意思，也就夠了。好在至遲年底，總還有一場熱鬧。」

「對，對！」裘豐言「從善如流」地連聲答應，「鶴齡兄，年底納寵之喜，也就跟洞房花燭的『小登科』一樣。到那時候，你總不能委屈我們那位才貌雙全，既賢且惠的嫂夫人了吧？」

「這也再說。如果公事順手，年下無事，倒不妨熱鬧熱鬧。」

「好，有這句話就行了。年下辦喜事，自然也是我的『總管』。」

「當然，少不得要奉煩。」嵇鶴齡又問：「老裘，你現在忙不忙？」

「你曉得的，我是無事忙。」

「那就忙點正經的。」嵇鶴齡向胡雪巖問道：「你看，請老裘來幫忙如何？」

「那還有甚麼話說？」胡雪巖忽然想到一件事，便接下來問一句：「你請老裘在哪方面幫忙？」

「自然是押運。」

「我也猜到是這方面。」胡雪巖問裘豐言說：「老裘！請你當海運局的押運委員，你肯不肯屈就？」

「談不到這兩個字。海船我還沒有坐過，不曉得會不會暈船？這都不去說它了，反正你們兩位說怎麼，就是怎麼！」

「承情之至！」嵇鶴齡拱拱手，又向胡雪巖說道：「我猜你另外還有事託老裘？」

「是啊！『燒香看和尚，一事兩勾當』，等你那個條陳准了，先請老裘到松江跑一趟。」

「我懂了！」嵇鶴齡說：「你想把那批槍託老裘帶了回來？」

「對了！」胡雪巖說：「我本來想叫我那個『學生子』去辦，一則怕他年紀輕，不夠老練；再則，『一品老百姓』的身分，到底比不上我們裘大老爺！」

「好了，好了！」裘豐言用告饒的語氣說：「雪巖兄，你不必調侃我了。說了半天是怎麼回事？我還不甚明白。」

於是胡雪巖把海運轉駁和向英商購槍兩事，說了個大概，裘豐言好熱鬧，愛朋友，對尤五這樣的人，跟嵇鶴齡一樣，渴望結交；運洋槍的差使，也覺得新鮮有趣，所以滿口答應。

「不過，說句實話，此行也不是全無意外！」嵇鶴齡提出警告，「這年頭，萑苻遍地，洋槍這樣的利器，暗中頗有人眼紅。老裘，你是有名的『酒糊塗』，一路上要少喝。」

「少喝一點可以。你放心好了，我每頓總喝到快要糊塗為止。」

嵇、胡二人都笑了。「老裘！」胡雪巖好奇地問道，「你平生醉過沒有？」

「只醉過一趟。」裘豐言說：「是我娶親那天，特意喝醉的。」

「為甚麼？」胡雪巖詫異地問。

「負氣！」裘豐言說，「我那頭親，是先父定下的；照我的心意，想娶東鄰之女，先父說甚麼不許。我心裡存了個拙見，花轎要抬進門，我沒法阻擋，洞房之中，同床異夢，是我自己的事。所以吃喜酒的時候，同學少年起鬨來灌，我來者不拒，已吃到了六、七分。一進新房，我不揭新娘子的蓋頭，去揭酒罈子的蓋頭，吃得頹然大醉，人事不知，整整睡了一天一夜才醒。」

「該打屁股！」胡雪巖好奇地笑著，「新娘子必是哭了一夜？」

「新娘子倒沒有哭，先母從沒有看我醉過，嚇得哭了！你道我醉得如何？十一月的天氣，一塊豆腐放在胸口，要不了多久就滾燙了。」

「好傢伙！」胡雪巖咋舌，「你這麼喝，不把命都喝掉了？」

嵇鶴齡沒有聽他談過這一段；此時感興趣的是他的新娘子，便搶著問道：「尊夫人如何？雖不哭，必是苦苦相勸？」

「沒有那話！」裘豐言搖搖頭，「你們道內人如何？只怕猜到天亮也猜不著。」

「那就不要猜了，你自己從實供來！」

「內人當時叫『伴房』的回娘家，說新姑爺好酒若命，叫她娘家送二十罈好酒來——。」

「妙！」嵇鶴齡失聲而呼：「那你怎麼樣呢？」

「我還有怎麼樣？人生難得一知己，我好酒，她尋好酒來我吃，你想想，我怎麼能不服貼？」

嵇鶴齡跟胡雪巖都大笑，裘豐言回憶著少年的妙事，自己也笑了。

「說也奇怪？」他又說：「從那一天起，我對內人的看法就兩樣了，原來看她胖得有些蠢，這時候想想，楊貴妃是胖的、明朝的萬貴妃也是胖的，《紅樓夢》上的薛寶釵也是胖的。腳是大了點，她的三寸金蓮──。」

「慢來，慢來！」嵇鶴齡搶著問道：「三寸金蓮怎麼說是大腳？」

「我的話還沒有完。」裘豐言不慌不忙地答道，「內人的三寸金蓮是橫量，跟觀音大士一樣。」

這一下，裡裡外外都是笑聲。孩子們未見得聽懂裘豐言的妙語，但極易受大人的感染；第一個丹荷就不曾看見她父親與客人們這麼笑不可抑過，因而頗有滑稽之感，便忍不住笑得比甚麼人都利害。而瑞雲則以內心充滿了笑意，一觸即發；況且裘豐言談他那位大腳的胖太太，措詞甚「絕」，她也是聽得懂的。

就在這一片笑聲中，又有位貴客翩然而臨，是王有齡。這下場面自然變得嚴肅了，有裘豐言在座，賓主都不便說甚麼含意較深的話，一個道了賀，一個致了謝，王有齡便說：「鶴齡兄，我的移交現成，你隨時可接；我看揀日不如撞日，你明天謝了委，就請移駕到局先視了事，也好讓我早卸仔肩，稍鬆口氣。」

「雪公！」嵇鶴齡拱拱手用歉意的聲音說，「這一層實在不能從命，容我先好好跟你老請教了再接事，如何？」

「那麼，」王有齡看了看裘豐言說，「豐言兄，一起到舍下便飯吧！」

裘豐言也是熟透了人情世故的，聽這話便知他們預先有約，當然有好些體己話要說，自己絕不能去惹厭。然而他也不肯實說這層意思，「改天到府上叨擾，」他指指地下說，「鶴齡兄見委，要我為他接待賀客。我今天晚上一頓酒，就擾嵇府上的了。」

這樣安排也很好。於是嵇鶴齡特地入內，關照瑞雲，款待嘉賓，然後道聲「拜託，偏勞」，與王有齡、胡雪巖一起出門。

到了王家，王太太已特地從「小有天」閩菜館叫了一桌席，為嵇鶴齡賀喜，兼為胡雪巖接風；三個人吃酒席，雖是盛饌，亦難下嚥，因此胡雪巖出個主意，索性請些海運局的同事來赴席，一則作為王有齡酬謝他們平日幫忙；再則也為嵇鶴齡引見。

臨時飛箋召客，原是不甚禮貌的舉動，不過都是局內同事，也就無所謂了。在等候的這段時間，王有齡延客入書房，商談移交——王有齡在海運局有虧空，但歷來相沿的習慣，大致前任虧空總歸後任接收；作為一筆宕帳，能彌補就彌補，不能彌補就再移交給後任。到了移交不過去時，那就要出大亂子了。

當然前任是紅是黑，後任是忠厚還是精明，以及彼此的交情，都有關係；在目前這種情況下，前後任等於一個人，自然沒有話說。但胡雪巖覺得這件事應該有個明確的處置，否則就變成讓嵇鶴齡受累，不僅於心不安，而且出了亂子，也就無異為自己找麻煩。

「雪公！」他一開始就這樣說，「現在等於做生意盤一爿店一樣，親兄弟明算帳；帳儘管宕在那裡，算不能不算清楚。該如何歸清，我們再想辦法；等我上海的絲賣掉！我想就不要緊了。」

聽胡雪巖這一說，王有齡心裡有數，趕緊答道：「應該應該。我們休戚相關，災福相共，絕不能把個爛攤子甩了給鶴齡兄就算數。」

這一說，事情就好辦了，那筆宕帳，能報銷的報銷，不能報銷的，宕在那裡，宕不過去再說，反正有胡雪巖在，不會教嵇鶴齡為難。至於張胖子那裡，繼續維持舊有的關係，也就沒有甚麼可說的。

嵇鶴齡一路聽，一路點頭，保持沉默——這是最適當的態度，這個差使由王有齡和胡雪巖身上而來，此刻便不宜有所主張；等接了事，只要不傷害到他們兩人，自己盡可發揮，亦無須在此時有所主張。

接著就談到用人，這下嵇鶴齡卻有話了，「雪公！」他問，「局裡那幾位是非留下不可的？」

王有齡懂得他的意思，「我沒有甚麼人。」這是表示沒有甚麼利害關係深切的私人：「不過，有一兩位平日頗為出力，你能維持就維持；真的以為不行，當然也由你自己處置。」接著，王有齡說了兩個司事的名字，嵇鶴齡都把它記了下來，表示一定設法維持。

「那麼，雪公另外有沒有人要安插呢？」

王有齡想了想說：「我有個遠房姪子，最近從家鄉來，我不想把他帶到湖州，怕有人說閒話，『官親』太多。你如果能設法安插，那就求之不得了。」

「好！請雪公叫令姪開個履歷給我。」嵇鶴齡又說：「我跟雪巖商量好了，預備用裘豐言。雪公看如何？」

這是嵇鶴齡的手腕，有意表示恭敬親切；當然，王有齡即使不贊成，因為有胡雪巖的意思在內，也不會反對，何況事不干己，且對裘豐言的印象不壞，所以他連連點頭：「很好，很好！」

「再有，」胡雪巖接著說，「到松江去接洋槍，我想請老裘順便去跑一趟，請雪公再弄件公事。」

「公文方便。不過『酒糊塗』辦這種事，會不會出紕漏？」王有齡說，「我看最好叫你那個姓陳的後生跟了他去；這個人年紀雖輕，人倒能幹。」

「既然雪公看他能幹，不妨在湖州給他一個甚麼差使。」胡雪巖毫不思索地說了這一句，想想又不對，趕緊再接一句：「當然是掛名差使。」

「掛名差使又何必？」

「有個道理。」胡雪巖說，「陳世龍年底要成親了。有個差使，便算衣冠中人，男女兩家的場面上都好看些。」

「這可以！」王有齡隨口問道：「女家是那一家？」

「新娘子就是阿珠。」

「咦！」王有齡和嵇鶴齡不約而同的面現詫異之色；而且都非常困惑，不知這話怎麼問下去？

也不須他們動問，胡雪巖自己把那段移植蓬門清卉的經過，講了一遍。王有齡和嵇鶴齡自然都極注意的在聽，但兩人的反應不同，王有齡是替他惋惜；嵇鶴齡則頗為贊成，說胡雪巖這件「快舉」，大有唐人俠義之風。

第十六章

當天回家，胡雪巖叫阿福把住在附近客棧裡的陳世龍去找了來；他是要告訴他一個好消息，到松江接槍，已經用不著他了。眼前在杭州也沒有甚麼事，可以先回湖州一趟，去見一見「丈母娘」。

「不必！」陳世龍說，「接槍的事情，也很麻煩，我跟了裘老爺去好了。」

「為甚麼呢？」胡雪巖倒有些詫異，心想這是求之不得的「美差」；陳世龍不該不領情。

他何嘗不領情，心裡也巴不得去看一看小別數日，便如數年的阿珠；只是為了感恩圖報，自願出力。而這話他又不願說，覺得說了便沒意思了，因而沉默不答。

胡雪巖是察言觀色，只須稍為用點心，便可以看透他的腑肺；心裡暗暗欣慰，也不說破，只這樣告訴他：「叫你去看丈母娘是『順帶公文一角』，湖州我一時去不了，有好些事，要你替我去辦。你不必到松江去了！」

最後一句話，完全是長輩的口氣，沒有討價還價的餘地，陳世龍只好點點頭。

「第一件，你跟你郁四叔去說，如果有多餘的頭寸，我要用，請他匯到阜康來，期限最好長一點，利息我特別加厚。第二件——。」

說到第二件，他沉吟了，意思是想把黃儀調開；但絲行才開始做，總得把這一「季」做出個起落來，淨賺多少，該分多少花紅，有個實實惠惠的交代，則賓主盡歡而散，才是正辦。照目前這樣子，彷彿有些過河拆橋，傳出去於自己的名聲有損。

「世龍，」他問，「你看黃儀這個人怎麼樣？」

「本事是有的，不大合得來群。」陳世龍直抒觀感。

「對！你說到了他的短處。」胡雪巖說，「你丈人自己說過，『吃不住他』，我要想個辦法，把他調開；不過目前還不到時候，你跟你丈人說，好歹先敷衍敷衍他，到明年我自有妥當辦法。」

「我曉得了。」陳世龍又說，「郁四叔那裡，最好請胡先生寫封信。」

「信我是要寫的，還有東西帶去。啊！」胡雪巖突然喊了起來，「我倒想起來了，老黃文墨很不錯，我想請他來幫忙，專門替我寫寫信，你倒探探他的口氣看！送他的酬勞，一定夠他用，你看他的意思如何？寫信來告訴我。」

「這倒也不錯。老黃這個人也只有胡先生能收服；他做事最好自己做自己的，不跟人聯手，一定做得好。」

這樣商量定了，陳世龍便整整忙了兩天，把胡雪巖要帶到湖州送人的土儀什物；以及他自己「孝敬」丈人丈母娘的衣料與食物，向阿珠獻殷勤的胭脂花粉，一起採辦齊全，再下一天就下了船，直放湖州。

一上岸先到大經絲行，迎面就遇見阿珠的娘；心裡沒有預備，頓時搞得手足無措。首先稱呼就為難，自然不能再叫「張太太」；但又老不出面皮喊聲：「娘！」

阿珠的娘，卻是又驚又喜，「你怎麼回來了？」她說：「來，先坐了再說。你丈人也在裡頭。」說著，她自己先轉身走了進去。

陳世龍定定神，心裡在想，看這樣子，丈母娘對自己是中意的——他唯一的顧慮，是怕阿珠的娘，覺得受胡雪巖的好處太多，不一定以這頭親事為然；或者口中不說，心裡起了個疙瘩。現在，這個疑慮似乎是多餘的了。

由店堂繞過屏風，走入第二進就是客房，這時不是收絲的季節，空蕩蕩地一個客人都沒有，但旁邊廂房卻有人，是黃儀；在窗子裡望見了便喊：「啊呀！新貴人上門了！」一路喊，一路搶了出來，笑臉迎人。

陳世龍有些發窘，站定了腳招呼一聲：「黃先生，你好！」

「你發福了！」黃儀歪著頭，從上到下把陳世龍端詳了一遍，「上海住了幾個月，樣子變過了！」

這一說引起了阿珠的娘的注意，也是退後兩步，直盯著陳世龍看；夷場上的衣飾總要漂亮些，又是「丈母娘看女婿」，所以她臉上的笑意越堆越濃，這樣就更要惹得黃儀開玩笑。

「張太太，」他笑著說，「回去慢慢看！新貴人臉嫩，看得他不好意思了。」

「曉得他臉嫩，你就少說一兩句！」阿珠的娘已經在衛護女婿，這樣笑著說，「都到裡頭來坐！」

「對！」黃儀興味盎然地，「我到裡頭來看你們『見禮』。」

阿珠的娘心裡一動，立刻有了個主意——她是體恤女婿，看陳世龍有點發窘；心裡便想，「毛腳女婿」第一次上門，總要有個媒人，或者男女兩家都熟悉的親友陪著，彼此才不致尷尬。現在陳世龍像個「沒腳蟹」似地，要請黃儀來幫忙；媒人照規矩是兩位，有了一個胡雪巖，另一個不是現成在眼前？

於是她說：「黃先生，我們女家的大媒是胡先生；男家的大媒老爺，拜託了你好不好？」

「怎麼不好？現成的媒人，求之不得。」

陳世龍也聽出丈母娘意存體恤，這樣安排，再好不過，便向黃儀拱手作揖：「黃先生，我重重拜託！」

「好說，好說！」黃儀很高興地，「那麼，張太太，我要叫你親家太太了！」

就這樣說笑著，一起進了胡雪巖以前所住的那個院子，老張聞聲迎了出來，也有意外的驚喜；陳世龍喊一聲「爹！」有了爹自然有娘，黃儀以媒人的身分，從中牽引，陳世龍便又替老張夫婦磕了頭，正式見過禮，改了口，把阿珠的娘笑得合不攏口。

這時大經絲行裡用的夥計，出店、燒飯司務，還有兩三個繅絲的女工，都跑了來看熱鬧；因為陳世龍平常人緣極好，所以都替他高興，但也多要開幾句玩笑。陳世龍覺得最艱難的是見丈母娘這一關；這一關一過就不在乎，臉皮也厚了，隨他們去說，只報以矜持的微笑。

然而另一個難關又來了，這一關不是他自己難過，是替阿珠擔心——說巧不巧，阿珠從家裡到了絲行；一路走進來，就看見大家想笑不笑，已在懷疑，等踏入院子，第一眼就看見陳世龍，心裡一慌，趕緊想溜，已來不及。

「阿珠！」老張在裡頭喊。

阿珠不理，依舊往外走；有個繅絲的女工叫阿翠，生性最好事，偏偏就在她身後，堵著門不讓她出去。

「走開！」她低聲怒喝。

「你不要逃嘛！」阿翠笑道，「又不是不認識。」

於是裡面也笑，外面也笑，終於讓阿珠奪門逃走，陳世龍才算鬆了一口氣。

阿珠的娘記罣著女兒，同時為女婿設想，料知他一顆心也早就飛了出去，因而看一看天色，提議回家，順便邀黃儀一起去吃晚飯。

黃儀大喜。他不喜歡賭錢，也不會花花草草在外頭搞女人，甚至連旱煙都不抽，唯一的嗜好，是口腹之慾；這位「老闆娘」的烹調手段，他是領教過的，只是在老張父女到上海去的那些日子，只有阿珠的娘帶著個使女愛珍在家，他不便上門去叨擾。從老張回來以後，才又去吃過兩次飯，家常肴饌，精潔有餘，豐腆不足，未能大嚼，今天又是款待「毛腳女蟹」，又是請媒人，自然有一頓稱心滿意的晚飯好吃了。

「你先去！」老張對他妻子說，「胡先生帶來送人的東西，我跟世龍先料理料理，弄好了就回來。」

「今天也晚了，留到明天再說。」阿珠的娘這樣囑咐：「世龍就住在店裡好了，要茶要水也方便。要住那一間自己挑；挑好了叫他們打掃，鋪蓋到家裡去拿。」

這番體貼，完全是父母之心；陳世龍極其感動，但也很不安，就此刻他已覺得岳家的恩情太重，不知何以報答？加上胡雪巖的一手提拔，越有恐懼不勝之情；於是不由得又想到阿珠的那番激勵：「『好女不穿嫁時衣』，這些首飾，可惜不是你買給我的！」同時也記了胡雪巖對阿珠說過的那句話：「等世龍將來發達了，給你買金剛鑽。」兩下湊在一起，陳世龍死心塌地了！

「爹！」等阿珠的娘一走，陳世龍這樣對老張說：「你先陪了黃先生回去。我把胡先生交代的事，辦完了就來。今天我仍舊回家去住，省得麻煩。」

「何必？」黃儀勸他：「明天一早來料理也一樣。」

「不！」陳世龍固執地：「今日事，今日畢，明天有明天的事，積在一起，拖到後天，那就永遠料理不清楚了！」

聽這一說，已入中年的黃儀不斷點頭，「老張！」他說，「你這個女婿，人又變過了，不但聰明勤快，而且老成扎實！真正是乘龍快婿，恭喜，恭喜！」

老張是忠厚老實到了家的，自然更欣賞陳世龍的作風。要這樣，後半世才有依靠！照他的想法，當時就想下手幫忙；但既邀了黃儀回家吃飯，也不便讓他空等。就這躊躇之間，有了個主意，正不妨趁此機會跟黃儀先談一談如何辦喜事。

陪他到家，剛一進門，裡面阿珠便躲了開去；愛珍來開了門，第一個先尋陳世龍，看看不見，便失望地問了出來：「咦！姑少爺呢？」

驟然改口，老張倒是一楞，想一想才明白，隨即答道：「在收拾東西，要等下才來。」

聽這一說，愛珍便急忙到廚房裡去報告消息。阿珠跟她一樣失望；但似乎又覺得輕鬆。不過，還有個黃儀，這時一走出去，必定受窘，因而又有些上心事。

她娘看不出她的心事，正忙得不可開交；要在個把鐘頭以內，弄出一桌像樣的菜來，著實要費一番手腳。而且不但手腳忙，口中也不閒，一面調理鹹酸，一面不厭其詳地講解，讓阿珠都聽得有些煩了。

「娘！」她說，「這時候哪裡有功夫講空話？」

「你當是空話？」做母親的大為不悅。

「馬上要自己做人家了，我教得你一樣是一樣，你還不肯學！」阿珠的娘埋怨女兒，「雖然上頭沒有婆婆，旁人要說閒話。一把鍋鏟刀上沒有點功夫，你想想，男人怎麼會在家裡耽得住？」

話是不中聽，但看娘忙成這個樣子，阿珠不肯再跟她爭辯；只是一向撒嬌慣了的，不頂句嘴辦不到，便笑著說道：「隨你，隨你！你老太太喜歡嚕囌，儘管去嚕囌好了！」

阿珠的娘，實在也沒有功夫「嚕囌」了，卻又惦記著外面，「你去聽聽！」她說，「黃先生跟你爹講些甚麼？」

這句話正中下懷，阿珠隨即出了廚房，躲在窗下，用髮簪在窗紙上戳出個小孔，悄悄向外窺探。

外面一主一賓，神態各別，老張正襟危坐，顯得極為鄭重；黃儀卻是蹺著「二郎腿」，很隨便的樣子；這時正是他在說話。

「換個庚帖，方便得很，回頭叫你們大小姐去買全帖來，我馬上就寫，男女兩家，歸我一手包辦。還有啥？」

「還有，『送日子』歸男家。」老張停了一下又說：「世龍預備啥時候辦喜事，拜託你問他一聲。」

「這何必還要我問？」黃儀笑道，「你們翁婿這麼熟的人，用得著我這個現成的媒人傳話？」

「這也是規矩。總要請大媒老爺——。」

「老張！」黃儀突然打斷他的話說，「所謂六禮：納采、問名、納吉、納徵、請期、親迎；只有一項，我該替女家效勞的。『納徵』怎麼說？」

「六禮」二字，老張倒聽見過，「納徵」他就不懂了。後面的阿珠也在納悶，聽語氣是不知出了甚麼花樣？所以越發側耳細聽。

「納徵就是聘禮。這個上頭，你們自己不好開口，我倒可以替你去問。」

「原來是聘禮，這個已經有了。想來你還不曉得，應該請你過目。」

於是老張親自入內，小心翼翼地捧了個朱漆描金的拜盒出來；打開一看，是這麼四件首飾，黃儀大出意外。

「是胡先生代世龍送的。」

這句話使黃儀更感意外。他對胡雪巖的接觸不算多，但卻聽見過許多說他慷慨的話，於今一看，果不其然。這位「東家」本性著實寬厚，就跟他一輩子亦何妨。

「好極，好極！」黃儀也替阿珠高興，「將來新娘子珠圍翠繞，打扮出來，格外出色。我看老張，現在凡事有胡先生替世龍作主，啥事情你不必問我，問他好了。」

這一句話，確是要言不煩；老張爽然若失，問了半天，原是白問，照現在這樣子看，只怕陳世龍也做不得自己的主。說不定胡雪巖已有話交代，等下倒不妨問問他。

又閒談了好一會，黃儀肚子餓得咕咕叫，正想開口先向主人家要些甚麼點心來吃，總算還好，陳世龍到了。

一路上他是想好了來的，雖說結成至親，不過多了一重名分，在岳家他仍舊應該像從前一樣，才顯得親切自然，而且也為自己減除了許多窘相。所以招呼過後，一直就往廚房裡走去。

一踏到後面，頂頭就遇見阿珠，雙方都以猝不及防而微吃一驚，但亦隨即都在心頭浮現了莫可言喻的喜悅；陳世龍只叫得一聲：「阿珠！」便把一雙眼睛瞪住在她身上不放。

「你有幾天耽擱？」她很快地說，聲音也很輕。

不問來，先問走，便已見得她的不捨之意；就這樣一句平淡的話，已使得陳世龍迴腸蕩氣，真想終老家鄉，一輩子廝守著阿珠。

然而他也馬上自譴，覺得起這種念頭就是沒出息；因而放出那種無所謂的神態說：「要看胡先生的意思，他差遣我到哪裡，就到哪裡，信一來就走。」

阿珠不響，心裡有許多話要說，而此時此地不是細訴衷曲的時候，便側著身子努一努嘴，意思是讓他到廚房裡去跟她娘招呼。

陳世龍會意，微笑著點一點頭，走過她身邊時，在暗頭裡捏住了她的手，柔荑一握，入手心蕩，倒又捨不得走了。

阿珠不贊成他這樣的行為，只是不忍拒絕；倚恃母親的寬容，就看見了也不會責備，便盡著由他握著。偏偏不識相的愛珍一頭衝了出來；阿珠眼尖，奪手便走。陳世龍也有些吃驚，搭訕著說：「愛珍，我有兩樣東西從上海帶來送你。一樣是象牙篦箕，一樣是一個五顏六色的木頭，鑲嵌得很好看的盒子。不曉得你喜歡不喜歡？」

「喜歡的！」愛珍很高興地說，「謝謝姑少爺！」

「少爺」這個稱呼在陳世龍已覺得很新鮮，何況是「姑少爺」？他自己把這三個子，默默念了兩遍；忽然發覺，他和張家的身分，都在無形中提高了！這自是受了胡雪巖的惠；但自己和張家的身分，是不是真的提高了呢？這一點他卻有些不大明白。

這些念頭如電閃一般在心頭劃過，一時也不暇去細思；因為人已到了廚房，先喊一聲：「娘！」然後去到他丈母娘身邊去看她做菜。

「廚房裡髒！」阿珠的娘一面煎魚，一面大聲說道：「你外頭坐。」

「不要緊！」陳世龍不肯走。

這時是一條尺把長的鯽魚，剛剛下鍋，油鍋正「嘩嘩」地響；阿珠的娘全神貫注著，沒有功夫跟他說話，等下了作料，放了清湯，蓋上鍋蓋以後，才用圍裙擦一擦手，笑嘻嘻地問：「東西都料理好了！」

「都料理好了，請出店一份份連夜去送，也挑他掙幾個腳力錢。」陳世龍又說，「娘，我給你剪了兩件衣服。天氣快冷了，我又替你買了個白銅手爐。」

「我哪裡有閒下來烘手爐的辰光？」做丈母娘的說，「下次不要買——啥也不要買，何必去花這些錢？再說，你現在也掙不到多少錢；一切總要儉樸。」

話是好話，陳世龍不大聽得進去。不過他也了解，天下父母心都是如此。所以不答這句腔；把話題扯了開去。

就這樣，他繞著丈母娘的身子轉，談到在上海、在松江的情形，絮絮不斷地，真有那種依依膝下的意緒。阿珠的娘，一面忙著做菜，一面也興味盎然地聽他講話；有些事已聽阿珠講過，但再聽一遍，仍然覺得有趣。

等廚房裡整備停當，入座時又有一番謙讓，結果當然是黃儀上坐。阿珠和她母親，原可入席，而這天是例外；母女倆等前面吃完了，方始將殘肴撤下來，叫愛珍一起坐下，將就著吃了一頓。

吃完收拾，洗碗熄火，諸事皆畢，而前面卻還談得很熱鬧。老張回來多日，上海的情形他也很清楚，但一向不善詞令也不喜說話，所以黃儀從他嘴裡聽不到甚麼。跟陳世龍在一起就不同了，他說話本有條理，記性又好，形容十里洋場的風光，以及各式各樣的人物，把個足不出里門的黃儀，聽得神往不止。

這種不自覺流露的表情，不要說陳世龍，就連老張都看出來了，因此當談話告一段落時，他向黃儀說道：「上海倒是不可不去，幾時你也去走一趟？」

「那一定要的。」黃儀也是個不甘雌伏的人，此時聽了陳世龍的話，對胡雪巖有了一種新的想法，覺得跟了這個人去闖市面，是件很夠勁的事，不過這番意思卻不知如何表達，只問了聲：「胡先生啥時光到湖州來？」

「他一時怕沒有到湖州來的功夫。」陳世龍說：「上海、杭州方面的事，怕生了四隻手都忙不過來。」

「其實，我們在這裡也是閒坐。」

陳世龍聽出因頭，當時不響。辭出張家時，表示要送黃儀回店；那一個談興未央，欣然表示歡迎。於是回到大經絲行，泡了壺茶、剔亮了燈，繼續再談。陳世龍依照胡雪巖的指示，以話套話，把黃儀所希望的「進帳」，探聽清楚，然後說道：「胡先生很佩服你的文墨，他現在就少一個能夠替他代代筆的人。胡先生經手的事，官私兩面都很多，有些事情是不便教第三者曉得的，只有心腹知己才可以代勞。這一個人很難找。」

「怎麼樣？」黃儀很注意地問，「胡先生是不是想叫我去？」

「他沒有跟我說。」陳世龍本來想說：如果你有意思，我可以寫信給胡先生。轉念一想，這樣說法，即表示自己在胡雪巖面前的關係比他深，怕黃儀多心；因而改口說道：「如果胡先生有這個意思，當然直接會跟你商量的。」

「嗯，嗯！」黃儀忽然想到，大經絲行的事也不壞，不必亟亟乎改弦易轍，便即答道：「一動不如一靜，看看再說。」

陳世龍一聽話風不對，知道是因為自己話太多了的緣故；心裡深為懊悔。同時再也不肯多說，告辭回到自己住處，多日不曾歸家，灰塵積得甚厚，又忙了大半夜；草草睡下，這一天實在太累了，頭一著枕，便已入夢。

睡夢頭裡彷彿聽得屋裡有腳步聲，但雙眼倦澀，懶得去問。翻個身想再尋好夢時，只覺雙眼刺痛，用手遮著，睜眼看時，但見紅日滿窗，陽光中一條女人的影子，急切間，辨不出是甚麼人？只是睡意卻完全為這條俏拔的影子所驅除，坐起來掀開帳門，細看，不由得詫異：「是你！」

「是我！你想不到吧？」

「真是不曾想到。」

陳世龍不曾想到水晶阿七會突然出現。夢意猶在，而又遇見夢想不到的情況，他的腦子被攪得亂七八糟，茫然不知所措，只是看看窗外，又看看阿七，先要把到底是不是在作夢這個疑問，作個澄清。

「我盼望你好幾天了！」阿七幽幽地說，同時走了過來，由暗處到亮處站住腳，拿一雙水汪汪的眼睛，在陳世龍臉上瞟來瞟去。

這下陳世龍才把她看清楚，脂粉未施，鬢髮蓬鬆，但不假膏沐，卻越顯她的「真本錢」，白的雪白，黑的漆黑，一張嘴唇不知是不是上火的關係，紅得像榴花。身上穿一件緊身黑緞夾襖。胸前鼓蓬蓬，大概連肚兜都未戴。這觸目驚心的一番打量，把他殘餘的睡意，驅除得乾乾淨淨，跳起身來，先把所有的窗子打開，然後大聲說道：「你請外面坐！」

「為啥？」

「不方便！」

「怕甚麼！」阿七答道，「我們規規矩矩說話，又沒有做啥壞事。」

「話不是這麼說——。」陳世龍心裡十分著急，就無法跟她好好講了，緊皺著眉，連連揮手，「你最好請回去！我這個地方你不要來。」

這一說，阿七臉色大變，但憤怒多於羞慚，同時也不能期望她能夠為這麼一句話氣走；不但不走，反倒坐了下來，冷笑說道：「小和尚，我曉得你已討厭我了。」

看樣子，她要撒潑。如果換了幾個月以前，他倒也不在乎她，對罵就對罵，對打就對打；如果她要哭，自己就甩手一走，反正沒有她占的便宜。但現在情形不同了，這中間關礙著身分、臉面，而最要緊的是嫌疑；在郁四面前分辨不清楚，固然麻煩，若是風聲傳入阿珠耳中，更是件不得了的事，因而只好想辦法敷衍。

「不是討厭你，是不敢惹你。」陳世龍這樣答道，「你不想想你現在啥身分？我啥身分？」

「你啥身分我不曉得！不過吃飯不要忘記種田人，不是我在胡老闆面前替你說好話，你哪有今天？這話不是我丑表功，要你見我的情。我不過表表心，讓你曉得，你老早把我拋到九霄雲外，我總是時時刻刻想著你。」

這番話叫陳世龍無以為答，唯有報以苦笑：「謝謝你！閒話少說，你有啥事情，灶王爺上天，直奏好了。」

「不作興來看看你，一定要有事才來？」

「好了，好了！」陳世龍又不耐煩了，「你曉得郁四叔的脾氣的。而且我——。」

他是要說，答應過胡雪巖，從此不跟她見面。但這話說出來，沒意思，所以頓住了口；而阿七卻毫不放鬆：「男子漢、大丈夫，該說就說！你有甚麼話說不出口。」

「跟你不相干！總而言之，你來看我，我謝謝你。現在看過了，你好走了！」

阿七一聽這話，霍地站起身來，把腳頓兩頓才罵道：「你死沒良心！」她咬牙切齒的，「我偏偏不走！」

「你不走，我走！」陳世龍摘下衣架上的夾袍，往身上一披，低頭拔鞋，連正眼都不看她。

「好了，好了！」阿七軟語賠罪，「何必生這麼大的氣？」

陳世龍啼笑皆非，同時也不能再走了，因為這樣要甩手一走，就會有人批評：第一欺侮女人，不算好漢；第二，說他連水晶阿七這樣一個女人都應付不了。

不走就得另打主意，陳世龍發過一陣脾氣，此時冷靜下來，覺得麻煩要找了來，推不掉就只有挺身應付，且看她說些甚麼？反正抱定宗旨，不理她；等她走後，再到郁四那裡和盤托出——原來就要去看郁四，轉達胡雪巖的口信，正好「燒香看和尚，一事兩勾當」。

於是他拔上鞋子再扣衣紐；阿七還來幫他的忙，低著頭替他扣腋下的扣子，露出雪白一段頭頸，正在陳世龍眼下，他把視線移了開去；但「元寶領」中的散發出來的甜甜、暖暖的香味，卻叫他躲避不了。好在這只是片刻功夫，等把衣紐扣好，隨即走到窗前一張凳子上坐下，預備好好應付麻煩。

「我昨天剛剛到，胡先生有好些要緊的事情，叫我替他去辦。縣衙門裡楊師爺在等我。」陳世龍先表白了這一段，然後提出要求說：「你有話，爽爽快快說！我實在沒有功夫陪你。」

水晶阿七不即回答，想了好一會才說：「本來有一肚皮的話，要細細的告訴你，所以特為起個早來。既然你沒有功夫，要我爽爽快快說；我就說一句：三年前頭，你跟我說過的那句話，算不算數？」提到三年前，陳世龍就知道麻煩不小；那時阿七還沒有跟郁四，跟陳世龍有過一段情。情熱如火時，甚麼話都說出來，陳世龍不知道她指的是那句話？不過也可以想像得到，這句話在這時候來說，一定對自己不利。

因此他先就來個「金鐘罩」，概不認帳：「那時的話那裡好作數？」

「甚麼？」阿七咄咄逼人地，「虧你說得出口，說了話不算數？難道你小和尚是這種沒肩胛的人？」

「肩胛要看擺在甚麼地方？」陳世龍說，「我也不知道你指的是啥？如果說，我答應過你甚麼，譬如買衣料、打鐲子甚麼的，我自然有肩胛；倘或有些事情，當時做得到，現在做不到，再有肩胛的也沒有辦法。」

「你自然做得到。」阿七說道：「你倒再想想看，你答應過我一句甚麼話？」

「我想不起，你說好了。」

「你說過，要我跟你。就是這句話！」

這句話卻把陳世龍搞糊塗了，原來以為她只是想瞞著郁四來偷情；不道是這樣一句話！

「那怎麼行！」他脫口答道，「你是郁四叔的人，怎麼談得到此？」

這是陳世龍失言了，他沒有細想一想，如果她還是跟著郁四，怎麼能說這話？阿七相當機警，捉住他這個漏洞，逼緊了問：「你是說，礙著郁老頭？如果沒有這重關礙，你當然還是有肩胛，說話一定算話！是不是？」

話外有話，陳世龍再不敢造次；先把她前後兩句話的意思細想了一遍問道：「是不是你跟郁四叔散夥了？」

「對！我跟郁老頭散夥了。」

果有其事，陳世龍不免詫異，照他知道，郁四是一天都離不開阿七的；何以竟會散夥？莫非阿七做下甚麼不規矩的事，為郁四所不能容忍，趕出門去？

「你奇怪是不是？」阿七神色泰然地說，「我先說一句，好叫你放心；我跟郁老頭是好來好散的。」

這就越發不能理解了！「是怎麼回事？」他說，「我有點不大相信。」

「不要說你不相信，連我自己都不大相信。不過，這也該當你我要走到這一步；真正運氣來了，城牆都擋不住。」

看她那種興高采烈，一廂情願的神氣，陳世龍又好笑，又好氣；本來想攔著不讓她說，但這一來馬上又要吵架，她如何跟郁四散夥的經過，就聽不到了。因而很沉著地聽她講完，催促著說：「你閒話少說！就講郁四叔為啥跟你散夥好了。」

「嗨！提起來，真是說書先生的口頭禪：『六月裡凍殺一隻老綿羊，說來話長！』」說到這裡，阿七的神色忽顯哀傷，「你曉不曉得，阿虎死掉了？」

陳世龍大驚：「甚麼？阿虎死掉了，怎麼死的？」

「絞腸痧！可憐，八月十四下半天得的病，一夜功夫就『翹』掉了，連個節都過不過！」

陳世龍聽得傻了，眼中慢慢流出兩滴眼淚——郁四生一子一女；阿虎就是他的獨子，今年才廿二歲，去年娶的親。為人忠厚，極重義氣；跟陳世龍也算是要好弟兄，尤其因為他父親不准陳世龍上門，他似乎倒懷著歉意，所以對陳世龍格外另眼相看，三天兩頭不是來邀他聽書、吃酒，就是來問問要不要銅鈿用？這樣一個好朋友，一別竟成永訣，陳世龍自然要傷心。

但是，他的這兩滴眼淚，在阿七看來，卻別有會心，越覺得好事可成；因為這可以看出，陳世龍是有良心，重感情的。

「你也不要難過。死了，死了，死啦就了掉了！」阿七略停一下說，「我跟郁老頭散夥，就是因為阿虎死了，才起的因頭。阿虎不死，將來他老子的家當，歸他獨得，哪個也不能說話；阿虎一死，又沒有留下一兒半女，你想想看，自然有人要動腦筋了。你曉得是那個動腦筋？」

陳世龍搖搖頭，方在哀傷之際，懶得去想，也懶得說話。

「一說破，你就不會奇怪了，是阿蘭姐夫婦！」

阿蘭姐是郁四的大女兒，今年快三十了，是個極厲害的腳色；年前，郁四跟他的同事，一個姓邢的刑房書辦結了親家。老書辦是世襲的行當，老邢去世，小邢進衙門當差；比他老子幹得還出色，又可知是如何厲害的角色呢？這對夫婦湊在一起，圖謀回娘家來奪產，自是不足為奇之事。陳世龍因為跟阿虎的交情，此時便想到阿虎嫂的將來，不由得憤憤說道：「阿蘭姐是嫁出去的人，她憑啥來動腦筋呢？」

「就是這話囉！『嫁出去的女兒，潑出去的水』，本來沒啥腦筋好動，說來說去，是阿蘭姐和她男人厲害，沒事找事，腦筋動到了我頭上。」

「怎麼呢？」陳世龍有些想不通，「跟你啥相干？」

「怎麼不相干？如果我替郁老頭養個兒子，他們還有啥腦筋好動；所以把我看成眼中釘。你懂了吧？」

「懂是懂了！」陳世龍搖搖頭，「我就不懂郁四叔，怎麼肯放你走？」

「哼！」阿七冷笑道，「你當郁老頭是甚麼有良心的人？年紀一大把，『色』得比那個都厲害。你道他那寶貝女兒怎麼跟他說？」

「我想不出。總歸是郁四叔聽得進去的話。」

「自然囉！說給他另外買人，又年輕、又漂亮；老色鬼還有啥聽不進去……。」

照阿七打聽來的消息是如此：阿蘭姐勸她父親，說阿七過了兩三年，沒有喜信，就不會有喜信了；風塵出身的，「涼藥」吃得多，根本不能生育。沒有兒子，只能在族中替阿虎嫂過繼一個；偌大家產，將來白白便宜了別人。最好的辦法，莫如買兩個宜男之相的年輕女人做侍妾，必有得子之望。

講到這裡，陳世龍插了一句嘴：「甚麼，還要買兩個？」

「是啊，怕一個不保險，多弄一個。」阿七用譏嘲的口風說：「有這樣孝順的女兒，做老子的，當然豔福不淺！」

「我懂了。買這兩個人，一定歸阿蘭姐經手；他們夫婦就從這上頭一步一步踏進來，把持一切。不過，」陳世龍說，「又何必把你看成眼中釘？」

「他們怕我壞他的事。在郁老頭面前說，我會吃醋，攪得家宅不安。最最氣不過的是，」阿七咬牙切齒地說，「自己做賊，賴人做賊；說我一定會勾引了外面的野漢子，來謀他郁家的財產，小和尚你想想，這種女人，心毒不毒？」

話說到這裡，全盤情況，皆已了解，郁四聽了女兒的話，決定跟阿七散夥；既說「好來好散」，自然有一筆錢可拿，照郁四的手面，這筆錢還不會少，沒有五千，也有三千。只不知道阿七自郁家下堂以後，是不是重張豔幟？不過，他心裡雖然存疑，而且好奇心驅使，得問個明白，卻終於不曾開口；因為他要表示出事不干己，不聞不問的態度，好讓阿七自己識趣，知難而退。

阿七卻絕不會如他的願，「現在談到正事上頭來了。」她說：「小和尚，我隨郁老頭唱了半齣《烏龍院》，他走他的清秋大路，我也沒有甚麼麻煩好找他的。走的時候，總算客客氣氣，房子是他買的，早已過戶到我名下，所以該他搬出；另外給了我一個他錢莊裡的摺子，數目是五千兩，只能取息，不能動本，這以後再說了，是我名下的銅鈿，我當然要提出來。他識相的，拉倒；不識相我要打官司，好在王大爺跟胡老闆是好朋友——。」

「慢慢！」陳世龍當頭潑她的冷水：「你不要做夢！人家胡老闆跟郁四叔等於弟兄一樣，打到官司，一定幫他不幫你！」

「那就不要他幫！」阿七答得極爽利，「我自己到堂上去告，說他那爿錢莊要『倒灶』了，我不相信他，可以不可以？」

陳世龍為她那種自說自話的神態逗得笑了，「都隨你！」他說，「你跟阿蘭姐一樣，都算是厲害腳色！」

「我啥厲害？做人全靠心好！像阿蘭姐，哼，也是到現在沒有兒子，將來有苦頭吃。這都不去說它了，」話到此處，阿七的神情變得鄭重而興奮，「小和尚，從我跟郁老頭分手，就有好些人上門來打我的主意，都叫我回絕掉了；不識相的，我就爽爽快快的把他罵了出去。我平日都不出門；出門就是去打聽你的消息。我一直在守你；今天總算守到了。你先搬到我那裡去住，有話我們慢慢再說。」

長篇大套，自說自話完了，一隻手就搭了過來，按在陳世龍肩膀上；同時一雙俏伶伶的眼睛瞟著，是恨不得弄碗水來，把他一口吞了下去的神氣。

陳世龍並不覺得好笑，是著急，沒有想到她一廂情願到癡的程度！照此看來，只怕她跟郁四過了兩三年日子，心裡是對他想了兩三年；牽絲攀藤這麼多日子下來，要想好好擺脫是無論如何辦不到的事。那麼怎麼辦呢？

「說嘛！」她又催促，「啥辰光搬？我那裡統統現成；不像你這裡，一早起來，要茶要水，甚麼都沒。洗個臉都要到茶店裡去。這種光棍打流的日子，你自己想想看，苦不苦？」不對了！就這片刻功夫，又是結結實實的一根藤纏了上來；這樣下去，非讓她綑得動彈不得不可。陳世龍心想，只有快刀一揮，才能斬斷糾葛。這在她自己受不了；但為了自保，不能不下辣手。

「阿七！我騙你我天誅地滅！」他先罰個咒，讓她知道絕非設詞推託：「小和尚老早有小尼姑了！」

阿七的臉色大變，眼睛倒還是水汪汪的，不過像含了兩泡淚水；臉上一陣青、一陣白，搖搖頭說：「我不相信！是那個？」

「張家的阿珠。」

「那個張家的阿珠？」

「原來搖船，現在開大經絲行的——。」

「你在說啥！」阿七打斷了他的話，顯得十分困惑地，楞了好半天才說：「我還是不相信，搖船老張的女兒，不是胡老闆的人嗎？」

「你完全弄錯了！人家是把阿珠當女兒看，哪裡有啥別的意思？」陳世龍又說，「就是這趟到上海，胡老闆替我定下的親事。聘禮都送過去，四樣首飾，也是胡老闆買的。總在今年年底，就要請大家吃喜酒。」

言之鑿鑿，不像撒謊，把阿七聽得目瞪口呆，背脊上一陣陣發涼，頹然坐倒，只是喃喃地說：「有這種事情？想都想不到的！」

「就是囉！」陳世龍此時如釋重負，「就像你跟郁四叔散夥一樣，也是想都想不到的。」

「不過——，」阿七霍地站了起來，彷彿猶不死心，最後還想跟阿珠爭奪一番似地；但是力不從心，終於氣餒。

「阿七！」陳世龍安慰她說，「人都是緣分。我們緣分不到，沒有話說。你也不要難過；像你這樣的人，不怕沒人要。」他又說：「你的心好，好心自有好報。你請回去吧，我送你回去。」

阿七像鬥敗了的公雞似的，垂頭不語，慢慢站起身來；臉上渾不似初來時那種芍藥帶露，豔光逼人的神采，氣色灰暗，倒像一下子老了十年。陳世龍瞻念舊情，不能無動於衷；但憐念一生，馬上又感到雙肩都有沉重的壓力，一隻肩上是與阿珠偕老的盟約，想到在船上跪在她面前求婚所許下的諾言；一隻肩膀上是胡雪巖的情分，想到他提攜愛護，待自己嫡親的子弟，亦不過如此；自己何能去找這種一沾上便擺不開的麻煩，以至於耗神廢業，辜負了他的期望？

這樣一轉念，他的心腸便又硬了。對阿七的神情，視如不見；走出巷，招手喊過一頂小轎來，同時早就拈了塊只多不少的碎銀子在手裡，等轎子抬到，他把碎銀子遞了過去，交代了阿七的住處，便往旁邊一站，意思是等她上轎。

「小和尚！」阿七這樣喊了一聲，欲言又止，只拿憂鬱而惶惑的眼色看著他。

「你回去吧！」陳世龍覺得要有句話；哪怕是敷衍的話，也得說一句，才能教她上轎，因而順口又說：「有空我來看你！」

阿七點點頭，臉上有著感激的意味；移步從放倒的轎槓上跨了進去；回身倒退著進轎時，又是深深地一瞥，為陳世龍留下來無數幽怨。

這時太陽已經很高了，十月小陽春，陽光明亮，照得人有些目眩；陳世龍覺得有些暈陶陶，信步踏進一爿小茶店，洗臉喝茶吃點心，靜靜坐了一會，腦子才算完全清醒。想想這天該做的事，第一件就是到阿虎靈前一拜；同時把胡雪巖的話交代了郁四。

於是他取錢託茶博士辦來一份素燭清香，往北門郁四的老家走了去；進門就淌眼淚，一路淌到靈前，焚燭上香，拜罷起身，只見阿蘭頭上簪一朵白花，手扶在一個小丫頭的肩上，嬝嬝婷婷地走了出來。

一見了面少不得又是「流淚眼觀流眼淚」，阿蘭姐一面抹眼淚，一面為陳世龍說阿虎得病的經過。接著又說她父親晚年喪子，家門如何不幸？然後再談阿七，指她不安於室；又說阿七日夜吵著要進郁家的門，不但進門，還要做阿虎嫂的婆婆，要替她磕頭。

「小和尚，你想想看！這是做不做得到的事情？」阿蘭姐說，「明曉得做不到，天天又哭又鬧；她打的是甚麼主意？還不是一想就明白！所以大家都勸爹，放她走路算了。這件事提來鴨屎臭，你見了我爹，不必說起。免得他老人家心裡不舒服。」

照她說來，是阿七不對。不過陳世龍也不盡相信她的話；只覺得事不關己，不必多問，所以點點頭說：「我曉得了。四叔是不是在茶店裡？」

「是啊！」阿蘭說，「你昨天叫人送了胡老闆的禮來，他才曉得你回來了。一早就要到碧浪春去等你。你就到那裡去看他吧！」

到了碧浪春，只見郁四仍舊坐在馬頭桌子上；人瘦了不少。陳世龍叫過一聲「四叔」，相顧黯然。

「你昨天到的？」郁四有氣沒力地說。

「是的。昨天下半天到的。」

說了這一句話，陳世龍忽然轉到一個念頭，在「家門」裡，他的「前人」跟郁四是「同參」；師父一死，郁四就算嫡親的長輩，為了阿七不准自己上門，並不是不照應自己，起碼胡雪巖這條路子就是從這位長輩身上來的，「家門」裡講究飲水思源，「引見」之恩不可忘。

照此說來，昨天一到，應該先去看他；自己是走錯了一步，尤其這天早晨，阿七又來密訪，「光棍心多，麻布筋多」，如果郁四把這兩件事擺在一起想一想，搞出甚麼誤會來，那就「跳到黃河洗不清」了！所以正好趁此刻先作一個不著痕跡的解釋。

於是他說：「四叔！昨天一到，我就先要給你老人家來請安的，哪曉得一到了老丈人那裡，硬給他們留住了。」

這段話有兩層用意，一是解釋他所以昨天一到未去看郁四的原因；二是表示他已經定了親，絕不會再跟阿七攪七捻三。然而郁四卻有些莫名其妙，「你說啥？」他問：「啥個老丈人？你幾時定的親，怎麼我不曉得？」

「湖州還沒有人曉得，是這趟胡先生作主替我定下的。」

「噢！」郁四顯然自這喜訊中，受到了鼓舞；失神的雙眼，有了閃閃的亮光，「好極！是那一家的姑娘？」

「這話說來很長，也很有趣，四叔萬萬想不到的。」陳世龍先宕開一句：「胡先生還有他自己的事情，要我跟四叔談。」

這話郁四明白，自然是頭寸上的事；於是他站起身來說：「這裡人來人往，靜不下來。走，到聚成去！」

聚成錢莊中，特為給郁四預備了一個房間；他有許多衙門裡的公事，都在這裡處理。這天卻是清閒無事；陳世龍從容細談，先把胡雪巖在上海、杭州的情形，大致說了一遍，最後談到他頭寸的話。郁四跟胡雪巖是有約定的，阜康代為放款，比同行拆息還便宜；照一般放款利息折半計算，當然也不需要甚麼擔保。郁四把聚成的檔手喊了進來，一問可以調撥三萬銀子，便即關照，馬上匯到杭州阜康。

談完「公事」，陳世龍談私事，把胡雪巖對阿珠的用心及處置，從頭細敘；郁四覺得比聽書還要有味，從煙榻聽到飯桌上；再由飯桌聽到煙榻上。聽完說道：「老胡這個人，真要佩服他！做出來的事，別出心裁，真正漂亮！」

「四叔，」陳世龍說，「喜事總在年底，那時候發帖子，要你老人家替我出面。」

「那當然！」說到這裡，長嘆一聲：「你倒好了——。」

這自是觸景生情，想起阿虎，陳世龍趕緊說道：「四叔，你老人家不要難過！阿虎不在了，還有我侍奉你老人家。」

一聽這話，郁四的眼圈紅了，也不知是傷子還是為陳世龍而感動？但終於強自振作起來，「小和尚！」他說，「你曉得的，我這個做四叔的，也有對不起你的地方，現在事情過去了，也不必多說了。你現在成家立業，朝正路上走去，我高興得很，親事自然我來出面，一切都是我的。那四樣首飾，你打聽打聽看，老胡是花多少銀子辦的，我來還他。有我在，這筆聘禮不好叫他出。」

陳世龍自然感激。但他雖只跟了胡雪巖短短一段日子，因為人既聰明靈活，又是衷心受教，人情世故的閱歷上，大非昔比；此時心裡在想，自己是出於一番至誠，安慰長輩；而郁四居然拿自己當親人看待，原是好事。但郁家遲早要鬧家務，阿蘭姐正在動娘家的腦筋；自己再受郁四的好處，叫別人看來，彷彿他也是乘虛而入，在打郁四的主意，這個嫌疑不可不避。

避嫌疑猶是小事，眼前看樣子是阿蘭姐在替郁四當家；買那四樣首飾也要千兩銀子，由郁四捧出來還給胡雪巖，阿蘭姐知道了，心裡先將不舒服；閒話可就多了！

「怎麼？」郁四見他不作聲，倒真有困惑了，「那還有甚麼話說？」

陳世龍已決定辭謝郁四的好意，不過這話不知如何措詞？經他一逼，只好這樣答道：「四叔！不是我不識抬舉，我是想爭口氣；這件事我要自己來辦。為來為去也是為四叔爭氣，說起來，四叔可以告訴人家：小和尚是自己討的親，我要替他出聘禮，他用不著。這不是四叔也有面子。」

江湖上講究面子，也看重「人貴自立」這句話，尤其是做長輩的，聽他這樣說，自然要嘉許，「你這兩句話，我聽了倒高興。不過，」郁四又以告誡的語氣說，「你剛剛出道，不要別的本事沒有學會，先學會說大話。那就不對了！」

「我是實實在在的話。尤其是在四叔面前，說大話算那一齣？」

「那麼，我倒問你。」郁四很認真地，「你那裡來的錢討親？你不是說四樣首飾是老胡替你買的嗎？」

「是啊！胡先生替我墊銀子買的，將來我分了花紅可以還他。如果是四叔替我出了這筆錢，將來我說拿了來還四叔，不是要挨罵了嗎？」

「那也一樣。你有了錢也可以孝敬孝敬我的！」

「那還用說？我有了錢不孝敬四叔，把那個用？不過眼前要請四叔，幫我做過面子爭口氣；

一切讓我自己來。」

聽了他的話，郁四又高興、又困擾，高興的是他前面那兩句話，就算是米湯，心裡也舒服。困擾的是後面那兩句話，不管他，讓他自己去料理，是幫他爭氣做面子；出錢替他辦喜事，反倒不是！這成何話說。

雖不成話，卻駁不倒！郁四把頭往後仰一仰，打量了陳世龍一番，拿籤子指指點點地說：「兩三個月不見，我看你是變過了！長衫上身，倒也滿像個『大二先生』的樣子；說兩句話，異出異樣，比上頭的『官腔』還要難應付。這都是你從老胡那裡學來的？」

其詞若憾，其實深喜，陳世龍笑笑不答；站起身來說：「四叔，我還有幾樁事情，等著要去接頭。明天再來看你老人家。」

「明天到我家來——北門！」郁四特地交代明白，接著又嘆口氣，「唉，這一陣的日子，不是人過的，今天見了你，心裡好過得多；你晚上有空，最好再來一趟，我還有些話要告訴你，如果今天晚上沒空，明天上午一定來，茶店裡我這一向也少去，今天是為了等你，不然我也就在家裡孵孵算了，衙門裡的差使，我都想辭掉。沒有意思！」說著，搖頭不止。

郁四居然連世襲的差使，都不想要了，可知心境灰惡。陳世龍於心不忍，頗想再陪他坐一會，說些夷場上有趣的見聞，為他遣愁破悶；無奈這一天，從水晶阿七來訪開始，已經耽誤了太多的功夫，不得不走，去辦正事。

等一個圈子兜下來，把胡雪巖交代的事情辦妥，已是近夕照黃昏，匆匆趕到大經絲行，只見黃儀迎著他說道：「你丈母娘剛走。把你的房間鋪陳好，還等了好一歇辰光；看看你不來，只好回去。臨走千叮萬囑，一定要你到家吃飯。丈母娘待女婿，真正是沒話說。」

「我心裡也急。」陳世龍有些不安，「實在是分不開身；現在也還不能去，我想先給胡先生寫封信，好趁早教航船帶出。」

「晚上回來寫也不遲。好在你今天總要住在這裡。」

「不！」陳世龍覺得住在大經，便好似「入贅」一般；有骨氣的男子漢是不肯做贅婿住在岳家的，因而很堅決地表示：「我還是住在我自己那裡。」

黃儀了解他的用心，點點頭說：「這也隨你。不過我勸你早點到張家；信到那裡去寫也一樣。」

這個建議，陳世龍接受了。趕到張家，正好是阿珠來開的門——這一次不像昨天那樣不好意思了，她用微帶埋怨的口吻說，「怎麼到這時候才來？」

「遇到好些意想不到的事。唉！」陳世龍搖搖頭。

「一進門就嘆氣，」阿珠十分關切地，「為啥？」

「不是我的事。」陳世龍怕她誤會，先這樣說一句，好教她放心，「一個要好弟兄，想不到死掉了。真正天有不測風雲，人有旦夕禍福。」

看他神情不怡，阿珠也鬱鬱地不開心。關上大門，把他帶到客堂說道：「爹吃喜酒去了。沒有人陪你，要不要到廚房裡來？」

「要來的！」陳世龍說，「等我到廚房裡去打個招呼，抽空給胡先生寫信。」

這個招呼一打就是好半天功夫，阿珠的娘一面炒菜，一面問長問短問陳世龍這天做了些甚麼？於是談阿虎就談不完；自然水晶阿七那一段，他是隻字不會提的。

「好了！」阿珠等要開飯時笑道，「信也寫不成了。」

「吃了飯寫，今天非寫不可。」

這是正事，阿珠的娘把它看得很重要；吃完飯，忙著收桌子，泡上茶來，擺出筆硯，阿珠又替他鋪紙磨墨，連陳世龍自己都覺得這樣子未免太鄭重，便自嘲似地說：「不像寫信，倒像給皇帝寫奏摺。」

「閒話少說，快點寫好了，送到航船上。晚了，人家都睡了，那就得明天起個大早才趕得上。」

明天有明天的事，陳世龍感恩圖報，決心要好好巴結，守定今日事今日畢的宗旨；當時定一定心，把胡雪巖交代的事，辦得如何，逐項寫明。最後提到郁四，說他獨子病故，而且要鬧家務，精神頹唐；當然，也提到了他的喜事。寫完看一看鐘，已經九點敲過，匆匆告辭，自己送到去杭州的航船上。然後逕自回家。

未曾進門就已發現了怪事，他屋裡亮著燈；而且不只一盞燈亮。

陳世龍出門向來不上鎖，因為沒有甚麼東西好偷，而鑰匙忘記帶出來，或者雖帶出來而遺失反倒麻煩；好在同一個大門裡的鄰居會替他照看，不鎖更不要緊。有時朋友來訪，見他不在家，逕自推門入內坐等，事或有之，但都在白天；像這樣的情形，還是頭一回，不免令人詫異，同時也逗人的好奇心，陳世龍心想，倒要看看是哪一個？

這樣轉著念頭，就不肯直接推門去看；躡手躡腳走到窗下，找個窗紙破了的洞洞，湊眼過去張望。一望就知道麻煩大了。

裡面是水晶阿七，對著一盞擦得雪亮的油燈在喝茶，兩眼怔怔地望著另一張桌上的油燈，彷彿有無數心事在盤算。看她身上穿一件紫紅寧綢的小夾襖；領子上的鈕扣未扣，敞得極大；一股繫肚兜的金鏈子，隱約可見，這副樣子讓人看見了，不說「水晶阿七跟小和尚有一腿」，那才真叫有鬼！

陳世龍十分火冒，走到房門口，提腳就踢；但就在拉起腳的剎那，心中自語：慢來！看樣子阿七不知安著甚麼心？他知道她的為人，心是不壞；但吃了那碗飯，臉皮就撕破了，甚麼奸刁潑辣的事，都做得出來。也許她是故意的，好說不行，存心來撩撥得自己跟她吵架；傳到阿珠耳朵裡，這饑荒有得打。萬一吵散，阿七就得其所哉了！

念頭轉到這裡，自覺是「小人之心」；但記起黃儀常說的兩句話：「害人之心不可有，防人之心不可無」，像阿七這種人不可不防；只看眼前的情形，就是自己防不到的。

想停當了，氣也平了，伸手把門一推，阿七似乎猝不及防，霍地站起身來，兩眼睜得極大，看見陳世龍才拍拍胸說：「咄！嚇得我來！」

「你倒不說我嚇一跳！」陳世龍平靜地答道，「你這樣子，像不像半夜裡跑出一隻狐狸精來？」

「你罵好了！」阿七泰然地笑著，「好在我自己曉得，我不是來迷你的。」

「那你來做啥？」

「想想你光棍可憐，我又沒啥事情好做；替你這間狗窩樣的房子收拾收拾，這總不犯啥法？」

這一說，陳世龍才把視線掃了一遍。屋子裡收拾得像個樣子了，尤其使他觸目的是，那張床不像自己的床；他是從來不疊被的，此刻疊好了被一看，彷彿那張床大了許多。

「難為你！」陳世龍坐了下來。

「剛剛泡的茶。」阿七倒了一杯茶給他，「廊沿上我替你燉了一鍋鴨粥在那裡。」

「哪裡來的鍋灶？」

「買的。」阿七數著手指說，「風爐、茶壺、砂鍋、還有炭，一共用了兩千銅錢。」

「還替我買了啥東西，一共墊了多少？」

「你要還我？」

「當然！」陳世龍說，「我又不跟你『做人家』，沒有要你來買的道理。」

看他的神氣倒還平靜，但話中摸不到一絲熱氣，阿七心裡便自怨，何苦來自討沒趣？但一則不甘於就此一走；二則是覺得良家婦女好做，悽涼和寂寞難耐。秋宵冷雨，獨對孤燈，把棉被咬破了都沒用，還不如在陳世龍這裡的好；雖說他沒有好臉嘴給人看，到底是兩個人呀！

這樣轉著念頭，陳世龍就落下風了；他原來是想她自覺沒趣，不如歸去。誰知她雖覺沒趣而不走，是他再也猜不到的；所以談話依舊是一句頂一句，毫不放鬆。

阿七行所無事，走到廊沿下去把一鍋鴨粥端了進來，放在地上；接著又奔了出去，只聽乒乒乓乓的響聲，不知在搞些甚麼？陳世龍忍不住也走出去張望；這才發現廊沿轉角上已安下一個小小的廚房，一張白木方桌，靠壁置著一具竹子碗櫥；「乒乒乓乓」正就是她在取碗筷弄出來的響聲。

她倒是真的想打算跟自己「做人家」了。陳世龍又好氣，又好笑，卻不能說甚麼，他回身坐定，阿七已跟著走了進來，手裡一個托盤，兩副碗筷以外，還有兩碟小菜，一碟是糟「吐蚨」；一碟是醬蘿蔔。

「我不要吃！」陳世龍先來個拒人於千里之外。

「你不吃我吃！」阿七答得異常爽脆。

她自盛了一碗鴨粥坐下來吃，也不知是真的餓了，還是有意氣他？只見她唏哩呼嚕，吃得好香。鴨粥熬得火候夠了，香味濃郁，不斷飄到他的鼻下；再看她夾塊綳脆的醬蘿蔔放在嘴裡，咬得「嘎吱、嘎吱」地響，越使得陳世龍要嚥唾沫。

想想有點不甘心，「你這個人倒好！」他說，「真的當這裡是你的家了？」

「有交情的嘛！」阿七毫不在乎地說，「你到我那裡，還不是一樣？」

「我是不會這樣子不識相的。」

「你是說我不識相？」

「有一點。」陳世龍說，「天晚了，我要睡覺了。」

「小和尚，你氣量真小！」阿七的聲調幽幽地，「你就讓我把這碗粥吃完了，再趕我走，也還不遲。」

這話說得很夠分量，陳世龍大為懊悔；堂堂男子漢，在江湖上輩分雖低，倒也從來沒有哪個敢當面藐視過，不過今天「吃癟」在她這兩句話上！

於是他要「找場」了！「甚麼氣量大，氣量小？談不到！」他說，「我是為你好，不是啥『趕你走』！隨你喜歡到啥辰光，我不在乎。不過我要少陪了。」

說著脫下長衫，往椅背上一搭；坐到床沿上去換拖鞋。哪知早晨剛剛穿過的拖鞋，此時已不在床下；心知是阿七不知擺到哪裡去了？懶得跟她搭話，便把鞋子一甩，身子往床上一倒。

「拖鞋在這裡。」阿七從床頭方凳下拖出一雙拖鞋來，回身又把他的長衫掛到衣架上；接著又去收拾桌子。

陳世龍看在眼裡不響，但身子卻睡不寧貼，倒像背上長了根刺在那裡似地。他此時唯一的希望是，阿七早早離去；從此不來。

「小和尚！」阿七收拾完畢，坐下來說，「我有句話要問你。」

不理不好意思，陳世龍只得冷冷地答道：「你說好了。」

「說實話，我從來沒有燒過這麼入味的鴨粥，你吃一碗好不好？」

想不到是這麼一句話！陳世龍大出意外；「人心都是肉做的」，她辛辛苦苦燒好，還要哀求別人來享用，彷彿吃她一碗鴨粥，就是幫了她甚麼大忙似地。這教人無論如何硬不起心腸來峻拒；只好這樣推託：「已經都收拾好了，何必再費事——。」

一句話沒有完，阿七已站起身來，連連說道：「不費事，不費事！」說著，就走了出去。

陳世龍無法阻攔。心裡有著說不出的懊惱；是恨自己無用，連個阿七都對付不了！於是自己跟自己賭氣，一面從床上仰身坐了起來；一面心中自語：何必像見了一條毒蛇似地怕她？越是這樣躲她，她越要纏住不放。

等阿七笑嘻嘻地盛了粥來，他也不說一聲「謝謝」，扶起筷子就吃；也像她一樣，把醬蘿蔔咬得「嘎吱，嘎吱」地響，吃完一碗，再來一碗。

「味道不錯吧？」阿七得意地問。

「不見得怎麼樣。」

「哼！」她撇一撇嘴，笑他言不由衷，「我燒的粥是不好；不過你的胃口還不錯。」

「我的胃口是不好，不過不吃你不開心。」陳世龍學著她的語氣說。

阿七不作聲，靜靜地在咀嚼他這句話的滋味。

「現在該輪到我問句話了。」陳世龍放下空碗說：「你到底要我怎麼樣？」

「沒有啥！說實話，我回去也沒有事；一個人躺在床上想東想西，一夜到天亮都睡不著。跟你談談，心裡好過些，談到差不多辰光了，你睡你的覺，我回我的家。」

所望不奢，而且陳世龍對她的觀感，跟剛進門時，已有不同，於是點點頭答應：「好嘛！大不了陪你坐到天亮。」

阿七嫣然一笑，先把碗筷收了出去；重新沏了一壺茶來，就隔著一盞剔亮了的油燈，跟陳世龍閒談。自然是她的話多，談郁四的待人接物，說他「還算是有良心的」，只是耳朵軟，喜歡聽女兒的話。又說她本來已經死心塌地的預備跟郁四一輩子，哪知道中途出此變故？因而便發牢騷，說大家只罵風塵中人下賤；卻不知從良也不是件容易事。

談到這裡就不是閒話了，「小和尚！」她說，「我今天下午去打聽過了，你跟張家的親事不假；我晚了一步！那麼，你倒替我想想，我以後的日子怎麼過法？」

看她的神情是誠懇求教，陳世龍不能推託；想一想答道：「你自己總要有幾句話擺出來，人家才好替你留意；譬如說，你吃不吃得起苦，肯不肯做小？要怎麼樣的人品？說清楚了，我替你去找。這件事說難很難，說容易很容易；胡老闆在這兩三個月中，就做了三個媒。在這上面，就跟他的做生意一樣，頂有辦法。我把你的事情託他，包你三個月之內，就有好消息。」

阿七不響，只是眨眼，彷彿連她自己都弄不清楚，該「從」怎麼樣的一個「良人」？

「終身大事急不得！」陳世龍乘機勸她走路，「你回去好好想一想。已經吃過一次虧，不能再吃第二次。」

語氣很誠懇，阿七覺得他說得很中聽；便站起身來有告辭的模樣。陳世龍的動作很快；把他從大經絲行帶來的釘在亭柱上的一盞燈籠，取了下來，點了蠟燭，交在阿七手裡。

「那麼明朝會了！」

「明朝會，明朝會！」陳世龍靈機一動，下個伏筆：「不過這兩天你怕不容易尋得著我。」

「怎麼呢？」阿七問道，「這樣子忙法？」

「是啊！說來你不相信，連知府衙門裡的公事，我都要管。」

這也沒有甚麼不能相信；阿七知道胡雪巖跟王大老爺是分不開的；既然陳世龍是胡雪巖的親信，附帶辦些知府衙門的公事，也是情理中事。好在公事總在白天，晚上亦總要回家睡覺，不怕尋不著他。

陳世龍要避她的，正在晚上。看阿七現在的樣子，硬的嚇不走她；軟的磨不過她，三十六計，走為上策——當然不能離開湖州；那就是兩個辦法，第一個是另外找房子搬家，第二個是住到大經絲行去。

細想一想，其實只有一個辦法，搬到大經絲行，因為另外找房子搬家，別人問起來，總得有個說法，說是為了避阿七，則變成自己心虛，無私有弊了。同時，阿七說不定會到大經去找；自己在那裡，比較好應付，否則，阿七在那裡說兩句不知輕重出入的話，引起嫌疑，就跳到黃河也洗不清了。

打定了主意，安然入夢。第二天一早出門去看了幾個素日有來往的小弟兄，一頓酒吃到下午三點鐘，回家收拾隨身衣服，帶到大經絲行。

「來、來！」黃儀從屋裡奔了出來，招手喊道：「今天我這個媒人有話跟你說了。」

邀到他房間裡，一談經過，陳世龍大出意外。據說郁四在這天早晨，特地到大經絲行來看老張，口稱「親家」，說陳世龍是他的小輩，現在當兒子一樣看待；將來辦喜事，男家歸他主持，同時送了一千兩銀子的聘金。

「你丈人老實，有點手足無措，不知道怎麼辦？特地來問我；這還有啥話說？我叫你老丈人認了親家。」黃儀很高興地說，「到底是占碼頭的人物，做事漂亮之至；送了我二百兩銀子，算是謝媒。不收他會不高興，我也就老實，叨你老弟的光了。」

陳世龍聽這一說，覺得面子十足，心裡非常高興；但不肯在臉上擺出來，怕黃儀發覺他並不知道這件事。

「這一來，日子就急得不得了。」黃儀說道：「你丈母娘請我去吃中飯，當面跟我說，她要替女兒辦嫁妝，起碼要半年功夫，年底下來不及。看你的意思怎麼樣？我們先談好了，再跟郁四叔去說。」

陳世龍有些不太願意，想了想問道：「不曉得阿珠怎麼說？」

「你問這話真沒道理！她會怎麼說，難道說越早出閣越好？」

想想不錯，陳世龍失笑了，「這件事我作不來主。」他說，「要跟郁四叔、胡先生商量了再說。」

「難道你自己作不得你自己的主？」黃儀拿了郁四的，吃了張家的，不能不把情況弄清楚，「說句實話，你父母雙亡，人家雖幫你的忙，到底不是『父母之命』。」

「父母之命，媒妁之言」這兩句話，陳世龍也聽到過；但他的這頭親事，真所謂「如人飲水，冷暖自知」，成家立業是一事的兩面，為胡雪巖想，是要提拔陳世龍，也為了他自己的事業，要覓個得力的幫手，引替陳世龍促成良緣，此刻各樣生意，都在著著進展之中，到甚麼時候，需要陳世龍出力，只有胡雪巖心裡才有數；倘或正要用人的時候，他在忙著辦喜事，豈不耽誤了生意，那就不是胡雪巖的本意了。

除此以外，陳世龍還有一份感恩的心情；自從跟了胡雪巖，叫他「先生」，陳世龍才知道「師父、師父」，師真如父，為了尊敬「胡先生」，哪怕就沒有耽誤生意的顧慮，他也願意請命而行。

見他沉吟不語，黃儀明白了，陳世龍必有他的難處；但女家也有女家的難處，要先讓陳世龍明白，否則做媒人的兩頭傳話，南轅北轍，就吃力而不討好了。

「世龍，」他用勸告的語氣說，「洞房花燭，一個人一生只有一回，女家又是獨養女兒；人家要好好預備嫁妝，因此耽誤日子，我們做男家的要體諒。大戶人家的小姐，一到了十二、三歲就在辦嫁妝了，一辦五六年，不足為奇。現在人家只要五、六個月，不算多。你跟胡老闆去說，他的人情世故熟透熟透，一定會答應。」

「我也曉得他十之八九會答應，不過我不能不先跟他說一聲。」

「那就行了。」黃儀指著他隨身的衣包又問，「你主意改過了？覺得還是住到這裡來方便，是不是？」

陳世龍靈機一動，阿七的事，不便對別人說，「媒人」這裡正好說清楚，萬一將來發生誤會，有個有力的見證，於是嘆口氣說：「我是來『逃難』！」

「咦！」黃儀大為詫異，而且頗為關切，「你有了甚麼麻煩，自己家裡都不能住了！是不是欠了哪個的債？」

「債倒是債，不是錢債——。」

聽他說完經過，黃儀笑道：「真正是風流債！世龍，你倒是豔福不淺。」接著又用不勝羨慕的語氣說：「到底是小夥子，有辦法！」

「你還要拿人開胃！這件事，沒有第二個人知道；黃先生，你要幫我的忙。」

「你做得對，步子踏得很穩。不要緊，不要緊！」黃儀拍胸說道：「只要你自己把握得定，不受她的誘惑，一切有我。如果她尋上門來，我有絕妙一計對付她；包你一點麻煩都沒有。」

聽他說得如此有把握，陳世龍關切以外，不免好奇，笑嘻嘻地問道：「黃先生，你這條妙計，可以不可以先跟我講一講？」

「天機不可洩漏！」黃儀定神想了一會，忽然問道：「有句話我再問一聲，你確確實實曉得她跟郁四叔是好好分手的？不是吵散的？」

「看樣子是這樣。不然郁四叔也不是好說話的人。」

「等她來了，你躲起來，千萬不要露面。我自有『退敵』之方。」

陳世龍實在不知道他葫蘆裡賣的甚麼藥？好在有了這塊擋箭牌，諸事無礙，寬心一放。當時便住入他丈母娘替他布置的臥室。略略睡了片刻，復又出門去向郁四叔道謝，陪著他說了些閒話，再到張家，阿珠的娘對他是越發親熱了，但也像是越發客氣了。

「我住到行裡去了。」他這樣告訴她；不說任何原因。

「原該這樣。」阿珠的娘當然高興，「以後你每天回家來吃飯；行裡的伙食也還好，不過總沒有在家裡吃得舒服。」

他們這樣在談，阿珠一直躲在自己的屋中；她有許多話要問陳世龍，只是越來越覺得不好意思。陳世龍也是一樣，不便闖進屋去，只不住遙望雪白紙窗中的一盞明燈、一條黑影，看看已無話可說，起身告辭；阿珠的娘沒有留他，也沒有提到阿珠，讓他怏怏然地離去。

陳世龍一路走，一路在想，覺得他丈母娘彷彿有把他與阿珠隔絕開來的意思？這是為了甚麼？費人猜疑。當然，他不願往不好的地方去猜；然而實在也無法說它是個好現象，只好自譬自解，當作一件偶然之事。

第二天一早起身，神清氣爽、思慮敏銳而周密，覺得在湖州要找件正經事做；如果湖州無事，就當趕回杭州，看胡雪巖有何差遣？無所事事，坐享「清福」，絕不是善策。

於是他把整個情況細細思考一遍，發覺有件事情可以做，去打聽打聽絲的行情。這個行情是胡雪巖所急於想知道的，他在杭州一直也在打聽，但銷洋莊的絲，大部分出在湖州；在杭州打聽湖州的行情，不一定準確，閒著無事，正好替胡雪巖在這方面出點力。

轉念一想，這件事是黃儀熟悉，行情如有變化，他一定會寫信給胡雪巖，自己何必白忙？倒是到縣衙門裡去看看那兩位師爺，打聽打聽官場有甚麼消息，倘或平靜無事，不如回杭州去的好。

結果是撲了個空，也可以說是碰了一鼻子的灰；刑、錢兩師爺的住處，關防甚嚴，向來不准閒雜人等亂闖，陳世龍跟楊用之他們並不熟悉，所以託聽差通報進去，都擋駕不見。

陳世龍心裡很不高興，但想想是自己冒昧，又算長了一次經驗。回到大經，枯坐無聊；想回自己住處去看看，剛踏出門，只見行裡的一個小徒弟，匆匆趕來告訴他，說黃儀叫他來通知，讓陳世龍趕緊從後門避開。

這是阿七尋上門來了。陳世龍好奇心起，反倒不肯走；只問：「可是有個堂客來看黃先生？」

「是的。」

「黃先生怎麼跟她說？」

「黃先生笑嘻嘻地請她到裡頭坐。叫她『七阿姐』。」

聽這一說，陳世龍決定去窺探一番；遣走了那小徒弟，從側門溜到黃儀那裡。他的房間旁邊就是樓梯；樓梯下面是堆儲雜物之處，有一道門鎖著，陳世龍悄悄開了鎖，就躲在這裡偷聽。

「七阿姐！」他聽見黃儀在說，「我倒不曉得你跟世龍相熟。」

「我們認識多年了。」

「這樣說起來，你們是『老相好』？」

黃儀的話過於率直，近乎粗魯；聽壁腳的陳世龍大為皺眉。就這時一線光亮，穿壁而入——

壁上本來有個洞，剛才是為黃儀的背脊所擋住了；此刻他換了個地方坐，所以光線得以透過；陳世龍憑此指引，悄悄移步湊眼，阿七和黃儀恰好都在視界之中。阿七打扮得很樸素，穿一件鐵灰線春的薄棉襖，繫著玄色洋縐的裙子，脂粉不施，只在鬢邊簪一朵紅花；這樣打扮，在莊重中又顯得很俏麗，徐娘風韻，著實迷人。

她的神色也很莊重，但一雙眼睛不能動，一動便如波光瀲灩，令人目眩。陳世龍顧得看，便顧不得聽；想不起剛逝的這片刻功夫，兩個人又對答了幾句甚麼話？只見阿七略有慍色，必是黃儀說話太不客氣的緣故。

「七阿姐！」黃儀在說，「既然你們規規矩矩，沒啥糾葛；那麼你來看世龍是為啥？」

「我有筆小小的款子，託他代為放息。現在要錢用，想請他替我抽回來。」

一聽這話，陳世龍先是詫異，從而惱怒！這不是誣賴？她何嘗有甚麼款子託自己放息？然而稍微多想一想，便即恍然；這是「煙薰鼠穴」之計，目的是要把自己逼出來跟她見面。這一計想得甚絕！怕黃儀難以應付了。

不然！黃儀聽陳世龍談過她跟郁四的情形；以前陳世龍連跟她見面的機會都沒有，怎會替她經手銀錢？何況郁四自己跟人合股開著聚成錢莊；如果阿七有私房，何不存在聚成生息，要來託陳世龍代放？

明知道她是假話，黃儀卻不肯戳穿，只問：「你那筆錢是多少；要抽回多少？」

「不多，幾百兩銀子；能抽回多少是多少。」

「好的。我替你轉告。」

「謝謝你！」阿七略停一停又說，「不過我想要當面跟他算一算帳。黃先生你看，我啥辰光來，可以見得著他的面？」

「說句實話，啥時光也見不著！」

「為啥？」

「為了他一見你七阿姐要著迷，我的責任有關。」

這句話很厲害！厲害在驟出不意，如當頭霹靂一般，把盤算得好好地，預備一步一步逼出陳世龍來的阿七，震得七葷八素，槍法大亂，有些氣餒了。

望著笑嘻嘻地，似乎不懷好意的黃儀；阿七很不服氣，挺一挺腰，凸出了她那個鼓蓬蓬的胸脯說：「著迷不著迷，不去說它；我倒要請教黃先生，甚麼叫『責任有關』？我要跟陳世龍見一見面，談正經事，你為啥從中作梗？」

「陳世龍要討親了，是我做的媒，我對女家有責任；新郎官看見你著了迷，到時候出了甚麼花樣，女家找我說話，我怎麼交代？」黃儀又換了個位子，坐到她下首一張椅子上，隔著茶几湊過臉去問道：「七阿姐，你想呢，我這話在不在道理上？」

阿七氣得臉色發白，冷笑連聲：「有道理、有道理！」

陳世龍看在眼裡，又覺得好笑，又有些不忍；他心裡在想，黃儀如果是打算著把她氣走，這一計便不高明了。因為他深知阿七的脾氣，服軟不服硬，越是如此，越惹得她心中不平，甚麼撒潑的花樣都要得出來；豈不是把事情搞得更糟？

正在有些失悔著急，只見黃儀又換了副神色，滿臉疚歉，一片小心，「七阿姐，」他低聲下氣地說，「我言語冒犯，你在生我的氣，是不是？」

「哼，」阿七微微冷笑，「我怎麼敢生你黃先生的氣？」

「啊呀！」黃儀抓抓頭皮，作出那萬分傷腦筋的神氣，「聽這話，生氣生得大了。七阿姐，我替你賠罪，你千萬不要生氣。」

聽他這樣說，阿七不好意思了，把臉色放緩和了說：「沒有。我生甚麼氣？」

「真的不生氣？」黃儀帶著些逗弄的意味：「真的不生氣，你就笑一笑！」

這怎麼笑得出？阿七覺得這個人，頗為難纏。定睛一看，只見黃儀的一雙色眼瞪在自己胸前，恍然大悟，原來這傢伙不懷好意！想起他的可惡，阿七決定要請他吃點苦頭。

這樣一轉念，便先浮起一陣報復的快意；心境開朗，不覺嫣然一笑，秋波流轉，站起身來，走了幾步，回身斜睨著黃儀，欲語不語地，真有煙視媚行之致。

黃儀心裡癢得彷彿有十七八隻小手在搔抓似地。他原來的盤算，就是挺身自代，既替陳世龍解了圍，自己又撿了個便宜，所以一上來不惜言語開罪，好教她對陳世龍先死了心；然後用「潘驢鄧小閒」的「小」字訣，來教她化嗔為喜。自己估量，這是著實要費一番精神的事，不想收功如此之速，因有喜出望外之感。

「七阿姐，」他開始挑逗，「我聽世龍說過，你一個人孤孤單單，寂寞得很。可有這話？」

「是啊！」阿七把眼望著別處，似乎不好意思正視黃儀，「不然我還不會來尋陳世龍。」

「你現在就尋著他也沒用了。陳世龍得新忘舊，一片心都在張家的阿珠小姐身上。」

聽得這話，阿七的妒心又起，冷笑說道：「哼，阿珠我也見過，黃毛丫頭也叫『小姐』了，真正氣數！」

「這都不去說它了，提起來你不開心。阿七姐，」黃儀試探著問，「你住哪裡？」

「就住郁老頭原來住的地方。現在是我一個人。」

「怪不得！一個人住是太寂寞了些。」黃儀說道，「用個小大姐陪陪你嘛！」

「有一個。」阿七答道，「笨得像牛，蠢得像豬；一吃過夜飯就要打瞌盹，上了床像死人一樣。」

「這樣子，夜裡就寂寞了。也沒有人來看看你？」

「有哪個？鬼都沒有得上門。」

「那麼，」黃儀涎著臉說：「我來做『鬼』好不好？」

「這，這叫甚麼話？」

「你說鬼都沒得上門，我就做『鬼』上你的門！」

「啊唷！」阿七雙手環抱在胸前，作出不勝戰慄的樣子，「你來嘛就來！啥叫『做鬼上門』，說得人嚇兮兮地！」

這副神態雖是做作，卻也可喜；而黃儀特感會心的是，她那第一句話；認為無意流露，最見真情，只要能夠上門，像她這種出身，自然不愁不能入幕。

心裡這麼在想，手上就隨便了，「不要嚇，不要嚇！」他很自然的拉住了她的手：「說說笑笑。」

阿七凝睇含笑，像是心裡有甚麼不易為人知的高興事在想；突然間，將手一奪，懍然說道：「不要動手動腳！」說著還轉臉望了一下。

這在黃儀又有會心了，「動手動腳」不要緊，就怕讓人看見。那容易！「怎麼搞的呢？叫學生子去買點心，到現在還不來？」他這樣自言自語著，奔了出去。

間壁的陳世龍卻不免詫異，不懂阿七是甚麼意思？莫非真個孤衾難耐，有意接受黃儀的勾引？他想仔細看一看阿七的表情，無奈她背著身子，正朝窗外在望。就這時候，聽得黃儀的腳步聲，接著是關門聲和落門聲。原來如此！陳世龍心想，黃儀心也太急了些；這下真有場「隔壁戲」好看了。

「你看我這地方怎麼樣？」黃儀走回來笑嘻嘻地說，「一門關緊，連隻蒼蠅都飛不進來。」

「我曉得了！」阿七慢慢點著頭，伸出一隻用鳳仙花染紅了指甲的食指，指指戳戳地說：「你好壞！」

「壞！怎麼壞法？」

「問你自己啊！」

「我倒不曉得。」黃儀又拉住了她的手，涎著臉說：「你倒說給我聽聽。」

「何必我說？」阿七把眼睛望著別處，「說出來就沒有意思了。」

「對，說出來沒意思。只要心裡有數就是。」

一面說，一面把臉湊過去問她；阿七只把臉往側面仰了仰。但一雙手被他拉著，就躲也躲不遠，到底讓他聞到了。

「好香！」黃儀仰臉閉眼，向空嗅了兩下；同時一隻手從她膀子上慢慢摸了上去。

他還在不勝陶醉，陳世龍卻在替他擔心了。因為阿七已經變態，眼睛漸漸睜圓，眉毛漸漸上豎，嘴巴漸漸閉緊，最後揚起她那隻多肉的手，使勁一掌，打在黃儀臉上。

「啊！」黃儀大喊一聲，睜開眼來，看到阿七的臉色，才知道是怎麼回事？「你為甚麼打我？」他捂著臉問。

「打你個調戲良家婦女！」阿七很沉著地說。

「你！」黃儀像打雷似地暴喝一聲，跳腳罵道：「你個臭婊子——。」

一聲沒有罵完，臉上又著了一掌；這時才顯出阿七的潑辣，搶步過去，從桌上拿起把剪刀揚起來，咬牙切齒地罵：「你嘴裡再不乾不淨，我一剪刀扎出你的眼烏珠！」

不得了！陳世龍大為著急，要出人命了。幸好黃儀識趣，窘笑著說：「何必呢！這樣子認真。早曉得你開不起玩笑，哪個孫子王八蛋跟你嚕嗦！」

「哼！」阿七把剪刀往桌上一拋，板著臉叱斥：「走！開門。我要走了。」

黃儀一言不發，乖乖地去開了門，放阿七走路。

這一下陳世龍卻受罪了，使盡吃奶的力氣，才能把笑聲憋住；直到黃儀走得遠了，他才掩著嘴，溜了出來，急急忙忙奔到後面的廢園中，捧著肚子，縱聲大笑。

如果照以前的脾氣，陳世龍一定會把黃儀的這個笑話，散布出去；自從跟了胡雪巖，學到了許多人情世故，了解這必成黃儀深諱之事，不但不能講出去，最好連黃儀面前，都要裝作不知其事。不然便要遭忌；俗語說的「是非只為多開口」，正指此而言。

然而難題仍未解決，阿七仍舊會來；看她號為「水晶」，表裡通明，好像胸無城府，想不到撒潑放刁，也絕得很。那條「煙薰鼠穴」之計，十分厲害，不能聽其自然。

這樣就還是只好跟黃儀去商量。他特別謹慎，怕自己臉上的神色有異，也怕黃儀的心情還未能平貼，當時便不去找他；一個人出後門尋朋友一起吃過晚飯，回到絲行，才踱到黃儀那裡「打聽消息」。

「怎麼樣？」他裝得若無其事地，「你是怎麼把她弄走的？」

「我告訴她，你跟阿珠的親事，是我做的媒，我有責任。勸她以後不要來找你的麻煩。」

「她怎麼說？」

「這個女人，壞得很！」黃儀恨恨地說，「她說有甚麼私房錢，託你替她放息。又說，要抽回本錢；最好跟你見個面。總而言之，言而總之一句話：賤貨！沒有男人不過門。」

聽他此刻的話，想起他當時咆哮如虎，而結果如喪家之狗的神情，前後映照，使得陳世龍的肚腸根癢不可當，差點又笑出聲來。

「事情真麻煩了！」黃儀又說，語氣倒是平靜了，見得他已好好想過，「現在已經不是躲的事。」

「怎麼呢？」

「她到大經來尋你，有我在，總可以把她擋回去。就怕她不來，到處去放謠言，說你欠了她的錢，避不見面，逼得你非出面跟她理論不可。」黃儀抬眼望道：「你想這個女人壞不壞？」

照阿七的為人，還不至於這麼壞！不過她如纏住不放，而自己又始終避不見面，怨恨交加，像她這樣的女人就很難說了！因此，陳世龍吸著氣，搓著手，顯得頗為不安。

「好好一頭親事，不要壞在她手裡！她現在逼得你沒路走；世龍！你要早點想辦法。」

「是啊！我現在不就是在向黃先生討教？」

黃儀點點頭，一雙眼睛突然變得深沉；沉思了好一會，才慢吞吞地開口：「辦法是有一個。『量小非君子，無毒不丈夫』，要想一勞永逸，唯有這條路好走。」

看樣子是極狠的一著，陳世龍催他：「黃先生，你說，是怎麼一條路？」

「聽說你跟縣衙門的刑名師爺很熟？」

「熟也不太熟。不過打著胡先生的旗號去，可以說得上話。」

「這就行了！」黃儀很輕鬆地，「阿七不是本地人，原籍高郵。你去託刑名師爺弄張牌票出來，轉她個『流娼』的罪名，遞解回籍，滾她拉塊媽媽鹹鴨蛋！」

想不到是如此一計，實在太狠毒了一些；陳世龍心裡暗暗吃驚，原來黃儀是這麼一個人！

以後共事，倒要好好防他。

「怎麼樣？」黃儀催問：「我是為你設想，非如此不足以放心！」

「是，是！我知道黃先生完全是為我。不過，」陳世龍亦頗多急智，把這重公案扯到了郁四身上，「其中礙著郁四叔；旁人不知道是我們出的花樣，只當郁四叔放不過這樣一個人；傳到江湖上，郁四叔的聲名不好聽。」

「那不要緊。」黃儀拍著胸說，「郁四叔問起來，我替你一力承當。」

就表面看，黃儀這樣夠朋友，再不領情受教，就變成半吊子了。陳世龍十分機警，用欣然的語氣答道：「黃先生這樣子幫我的忙，還有甚麼說？我明天就去辦。」

這當然是敷衍，陳世龍絕不會照他的話去做的。一個人靜下來想想，原意託黃儀幫忙，誰知越幫越忙，反倒額外添了些麻煩。所以心中甚為不快，早早上床睡了。

第十七章

剛睡下不久，小徒弟來敲門，送來一封夜班航船剛剛帶到的信；信是胡雪巖寄來的，拆開一看，寥寥數語，只說得知郁四有喪子之痛，深為惦念，特地抽空，專程到湖州來一趟，慰唁郁四，發信以後，即日下船。

這一下，陳世龍的愁懷盡去；有胡雪巖到，凡事都不礙了。一覺好睡，第二天一早，悄悄到碼頭上去等；等到十點多鐘，將胡雪巖等到了。

泊舟下碇，搭好跳板，陳世龍先到船上，笑嘻嘻叫過一聲：「胡先生！」接著又說，「沒有想到胡先生會來；真是太好了。」

聽他這樣說法，便知自己這一趟適逢其會，有甚麼事要自己來料理；胡雪巖便點點頭說：「我是包了一隻船來的；只有三天的功夫。來，你坐下來，我們先細談一談。」

這一談便長了，由郁四喪子談到他的家務；由阿七談到自己的麻煩；由自己又談到黃儀。自然，也談到郁四盡釋前嫌，替自己出面辦喜事，如何會親送聘金，以及阿珠的娘要替女兒辦嫁妝，婚期得延到明年；結語是：「我一切都要請胡先生來作主。」

「想不到我一走出了這麼多花樣！」胡雪巖緊皺著眉，想了好半天才又開口：「你的喜事，怎麼樣都可以，慢慢再說。你郁四叔搞成這樣子，倒有些傷腦筋了。他的大小姐我沒有見過，你看她為人如何？天性厚不厚？」

「阿蘭姐的精明強幹，早就有名的。天性呢，」陳世龍出語很謹慎，「自然不會太薄；郁四叔只有這麼一個女兒。」

「現在是唯一的親骨肉了！我想，她不會不孝順，也不敢不孝順。」

最後一句話，驟然難以索解，細想一想，才察出這句話中的分量；如果阿蘭姐敢於不孝順老父，胡雪巖以父執的資格，一定會出來說話。至少限度，他會勸郁四，一個沙殼子都不要給阿蘭姐，「嫁出的女兒潑出的水」，阿蘭姐在娘家硬爭是爭不到財產的。

「胡先生，」陳世龍忽有靈感，「你何不幫郁四叔把家務料理一下子？」

胡雪巖沉吟不語，顯然是覺得陳世龍的提議，不無考慮的餘地。照他的性情，以及與郁四的交情來說，不能不管這樁閒事；只是不管則已，一管就要弄得漂漂亮亮，三天的功夫來不及，就算再加一兩天，未見得能料理清楚，而上海、杭州的事卻要耽誤，變成「駝子跌跟斗，兩頭落空」，不智之至。

「還有，」陳世龍又說，帶些愁眉苦臉地，「阿七是個麻煩！從前我不怕她，隨她怎麼好了！現在我不能跟她一起在爛泥塘裡滾。胡先生，你看我該怎麼辦？」

這就是「混市面」的人的苦衷！人之好善，誰不如我？略有身價，總想力爭上游，成為衣冠中人；但雖出淤泥，要想不染卻甚難，因為過去的關係，拉拉扯扯，自己愛惜羽毛不肯在爛泥塘裡一起打滾，無奈別人死拉住不放，結果依舊同流合汙。胡雪巖對這一點十分清楚，當然要替陳世龍想辦法。

郁四的家務是個難題，陳世龍的麻煩又是一個難題；兩個難題加在一起，反激出胡雪巖的靈感，站起身來說：「走！我們上岸。」

看他欣然有得的神情，陳世龍知道他又要出「奇計」了；便笑嘻嘻地問道：「胡先生，你一定又有啥人家想不到的主意；好不好先講給我聽聽？」

「沒有啥不好講的。」胡雪巖說，「我想叫阿七『船並老碼頭』。」

陳世龍一愣，再細想一想，不由得衷心欽服；郁四少不得阿七，是他早就深知的。現在硬生生的拆散；完全是阿蘭姐夫婦在搗鬼。倘能破鏡重圓，且不說阿七這方面；起碼郁四的心情，就不會這麼頹喪。當然，自己的麻煩，就此煙消雲散，更不在話下。

「胡先生！真正是，有時候我們看事情總不夠透澈；自己不曉得甚麼道理？現在我懂了，差的就是那一層紙，一個指頭可以戳破的；我們就是看不到！」

「你不要恭維我。事情成不成，還不曉得。等我先去探探口氣。」胡雪巖說，「先去看你郁四叔。」

於是陳世龍上岸，在碼頭上雇了兩乘轎子，一直抬到郁四家；陳世龍先下轎，一直奔了進去，只見郁四一個人在喝悶酒；叫應一聲，接下來說：「胡先生來了！」

郁四頓有驚喜之色，「在哪裡？」他站起身問。

「從船上下來，就到這裡；他是專程來看四叔的。」

正說到這裡，胡雪巖已經走進二門，郁四急忙迎了上去，執手相看，似乎都有千言萬語，不知從何說起？好半天，胡雪巖才說了句：「四哥，你不要難過！」

不說還好，一說正說到郁四傷心之處，眼淚簌簌地流個不住；頓足哭道：「做人真沒有意思！」接著又哽哽咽咽，斷斷續續地說，不逢知己，連痛哭一場都不能夠。自己有多少心事，無人可訴；這份苦楚，一時也說不盡。如今交代了胡雪巖，便要辭掉衙門裡的差使，找個清靜地方去吃素念佛，了此餘生。

「四哥，四哥！」胡雪巖連聲叫喚，「不必如此，不必如此！」

就這樣解勸著，他半攙半攙地把郁四扶到裡面；接著阿蘭姐出來拜見——雖是初見，久已聞名；她知道這是自己父親的一個很夠分量的朋友，所以禮數甚恭，好好敷衍了一陣，接著重治酒肴，留客便飯。

胡雪巖在席間只聽郁四訴苦，很少說話，一則是要多聽；二則此時也不便深談。等郁四傾吐了心裡的愁鬱，精神顯得振作了些，他才說道：「四哥，我有幾句心腹話想說。」

「噢！」郁四懂了他的意思，「到我錢莊裡去坐。」

到了聚成錢莊，郁四那間密室裡沒有第三者；兩人靠在煙榻上，聚首密談，胡雪巖的第一句話是：「四哥，阿七到底是怎麼回事？」

「唉！」郁四長嘆一聲，又息了好一會才說：「我不曉得從何說起？這件事——。」他搖搖頭，又嘆口氣。

察言觀色，這沒有說完的一句話是：這件事我做錯了。有此表示，見得胡雪巖的那句話一針見血！這就用不著再迂迴試探了，「四哥，」他開門見山地說：「我替你把阿七弄回來！」

一聽這話，郁四仰直了頭看著胡雪巖；彷彿弄不懂他的意思，當他在說笑話——當然不會是笑話！胡雪巖從不說這些笑話的；就算是笑話，他也相信胡雪巖有把笑話變成真事的手段。要考慮的只是自己這方面。

「難處也很多——。」

「不！」胡雪巖打斷他的話說：「四哥，你不要管這些個。你說的難處，我都知道，第一、怕阿蘭姐跟阿七不和；第二、怕阿七心裡有氣，故意拿喬。這些都不是難處，包在我身上，安排得妥妥貼貼，只看四哥你自己；如果你一定要唱一齣《馬前潑水》，那就不必再談。否則，一切歸我來辦。你倒說一句看！」

「有你這樣的好朋友，我還說甚麼？」

「那就行了，我就要你這一句話，你請躺一躺，我跟世龍說句話，馬上就回來。」

於是胡雪巖離榻而起，把陳世龍找到，拉至僻處，密密囑咐了一番；等陳世龍領計而去，他才回到原處。

「四哥，」他說，「我話先說在前面，談到你的家務，只怕我言語太直，你會不會動氣？」

「這叫甚麼話？你我的交情，哪怕你就責備我不是，我也要聽你的。」

「既然如此，我就老實說了，你那位令嬡，大家都說她厲害得很，可有這話？」

「有的。」郁四點點頭，「我也在防她。」

「至親骨肉，時時刻刻要防備，那就苦了。打開天窗說亮話，人為財死，鳥為食亡；為來為去，為兩個錢。我勸你不如乘此機會分家。女兒也得一份；叫她不必再想東想西，豈不爽快嗎？」

「嗯，嗯！」郁四慢慢點頭道：「這倒也是個辦法。你再說；你總還有話。」

「分家也有個分法。」胡雪巖說：「我先要問你，你自己總也有過打算？」

「我哪裡有甚麼打算？阿虎一死，我的心冰涼；恨不得出家做和尚！他們怎麼說，怎麼好，反正我都丟開了，隨他們去搞。不過，」郁四頓了一頓，顯得有些激動，「小和尚一來，聽說了他的情形，我心裡才高興了些；今天，你路遠迢迢抽出功夫來看我，想想這個世界上也還有些好東西。說句實話，到現在我才稍微有點做人的樂趣。」

這才真的是肺腑之言，胡雪巖覺得很安慰，也越覺得要替他盡心，「四哥，」他說，「承蒙你看得起我，我倒不能不多事了，索性談得深些；府上的事，要通盤籌畫，麻煩雖多，不能怕事，挺一挺胸，咬一咬牙，把它一起理清楚了，好不好？」

「好啊！」郁四很興奮的回答；他自己也盤算過家務，但越想越頭痛，始終鼓不起勇氣來清理這一團亂絲，現在聽胡雪巖這樣說法，先就如釋重負，心裡好過得多。

「那麼，一樣樣地談。我先請問，你衙門裡的差使，將來怎麼樣處置？」

戶書是世襲的差使，因為手中有一本將全縣田地業主、坐落、畝數、賦額記載得明明白白的「魚鱗冊」，這就是世世代代吃著不窮的衣食飯碗。如果阿虎不死，自然歸他承襲父職；現在膝下無子，即令將來有後，要把兒子教養成人，是二三十年後的事。渺焉無憑，作不得那樣不切實際的打算；所以郁四曾經一度想辭差——這是絕少有的事；通常總是有親子則親子承襲，否則就收個螟蛉子，甚至高價頂讓，改姓承襲。此刻當然已不作辭差打算；但究竟應該如何處理？郁四卻一時不得主意。

遇見胡雪巖，他就懶得去傷腦筋了，直截了當地搖搖頭：「我不曉得。」

「好，我再請問第二件。」胡雪巖說，「你那令媳，你又如何替她打算？」

「這件事我最為難！」郁四放下煙槍，矍然而起，「你想想，今年才十九歲，又沒有兒子。怎麼守法？」

「她自己的意思呢？」

「她當然要守。」

「守節是越守越難。盡有守到四十出頭出了毛病的！四哥，我說句老實話；我們又不是啥書香門第，不妨看開些，再說，為兒子掙座貞節牌坊，還有點意思；沒有兒子，沒有希望，守不守得住，且不去說它，就算守著了一座貞節牌坊，有啥味道？」

「你說得透澈。我主意定了，還是勸她嫁的好；有合適的人，我把她當女兒嫁出去，好好賠嫁。不過，」郁四皺眉又說，「萬一她一定要守，怎麼辦？」

這當然只好成全她的志向，為她在族中選一個姪兒過繼為子；然而將來又如何呢？有郁四在自然沒有話說；倘或三年五載以後，郁四撒手歸西，則孤兒寡婦，難保不受人欺凌。

這些難處，胡雪巖早就替他想到了，「憑四哥你在外頭的面子，百年以後，不怕沒有人照應府上；不過清官難斷家務事，你們自己族裡要出花樣，外人就很難說話了。」胡雪巖先這樣把癥結點明，然後才替他劃策。

胡雪巖的想法，如果阿虎嫂願意守節，應該有個在郁四身後可以照料她的人；這個人就是未來的當家。郁四得找一個年輕、能幹而最要緊的是忠厚的人，收為義子，改姓為郁；不必頂他的香煙，只是繼承他的世襲差使。此人受恩所須報答於郁四的，就是將來照應阿虎嫂母子，以及阿七可能為郁四生下的小兒女。

這是面面俱到的辦法，郁四完全同意。難題是這個可以「託孤」的人，不容易找；在戶房中，郁四雖有些得力的幫手，但不是年齡太長，早已生兒育女，不可能做人家的螟蛉，便是雖有本事，人品不佳，有郁四在，不敢出甚麼花樣，郁四一死，必定難制，託以孤兒寡婦，會變成羊落虎口。

「世上無難事，只怕有心人，好在這事也不急，你慢慢留心好了。」

忽然，郁四很興奮地欲有所言，但剛抬起身子，便又頹然倒下，搖搖頭自語：「不行！不行！」

胡雪巖倒有些困惑，想想自己的辦法，沒有甚麼行不通的；隨即問道：「怎麼說不行？」

「我倒想到一個人。」郁四慢吞吞地說：「只怕你不肯。」

這一說胡雪巖才明白就裡，「大概你是看中了世龍？」他問。

「不錯。」郁四說，「他是你得力的人；你沒法放手的。」

「這倒是實話。不過你的事也要緊；果真世龍自己願意，我也不便反對。」

「那再談吧！」郁四怕他為難，自己收篷，顧而言他，「你再說說看，我分家的事怎麼樣？」

「女兒原是分不著的，不過家私是你所掙，你願意怎麼樣用，誰也管不著你。我的意思，你先提出一筆來給女兒；也是你們做父女一場！」

話說得很含蓄，意思是這一來可以絕了阿蘭姐覬覦娘家之心，省去多少是非。郁四本來當局者迷，一直以為女兒是一番孝心；現在才有些明白，覺得此舉是必要的，所以連連點頭：「我分一百畝田，提兩萬現銀給她，也要把話說明白，教她們夫婦拿良心出來。」

說到這樣的話，胡雪巖不便接口；停了一下說：「此外你應該作三股派，阿虎嫂如果一定要守，自然該得一股；阿七將來會有兒女，也該得一股；另外一股留在你自己手裡，慢慢再說——有這一股在手裡，大家都會孝順你；千萬不要分光！還有一層，等分好了，一定要稟請官府立案，以絕後患。」

「這我懂！我都依你的話做。現在，」郁四很吃力地說，「只怕阿七心裡還在怪我。」

「這是免不了的。」胡雪巖有意隱瞞阿七對陳世龍的那段情；而且還說了一句假話，「阿七其實還念著你的好處。你就算看在我的面上，委屈些！回頭阿七要發牢騷，哪怕給你難看，四哥，你都要忍一忍。」

「她是那樣子的脾氣，我不跟她計較。」郁四問道：「照你的意思，等下我要跟她見面，在哪裡？」

「等世龍回來再說。此刻你先過足了癮，回頭好有精神應付阿七。」

「應付」是句雙關語，郁四會心一笑；聽他的話，抽足了鴉片，靜待好事成雙。

郁四也不知他葫蘆裡賣的甚麼藥？心裡懸念而好奇，但不能不沉著處之，微微一笑，拋開阿七，問起胡雪巖自己的事。

這就有得好談了。胡雪巖與尤五之間的祕密，特別是關於小刀會的內幕，他在陳世龍面前都是守口如瓶，而對郁四卻無須隱瞞。並頭低語，聲音低到僅僅只有兩個人聽得見；郁四一面打著煙泡，一面側耳靜聽，覺得驚心動魄，對胡雪巖更加另眼相看了。

「想不到你有這一番經歷！」聽完了他說，「說得我都恨不能像你這樣去闖闖碼頭。」

見他受了鼓舞，胡雪巖正好趁機勸他：「四哥，這幾年是一重劫運、驚天動地的日子。我不相信在劫難逃這句話；只覺得一個人要出頭，就在這個當口。人生在世，吃飽穿暖，糊里糊塗過一生，到閉眼的那一刻，想想當初，說不定會懊悔到這世界上來一遭；這就沒啥意思了！」

「是啊。」郁四答道，「人死留名，豹死留皮；總要做件別人做不到的事，生前死後，有人提起來，翹一翹大拇指，說一聲『某人有種』，這才是不辱沒爺娘！」

聽這語氣，胡雪巖想起從嵇鶴齡那裡聽來的一句成語，脫口說道：「『老驥伏櫪，志在千里』，四哥，你果有此心，眼前倒有個機會，可以做一番事業。」

「噢！你說。」

「你們湖州辦團練；聽說趙景賢是個腳色，你如果能夠幫他辦好了，保境安民，大家提起你來，都要翹大拇指了。」

郁四不響，只是雙眼眨得厲害；眨了半天，忽然拋下煙槍，坐起身來說：「你說得對！要人要錢，我盡我的力量。不過我不便自己湊上門去。倒不是要他來請教我；是怕人說我高攀，想擠到紳士堆裡，自抬身價。」

「這也不是這麼說法。守土之責，人人有份！」胡雪巖略停一停說，「我來安排，教王大老爺來跟趙景賢說；那樣，四哥你面子上也過得去了。」

「好！你去辦，我只聽你的招呼就是。」說著，他下了匟床，關照聚成的人備飯，興致極好，迥不是以前那種垂頭喪氣的頽唐之態。

剛剛拿起酒杯，陳世龍趕到；衝胡雪巖點了點頭，坐下來一起吃飯。郁四知道他是安排好了，只不知道他是如何安排？跟阿七見了面，自己該說些甚麼？心裡癢癢地卻不便問，那酒就吃得似乎沒啥味道。

「少喝兩杯！」胡雪巖說，「回頭再吃。」

郁四聽這話，便喝乾了酒，叫人拿飯來吃；吃完，一個人坐在旁邊喝茶，靜候胡雪巖行動。

「我們走吧！」

「慢點。」郁四到底不能緘默，「到哪裡？」

「到大經絲行。」胡雪巖說，「我請阿七來碰頭，你躲在我後房聽；說甚麼你都不必開口！等我一叫，你再出來。」

「出來以後怎麼樣？」

「那——。」胡雪巖笑道：「你們兩個人的事，我怎麼知道？」

這句皮裡陽秋的諧語，表示接下來就是重圓破鏡，復諧好事。郁四聽了當然興奮；急著要走。

三個人一起出了聚成錢莊，卻分兩路，郁四跟胡雪巖到大經，陳世龍別有去處——他第一次受計所辦的是「調虎離山」，趕到老張那裡，報告胡雪巖已到湖州，說跟郁四有要緊話在大經商談，不便讓黃儀知道；囑咐老張夫婦，借商談陳世龍的親事為名，把他邀到家，把杯談心，務必絆著他的身子。這樣做的用意，就因為阿七要到大經來，怕跟黃儀遇到，彼此不便。

敲開阿七家的門，她是詫異多於一切，瞪著一雙水汪汪的眼睛，只說了句：「是你！」

「是我。」陳世龍平靜地說，「無事不登三寶殿！」

「有事？哼！」阿七冷笑：「你是卑鄙小人，良心叫狗吃掉了！」

「怎麼好端端罵人？」

「為甚麼不罵你！」阿七一個指頭，戳到他額上，使勁往後一撳，指甲切入肉裡，立刻便是一個紅印。

「不要動手動腳！」陳世龍說：「胡先生從杭州來了，他叫我來請你過去，有話跟你談。」

「你還想來騙人，真正良心喪盡了。你自己躲我，還不要緊；你叫黃儀來打我的主意，拿我送禮，討他的好！」阿七越說越氣，大聲罵道：「你替我滾！我不要看你。」

這一說，陳世龍想起那天的光景，忍不住縱聲大笑。

「你還笑！有啥好笑？」

「我笑他癩蛤蟆想吃天鵝肉，差點眼睛都被戳瞎。」

「咦！」阿七秋波亂轉，困惑地問：「難道他還好意思把這樁『有面子』的事告訴你聽？」

「他怎麼會告訴我？我在間壁樓梯下面張望，親眼看到的。」陳世龍又說：「阿七，你想想，我怎麼會捉弄你？我們是熟人，何況你又有私房錢叫我替你放息，我捉弄了你，不怕你跟我逼債？」

聽這一說，阿七有些發窘；破顏一笑，故意這樣說道：「對！我就賴你欠我的錢；不聽我的話，我就去替你『賣朝報』！」

「好了，好了！」陳世龍問：「你要不要換件衣服？如果不換，我們此刻就走。」

「真的胡老闆要見我？」阿七答非所問地：「他有啥話要跟我談。」

「我不曉得。不過，我告訴你，他現在鴻運當頭，照顧到哪個，哪個就有好處。你聽我的話，跟我走！」陳世龍把她打量了一番，雖是家常打扮，風韻自勝，便又說道：「這樣也蠻漂亮，不要換衣服了。」

阿七聽他的話，囑咐了她所用的那個愛打瞌睆的小大姐當心門戶，跟著陳世龍出門，巷口雇一頂小轎，一直抬到大經絲行。

「越來越年輕了！」胡雪巖迎著她，便先灌了句米湯；接著取出一個外國貨的鏨銀粉鏡——是特地叫陳世龍向阿珠借來的，「沒啥好東西。郁四嫂，千里鵝毛一點心，你將就著用。」

「多謝胡老闆，不過；你的稱呼，不敢當。」

「不是這話。不管你跟郁四哥生甚麼閒氣，我總當你郁四嫂！」

「我那裡高攀得上他們郁家？胡老闆，多承你抬舉我；實在對不起，要教你罵一聲『不識抬舉』了！」

聽她的口風甚緊，胡雪巖不敢造次；一面請她落座，一面向陳世龍使個眼色，暗示他避開。

「那麼，我走了！」陳世龍說，「阿七，明朝會！」

「慢點。」胡雪巖故意問一句：「你到哪裡去？是不是阿珠在等你？」

這還用思索？當然是實實在在地答應一個：「是！」

「將來又是個怕老婆的傢伙！」胡雪巖望著陳世龍的背影，輕輕說了句；偷眼看阿七的臉上，是爽然若失的神情，便知自己這番做作不錯。要先把陳世龍的影子從她心裡抹乾淨，再來為郁四拉攏，事情就容易了。

「胡老闆！」阿七定定神問道，「不曉得你有啥話要跟我說？請吩咐！」

「吩咐二字不敢當。郁四嫂！說句實話，我這趟是專程來看郁四哥的，這麼一把年紀，沒有了一個獨養兒子，你想想可憐不可憐？」

阿七在恨郁四，想答一句「可憐不足惜」！話到口邊，覺得刻薄，便忍住了點一點頭。

「阿虎我沒有見過，他為人怎麼樣？」

「郁家這位大少爺，憑良心說，總算是難得的好人。」阿七答道，「不比他那個姐姐，眼睛長在額頭上。」

「是啊，我聽說你跟郁家大小姐不和，有沒有這話？」

「這話，胡老闆你說對了一半，是她跟我不和！」阿七憤憤地說，「她老子聽了寶貝女兒的話，要跟我分手；分就分，我也不在乎他！」

「唉！郁四哥糊塗到了極點！」胡雪巖擺出為她大不平的神態，責備郁四，「你跟了他，算是委屈的，他怎麼得福不知？我先當是你要跟他分手，原來是他自己糊塗，這我非好好說他幾句不可！」

「哪裡是我要跟他分開？」阿七上當了極力辯白，「我從來都沒有起過這樣的心思。都是他自己，一心還想弄兩個年輕的，人老心不老；不曉得在交甚麼墓庫運！」

「好！」胡雪巖翹著大拇指說，「郁四嫂，我倒真還看不出，你一片真心，都在郁四哥身上。」

「哼，有啥用？」阿七黯然搖頭，「好人做不得！叫人寒心。」

「那也不必。人，總要往寬處去想——。」

「是啊！」阿七搶著說道，「我就是這樣想。心思不要太窄，難道『死了殺豬屠，只吃帶毛豬』？我說句不怕難為情的話，離了郁家，還怕找不著男人？到後來倒看看，究竟是他吃虧，還是我吃虧？」

這番挾槍帶棒，不成章法的話，看似豁達，其實是擺脫不掉郁四的影子；胡雪巖覺得自己的成績不錯，把她真正的心意探清楚，便已有了一半的把握了。

於是他借話搭話地說：「自然是郁四哥吃虧。拿眼前來說，孤苦伶仃，一夜到天亮，睜著眼睛想兒子，那是甚麼味道？」

她不響，息了一會才說了句：「自作自受！」

「他是自作自受。不過，你也一樣吃虧！」

「這——？」阿七大搖其頭，「我沒有啥吃虧。」

「你怎麼不吃虧？」胡雪巖問道，「你今年二十幾？」

「我——，」阿七遲疑了一下，老實答道，「二十七。」

「女人像朵花，二十三、四歲，就是花到盛時；一上了你現在這年紀，老得就快了。」胡雪巖說，「你想想看，你頂好的那幾年，給了郁四哥；結果到頭一場空，豈不是吃了虧了？」

聽他這一說，阿七發楞。這番道理，自己從沒有想過；現在讓他一點破，越想越有理，也越想越委屈，不由得就嘆了口氣。

到此地步，胡雪巖不響了，好整以暇地取了個綠皮紅心的「搶柿」慢慢削著皮，靜等阿七發作。

「胡老闆，我想想實在冤枉！人不是生來就下賤的；說實話，跟郁老頭的時候，我真是有心從良。哪曉得你要做好人，人家偏偏不許你做！」說到這裡，阿七一生委屈，似乎都集中在一起爆發開來，顯得異常激動，「就是胡老闆你說的，我一生頂好的幾歲給了他；他聽了女兒的話，硬逼我分手，他這樣子沒良心，那就不要怪我，我也要撕撕他的臉皮。」

「噢！」胡雪巖很沉著的問：「你怎麼撕法呢？」

「我啊——，」阿七毅然決然地說了出來，「我做我的『老行當』；我還要頂他的姓，門口掛塊姓郁的牌子，叫人家好尋得著。」

這倒也厲害！果如此，郁四的台就坍了；「阿七，」胡雪巖說，「人總不要走到絕路上去——。」

「是他逼得我這樣子的。」阿七搶著分辯。

「你這個念頭是剛剛起的。是不是！」

「是的。」阿七已完全在胡雪巖擺布之下，有甚麼，說甚麼：「多虧你胡老闆提醒我；想想真是一口冤氣不出。」

「那就變成是我挑撥是非了。阿七，你要替我想想。」

「對不起！」阿七滿臉歉疚，「這件事我不能不這麼做。請你胡老闆體諒我！」

「你無非想出口氣。我另外替你想出氣的辦法，好不好？」

阿七想了想答道：「那麼，胡老闆你先說說看！」她緊接著又聲明：「這不是我主意已經改過；說不說在你，答應不答應在我。」

「當然。」胡雪巖說，「不要說你那口冤氣不出，就是我旁邊看著的人，心裡也不服氣。無論如何要教你有面子——爭一口氣，有面子就是爭氣，這話對不對？」

阿七並不覺得他的話對，但也不明白錯在何處？只含含糊糊地答道：「你先說來看！」

「我想教郁四哥替你賠個罪。怎麼樣？」

「賠罪？」阿七茫然地問：「怎麼賠法？」

「你說要怎麼賠？」胡雪巖說，「總不見得要『吃講茶』吧！」

「吃講茶」是江湖道上的規矩，有啥「難過」，當面「叫開」；像這種家務事，從沒有吃講茶的規矩。但此外阿七也想不出如何教郁四賠罪，只睜大了一雙黑多白少的眼睛，望著胡雪巖發怔。

「阿七，甚麼賠罪不賠罪，都是假的；一個人的感情才是真的。只要郁四哥把真心給了你，也就差不多了！」

阿七一方面覺得他這話不無道理；另一方面又覺得他這話或有深意。兩個念頭加在一起，得要好好想一想，所以雙手按在膝上，低頭垂眼，只見睫毛不住閃動；那副嫻靜的姿態，看起來著實動人。

她還在細細思量，胡雪巖卻覺得圈子兜得太遠，自己都有些不耐煩，決定揭破謎底；略想一想，他說：「郁四嫂，其實你這口冤氣也算出過了，你剛才左一個『沒良心』，右一個『老糊塗』，罵得狗血噴頭，人家一句口也不開，等於向你賠了罪，你也可以消消氣了。」

這一說，把阿七說得莫名其妙，好半晌才說：「我是『皇帝背後罵昏君』，他人又不在這裡，怎麼聽得見？」

「哪個說不在這裡？」胡雪巖敲敲板壁：「郁四哥，你可以出來了；再來跟郁四嫂說兩句好話！」

「噢！」郁四應聲掀簾，略帶窘色，先叫一聲：「阿七！」

阿七這時才會過意來，「冤家」相見，先就有氣；扭轉身來就走。那知道門外早有埋伏——陳世龍說到張家是假話，一直等在門外；這時笑嘻嘻地說道：「你走不得！一走，郁四叔『跪算盤』、『頂油燈』的把戲，都看不到了。」

於是又是一氣，「你好！」她瞪著眼說，「你也跟他串通了來作弄我！」

「是，是！」陳世龍高拱雙手，一揖到地，「是我錯！你不要生氣。」

這一下搞得阿七無計可施！當前的局面，軟硬兩難；走是走不脫，理又不願理郁四，只有回轉身坐了下來，把個頭偏向窗外，繃緊了臉不說話。

「阿七！」郁四開口了，「算我不對——。」

「本來就是你不對！」阿七倏地轉過身來搶白。

「是，是！」郁四也學陳世龍，一味遷就，「是我不對，統統是我不對。好了，事情過去了；不必再打攪人家胡老闆，我們走！」

「走？走到哪裡去？」

「你說嘛！到我那裡，還是到你那裡？」

「到你那裡？哼，」阿七冷笑道，「你們郁府上是『高門檻』，我哪裡跨得進去？」

說到這樣酸溜溜的話，那就只是磨功夫的事，胡雪巖向陳世龍拋個眼色，站起身說：「好了！用不著我們在這裡討厭了！你們先談幾句；等下我送你們入洞房。」

「啥個洞房不洞房？」阿七也起身相攔，「胡老闆你不要走；我們要把話說說清楚，沒有這樣便當的事！」

「我不走！我就在對面房裡。」胡雪巖說，「你們自己先談，談得攏頂好；談不攏招呼我一聲我就來。郁四嫂你放心，我幫你。」

這個承諾又是一條無形的繩子，把阿七綑得更加動彈不得；除了依舊數落郁四「沒良心」、「老糊塗」以外，只提出一個條件：要郁四從今以後，不准女兒上門。

這如何辦得到？不管郁四如何軟語商量，阿七只是不允。於是非請胡雪巖來調停不可了。

聽完究竟，胡雪巖笑著問郁四說：「這是有意難難你。郁四嫂是講道理的人。」

這個手法叫做「金鐘罩」，一句話把阿七罩住；人家恭維她「講道理」，她總不能說「我不講道理」，非要郁四父女斷絕往來不可。因此，這時候又板著臉不響了。

「我現在才曉得，郁四嫂氣的不是你，」胡雪巖這樣對郁四說，「是氣你家大小姐。這也難怪郁四嫂，換了我也要氣！想想也實在委屈，照道理，當然要你有個交代；不過說來說去一家人，難道真的要逼你不認女兒？就是你肯，郁四嫂也不肯落這樣一個不賢的名聲在外面。這就是山東的俗話：『一塊豆腐掉在灰堆裡，彈不得了！』真正有苦說不出！」

這幾句話，直抉阿七心底的衷曲，自己有此感覺，苦於說不出口；現在聽胡雪巖替她說了出來，那一份令人震慄的痛快，以及天底下畢竟還有個知道自己的心的知遇之感，夾雜在一起，就如一盞熱醋潑在心頭，竟抽抽噎噎地哭了起來。

一路哭，一路數落，但已不是吵架，完全是訴怨；郁四雖覺得有些尷尬，心裡卻是一塊石頭落地，知道大事已定。心情閒豫，應付自然從容，也不說話，只從袖中抽出一方手帕遞了過去，讓她好擦眼淚。

擦濕了一方手帕，收住了眼淚，阿七心裡感激遠多於怨恨；感激的是胡雪巖，站起來福了福：「胡老闆多謝你！費了你好半天的精神。」接著轉過臉去向郁四說道：「好走了，麻煩人家胡老闆好些功夫，還要賴在這裡！」

「走，走！」郁四一迭連聲的回答，「我先問你，到那裡？」

「還到那裡？自然是回家。」

「對，對，回家，回家！」郁四轉身看著胡雪巖，彷彿千言萬語難開口；最後說了這樣一句：「我們明天再談。」

一場雷雨，化作春風，胡雪巖心裡異常舒暢；微微笑著，送他們出門。走到店堂，迎面遇著黃儀；胡雪巖和他都有意外之感，不由得便站住了腳。

「黃先生！」阿七泰然無事，揚一揚手招呼，「明朝會。」說著還回眸一笑，洋洋得意的走了。

湖州之行，三天之內，胡雪巖替自己辦了兩件要緊事，第一件是約妥了黃儀，隨他到杭州去辦筆墨——黃儀改變了心意，一則想到外面去闖闖，二則是覺得跟了胡雪巖這樣的東家，十分夠味，當然也知道這位東家不會薄待，所以薪水酬勞等等，根本不談。

第二件是進一步贏得了郁四的友誼。郁四自從跟阿七言歸於好，他的頹唐老態，一掃而空，不再談衙門裡辭差的話；家務也不勞胡雪巖再費心，表示自己可以打點精神來料理。胡雪巖要頭寸週轉，除了已經撥付的那一筆以外，另外又調動了五萬兩銀子，讓他帶走。

「你的事就是我的事。為你這樣的朋友，傾家蕩產也值得。況且，我相信你一定有辦法。」他這樣對胡雪巖說：「你要頭寸，只要早點告訴我；我一定替你調齊。」

有了郁四的十萬銀子和他的那句話，胡雪巖又是雄心萬丈了。他目前最困難的，就是頭寸，在上海堆棧裡的絲，擱煞了他的大部分本錢；阜康錢莊的生意，做得極其熱鬧，已成「大同行」中的「金字招牌」之一，但唯其如此，絕不能露絲毫捉襟見肘的窘態；而海運局方面，正當新舊交替之際，虧空只能補，不能拉。在這青黃不接的當口，胡雪巖一度想把那批絲，殺價賣掉，雖仍有盈餘，但已有限；費心費力的結果，變成幾乎白忙一場，自是於心不甘，同時也不肯錯過這個機會。左右為難之下，有郁四的這一臂之力，幫忙幫得大了。

「四哥！」他興奮地說，「只要你相信我，我包你這筆款子的利息，比放給那個都來得划算。我已經看準了，這十萬銀子，我還要『撲』到洋莊上去。前兩天我在杭州得到消息，兩江總督怡大人，要對洋人不客氣了；這是個難得的機會，一抓住必發大財。不過，機會來了，別人不曉得，我曉得；別人看不準，我看得準。這就是人家做生意，做不過我的地方。」

說了半天是甚麼機會呢？兩江總督怡良，郁四倒是曉得的，他是當權的恭親王的老丈人，也算是皇親國戚，如果有甚麼大舉措，朝廷一定會支持他；然而對洋人是如何不客氣？「莫非，」他遲疑地問，「又要跟洋人開仗？」

「那是不會的——。」

胡雪巖說，他聽到的消息是，因為兩件事，兩江總督怡良對洋人深為不滿，第一、小刀會的劉麗川，有洋人自租界接濟軍火糧食，這是「助逆」而不是「助順」，就算實際上對劉麗川沒有甚麼幫助，朝廷亦難容忍，而況對劉麗川確為一大助力。

第二是從上海失守以後，「夷稅」也就是按值百抽五計算的關稅，洋人藉口戰亂影響，商務停頓，至今不肯繳納。商務受影響自是難免，如說完全停頓，則是欺人之談。洋商繳納關稅，全靠各國領事代為約束；現在有意不繳，無奈其何！那就只有一個辦法：不跟洋人做生意。

「租界上的事，官府管不到；再說不跟洋商做生意，難道把銷洋莊的貨色，拋到黃浦江裡？這自然是辦不到的，所以，再退一步說，只有一個辦法；這個辦法也很厲害，內地的絲茶兩項，不准運入租界。這是官府辦得到的事。」

「我懂了！還是你原來的辦法，」郁四點點頭說，「那樣子一來，絲茶兩項存貨的行情，一定大漲。這倒是好生意！」

「自然是好生意。」胡雪巖說，「絲我有了，而且現在也不是時候，收不到貨；茶葉上面，大有腦筋可動，官府做事慢，趁告示沒有出來以前，我還來得及辦貨。此外，我還想開一爿當鋪，開一家藥店；阜康也想在上海設分號——。」

「老胡，」郁四打斷他的話，「我說一句，怕不中聽；不過我聲明在先，絕不是我有啥別的心思，無非提醒你；事情還是你去做，你說怎麼辦就怎麼辦。」

「四哥，我們的交情，你這番表白是多餘的。」

話雖多餘，不能不先交代，這就是江湖上的「過節」；其實就是郁四以下要說的話，也近乎多餘，他勸胡雪巖說，一個人本事再大，精力有限，頭緒太多，必有照顧不到的地方。而且他的生意，互相關聯，牽一髮而動全身，一垮下來，不可收拾。不如暫時收斂，穩紮穩打。

這番話語重心長，見得郁四的關切；但胡雪巖自己何嘗不知道？其間的利害關係，他遠比郁四了解得更透澈，不過他自信足以應付得了，那一處出了毛病，該如何急救？也曾細細策劃過，有恃無恐，所以我行我素。只是郁四說到這樣的話，休戚相關，雖不能聽，亦不宜辯，因而不斷點頭，表示接受。

接受不是一句空話可以敷衍的，而郁四有大批本錢投在自己名下，也得替他顧慮。胡雪巖的思考向來寬闊而周密，心裡在想郁四的話，可有言外之意？卻是不能不問清楚的。

「四哥，你的話十分實在。當鋪、藥店，我決定死了心，暫且丟下。不過，我要請問一句，四哥一定要跟我說實話。」

「你這話也是多餘的。」郁四答道，「我幾時跟你說過假話？」

「是的，是的。我曉得。」胡雪巖連連點頭，「不過，我怕我或者有啥看不到的地方，要請四哥指點。你看，我們在上海的那批絲，是不是現在脫手比較好？」

「啨——！」郁四的神色和聲音，大似遺憾，「你完全弄錯我的意思了！你當我不放心我投在你那裡的本錢？絕不是！我早就說過了，我相信你；生意你去做，我不過問。」

「四哥是相信我，結果弄得『鴨屎臭』，教我怎麼對四哥交代？」

「不要交代！要啥交代？做生意有虧有蝕，沒話可說！只有『開口自己人，獨吃自己人』的才是『鴨屎臭』，你不是那種人。再說一句，就算你要存心吃我，我也情願。這話不是我現在說，你問阿七。」說著便連聲喊著：「阿七，阿七！胡老闆有話問你。」

阿七在打點送胡雪巖的土儀，正忙得不可開交，但聽說是胡雪巖有話問，還是抽出身子來了。

「我昨天晚上跟你談到上海的那批絲，我是怎麼跟你說的？」郁四問。

「你說，那批絲上的本錢，你只當賭銅鈿輸掉了。賺了，你不結帳；蝕了，你也睡得著覺。」

聽這樣一說，胡雪巖既感激，又不安；聽郁四的口氣，大有把那筆本錢奉送之意，這無論如何是受之有愧的。但此時無須急著表白，朋友相交不在一日；郁四果有此心，自己倒要爭個面子，將來教他大大地出個意外。

於是他說：「四哥你這樣說，我的膽就大了。人生難得遇著知己，趁這時候我不好好去闖一闖，也太對不起自己了。」

在這一刻，胡雪巖又有了新的主意，但決定等那批絲脫手以後，把郁四名下應得的一份，替他在上海買租界上的地皮。

這是一個突如其來的念頭，細細想去，第一，不受砲火的影響，各地逃難到上海租界的人，一定會越來越多，市面當然要興旺；第二，朝廷對洋人不歡迎，但既然訂了商約，洋人要來，不歡迎也辦不到。「五口通商」只有上海這個碼頭最熱鬧；一旦洪楊之亂平定，逃難的人會相攜還鄉，但做生意的人，是不會走的。所以，趁現在把上海租界裡那些無甚入息，地價便宜的葦塘空地買下來，將來一定會大發其財。不過，這是五年、十年以後，如果有閒錢無甚用處，不妨買了擺在那裡；像自己現在這樣，急須頭寸週轉，就不必去打這個主意。

「老胡！」郁四見他沉吟不語，便即問道：「你在想啥？」

「還不是動生意上的腦筋。」說了這一句，胡雪巖才想起郁四勸他的話，自然不宜再出花樣，因而自己搖著手說：「不談，不談。是空想！」

「不要去多想了！我們吃酒，談點有趣的事。」

趣事甚多，胡雪巖講了七姑奶奶逛堂子的笑話，把阿七聽得出了神。郁四也覺得新奇，表示很想會一會這樣一個「奇女子」。

「那容易得很！」胡雪巖說，「只要你抽得出空，我陪你走一遭；尤家兄妹一定也會覺得你很對勁。」

「真的，」阿七接口向郁四說，「你也該到外頭走走，見見世面。年紀一大把，樂得看開些，吃吃喝喝，四處八方去逛逛，讓我也開開眼界。」

這番慫恿把郁四說動了心，平生足跡不出里門，外面是怎麼樣的一個花花世界，只聽人說，未曾目睹，到底是樁憾事，如果能帶著阿七去走一走，會一會江湖上的朋友，也是暮年一大樂事。只是怎麼能抽得出身。

因此，他又想到衙門裡的差使，要找個替手這件大事，「老胡，」他毫不考慮地問了出來，「上次我跟你談過的，想叫小和尚來當差，你可曾問過他？」

「還不曾問。」胡雪巖心想，陳世龍大概不會願意；而且有阿七在，陳世龍也實在不宜過分接近郁家，再為自己打算，也難放手，所以索性再加一句：「我想不問也罷。我看他十之八九不肯！」

「那就算了。」郁四惘惘地說，「我另外物色。」

這兩句對答，使得阿七深為注意；在過去，如果談到陳世龍，她立刻會插嘴來問，但自從有了那兩番私晤，傾訴心曲的經歷，變得「做賊心虛」，在郁四面前，處處要避嫌疑，所以當時不敢搭腔，過後才找了個機會，悄悄問胡雪巖是怎麼回事？

胡雪巖也正要有這樣一個單獨相處的機會，好問她一個明白；因而說明其事以後，緊接著便是這樣一句：「郁四嫂，我有句話，不曉得能不能問？問了怕你不高興，不問，我心裡總不安穩。真正不知道該怎麼辦？」

阿七是很聰明、也很爽蕩的人，微微紅著臉說：「我曉得你要問的是啥？那件事我做錯了。不過當時並不曉得做錯。」

「這話怎麼說？」胡雪巖覺得她的話，很有意味，「是你跟郁四哥講和以後，才曉得自己錯了？」

「是的！」阿七羞澀地一笑，別具嫵媚之姿，「想想還是老頭子好，樣樣依我；換了別人，要我樣樣依他，這在我，也是辦不到的。」

胡雪巖覺得以她的脾氣和出身，還有句話提出來也不算太唐突，所以接著又問：「那麼你去看世龍之前，是怎麼個想法？」

一聽這話，阿七有些緊張：「小和尚把我的話，都告訴你了？」

這下胡雪巖倒要考慮了，看阿七的神氣，是不願意讓第三者曉得她的祕密；如果為了教她心裡好過，大可否認。只是這一來，就不會了解她對陳世龍到底是怎麼一種感情？想一想，還是要說實話。

於是他點一點頭，清清楚楚地答道：「源源本本都告訴我了。」

阿七大為忸怩，「這個死東西！」她不滿地罵，「跟他鬧著玩的，他竟當真的了！真不要臉！」

這是掩飾之詞，胡雪巖打破沙鍋問到底，又刺她一句：「你說鬧著玩的，也鬧得太厲害了，居然還尋上門去，如果讓阿珠曉得了，吃起醋來，你豈不是造孽？」

「那也要怪他自己不好。」阿七不肯承認自己的錯處，「無論如何香火之情總有的。那時候我心裡一天到晚發慌，靜不下來，只望有個人陪我談談。他連這一點都不肯；我氣不過，特為跟他囉嗦，叫他的日子也不好過！」說著，她得意地笑了。

這番話照胡雪巖的判斷，有十分之七可靠；不可靠的是她始終不承認對陳世龍動過心！然而事過境遷可以不去管它，只談以後好了。

「以後呢？」他問，「你怎麼樣看待陳世龍？」

「有啥怎麼樣？」阿七說得很坦率，「我死心塌地跟了老頭子，他也要討親了，還有啥話說？」

於是胡雪巖也沒話說了，神色輕鬆，大可放心。

「胡老闆，」阿七出了難題給他來回答，「張家阿珠這樣的人品，你怎麼捨得放手？」

「這話，」胡雪巖想了想答道，「說來你不會相信，只當我賣膏藥、說大話。不過我自己曉得，我做這件事就像我勸郁四哥把你接回來一樣；是滿得意的。」

「得意點啥？」阿七有意報復，「剛開的一朵鮮花，便宜了小和尚。你倒不懊悔！」

「要說懊悔，」胡雪巖也有意跟她開玩笑，「我懊悔不該勸郁四哥把你接回來；我自己要了你好了——大不了像黃儀一樣，至多討一場沒趣。」

阿七笑了，「好樣不學，學他！」接著，神色一正，「胡老闆，我規規矩矩問你一句話。」

「好！我規規矩矩聽。」

「你太太凶不凶？」

「你問她作啥？」胡雪巖笑道：「是不是要替我做媒？」

「對！不然何必問？」

「那麼，你打說來聽聽，是怎麼樣一個人？」

「人是比我勝過十倍；不過命也比我苦。」阿七說道，「是個小孤孀。」

接著，阿七便誇讚這個「小孤孀」的品貌，胡雪巖被她說得心思有些活動了，試探著問道：「她家裡怎麼樣？守不住改嫁，夫家娘家都要答應；麻煩很多。」

「麻煩是有一點，不過也沒有料理不好的。」阿七說道，「她夫家沒有人。倒是娘家，有個不成材的叔叔，還有個小兄弟；如果娶了她，這個小兄弟要帶在身邊。」

「那倒也無所謂。」胡雪巖沉吟著，好半天不作聲。

「胡老闆，」阿七慫恿著說，「你湖州也是常要來的，有個門口在這裡，一切方便；而且，說人品真正是又漂亮、又賢惠！要不要看看？」

「那好啊！怎麼個看法；總不是媒婆領了來吧？」

「當然不能這麼看。」阿七想了想說，「這樣吧，明天一早我邀她到北門天聖寺燒香；你在那裡等，見了裝作不認識我，不要打招呼。我也不跟她說破；這樣子沒有顧忌，你就看得清楚了。」

「也好！準定這麼辦。」

到了第二天，胡雪巖找陳世龍陪著，到了北門天聖寺；先燒香，後求籤，籤上是這樣一首詩：暮雲千里亂吳峰，落葉微聞遠寺鐘；目盡長江秋草外，美人何處採芙蓉？胡雪巖看不懂這首詩，只看籤是「中平」，解釋也不見得高明，便一笑置之；跟陳世龍寺前寺後，閒步隨喜。

陳世龍卻有些奇怪，只聽胡雪巖說要到天聖寺走走，未說是何用意？他這樣的一個大忙人，為何忽發雅興，來遊古剎。先是心裡打算，他既不說，自己也不必問；但等到了天聖寺，自然明白，這時看不出名堂，就忍不住要問了。

「胡先生，你是不是等甚麼人？還是——？」

「對！我正是等人。跟你說了吧！」

一說經過，陳世龍笑道：「喔。我曉得了！」他說，「一定是何家的那個小孤孀，不錯！阿七的眼光不錯。不過，這個媒做得成，做不成，就很難說了。」

「原來你也曉得。」胡雪巖頗有意外之感，「來，我們到那裡坐一坐。」

兩人在廟門口一家點心攤子上坐了下來，一面吃湯圓，一面談何家的小孤孀，據陳世龍說，此人頗有豔名，自從居孀以後，很有些人打她的主意；但夫家還好說話，娘家有個胞叔，十分難纏，所以好事一直不諧。

「無非是多要幾兩銀子。」胡雪巖問，「有甚麼難的？」

「那傢伙嫖賭吃著，一應俱全，那個跟他做了親戚，三天兩頭上門來嚕囌，就吃不消了。」

「這倒不必怕他。」胡雪巖又問，「她娘家姓啥？」

「娘家姓劉。他叔叔叫劉三才；人家把他的名字改了一個字，叫劉不才。由這上頭，胡先生就可以曉得他的為人了。」

「總有點用處吧！」

「用處是有點的。不過沒有人敢用他。這個人太滑、太靠不住。」

「不管它！你倒說來我聽聽，劉不才有何用處？」

「他能說會道，風花雪月，無不精通，是做篾片的好材料。」陳世龍接著又用警告的語氣說，「就是銀錢不能經他的手。說句笑話，他老子死了，如果買棺材的錢經他的手，他都會先用了再說。」

胡雪巖笑了，「有這樣的人？」是不甚相信的語氣。

「就有這樣的人！」陳世龍特為舉證：「我跟他在賭場裡常常碰頭，諸如此類的事，見得多了。」

胡雪巖點點頭，拋開陳世龍的話，管自己轉念頭。他心裡在想，篾片有篾片的用處——幫閒的人，官場中叫清客，遇著紈袴子弟便叫篾片，好似竹簍子一樣，沒有竹篾片，就撐不起空架子。自己也要幾個篾片，幫著交際應酬；如果劉不才本心還不壞，只是好拆爛汙，倒不妨動動腦筋，收服了他做個幫手。

「來了，來了！」陳世龍突然拉著他的衣服，輕輕說道。

胡雪巖定定神，抬頭望去；這一望，心裡立刻便是異樣的味道。何家的小寡婦是個「黑裡俏」，除了皮膚以外，無可批評。腰肢極細，走幾步路，如風擺楊柳，卻又不像風塵中人的有意做作，而是天然嬝娜。她下了轎子，扶著個十一、二歲的小丫頭，一步一步的走過點心攤子；胡雪巖的臉便隨著她轉，一直轉到背脊朝陳世龍為止。

陳世龍已會過了帳，悄悄的拉了他一把；兩個人跟著又進了山門。阿七是早就看到了他們的；此時落後一步，微微轉過身來搖一搖手。

「她甚麼意思？」胡雪巖問。

「大概是關照不要靠得太近。」

聽這一說，胡雪巖便站住了腳，盡自盯著她的背影看。從頭到腳，一身玄色；頭上簪一朵穿孝的白絨花，顯得格外觸目。

「胡先生，」陳世龍輕聲問道：「怎麼樣？」

「就是皮膚黑一點。」

「有名的『黑芙蓉』嘛！」陳世龍說。

「怎麼叫黑芙蓉？只聽說過黑牡丹。」

「她的名字就叫芙蓉。」

「芙蓉！」胡雪巖偏著頭，皺著眉想，「好像甚麼地方聽過這個名字？」

就這樣不斷念著「芙蓉、芙蓉」，皺眉苦思，到底想起來了。

「原來在這裡！」他把剛才求的那張籤，拿給陳世龍看。

「巧了！」陳世龍極感興趣的笑著，「看起來是前世注定的姻緣。」

「不見得！『美人何處採芙蓉？』是採不到的意思。」胡雪巖搖搖頭，大有怏怏之意。

陳世龍從未見過他有這樣患得患失，近乎沮喪的神情；心裡有些好笑。但隨即想到，胡雪巖對芙蓉，可說是一見鍾情；無論如何得把她「採」來供養，才是報答之道。

「再進去看看！」胡雪巖說。

「胡先生，你一個人去好了。她有點認識我的；見面不大方便，我先避開為妙。」

等陳世龍一走，胡雪巖一個人在大殿前面那只高可及人的大香爐旁邊，七上八下想心思，又想闖進殿去細看一看，又怕不依阿七的暗示，會把好事搞壞，左思右想只是打不定主意，自己都覺得有些好笑；幾萬銀子上落的生意，都是當機立斷，毫無悔尤，偏偏這麼點事會大為作難！

辰光就這樣空耗著，耗到阿七和芙蓉出殿，他不能再沒有行動了；「唁！」他自己對自己不滿，這是甚麼大不了的！成也罷，不成也罷，何必看得那樣認真？這一轉念，猶豫和怯意一掃而空，同時也把阿七的約定和暗示，都拋到九霄雲外，踏著從容瀟灑的步子迎了上去，清清朗朗地喊一聲：「郁四嫂！」

既然叫出來了，阿七不能不理，裝出略如驚喜的神態說道：「啊，胡老闆，是你！怎麼有空？來燒香，還是啥？」

「偶然路過，進來逛一逛。」胡雪巖一面說，一面打量芙蓉；她那雙眼睛很活，但也很靜，在初見胡雪巖，視線飛快地一繞之後，一直垂著眼皮，看著地下。

阿七心想，一不做、二不休；既然胡雪巖自己要出頭，索性彰明較著替他們拉攏，讓他自己來顯顯本事，倒省了許多心。於是她說：「胡老闆，我要敲你的竹槓；好好請一請我們……。」

一說到「我們」兩字，芙蓉便推一推她的手埋怨：「你這個人！哪裡有這樣子的？」

「怕啥！」阿七一副理直氣壯的態度，「胡老闆又不是外人；是我們老頭子的要好弟兄！」

「正是這話。這位——」胡雪巖微笑著說：「這位小姐，不必見外！」

「喔，」阿七乘機說道，「胡老闆，我來引見，這是我的小姐妹，娘家姓劉，夫家姓何，小名叫芙蓉。你叫她名字好了。」

聽這番介紹，芙蓉只是皺眉；胡雪巖不知道她因何不滿，不敢魯莽，「沒有這個道理！至少該尊稱一聲小姐。」說著作了個揖：「芙蓉小姐！」

「不敢當。」芙蓉帶著羞意，還了禮；接著轉臉對阿七說：「我先走一步了！」

「你不要掃我的興！」阿七一把拉住她；「我老早想到白衣庵去吃素齋，難得今天湊巧；又有人做東道，又有人陪我。」

芙蓉不響，自是默許了。胡雪巖便一迭連聲地說：「好，好！我做個小東。不過白衣庵在哪裡；在它那裡吃素齋是怎麼個規矩？我都不知道。」

「我知道！」阿七接口答說，「不過，胡老闆，這個東道倒不是小東道！白衣庵的素菜，湖州有名的；吃一頓齋，緣簿上總要寫五兩銀子才夠面子。」

「只要你吃得中意，五兩銀子算啥？」胡雪巖避開一步問道：「轎子可是在山門外？」

「已經打發走了。胡老闆，拜託你到山門口去雇兩頂，白衣庵在西門城腳下，轎伕都知道的。」

胡雪巖答應著，搶步先行；等阿七和芙蓉一出山門口，轎子已經傾倒轎槓在等著了。但事情起了變化，芙蓉原已默許了的，突然變卦；說她的小兄弟在發燒，甚不放心，一定要回家。阿七自然不肯；無奈芙蓉的主意也很堅決。眾目睽睽之下，不便拖拖拉拉地爭持，於是胡雪巖反幫著她勸阿七，說不必勉強，改天還有相敘的機會。

「哪裡還有相敘的機會？」等芙蓉坐上轎子回家；阿七這樣埋怨胡雪巖，「我關照你不要叫我，你不聽！好好一頭姻緣，讓你自己攪散了！」

此時此地，不宜細談此事，胡雪巖自己認錯：「都怪我不好。回家去說。」

一回到家，說郁四到沂園「孵混堂」去了。好在通家之好，不避形跡；阿七便留胡雪巖吃什飯，談芙蓉的事。

「我已經露口風給她了，雖然沒有指出人來；不過你一露面，也就很清楚了。」阿七又說：「她跟我的交情很夠；等我慢慢來說，一定可以成功。哪曉得你心這麼急？現在事情弄僵了！」

「也不見得。」胡雪巖說，「也許是她心裡有數，所以不好意思。你不妨去探探她的口氣看！」

「當然！總不能就此算數。不過，很難！」阿七搖搖頭說，「我懂她的脾氣。」

「她的脾氣怎麼樣？」

「她也是很爽快的人，一肯就肯，說不肯就不肯。」

「我倒不相信！」胡雪巖心想，本來也還無所謂；照現在看，非要把芙蓉弄到手不可！不然傳出去便成了一個話柄。

不過這一趟是無論如何來不及了！且等年下有空，好好來動一番腦筋。心裡存了這麼個主意，便暫且拋開了芙蓉，自去知府衙門訪楊、秦兩位老夫子辭行，準備再住一天就帶著黃儀回杭州。

「來一趟不容易，何妨多住幾天。」郁四挽留他說，「你不是要在上海打局面，我有幾個南潯的朋友，不可不交。」

這一說胡雪巖心思活動了。他一直想到南潯去一趟，因為做洋莊的絲商，南潯最多，一則應該聯絡一氣，以便對付洋人；再則洋莊方面還有許多奧妙，非局外人所知，他們也不肯隨便透露，現在有郁四介紹，正好叨教。

於是他欣然答道：「好的！我就多留兩天。」

「兩天？」郁四慢吞吞地答道：「也夠了。不過，我這兩天衙門裡有事，不能陪你；我另外找個人陪你去，就同我去一樣。」

「好的。甚麼時候動身？」

「隨便你。明天一早動身好了。晚上我把陪你去的人找來，你們先見一見面。」

那人是郁四手下的一個幫手，沉默寡言，但人頭極熟，交遊極廣。他姓劉，單名一個權字，原是南潯人；南潯劉家是大族，劉權以同族的關係，包收南潯劉家的錢糧。以這樣的關係，陪著胡雪巖同行引路，可說是最適當的人選。

「你哪一天回湖州？」郁四問道，「我們把它說定規！」

「我想兩天功夫總夠了。」

「明天，後天；好！你準定大後天回來；我有事要請個客，你一定要趕到。」

「一定！」胡雪巖毫不遲疑地應承。

「那就拜託你了。」郁四向劉權說，「老劉，你曉得的，胡老闆是王大老爺的好朋友。」

這是指點劉權，要把胡雪巖的這種特殊關係說出去，好增加聲勢。果然，「不怕官，只怕管」，就因為王有齡的關係，胡雪巖在南潯的兩天，極受優禮；到第三天東道主還挽留，胡雪巖因為郁四有事請客，不能失約，堅辭而回。

早晨上船，過午到湖州，陳世龍在碼頭迎接；告訴他說，郁四在泝園等他。

「好，我正要㴋個浴。」

「我也曉得胡先生一定要㴋浴。」陳世龍把手裡的包裹一揚，「我把胡先生的乾淨小褂袴、襪子都帶來了。」

這雖是一件小事，顯得陳世龍肯在自己身上用心，胡雪巖相當高興。一路談著南潯的情形，走到沂園；跟郁四見面招呼過，隨即解衣磅礴，一洗征塵，頓覺滿身輕快，加以此行極其順利，所以精神抖擻，特別顯得有勁。

談了好些在南潯的經過，看看天色將晚，胡雪巖便問：「四哥，你今天請哪個？是啥事？」

「很客氣的一個人。」郁四說著，便向放在軟榻前面的，胡雪巖的那雙鞋子，看了一眼。

胡雪巖是極機警的人，立刻便說：「我這雙鞋子走過長路，不大乾淨，恐怕在生客面前，不大好看吧！」

「自己人說老實話，是不大光鮮。不要緊，」郁四叫過跑堂來說，「你到我那裡去一趟，跟四奶奶說，把我新做的那件寧綢襯絨袍子，直貢呢馬褂拿來。另外再帶一雙新鞋子。」

「何必？」胡雪巖說，「你新做的袍子怎麼拿來我穿？我的這身衣服也還有八成新，叫他們刷刷乾淨，也還可以將就。鞋子也不必去拿，回頭走出去現買一雙好了。」

郁四沒有理他，揮揮手示意跑堂照辦；然後才說：「你也太見外了，套把衣服算得了甚麼？還要客氣！」

聽這一說，胡雪巖還能有何表示？丟開此事，談到他預備第二天就回杭州。郁四還要留他，胡雪巖不肯；兩人反覆爭執，沒有結果，而跑堂的已把衣服取來了。

「走吧！」郁四說：「時間不早了。你到底那天動身，回頭再說。」

「慢點！」胡雪巖看著那雙雙梁緞鞋和一身新衣服，摸著臉說，「要剃個頭才好，不知道辰光夠不夠？」

「夠，夠！你儘管剃！」

於是喚了個剃頭擔子來，胡雪巖剃頭修臉；重新打過辮子，才穿上新袍新鞋，裡裡外外，煥然一新，跑堂的打趣說道：「胡老爺像個新郎倌！」

「我呢？」郁四接著問道：「你看我像不像個『大冰老爺』？」

郁四也是上下簇新，喜氣洋洋，很像個吃喜酒的冰人。

跑堂的還不曾接口，又出現了一個衣帽鮮潔，像個賀客樣的人；那是陳世龍。胡雪巖不覺詫異，「你怎麼又來了？」他問，「是找我有話說？」

陳世龍笑笑不響，只看著郁四；於是郁四說道：「我請客也有他一個。走吧！」

第十八章

走出沂園，坐上轎子，陳世龍吩咐了一個地名，是胡雪巖所不曾聽說過的；只覺得曲曲折折，穿過好幾條長巷，到了一處已近城腳，相當冷僻的地方。下轎一看，是一座很整齊的石庫房子，黑漆雙扉洞開，一直望到大廳，燈火通明，人影幢幢；再細看時，簷前掛著宮燈，廳內燒著紅燭，似是有何喜慶的模樣。

「這是哪裡？」胡雪巖問。

「是我的房子。」

「喔！」胡雪巖靈機一動，「四哥，莫非今朝是你的生日？怎麼不先告訴我！」

郁四微笑著點點頭說：「你進去看了就知道了。」

走到裡面一看，有楊、秦兩位老夫子，黃儀、老張，還有胡雪巖所認識的錢莊裡的朋友，看見他們進來，一齊拱手，連稱「恭喜」。胡雪巖只當是給郁四道賀，與己無干，悄悄退到一邊去打量這所房子的格局；心裡盤算，倘或地方夠寬敞，風水也不錯，倒不妨跟郁四談談，或買或典，在湖州安個家。

這一打量發現了怪事，正中披了紅桌圍的條桌上，紅燭雙輝，有喜慶是不錯；但做壽該有「糕桃燭麵」，供的應該是壽頭壽腦的「南極仙翁」，現在不但看不到壽桃壽麵，而且供的是一幅五色緙絲的「和合二仙」；這不是做壽，是娶親嫁女兒的喜事。

「咦！」胡雪巖摸著後腦說：「真正『丈二金剛摸不著頭』！怎麼回事？」

這一問引得哄堂大笑；笑聲中出現一位堂客，是阿珠的娘，梳得極光的頭，簪著紅花，身上是緞襖羅裙。胡雪巖從未見她如此盛裝過，不由得又楞住了。

「胡先生！」阿珠的娘笑道：「恭喜，恭喜！」

胡雪巖恍然大悟，回身以歉意的聲音說道：「對不起，對不起！原來各位剛才是跟我道喜。我倒失禮了！」說著，連連拱手。

這一來又引得大家發笑；胡雪巖倒又發覺一樁疑問，一把拉住郁四問道：「郁四嫂呢？」

「大概在裡頭陪新人。」

「對了！」阿珠的娘笑得異常愉悅，「真正好人才！胡先生，你好福氣。還不快來看？」

於是一擁而進，都要來看胡雪巖的新寵。而他本人反倒腳步趔趄了；心想，世上有這種怪事，自己娶妾，別人都知道，就是本人被瞞在鼓裡！現在既已揭曉，總也得問問清楚，不然言語之間接不上頭，豈不是處處要鬧笑話。

於是，他落後兩步，拉住陳世龍說：「到底怎麼回事？你先告訴我。」

「四叔都說好了，就請胡先生做現成的新郎倌。」

這兩句話要言不煩，胡雪巖完全明白了，今天的局面，是郁四一手的經營；勸自己到南潯去走一趟，原是「調虎離山」，好趁這兩天的辰光辦喜事。雖說他在湖州很夠面子，時間到底太匆促了；好比喝杯茶的功夫要拿生米煮成熟飯，近乎不可議。劉不才又是個很難惹的傢伙，郁四能在短短兩天之內，讓他就範；大概威脅利誘，軟硬齊來，不知花了多少氣力！

轉念到此，胡雪巖不由得想到了「盛情可感」這句成語；錢是小事，難得的是他的這片心、這番力！交朋友交到這樣，實在有些味道了。

「嗨！」郁四回身喊道，「你怎麼回事？」

這一喊才讓胡雪巖警省，抬眼望去，恰好看到珠翠滿頭的阿七，紅裙紅襖，濃妝豔抹，從東首一間屋裡，喜氣洋洋地迎了出來。

郁四這時候特別高興，先拿阿七打趣，「唷！」他將她上下一看：「你倒像煞個新娘子！」阿七不理他，衝著胡雪巖改口喊做：「胡大哥！」她得意地問道：「你怎麼謝我？」

「承情之至！」胡雪巖拱手說，「我早晚一爐香，祝你早生貴子。」

這是善頌善禱，阿七越發笑容滿面；接著便以居停主人的身分，招待賓客，一個個都應酬到，顯得八面玲瓏，而郁四卻有些不耐煩了。

「好了，好了！」他攔著她說，「辦正經要緊。請出來見禮吧！」

娶妾見禮，照規矩只是向主人主母磕頭；主母不在，只有主人，胡雪巖覺得此舉大可不必。無奈賀客們眾口一詞，禮不可廢，把他強按在正中太師椅上。然後只見東首那道門簾掀開，阿七權充伴娘，把芙蓉扶了出來，向上磕了個頭，輕輕喊了聲：「老爺！」

芙蓉忸怩，胡雪巖也覺得忸怩；賀客們則大為高興，尤其是楊、秦兩位老夫子，評頭品足，毫無顧忌。阿珠的娘便來解圍，連聲催促，邀客入席。

喜筵只有一席，設在廳上，都是男客；猜拳行令，鬧到二更天方散。賀客告辭，只郁四和陳世龍留了下來。

「到裡面去吧！」郁四說，「看看你的新居；是阿七一手料理的，不曉得中不中你的意？」說著，他拉著胡雪巖就走。

「慢點，慢點！」胡雪巖說，「四哥，你這麼費心，我不知道怎麼說才好？一共替我墊了多少——？」

「這時候算甚麼帳？明天再說。」

「好，明天再說。不過，有件事我不明白。」胡雪巖問：「她那個叔叔呢？」

「你是說劉不才？」郁四略停一下說道，「你想，他怎麼好意思來？」

姪女兒與人作妾，做叔叔的自不好意思來吃喜酒。胡雪巖心想，照此看來，劉不才倒還是一個要臉面的人。

「不過今天不來，遲早要上門的。這個人有點麻煩，明天我再跟你談。」

胡雪巖本想把他預備收服劉不才做個幫手的話，說給郁四聽；但郁四不容他如此從容，一迭連聲地催著，便只好先丟開「叔叔」，去看他的「姪女兒」。

一踏進新房，看得眼都花了，觸目是一片大紅大綠；裱得雪亮的房間裡，家具器物，床帳衾褥，無不全新，當然，在他感覺中，最新的是芙蓉那個人！

新人正由阿珠的娘和阿七陪著吃飯，聽見腳步聲響，她先就站了起來，有些手足無措似地；胡雪巖也覺得不無僵窘之感，只連聲說道：「請坐，請坐！你們吃你們的。我看看！」

藉故搭訕，看到壁上懸著一幅紅綾裱的虎皮箋，是黃儀寫的字；胡雪巖腹中墨水不多，但這幅字，卻能讀得斷句，因為是他熟悉的一首詩——籤上的那首詩，只最後一句改了兩個字，原來是「美人何處採芙蓉？」黃儀卻寫成「美人江上採芙蓉！」

胡雪巖笑了；回頭看到陳世龍，他也笑了。顯然的，這是他跟黃儀兩個人搞的把戲。

別人卻不明白，不知他們笑些甚麼？阿七最性急，首先追問；陳世龍便將胡雪巖的如何求籤，又如何因「何處」二字而失望的故事，笑著講了一遍。

大家都感覺這件事很有趣，特別是芙蓉本人；一面聽，一面不斷抬起頭來看一看，每一看便如流星閃電般，那眼神在胡雪巖覺得異常明亮。

「那就沒有話說了！」阿七對芙蓉說，「你天生該姓胡！」

「是啊，真正姻緣前定。」郁四也說，「我從沒有辦過這樣順利的事。」

「話雖如此，到底是兩位的成全。借花獻佛，我敬四哥四嫂一杯酒。」

阿珠的娘手快，聽胡雪巖這一說，已把兩杯酒遞了過來；一杯給她，一杯給郁四。

「慢來，慢來！不是這樣。」阿七用指揮的語氣說，「你們索性也坐了下來再說。」

於是阿七親自安排席次，上首兩位，胡雪巖和芙蓉；阿珠的娘和陳世龍東西相對，然後她向郁四說：「老頭子，我們坐下首，做主人。」

大家都坐定了，只有芙蓉畏畏縮縮，彷彿怕禮節僭越，不敢跟「老爺」並坐似地；胡雪巖就毫不遲疑地伸手一拉，芙蓉才紅著臉坐了下來。

「你們先吃交杯盞，再雙雙謝媒——。」

由這裡開始，阿七想出花樣來鬧，笑聲不斷，她自己也醉了。胡雪巖酒吃得不少，但心裡很清楚；怕阿七醉後出醜，萬一跟陳世龍說幾句不三不四的話，那就是無可彌補的憾事，所以不斷跟阿珠的娘使眼色，要他們勸阻。

「好了！我們也該散了！讓新人早早安置。」阿珠的娘說到這裡，回頭看了看便問：「咦！世龍呢？」

陳世龍見機，早已逃席溜走。胡雪巖心裡有些著急，怕她一追問，正好惹得阿七注意，便趕緊亂以他語：「郁四嫂酒喝得不少，先扶她躺一躺吧！」

一句話未完，阿七張口就吐，狼藉滿地，把簇新的洞房，搞得一塌糊塗，氣得郁四連連嘆氣；自然，胡雪巖不會介意，芙蓉更是殷勤，忘卻羞澀矜持，也顧不得一身盛裝，親自下手照料，同時指揮新用的一名女僕和她自己帶來的一個小大姐，收拾殘局。

等嘔吐過後，阿七的酒便醒了，老大過意不去，連聲道歉；郁四又罵她「現世」，旁人再夾在中間勸解，倒顯得異常熱鬧。

亂過一陣，賀客紛紛告辭；芙蓉送到中門，胡雪巖送出大門，在郁四上轎以前，執著他的手說：「四哥，這一來你倒是給我出了一個難題。湖州怕還要住幾天了。」

郁四笑笑不響，陳世龍卻接上了話，「胡先生！」他說，「如果杭州有事要辦，我去跑一趟。」

「對呀！」阿珠的娘說，「儘管教世龍去！」

「等我想一想。明天再說。」

回進門來親自關了大門；走進大廳，喜燭猶在，紅灩灩的光暈閃耀著，給胡雪巖帶來了夢幻似的感覺。「真正像做夢！」他自語著，在一張新椅子上坐了下來；看著扶手，識得那木料，在廣東名叫「酸枝」，樣子也是廣式，在杭州地方要覓這樣一堂新家具，都不容易，何況是在湖州？見得郁四花的心血，真正可感。

由郁四想到阿七，再想到老張和他的妻兒女婿；還有黃儀和衙門裡的兩位老夫子，最後想到這天的場面，胡雪巖十分激動——世界上實在是好人多，壞人少；只看今天，就可明白，不但成全自己的好事，而且為了讓自己有一番意外的驚喜，事先還花了許多心血「調虎離山」。這完全是感情，不是從利害關係生出來的勢利。

正想得出神，咀嚼得有味，聽見有人輕輕喊道：「老爺！」

轉臉一看是芙蓉，正捧了一盞蓋碗茶來。她已卸了晚妝，唇紅齒白，梳個又光又黑的新樣宮髻；這時含羞帶笑地站在胡雪巖面前，那雙眼中蕩漾著別樣深情，使得胡雪巖從心底泛起從未經驗過的興奮，嚥了兩口唾沫，潤溼了乾燥的喉嚨，方能開口答話。

「謝謝！」他一隻手接過茶碗，一隻手捏住她的左臂。

「索性在外面坐一坐再進去吧！」芙蓉說，「我薰了一爐香在那裡，氣味怕還沒有散盡。」

「郁四嫂真有趣。」胡雪巖問道：「你們是很熟的人？」

「認識不過兩年。從她嫁了郁四爺，有一次應酬——。」芙蓉笑笑不說下去了。

「怎麼呢？」胡雪巖奇怪，「又是鬧了甚麼笑話？」

「不是鬧笑話。」芙蓉語聲從容地答道，「那天別人都不大跟她說話；想來是嫌她的出身。我不曉得她是甚麼人，只覺得她很爽朗，跟她談了好些時候。就此做成了好朋友。」

「原來如此！」胡雪巖很欣賞芙蓉的態度；同時又想到她剛才不嫌齷齪，親自照料嘔吐狼藉的阿七的情形，慶幸自己娶了個很賢慧的婦人。

這一轉念間，胡雪巖對芙蓉的想法不同了。在一個男人來說，妻妾之間的區別甚多，最主要的是「娶妻娶德，娶妾娶色」。胡雪巖看中芙蓉，也就是傾心於她的翦水雙瞳，柳腰一捻；此刻雖然矜持莊重，而那風流體態，依然能令人如燈蛾撲火般，甘死無悔。但是，光有這樣的想法，胡雪巖覺得可惜；就好比他錶鍊上所繫的那個英國金洋錢一樣，英鎊誠然比甚麼外國錢都來得貴重，但拿來當作錶墜，別緻有趣，比它本身的價值高得多。這樣，如果只當它一個可以折算多少銀子的外國錢來用，豈不是有點兒糟蹋了它？

要娶芙蓉這樣一個美妾，也還不算是太難的事；但有色又有德，卻是可遇而不可求的事，應該格外珍惜。這樣想著，他的心思又變過了，剛才是一味興奮，所想到的是「攜手入羅幃」；此刻是滿足的欣悅，如對名花，如品醇酒，要慢慢的欣賞。

看他未曾說話，只是一會兒眨眼，一會兒微笑，芙蓉很想知道，他想甚麼想得這麼有趣？然而陌生之感，到底還濃，只有盡自己的禮法。便試探著說道：「請到裡面去坐吧！」

「好！你先請。」

這樣客氣，越使她有拘束之感；退後一步說：「老爺先請！我還有事。」

她分內之事，就是盡一個主婦的責任；吹滅燭火，關上門窗，又到廚房裡去，檢點了一番，才回入「洞房」。

胡雪巖一個人在屋裡小飲——四碟小菜、一壺酒是早就預備在那裡的；把杯回想這天的經過，心裡有無數亟待解答的疑問，所以看見她一進來就又忙忙碌碌地整理衾枕，便即說道：「芙蓉，你來！我們先談談。」

「嗯！好。」芙蓉走了過來，拉開椅子坐下；順手便把一碟火腿，換到他面前，接著又替他斟滿了酒。

他把酒杯遞到她唇邊，她喝了一口；又夾了一片火腿來，她也吃了。

「你曉不曉得我今天鬧個大笑話？」

這個開始很好，似乎一下子就變得很熟了；芙蓉以極感興趣和關切的眼色看著他，「怎麼呢？」她問。

「我跟郁老四一起進門，大家都說『恭喜』；我莫知莫覺，只當是郁老四做生日，大家是跟他道喜，你想想，世界上有這種事！」

芙蓉忍俊不禁，「噗」地一聲笑了出來，卻又趕緊抿著嘴，擺出正經樣子：「難道你自己事先一點都不知道？」

「一點都不知道。為了瞞著我，他們還特地把我弄到南潯去玩了一趟。」

「那——，」芙蓉遲疑了一會，雙目炯炯地看著他問，「要我，不是你的意思？」

「哪有這話！」胡雪巖趕緊分辯，「我是求之不得！」

芙蓉點點頭，神色和緩了；「我也不曾想到。」她低著頭說：「我實在有點怕！」

「怕甚麼？」

「怕我自己笨手笨腳，又不會說話；將來惹老太太、太太討厭。」

「那是絕不會有的事！你千萬放心好了。」

得到這樣的保證，芙蓉立刻綻開了笑容：笑容很淡，但看起來卻很深——她是那種天生具有魔力的女人，不論怎麼一個淡淡的表情，受者都會得到極深的感受。

「我的情形，你大概總聽郁四嫂說過了。」胡雪巖問道，「她是怎麼說我？」

「話很多。」芙蓉把那許多話，凝成一句；「總之，勸我進你們胡府上的門。」

「那麼你呢？樂意不樂意？」

這話在芙蓉似乎很難回答，好半晌，她垂著眼說：「我天生是這樣的命！」

話中帶著無限的淒楚，可知這句話後面隱藏著無限波折坎坷。胡雪巖憐惜之餘，不能不問：但又怕她觸及甚麼身世隱痛，不願多說。所以躊躇著不知如何啟齒？

一個念頭轉到她的親屬，立刻覺得有話可說了，「你不是有個兄弟嗎？」他問，「今天怎麼不見？」

「在我叔叔那裡。」芙蓉抬起頭來，很鄭重地，「我要先跟老爺說了，看老爺的意思，再來安排我兄弟。」

「我不曉得你預備怎麼安排？」胡雪巖說，「當初郁四嫂告訴過我，說你要帶在身邊。這是用不著問我的，你願意怎麼樣，就怎麼樣；將來教養成人，當然是我的責任！」

聽到最後一句，芙蓉的不斷眨動的眼中，終於滾出來兩顆晶瑩的淚珠；咬一咬嘴唇，強止住眼淚說：「我父母在陰世，也感激的。」

「不要這樣說！」胡雪巖順手取一塊手巾遞了給她，「不但你兄弟，就是你叔叔，我都想拉他一把；既然做了一家人，能照應一定要照應。日子一長，你就曉得我的脾氣了。」

「我曉得，我聽阿七姐說過。」芙蓉嘆口氣：「唉！我不知道該怎麼說？」

「我也聽說過，你的叔叔，外號叫做『劉不才』；這不要緊！別人不敢用，我敢用，就怕他沒有本事。」說到這裡，胡雪巖便急轉直下地加了一句：「你家是怎麼個情形，我一點都不曉得。」

芙蓉點點頭：「我當然要告訴你——。」

劉家也是生意人家，芙蓉的祖父開一家很大的藥材店，牌號叫做「劉敬德堂」。祖父有三個兒子，老大就是芙蓉的父親；老二早夭；老三便是劉不才。劉不才絕頂聰明，但從小就是個紈袴；芙蓉的父親是個極忠厚老實的人，無力管教小兄弟，又怕親友說他刻薄，便盡量供應劉不才揮霍。因此，劉敬德堂的生意雖做得很大，卻並不殷實。

不幸地，十年前出了一個極大的變故，芙蓉的父親到四川去採辦藥材，舟下三峽，在新灘遇險，船碎人亡，一船的貴重藥材，漂失無遺。劉不才趕到川中去料理後事；大少爺的脾氣，處處擺闊，光是雇人撈屍首，就花了好幾百銀子，結果屍首還是沒有撈到便在當地做法事超度，又花了好些錢。

「你想想，我三叔這樣子的弄法，生意怎麼做得好？一年功夫不到，維持不下去了；人欠欠人清算下來，還差七千銀子。那時我三叔的脾氣還很硬，把店給了人家，房子、生財、存貨，一塌刮子折價一萬，找了三千銀子回來。」

三千銀子，不到一年就讓劉不才花得光光。於是，先是上當鋪，再是賣家具什物；當無可當、賣無可賣，就只好以貸借為生。「救急容易救窮難」，最後連借都沒處借了。

談到這裡，芙蓉搖搖頭，不再說下去；那不堪的光景，盡在不言，胡雪巖想了想問：「你娘呢？」

「娘早就死了！我兄弟是遺腹子，我娘是難產。」芙蓉又說，「到我十五歲那年，我三嬸也讓我三叔把她活活氣殺！我也不知道我三叔哪裡學來的本事？家裡米缸，天天是空的，他倒是天天吃得醉醺醺回來；就靠我替人繡花，養我兄弟。想積幾兩銀子下來，將來好教我兄弟有書讀，哪曉得？妄想！」

「怎麼是妄想？」

「我三叔啊！」芙蓉是那種又好氣，又好笑；出於絕望的豁達的神情：「不管把錢藏在甚麼地方，他都能尋得著！真正是氣數。」

胡雪巖也失笑了，「這也是一種本事。」他說，「那樣下去也不是一回事。你怎麼辦呢？」

「就是這話囉！我想了又想，下定決心。」芙蓉略停一停，挺一挺胸說，「我十二歲的時候批過一張八字，說我天生偏房的命；如果不信，一定會剋夫家。所以我跟我三叔說，既然命該如此，不如把我賣掉，能夠弄個二三百兩銀子，重新幹本行，開個小藥店，帶著我兄弟過日子，將來也有個指望。你曉得我三叔怎麼說？」

胡雪巖對劉不才這樣的人，瞭如指掌，所好的就是虛面子；所以這樣答道：「他一定不肯；怕失臉面。」

「一點不錯！他說，我們這樣的人家，窮雖窮，底子是在的，那有把女兒與人做偏房的道理？別的好談，這一點萬萬辦不到。」芙蓉說，「我也就是在這一點上，看出我三叔還有出息。」

前後話風，不大相符；胡雪巖心中不無疑問，但亦不便打斷她的話去追問，只點點頭說：

「以後呢？」

「以後就嫁了我死去的那個。」芙蓉黯然說道：「一年多功夫，果然，八字上的話應了！」

胡雪巖這才明白，她現在願意做人的偏房，是「認命」。但是，劉不才呢？可是依舊像從前那樣，郁四是用了甚麼手腕，才能使他就範？這些情形是趁此時問芙蓉，還是明天問郁四？

他正在這樣考慮，芙蓉卻又開口了，「有件事，我不甘心！」她說，「我前頭那個是死在時疫上。初起並不重；只要有點藿香正氣丸、諸葛行軍散這種極普通的藥，就可以保得住命；偏偏是在船上，又是半夜裡，連這些藥都弄不到。我常常在想，我家那爿藥店如果還開著，這些藥一定隨處都是，他出門我一定會塞些在他衣箱裡，那就不會要用的時候不湊手。應該不死偏偏死，我不甘心的就是這一點！」

胡雪巖不作聲。芙蓉的話對他是一種啟發，他需要好好盤算。就在這默然相對之中，只聽「卜」地一聲，抬眼看時，紅燭上好大的一個燈花爆了。

「時候不早了！」芙蓉柔聲問道：「你恐怕累了？」

「你也累了吧！」胡雪巖握著她的手；又捏一捏她的手臂，隔著紫緞的小夾襖，仍能清楚地感覺到，她臂上的肌肉很軟，卻非鬆弛無力，便又說道：「你不瘦嘛！」

芙蓉的眼珠靈活地一轉，裝作不經意地問道：「你喜歡瘦，還是喜歡胖？」

「不瘦也不胖，就像你這樣子。」

芙蓉不響，但臉上是欣慰的表情，「太太呢？」她問，「瘦還是胖？」

「原來跟你也差不多。生產以後就發胖了。」胡雪巖忽然想起一句要緊話：「你有孩子沒有？」

「沒有！」芙蓉又說，「算命的說，我命裡該有兩個兒子。」

聽得這話，胡雪巖相當高興，捧著她的臉說：「我也會看相；讓我細看一看。」

這樣四目相視，一點騰挪閃轉的餘地都沒有，芙蓉非常不慣，窘笑著奪去他的手，「沒有甚麼好看！」說著，她躲了開去。

「我問你的話，」胡雪巖攜著她的手，並坐在床沿上說，「那天你先答應去吃素齋，一出天聖寺的出門，怎麼又忽然變了卦？」

「我有點怕！」

「怕甚麼？」

芙蓉詭祕地笑了一下，盡自搖頭，不肯答話。

「說呀！」胡雪巖問道，「有甚麼不便出口的？」

遲疑了一下，她到底開了口：「我怕上你的當！」

「上甚麼當？」胡雪巖笑道：「莫非怕我在吃的東西裡面放毒藥？」

「倒不是怕你放毒藥，是怕你放迷魂藥！」說著，她自己笑了，隨即一扭身，伏在一床白緞繡著丹鳳朝陽花樣的夾被上，羞得抬不起頭來。

不管她這話是真是假，胡雪巖只覺得十分夠味；因而也伏身下去，吻著她的頸項頭髮，隨後雙腳一甩，把那雙簇新的雙梁緞鞋，甩得老遠。

第二天早晨，他睡到鐘打十點才起身；掀開帳子一看，芙蓉已經打扮得整整齊齊，正在收拾妝台。聽得帳鉤響動，她回過頭來，先是嬌羞地一笑，然後柔聲說道：「你不再睡一息？」

「不睡了！」胡雪巖赤著腳走下地來，「人逢喜事精神爽，還睡甚麼？」

「你看你！」芙蓉著急地說，「磚地上的寒氣，都從腳心鑽進去了，快上床去！」說著，取了一件薄棉襖披在他身上；推著他在床沿上坐定，替他穿襪子、穿套袴、穿鞋；然後又拉著他站起身來，繫袴帶，穿長袍。

胡雪巖從來沒有這樣為人伺候過，心裡有種異樣的感受；「怪不得叫侍妾！」他不由得自語，「『侍』是這麼個解釋！」

「你在說啥？」芙蓉沒有聽清楚他的話，仰著臉問。

「我說我真的享福了！」胡雪巖又說，「我們談談正經！」

胡雪巖的「正經事」無其數，但與芙蓉相共的只有兩樁，也可以說，只有一樁，胡雪巖要安置她的一叔一弟。

「你兄弟名字叫啥？」

「我小弟是卯年生的，小名就叫小兔兒。」

「今天就去接了他來！你叔叔不會不放吧？」

胡雪巖人情透熟，君子小人的用心，無不深知；劉不才在此刻來說，還不能當他君子，所以胡雪巖以「小人之心」去猜度，怕他會把小兔兒當作奇貨，因而有此一問。

這一問還真是問對了，芙蓉頓有憂色，「說不定！」她委委屈屈地說，「我跟我三叔提過。

他說，劉家的骨血，不便，不便——。」

芙蓉不知如何措詞，臉漲得通紅；話說出來屈辱了自己，也屈辱了娘家。劉三才的話說得很難聽；「你說你命中注定要做偏房，自己情願，我也沒話說；郁四有勢力，我也搞不過他。不過小兔兒是我們劉家的骨血，你帶到姓胡的那裡，算啥名堂？你自己已經低三下四了，莫非教你兄弟再去給人家做小跟班？」當時自己氣得要掉眼淚，但也無法去爭；原來打算慢慢再想辦法，此刻胡雪巖先提到，就不知道怎麼說了！

不便甚麼？胡雪巖的心思快，稍微想一想就明白，自然是名分上的事。那好辦！他說：「你們劉家的骨血，自然讓他姓劉。我現在算是姐夫資格，難道就不能管你的同胞骨肉？」

芙蓉怕是自己聽錯了，回想一遍，是聽得清清楚楚，有「姐夫」二字；驚喜感激之餘，卻仍有些不大相信，世界上沒有這樣的好事！

「還有啥難處？你說出來商量。」

這還有甚麼難處？就怕他的話靠不住！芙蓉在要緊關頭上不放鬆，特意問一句：「你說小兔兒叫你『姐夫』？」

「不叫我姐夫叫啥？難道也像你一樣，叫我老爺？」

芙蓉叫「老爺」是官稱，就是正室也如此叫法，身分的差別不顯；小兔兒就不能這麼叫。難得胡雪巖這等寬宏大量，體貼入微，芙蓉真個心滿意足，凝眸含笑，好半天說不出話來。

這番衷情，讓胡雪巖發覺，自己的猜測，完全對了，「這一來，你叔叔該沒話說了吧！」他問。

「當然！」芙蓉的聲音很響亮，「我自己去接我小弟。」

胡雪巖先不答她這話，只說：「我想跟你叔叔見個面。你看是我去拜會他，還是請他到我們這裡來？」

「他怕不肯來。你暫時也不必理他。」芙蓉一大半是為胡雪巖打算，「我叔叔，說實在的，能避他還是避開他的好。」

「我倒問你，他對本行生意，到底怎麼樣？」

沒有料到他會提起這句話，而且意義也不明顯；芙蓉不知如何作答？細細想一想，才略略猜出他的意思；大概是要給她三叔薦到甚麼藥材行去做事。論本事倒還不差，就是銀錢上頭，不能叫人放心，將來一定連累保人。然而人家既有這番好意，自己這面又是嫡親的叔叔，也不能說有機會不要。左思右想，十分為難，就越發無話可答了。

「我是說他的本事。對本行是不是在行？」

「怎麼不在行？祖傳的行當，從小看也看會了。」芙蓉說到這裡，突生靈感，「老爺，」她說，「我倒有個主意，不曉得辦不辦得到？」

這個主意是這樣，劉不才手裡有幾張家傳的丸散膏丹的祕方；是根據明朝大內的「宮方」，加以斟酌損益而成，「劉敬德堂」的生意，一半要靠這幾張方子。生意「倒灶」，清算帳目時，還差七千銀子，有人提議拿這幾張祕方作價了清。劉不才卻是寧願不要店面和生財，要留著那幾張方子；當時他倒是「人窮志不窮」，對債主表示：「劉敬德堂從我手裡敗掉的，自然還要從我手裡恢復。將來『老店新開』，這幾張方子，我自己要用。」

「老店新開，看來是癡心妄想！」芙蓉說道：「小兔兒倚靠得著你，我也可以放心了。我三叔，照我看，除掉一樣吃鴉片，沒出息的事，都做絕了；我做姪女兒的，不管他怎麼對不起我，總沒有眼看他沒飯吃，不拉他一把的道理。不過，我也不敢請你替他想辦法，害你受累，豈不是變成我自討苦吃？所以我這樣在想，要勸他把那幾張祕方賣掉。從前有人出過七千銀子，現在不曉得能不能賣到一萬銀子？有一萬銀子，隨他去狂嫖爛賭，總也還有幾年好混，倘或他倒回心向善了，拿這一萬銀子做做生意；真個安分守己，省吃儉用，變得可以靠得住，那時候你也自然肯提拔他。這才真正是我們劉家祖上的陰功積德！」

聽她長篇大論說這一套，胡雪巖對芙蓉越發愛中生敬；因為她不但明白事理，而且秉性淳厚，再從她的話中，對劉不才又多了一番認識，此人不但有本事，也還有志氣；人雖爛汙，只要不抽鴉片，就不是無藥可救。這樣轉著念頭，心中立刻作了個決定——他對自己的這個決定很興奮，但一切都要等與劉不才見了面，才能定局；此時還不宜對芙蓉細談實話。

「你的打算真不錯。那幾張祕方值不值一萬銀子，不去管它；只要他肯拿出來，我一定可以替他賣到這個價錢。這樣子，」胡雪巖說：「今天下午我們一道去看你三叔。你穿了紅裙子去好了！」

向來明媒正娶的正室，才有穿紅裙的資格；所以聽得胡雪巖這一說，芙蓉既感激又高興。雖然只是胡太太不在這裡，權且僭越，但總是有面子的事。

不過從而一想，又不免犯愁；天生是偏房的命，做了正室，便要剋夫。這條紅裙穿得穿不得？還得要請教算命先生才能決定。因此，她便不謝，只含含糊糊地點一點頭。

就在這時候，阿珠的娘和阿七不約同至；而且還有不約而同的一件事，都叫人挑了食盒，送了菜和點心來。相見之下，自然有一番取笑；阿珠的娘還比較客氣，阿七則是肆無忌憚，連房幃燕好的話都問得出來，把芙蓉搞得其窘無比。

幸好又來了兩個男客，一個是郁四，一個是陳世龍；這才打斷了阿七的惡謔。

一桌吃過了午飯，男客和女客分做兩起，芙蓉拉著阿珠的娘和阿七去請教，那條紅裙穿得穿不得？胡雪巖邀了郁四在外面廳上坐，有話要談。

談的是劉不才。郁四也正感到這是樁未了之事——遊說芙蓉，是阿七建的功；何家早就表示過，願意放她自主，自然不會留難。劉不才那裡，郁四原預備讓他「開價」，只要不是太離譜，一定照辦；不想劉不才的話說得很硬氣：「窮雖窮，還不到賣姪女兒的地步。初嫁由父，再嫁由己，她願意做胡家的偏房，我沒話說。不過我也不想認胡家這門親戚。」

「這不像他平日的行為。也不知道他打的甚麼主意？」郁四又說，「事情總要料理清楚，留下個尾巴也討厭，我正要跟你商量，還是得想個辦法，送他一筆錢！」

「四哥，你費心得多了，這件事不必再勞你的神。芙蓉已經跟我仔細談過，」胡雪巖笑道，「他不想認我這門親，我卻非認他不可！」

「怎麼個認法？」陳世龍頗有童心，「劉不才難惹得很，我倒要看胡先生怎麼跟他打交道！」

「我要請你先替我去做個開路先鋒！」

於是他把芙蓉所談的情形，扼要談了些，又囑咐了陳世龍幾句話，讓他先去探路。

陳世龍打聽到了劉不才的住處，一逕就尋上門去；他跟嵇鶴齡一樣，也是租了一家式微世家的餘屋住，不過另外開了個門，敲了兩下，有個眉清目秀，但十分瘦的孩子來開門，轉著烏黑的一雙眼珠問道：「你找誰？」

陳世龍聽胡雪巖談過，猜想他必是芙蓉的弟弟，隨即說道：「小兔兒，你三叔呢？」

「在裡頭。」等陳世龍要踏進去，他卻堵著門不放，「你不要進來，先告訴我，你姓啥？」

「怎麼？」陳世龍笑道，「你怕是我跟你三叔來討債的？不是，不是！我姓陳，送錢來給你三叔的。」

小兔兒有些將信將疑，但畢竟還是讓步了。陳世龍一進門就覺得香味撲鼻，不由得嚥了口唾沫；仔細辨一辨味道，是燉火腿的香味。

「這傢伙，真會享福！」

一句話未完，看見劉不才的影子；哼著戲踱了出來，身上穿一件舊湖縐棉襖。下面是黑洋縐紮腳袴，兩隻袴腳紮得極其挺括，顯得極有精神。

「小和尚！想不到是你。」

「劉三爺！特為來跟你老人家請安。」

過於謙恭，反成戲謔，劉不才便罵：「去你的，尋甚麼窮開心！」

「不是這話。」陳世龍答道，「從前叫你劉不才，如今不同了，你變成我的長輩，規矩不能不講。」

「咦！」劉不才眨著眼說，「我倒沒有想到，忽然爆出來的這麼個晚輩！是怎麼來的，你說來聽聽！」

「你跟我先生結成親戚，不就是我的長輩？」

劉不才楞了一下，換了副傲慢的神色：「我不曉得你的先生是哪個？反正我最近沒有跟甚麼人結親。謙稱奉璧；蝸居也不足以容大駕，請！」說著將手向外一指，竟下了逐客令。

陳世龍有些發窘，但當然不能翻臉；在平時，翻臉就翻臉，也無所謂，此刻是奉命差遣，不能不忍一忍，同時還得想辦法讓劉三才取消逐客令。

於是他盡量裝出自然的笑容，「劉三爺，你真不夠朋友，燉著那麼好吃的東西，一個人享用，好意思？莫非，」他說，「你不想在賭場裡見面了？」

提到賭場，劉三才的氣燄一挫。彼此的交情雖不深，但輸了就顧不到體面，曾有兩三次向陳世龍伸手借過賭本，想起這點情分，也是話柄，他的臉板不成了。

「要怪你自己不知趣！『那壺水不開，偏提那一壺』，你曉得我討厭我那個姪女兒，你偏要拿她來觸我的心境，教人光火不光火？」

「好了，好了，說過算數。如果你留我吃飯，你出菜，我出酒。小兔兒，你來！」陳世龍摸出塊五六錢的碎銀子問道：「你會不會上街買東西？」

「你要買甚麼？」劉不才問。

「巷口那家酒店的『紹燒』我吃過，不壞；叫他們送兩斤來！把酒錢帶去給他。」說著，他把銀子塞到小兔兒手裡，「多下的送你買梨膏糖吃！」

「沒有要你破費的道理，」劉不才趕上來插在他跟小兔兒中間，一隻手到他姪兒手裡去奪銀子；一隻手又推陳世龍，彷彿不讓他給錢似地——這就像下館子搶著惠帳，只拉住了別人的不管用的左手一樣，完全是「障眼法」。

結果是那塊碎銀子到了劉不才手裡，卻教小兔兒到酒店裡去賒帳。從這個行為上，陳世龍看透了他；骨頭硬不到那裡去！他跟芙蓉也絕不會決裂。

「來，來！」劉不才的興致又很好了，把沙鍋蓋一揭，鼻子聞了兩下，得意的笑道：「『走得著，謝雙腳』，你的口福不壞；陳火腿全靠收拾得乾淨；整整搞了一上午，才把上面的毛鉗乾淨。」

「劉三爺！」陳世龍趁機說道，「你的陳火腿吃不光！我今天來拉攏一樁生意。」

「生意？」劉不才不信地，「怎麼找到我頭上？跟我有啥生意好談？」

「自然有！等下我再告訴你。」

等酒杯一端上手，陳世龍才道明來意，他說他有個朋友，預備在杭州開一家極大的藥店，知道「劉敬德堂」的名氣，也知道劉不才是行家，特地託他來探問一下，想邀劉不才合夥。

「合夥？怎麼合法？」劉不才搖著頭說，「別的事都好談，這件事談不攏；我哪裡有股本？」

「你不是有幾張祖傳的藥方子？」

這話一說出口，劉不才的臉色頓時就很難看了，笑容盡斂，冷冷答道：「原來是打我這個主意！怪道，我說世界上還有這樣子的好人，不嫌我窮，來邀我合夥！」

話和神色，都讓陳世龍忍不住心頭火發，「咦！」他也很不客氣地回敬：「怪道叫你劉不才！『狗咬呂洞賓，不識好人心』，怎見得人家打你那幾張藥方的主意？你曉得人家是怎麼說？」

「且慢！」劉不才的態度變得願商量了，「我先問一聲，想跟我合夥的是那一個？是不是姓胡的？」

陳世龍很機警，趁機反問一句：「你見過我那位胡先生沒有？」

「從來不曾見過。」

「那我告訴你，」陳世龍既不說破，也不否認，「此人是個候補知縣，在官場中很紅，本人雖不出面，卻有好些差使跟他有關係。他要開藥店也不光是為了做生意，是存心濟世——。」

「好了，好了！」劉不才不屑地，「『修合雖無人見，存心自有天知』，藥店裡掛的這副對子，是啥花樣，難道我還不知道？何必到我面前來賣這種膏藥？」

「不是我在你面前賣膏藥，人家這麼告訴我；我照本宣科，信不信在你！」

「閒話少說，他做生意也好，存心濟世也好，與我無關。如說要邀我合夥，看中我那幾張祖傳祕方，請他趁早少打主意。」

「你為來為去是怕方子落在人家手裡；你要曉得，人家並不要你的甚麼寶貝方子！」

「那——？」劉不才愕然，不知這話從何說起了。

於是陳世龍轉述了合夥的辦法。劉不才的祖傳祕方，當然要用；可是不要求他把方子公開，將來開了藥店，請他以股東的身分在店裡坐鎮，這幾張方子上的藥，請他自己修合。「君臣佐使」是那幾味藥？分量多少？如何炮製？只有他自己知道，何虞祕方洩漏？

原來人家不是來圖謀自己的祕方，劉不才倒覺得剛才的態度，未免魯莽，因而歉意地點點頭：「這倒還可以談談！」

「我再告訴你，人家提出來的條件，合情合理；藥歸你去合，價錢由人家來定，你抽成頭。你的藥靈，銷得好，你的成頭就多；你的藥不靈，沒人要，那就對不起，請你帶了你的寶貝方子捲鋪蓋！」

「藥怎麼會不靈？尤其是一種『狗皮膏藥』，明朝的一個皇帝，靠了它才生的太子；真正是無價之寶！」

「吹甚麼牛！」陳世龍笑道：「劉敬德堂的狗皮膏藥，哪個不曉得，完全是騙人的東西！」

「這你就不懂了！老實告訴你，方子是真的；藥太貴重，而合起來交關麻煩，只好馬馬虎虎，效驗當然就差了。這且不去說它！」劉不才把腰挺一挺，雙手靠在桌上，湊近陳世龍，顯得相當認真地說：「這位老朋友說的話很上路，看起來絕不是半吊子。他的辦法在我有益無損，可進可退，只要成頭談得攏，我就跟他合夥。」

「那麼你說，你想怎麼抽法？」

「我先要問一句，價錢為啥要歸他定？應該大家商量商量。」

「這沒有商量的餘地，因為你想定得高；人家既然為了濟世，自然要定得低。」陳世龍覺得這話說得不好，便又補了一句：「再說，薄利多賣，生意才會好；竹槓把人家敲怕了，不上你的門，藥再好也無用。」

「這話也對。不過既然薄利，我的成頭要多抽些。」

陳世龍也很精明，「既然是薄利多賣，你名下的也不會少，怎麼說要多抽？」接著他又自下轉語，「不過，這都好商量，等你們碰了頭，當面再談，一定會談得很投機。」

劉不才點點頭，用手抓著一塊火腿腳爪在嘴裡啃；同時一雙眼珠骨碌碌地轉著，見得他在心裡有極周詳的盤算。陳世龍也不催他答話，只是冷眼旁觀，看他的神態，打自己的主意。

「就這樣了！」劉不才把火腿骨頭一丟，使勁擦著手說：「我決定交這一個人！小和尚，你說，哪天跟他碰頭？事情既然決定了，就不必耽擱，越快越好！」

看他心思如此活動，陳世龍便進一步逗引他：「劉三爺！你還有甚麼話，自己不便說，我可以替你轉達。你們沒有見面前，你有甚麼難處，我可以替你想辦法；等你們見了面，有話自己談，就沒有我的事了。」

劉不才原就想開口，聽陳世龍這一說，恰中下懷，當即定一定神答道：「小和尚，承你的好意，我也不必瞞你，我的境況，你是曉得的，他要請我到杭州去跟他合夥，談妥當了，也要我動得成身才行！」

「我曉得。」陳世龍問道：「你身上有多少債務？」

「也不過幾百兩銀子。」

「嗯！」陳世龍又問：「你的姪兒呢？要託人照應啊！」

「不必！我帶到杭州去。」

「喔！」陳世龍站起身來說，「那麼，我先去告訴人家，甚麼時候碰頭，我明天一早來給你回音。」

一夜過去，劉不才起來得特別早。他家裡不像樣，「出客」的衣服，依舊很漂亮，不但料子，連花樣都有講究，一件鐵灰摹本緞的袍子，松竹梅的暗花，梅花還只含苞初放，因為這是早晨；倘或下午穿出去，還有一件，那梅花就開得極盛了。

打扮好了，在家坐等陳世龍的回音；到了九點鐘只聽有人敲門，劉不才親自去開門一看，不由得楞住了，門外兩頂轎子四個人；一個老媽子，一個丫頭，一個是極豔麗的少婦，還有一個是自己的姪女兒！

「三叔！」穿著紅裙的芙蓉，叫了一聲；不等他應聲，便回身為那少婦引見：「這位是郁太太，這是我三叔！」

郁太太自然是阿七，當時盈盈含笑地喊道：「劉三爺！」

劉不才有些發急。他好面子，而家裡亂七八糟，如何好意思接待這位珠翠滿頭，豔光照人的郁太太？一時有些手足無措，拚命在想，怎麼樣得能擋駕，不讓她們進門？而就在這時候，從他脅下鑽出來一個人，是小兔兒！

「姐姐！」

「小兔兒！」芙蓉一把將她兄弟攬在懷裡，接著便捧著他的臉端詳了一下，痛心地埋怨：「看你，髒得這個樣子！兩個鼻孔像煙囪，只怕三天沒有洗過臉了！」一面說，一面扯下衣紐上的繡花手帕，毫無顧惜地為小兔兒去擦鼻子。

「劉三爺！冒昧得很，我送我這個妹妹來見叔太爺；請到裡面坐了，好行禮！」

這一下反客為主，劉不才槍法大亂；而芙蓉已經攙著小兔兒走了進去。

到此地步，劉不才已經毫無主張，芙蓉的一切，暫時也無從去考慮；覺得眼前的唯一大事，是要打點精神來應酬這位豔麗的郁太太。

於是他賠笑說道：「勞動郁太太，真正過意不去。請裡面坐！地方又小又髒，實在委屈了貴客。」

「不必客氣！」阿七嫣然一笑，索性改了稱呼：「劉三叔，都是自己人，用不著敘甚麼客套。」

「是，是！郁太太說得是。請，我來領路。」

劉不才甩著衣袖，走幾步路著實瀟灑；進了他那間起坐兼飯廳的客堂，親自端了他的唯一像樣的一樣家具，那張紅木的骨牌凳，抽出雪白的手絹，拂了兩下，請阿七落座。接著又找茶葉、洗茶碗，口中還要跟客人寒暄，一個人唱獨腳戲似地在那裡忙個不停，彷彿忘掉了還有個芙蓉在。

芙蓉跟阿七對看了一眼，都覺得有點好笑；同時也都感到安慰，因為看樣子，劉不才是很好說話的了。

「劉三叔！你不必費心！請坐下來，我有幾句正經話說。」

「好！恭敬不如從命。郁太太有甚麼吩咐？」劉不才等坐了下來才發覺，小兔兒不但臉洗得極乾淨，而且已換上了一件新罩袍，安安靜靜偎倚著他姐姐坐著。

「劉三叔，」阿七問道，「你前天怎麼不來吃喜酒？」

這第一句話就問得劉不才發窘，只能故意裝作訝異地問：「喜酒！」

「是啊，我芙蓉妹子的喜酒。」阿七緊接著把話挑明，「劉三叔，你心裡一定有誤會。你看看，芙蓉穿的啥裙子？那位胡老爺是三房合一子，照規矩可以娶三房家小；芙蓉是他的『湖州太太』，跟他的『杭州太太』又不見面。人家抬舉芙蓉，你這個做親叔叔的，先把姪女兒貶得不是人！好日子都不到，叫人家看起來，真當我們芙蓉妹子，是怎麼樣的低三下四。你想想看，那有這個道理？」

阿七的言詞爽利，表情又來得豐富，斜睨正視，眼風如電，這番興師問罪的話，把劉不才說得服服貼貼，陪笑答道：「郁太太說得是！是我不對。」接著又轉臉看著芙蓉說：「我哪裡知道是這麼回事？早知如此，我自然出面替你辦喜事。現在只有這樣，我發帖子，請大家補吃喜酒。」

「這是一樁！」阿七緊接著他的話說，「還有一樁；劉三叔！劉三嬸過去了，你也不續絃，孤家寡人一個，帶著姪兒也不方便。不如讓芙蓉把她兄弟領了去！」

「這一層——。」劉不才終於答應了：「也好！」

阿七很高興的笑了，「多謝劉三叔！」她說，「總算給我面子。不過，還有件事，我要請問，你們甚麼時候會親？」

這是指的跟胡雪巖見面，劉不才心想，當然是姪女婿先來拜叔岳。不過家裡實在不像樣；最好晚幾天，等把藥店合夥的事情談好，先弄幾文錢到手，略略鋪排一下，面子比較好看。

於是他說：「這要挑個好日子。我也要預備預備，能不能稍停兩天再說？」

阿七也是受命試探，重要的不在哪一天，是劉不才對胡雪巖的態度。芙蓉是他的親人，不論怎麼樣，他不能不理；但對胡雪巖不同，說不定發了「大爺脾氣」，不願認親，甚至表面同意，見了面說幾句不中聽的話，以胡雪巖此時的身分，丟不起這個面子。

因此，他派出兩路人馬試探，一路是陳世龍，只談生意。一路就是阿七；先抬高芙蓉的身分，消除劉不才的憤懣疑忌，然後再提會親的話，看他是何態度？

阿七也是久經滄桑，飽閱世態的人，看劉不才這樣回答，便知對胡雪巖已不存絲毫敵意。所謂「預備預備」，多半也是實話。事情到此，自己可以交差；現在該想辦法讓他們叔姪有個談談體己的機會。

這也容易，她順手拉過小兔兒來問了幾句「今年幾歲」，「可曾上蒙館讀書」之類的話；隨後很自然地牽著他到廊下，去看他叔叔所養的那幾籠鳥。

這一來劉不才自然要說話了，「芙蓉，」他問，「那姓胡的，到底怎麼樣？」

「你見了就知道了。」

這是很滿意的表示，劉不才凝神想了一下，發覺自己已不像前兩天那樣，無緣無故心裡就來氣，再細想一想，芙蓉以再嫁之身，而且命中注定該做偏房，結果成了「兩頭大」，也算是差強人意；同時又想到陳世龍來談的，合夥開藥店的那件事，內心更是充滿了興奮，覺得時來運轉，翻身的日子快到了。

「這樣子總算馬馬虎虎過得去！如果你真的替人做小，叫我走出去怎麼見人？當然，這也怪我叔叔沒出息！且不去說它了。芙蓉，我告訴你一個好消息，有人請我合夥開藥店——。」接著，他把陳世龍所談的一切，都告訴她。

芙蓉很有耐心地聽著。她這時才完全了解胡雪巖的用心；怪不得都說他能幹！想出來的辦法，實在叫人佩服。然而，欣慰之外，也不免憂慮；當時就把心事說了出來。

「三叔！事情是好事情，就怕你拆爛汙。」

「你總是這個樣！」劉不才不悅，「處處不相信我。」

「不是不相信你三叔，你不曉得我心裡著急！四十多的人了，一天到晚做『馬浪蕩』，怎麼得了？難得有這樣一個機會，你如果再拆爛汙拆得人家見了你就躲。你倒想想看，哪裡再還有翻身的日子？」

「哼，你不懂！」劉不才依然不服貼，「我只管照方合藥，既不經手銀錢，又不管店堂裡的事，每個月坐分成頭，有啥爛汙好拆？」

「不一定銀錢上拆爛汙，有了錢成天在賭場裡，誤了正事，也是拆爛汙。」芙蓉緊接著又說，「還有一層，人家倒看得三叔你的本事，要請你做檔手，那時候你怎麼樣呢？」

這一問是劉不才所不曾想到的；細想一想確是個疑問。

「你看，是不是？」芙蓉趁勢逼他發憤，「三叔，你連自己都沒有把握，怎麼還怪我不相信你？」

「事情好辦。人家要請我做檔手，我不做。這樣子沒有爛汙好拆，你總該放心了吧！」

「懶和尚只求沒布施！」芙蓉有些氣，「沒有看見過你這樣的人，你只會說大話！」

「我何嘗說過甚麼大話？」劉不才越發不高興，「你在那裡亂扯！」

「那麼我倒要問，說劉敬德堂從你手裡敗掉的，還要從你手裡恢復！可有這話？」

「對，有的！這也不算說大話。」

「還不是？」芙蓉逼視著問，「你拿甚麼來恢復？要說恢復，眼前的希望就在這條路子上，全要靠你自己去巴結，一方面省吃儉用，積少成多，有一份小小的資本；一方面安分守己幫人家把店開好了，可以開口請人家幫忙。這樣子兩下一湊，劉敬德堂的招牌才有重新掛出來的一天。照你現在的想法，有多少用多少，只圖眼前快活，哪裡有甚麼長遠的打算。請問三叔，你不是在說大話？」

長篇大套地一頓駁，把做叔叔的說得啞口無言；但仔細想去，卻不能不說她看得透澈，想得周到。商場中要想由夥計變作大老闆，這樣做生意最穩當不過。但是，他還是開不得口：因為自己估量自己，實在沒有把握能夠做到芙蓉所說的「省吃儉用、安分守己」八個字。

就這沉默之際，只見進來一個腳步匆匆的年輕人，劉不才趕到門口細看，才認出是陳世龍；便喊一聲：「小和尚！」心裡奇怪，他跟這位郁太太怎麼也相熟？因為兩人面對面在低聲細語，不熟不會這樣子談話。

陳世龍答應著走了過來，看見芙蓉，恭恭敬敬叫了一聲：「師母！」然後才轉臉向劉不才說，「劉三爺，我已經約好了；有空就走！」

「好，好，就走。」劉不才向他姪女兒說，「就是談合夥的那一位。」

於是芙蓉帶著小兔兒，和阿七上轎而去；劉不才請陳世龍坐下來；先要了解一下情況，到底對方是誰？在那裡見面？

「就在郁太太他們聚成錢莊──。」

「慢來！」劉不才打斷他的話問，「那位郁太太就是郁四的太太？」

「是啊！」陳世龍說，「你不認識？」

「我不認識，我也沒有想到。只聽說郁四有個小太太，前些日子吵散了，所以竟不會想到郁太太就是郁四的小的。」說到這裡，靈機一動，急急又問：「照這樣子說，談合夥的一定是胡雪巖？」

事到如今，不必再瞞，陳世龍點點頭答道：「不錯！就是胡先生。你們至親合夥，還有啥話說？劉三爺，一個人不怕不發達，不交運，就怕機會來了錯過。機會來了看不到，猶有可說，明明看到，自己錯過，將來懊悔的時候，那味道最不好受。」

劉不才不響，他覺得這件事多少要想一想；因為來得太突兀了。

「賭錢講究冷、準、狠！」陳世龍說：「現在是個『大活門』，你不撲上去，就真正是劉不才！永世不得翻身。」

「真的是『大活門』？」

「當然，只拿郁四叔來說好了！」

陳世龍就由郁四談到尤五；王有齡談到嵇鶴齡；再由老張談到他自己，結論是誰跟胡雪巖交往，誰就交運！一半事實，一半是陳世龍口舌玲瓏的渲染，把劉不才聽得全神貫注，一字不漏。

「好！」他斷然決然地，真有「賭場烈士」那種背城借一的壯烈之概，「我聽你的勸告，就賭這一記了！」

陳世龍慢慢喝著茶解渴，同時在盤算下一著棋；他叫胡雪巖作「先生」，的確已從「先生」那裡學到了許多駕馭的權術，劉不才此時正在心熱，變卦是絕不會的了，現在所要考慮的是，如何一下子教他死心塌地，服服貼貼？

「怎麼樣？」劉不才覺得他的沉默不可解，催問著。

「講得我口乾舌燥，你也得讓我先潤潤嗓子。」陳世龍放下茶杯，站起身來，「這樣，我先走，把你的難處去安排好；你中午自己到聚成來。怎麼樣？」

「你是說，先給我去弄錢？」劉不才接下來說，「現在也無所謂了。」

「這用不到客氣！客氣自己受罪。說句實話，你現在的境況也不怎麼好，怕要請桌客都為難。到那時候，一面要辦事，一面又要湊錢應付債主，反而原形畢露，面子失光，倒還不如我替你預先安排好的為妙。」

想想也不錯，劉不才便隨他去。答允準定中午到聚成錢莊跟胡雪巖碰頭。

到時候，陳世龍已在門口等候，迎入客座，胡雪巖兜頭一揖，口稱「三叔」；同時看到一桌銀檯面的盛宴，四乾四溼的果碟子都已經擺好了。

劉不才稱他「雪巖兄」，不提親戚，只道仰慕；郁四陪客，再加陳世龍從中穿針引線，將劉不才當上賓看待，捧得他飄飄然，大為過癮。

茶罷入席，自然是劉不才首座，左右是郁、陳二席；胡雪巖坐了主位。酒過三巡，話入正題，是郁四提起來的。

「劉三哥，」郁四說，「老胡想開藥店，原來我不贊成；現在我想想也不錯。行善濟世，總是好事；將來我也要加入股子。不過，老胡跟我都是外行，一切要多仰仗。」

「不敢，不敢！」劉不才說，「這是我的本行，凡有可以效勞之處，在所不辭。不過，我還不曉得怎麼樣一個開法，規模如何？」

「這就要請教三叔了。規模嘛，」胡雪巖想了想說，「初步我想湊十萬兩銀子的本錢。」

十萬兩銀子的本錢，還是「初步」！如果不是有陳世龍的先入之言，以及素有富名的郁四表示要入股，劉不才還真有點不敢相信。

「這個規模，」他興奮之中又有顧慮，「就很大了。不過亂世當口，只怕生意不見得如太平年歲！」

「太平年歲吃膏滋藥的多；亂世當口，我們要賣救命的藥，少賣補藥。」胡雪巖說：「三叔，生意你不要擔心。大兵以後，定有大疫；逃難的人，早飢夜寒，水土不服，生了病一定要買藥，買不起的我們送。」

「嗯，嗯！」劉不才心想，此人的口氣，倒真是不小。

口氣雖大，用心卻深，「三叔，」胡雪巖笑道，「我想做生意的道理都是一樣的，創牌子最要緊，我說送藥，就是為了創牌子的。」

「這我也曉得。」劉不才平靜地答道，「凡是藥店，都有這個規矩，貧病奉送。不過，沒有啥用處；做好事而已。」

「那是送得不得法！我在上海聽人講過一個故事；蠻有意思，講給大家聽聽。」

胡雪巖講的這個故事，出在雍正年間；京城裡有家大藥店，承攬供應宮裡「御藥房」的藥，選料特別地道，雍正皇帝很相信他家的藥。

有一年逢辰戌丑未大比之年；會試是在三月裡，稱為春闈。頭一年冬天不冷，雪下得不多；

一開春天氣反常，春瘟流行，舉人病倒的很多。能夠支持的，也多是胃口不開，委靡不振；這家藥店的主人，配了一種藥，專治時氣，託內務府大臣面奏皇帝，說是願意奉送每一個舉子，帶入闈中，以備不時之需。科場裡的號舍，站起來立不直身子，靠下來伸不直雙腿，三場下來，體格不好的就支持不住；何況精神不爽？雍正是個最能體察人情的皇帝，本來就有些在替舉子擔憂，一聽這話，大為嘉許。於是這家藥店奉旨送藥；派人守在貢院門口，等舉子入闈，用不著他們開口，在考籃裡放一包藥。包封紙印得極其考究，上面還有「奉旨」字樣；另外附一張仿單，把他家有名的丸散膏丹，都刻印在上面。

結果，一半是他家的藥好，一半是他家的運氣好；入闈舉子，報「病號」出場的，並不比前幾科會試來得多，足見藥的功效。這一來，出闈的舉子，不管中不中，都先要買他家的藥。生意興隆得不得了。

「你想想看，」胡雪巖說，「天下十八省，遠到雲南、貴州等，都曉得他家的藥，你花多少銀子，雇人替你遍天下去貼招貼，都沒有這樣的效驗。這就是腦筋會不會動的關係。」

「真是，」郁四笑道，「老胡，你做生意就是這點上厲害！別人想不到的花樣，你想得到。」

「那麼，」劉不才的態度也不同了，很起勁的問：「我們怎麼送法？」

「我們要送軍營裡——。」

「那再好都沒有。」劉不才搶著說道，「我有『諸葛行軍散』的方子，配料與眾不同，其效如神。」

「真的再好都沒有！」胡雪巖說，「送軍營裡要送得多，這當然也有個送法。將來我來動腦筋，叫人出錢，我們只收成本，捐助軍營；或者有捐餉的，指明捐我們的諸葛行軍散多少，甚麼藥多少？折算多少銀子。只要藥好，軍營裡的弟兄們相信；那我就有第二步辦法，要賺錢了！」

他故意不說，要試試劉不才的才具，看他猜不猜得到這第二步辦法是甚麼？

劉不才猜不到，陳世龍卻開了口，「我懂！」他說，「胡先生的意思，是不是想跟『糧台』打交道？」

這就無怪乎劉不才猜不到了，軍營裡的規制，他根本不懂。

胡雪巖對陳世龍深深點頭，頗有「孺子可教」的欣慰之色；然後接著他的話作進一步的解釋。

「糧台除掉上前線打仗以外，幾乎甚麼事都要管；最麻煩的當然是一仗下來，料理傷亡。所以糧台上用的藥極多；我們跟糧台打交道，就是要賣藥給他。價錢要便宜，東西要好，還可以欠帳，讓他公事上好交代；私底下，我們回扣當然照送——。」

「這筆生意不得了！」劉不才失聲而呼——他有個毛病喜歡搶話說，「不過，這筆本錢也不得了。」

「是啊！」胡雪巖又說，「話也要講回來，既然可以讓他欠帳；也就可以預支，只看他糧台上有錢沒錢？現在『江南大營』靠各省協餉；湖南湘鄉的曾侍郎，帶勇出省也要靠各地的協餉。只要有路子，我們的藥價，在協餉上坐扣，也不是辦不到的事。只看各人的做法！」

「只看各人的腦筋，雪巖兄，」劉不才高舉酒鍾：「我奉敬一杯！」

「不敢當。還要仰仗三叔。」

「一句話！」劉不才指著陳世龍，「他曉得我的脾氣，我也跟他說過了，我就賭這一記了！」說著，他從貼肉口袋裡，摸出一個紅綾封面，青綾包角，絲線裝訂，裝潢極其講究的小本子遞了過來；胡雪巖看著那上面的題簽是「杏林祕笈」四個字，就知道是甚麼內容。

「這就是我的『賭本』。說撲上去就撲上去。」他又看著陳世龍就問：「你說我做得對不對？」

在陳世龍看，不但覺得他做得對，而且覺得他做得夠味；這樣子，自己替胡雪巖探路的，也有面子，所以笑容滿面，不斷頷首。

「你請收起來。三叔既然贊成我的主意，那就好辦了。回頭我們好好的商量一番。」

兩個人都很漂亮，一個「獻寶」示誠；一個不肯苟且接受。推來推去，半天，是陳世龍想出來的一個辦法，取張包銀圓的桑皮紙，把《杏林祕笈》包好封固，在封口上畫了個花押，交給郁四保管——郁四當即把它鎖了在保險箱裡。

飯罷品茗，那就都是劉不才的話了，談一爿藥品，如何開法，怎麼樣用人，怎麼樣進貨，怎麼樣炮製，利弊如何，要當心的是甚麼？講的人，興高采烈；聽的人，全神貫注，彼此都很認真。

「三叔！」胡雪巖聽完了說，「這裡面的規矩訣竅，我一時也還不大懂，將來都要靠你。

不過我有個想法，『說真方、賣假藥』最要不得——我們要教主顧看得明明白白，人家才會相信。」

「那也可以。譬如說，我們要合『十全大補丸』了，不妨預先貼出招貼去，請大家來看，是不是貨真價實？」

「就是這一點難！我不曉得你用的藥，究竟是真是假？」

劉不才一楞，「照你這樣子說，譬如賣鹿茸，還要養隻鹿在店裡？」他的語氣顯得相當困惑！

哪知胡雪巖毫不遲疑地問答：「對！這有何不可？」

這對劉不才是一大啟發，拓寬了他的視界；仔細想了想，有了很多主意，「既然如此，那就敞開手來幹。」他說，「只要捨得花錢，不怕沒有新鮮花樣。」

「我們也不是故意耍花樣，只不過生意要做得既誠實，又熱鬧！」

「『既誠實，又熱鬧！』」劉不才復念了一遍，深深記在心裡。

談到這樣，就該有進一步的表示了；陳世龍看看已是時候，向劉不才使了個眼色。胡雪巖自然也看到了。不等他有何表示，先就站了起來。

「三叔，你坐一坐。我跟郁四哥有些事談。」

其實無事，只不過在裡間陪郁四躺煙榻，避開了好讓陳世龍說話。

「劉三爺，你看！」陳世龍遞了個摺子過去。

子。

摺子是個存摺，聚成錢莊所出，但打開來一看，並無存數記載，看起來是個不管用的空摺子。

「為啥不記載錢數呢？」陳世龍問道，「三叔，你懂不懂其中的意思？」

「說實話，我不懂！」劉不才說，「雪巖的花樣真多，我服了他了。你說，是怎麼回事？」

「是盡你用，你要取多少就多少，所以不必記載錢數。不過，一天最多只能取一次。」

有這樣的好事！劉不才聞所未聞；但當然不會疑心胡雪巖是開甚麼玩笑。細想一想，問出一句話來作為試探。

「這樣漫無限制，倒是真相信我！倘若我要取個一萬八千呢？」

「那要看你作何用處？只要你有信用，一萬八千也不是取不到的。」

這一說，劉不才懂了其中的深意。胡雪巖當然關照過，有個限度；超出限度，聚成的夥計就會託詞拒絕。至於說一天只能取一次，那是防備自己拿了錢上賭場；如果只是正用，即使不夠，也可以留到明天再說。唯有下賭注，是不能欠帳的。

轉念到此，劉不才又發了「大爺脾氣」，把摺子交了回去，「謝謝！」他的聲音有點冷，「我怕我自己管不住自己，有了這麼一條源源不絕的財路，一定輸得認不得家！」

「劉三爺！」陳世龍的態度很平靜，「你說過決心賭這一記！這話算不算數？」

「自然算數！那幾張方子，就是我的賭本，已經全部交出去了，還有啥話說？」

「那不是賭本。胡先生說，你果然有此決心，只要你做一件事，才算是你真的下了賭本，真的願意賭一記。這件事說難不難，說容易不容易。我要等你想停當了，我再說。」

劉不才想了想問：「是我做得到的事？」

「當然！」

「好，你說。」

「劉三爺！」陳世龍的神態異常鄭重，「外頭跑跑的，說話算話！」

「那還用說。小和尚，」劉不才不悅，「你真是門縫裡看人！」

陳世龍是受了胡雪巖的教，聽了芙蓉細談過她三叔，有意要逼劉不才發憤，因而若無其事地答道：「不是我門縫裡看人，把你劉三爺看扁了；只因為我也跟劉三爺差不多，知道這件事不大容易辦得到，而且說出來傷感情，所以不能不問個清楚。唉！」他有意做作：「想想還是不說的好！」

劉不才氣得直咬牙，但不便發作。忍了又忍，才說了這樣一句：「說不說隨便你！我倒不相信我劉某人會叫你小和尚把我看輕了！」

「這也難說。我說句話，你劉三爺就不見得做得到。」

「好，你說！」劉不才用拳將桌子一搗，站起身來，雙手撐桌，上身前俯，以泰山壓頂之勢，彷彿要把陳世龍一下子打倒在地上似的。

「那麼我說，你能不能像我一樣，從此不進賭場？」

聽得這一聲，劉不才的身子不自覺地往下挫，依然坐了下來，半晌作聲不得。

「胡先生說過了，你要有這個決心，才顯得是真心。他又說，他不希望你別樣，『吃著嫖賭』四個字，只希望你少一個！」陳世龍說，「照我看，如果這一個字都不能少，那——。」他搖搖頭，「不必再說，說下去就難聽了！」

他不說，劉不才也想像得到，吃著嫖賭，四字俱全，非搞得討飯不可！

「胡先生又說，賭錢是賭心思，做生意也是賭心思，何不把賭錢的心思，花到做生意上頭來？只要你生意做得入門了，自然會有趣味；那時就不想賭錢了！」

劉不才沉吟不語，但神態慢慢在變，飛揚浮躁，帶些怒氣的臉色，漸漸消失；代之而起的是平靜、沉著，最後終於點頭。

「話不錯！」他清晰地吐出來五個字：「我要戒賭了！」

「恭喜，恭喜！」陳世龍笑容滿面地拱手，同時仍舊把那個存摺推了過來。

「那麼，我們談正事。講了半天，到底要我如何著手？我要弄個明白。」

這自然又只有請胡雪巖來談。事情到了這地步，已經無須借聚成的地方；自然而然地，胡雪巖一邀就把他邀到了家，跟芙蓉叔姪之間的芥蒂，當然也就不知不覺地消除了。

一夕之談，談出了頭緒。胡雪巖的藥店，定名「胡慶餘堂」，請劉不才負責籌備；約定三天以後，跟他同船回杭州，細節到了杭州再談。

「三叔！」芙蓉勸他，「你也真該收收心了。有適當的人家，娶位三嬸娘回來。」

「現在還談不到此。」劉不才只是搖頭，「我現在的心思，完全在胡慶餘堂上頭。雪巖，」他馬上把話題扯了開去，「我想，房子要畫圖樣自己蓋。」

「我也是這麼樣想。一切從頭做起！」

「對，從頭做起！」劉不才說，「我自己也是這樣。」

果然，劉不才是重新做人，就在這三天功夫當中，他開了個「節略」，把胡慶餘堂從購地建屋到用人進貨，如何布置，如何管理，都詳詳細細地寫了下來。胡雪巖做生意，還是第一次有這樣周到的盤算。

然而他做生意也是第一次這樣不著實。如今說大話的不是劉不才，是胡雪巖；「初步下的資本十萬兩銀子」，這話是說出去了，銀子卻還不知道在甚麼地方？郁四雖說過願意加股的話，但他已傾全力支持，胡雪巖總不好意思要他賣田賣地來幫自己的忙；而況這個年頭，兵荒馬亂，不動產根本就變不成現錢。

好的是還不需要馬上拿錢出來。胡雪巖的打算是，到了杭州跟王有齡商量，開藥店是極穩妥的生意，又有活人濟世的好名目，說不定黃宗漢的極飽的宦囊中，肯拿出一部分來，用他家人的名義投作股本。如果有黃撫台提倡，另外再找有錢的官兒來湊數，事情就容易成功了。

這當然是初步打算，只求把事業辦成，談不到賺錢，更談不到照自己的理想去做。當然，劉不才絕不會想到他肚子裡是這麼一把算盤，依舊興高采烈，見了面就談藥店；這樣一路談到杭州，胡雪巖把他安置在錢莊裡，派了一個小夥計，每天陪他到各處去逛，招待得非常周到。

第十九章

這樣老是玩不是事。劉不才最感苦惱的是，無事可做，手會發癢，老想賭錢；但每一轉到這個念頭，隨即想起自己對陳世龍說過的話，拚命壓制著。如是十天下來，他實在忍不住了。

忍不住的是要胡雪巖說句話，等了兩天，到第三天終於把胡雪巖等到了。

「雪巖！」他有些激動，「來了半個多月，甚麼事也沒有做；我也曉得你事情忙，不過，這樣子下去，我要悶出病來了！」

「我曉得，我曉得！實在對不起，幾處的事情，都非我親自料理不可。現在大致有了頭緒；尤其海運轉駁，總算辦妥當了，我可以抽得出功夫來；明天開始，我們第一步就是去看地皮。」胡雪巖問道，「三叔，你酒量怎麼樣？」

「還可以對付。」

「那麼，我先給你介紹一個朋友。」

他介紹的是裘豐言。押運洋槍的差使，裘豐言辦得很妥當；王有齡送了他一筆錢，著實誇獎了一番，所以他最近的心境極好；跟劉不才一見如故，加以受了胡雪巖的委託，刻意敷衍，因而劉不才也覺得交了裘豐言這個朋友，是件很可以教人高興的事。

陪著看地皮的事，便由裘豐言來承當；每天一早到豐樂橋茶館裡喝茶。裘豐言在揚州住過，早晨這一頓很講究，炒兩個菜吃早酒，酒罷吃麵，然後由掮客領著去看地皮，有的嫌小、有的價錢不合，這樣一番折衝下來，到了下午三點鐘，裘豐言又要喝茶吃酒了。劉不才因為有他作陪，不如以前那樣無聊，倒也相安無事，把想賭的念頭歇了下來。

突然間有一天，胡雪巖一大早來找劉不才，第一句話就是：「三叔，我要請你陪一位客；這位客嫖賭吃著，無所不精，只有你可以陪他。」

劉不才一時開不得口，第一、覺得突兀；第二、覺得胡雪巖違反了他自己的本意，本來要求人家戒賭的，此刻倒轉頭來，請人去賭；第三、覺得自己說了戒賭，而且真的已經戒掉，卻又開戒，這番來之不易的決心和毅力，輕易付之東流，未免可惜。

「三叔！」胡雪巖正色說道，「你心裡不要嘀咕，這些地方就是我要請你幫忙的。說得再痛快一點，這也就是我用你的長處。」

那就沒話好說了，「既然是幫你的忙，我自然照辦。」劉不才問，「不過是怎麼一回事，你先得跟我說清楚。」

胡雪巖略微躊躇了一下，「說來話長，其中有點曲折，一時也說不清楚。」他停了停又說：「總而言之一句話，陪這位公子哥兒玩得高興了，對我的生意大有幫助。」

「嗯，嗯！我懂了，你要請我做清客？」

「不是做清客，是做闊客。當然，以闊客做這位公子哥兒的清客，不就更加夠味道了！」

這一下，劉不才方始真的懂了，點點頭很沉重地道：「只要你不心疼，擺闊我會；結交闊客我也會。」

「自然！怎麼談得到心疼的話？三叔，」胡雪巖問，「你一場賭，最多輸過多少？」

「輸過——，」劉不才說，「輸過一爿當店，規模不大，折算三萬銀子。」

「好的，你經過大場面。那就行了！」胡雪巖說：「你不必顧慮，三五萬銀子，我捧現銀給你；再多也不要緊，我隨時都調得動。總之，輸不要緊，千萬不能露出小家子氣的樣子來！」

「這你放心好了，賭上頭，我的膽子最大。」

當時約定，胡雪巖下午來陪他去結交那位公子哥兒；銀票在那時帶來。劉不才便也精神抖擻地去剃了頭，打扮成個翩翩濁世公子的樣子，在那裡坐等。

午後不久，胡雪巖又來了，看劉不才穿的是鐵灰色緞面的灰鼠皮袍，棗紅色巴圖魯坎肩，頭戴一頂珊瑚結子的玄色緞子的小帽，正中鑲著一塊壽字紋的碧玉。雪白的紡綢袴子；下面是筆挺的紮腳袴和一雙漳絨的雙梁鞋。

「漂亮得很！我有兩樣東西帶了來，正好配你這一身打扮。」

那兩樣東西是一個金打簧錶，帶著根極粗的金鍊子；一個羊脂白玉的班指。另外有兩萬銀票，起碼是五百兩一張。

「時候還早，我先把這位闊少的來歷告訴你。」

這位闊少姓龐，是胡雪巖到南潯去的那兩天認識的；大家都叫他龐二爺。這位龐二爺是絲業世家，幾代蓄積，再加上道光末年中外通商，在洋莊上很賺了些，所以雖不是富堪敵國，而殷厚之處，遠非外人所能想像。

龐二爺雖然是一等一的紈袴，但家學淵源，做生意極其在行，此所以胡雪巖要跟他打交道。龐二爺是個捐班的道台，自然不會「轅門聽鼓」去候補等差使；平常也不穿官服，但如果有甚麼州縣官在他面前，以官派驕人，那一下他擺出來的官派，比甚麼人都足。就從這一點上，把龐二爺吃軟不吃硬的性情，完全顯出來了。

原來是他！劉不才一面聽，一面心裡在想。同是湖州人，他自然知道龐二爺，不過論「少爺班子」的等級，劉不才起碼要比他差兩等。而且現在已經「落薄」了，提起來，說是「當年劉敬德堂的老三」，這句話並不見得光彩；龐二爺心裡作何感想，卻不能不預先顧慮。

「三叔，」胡雪巖接下來說，「為了拉攏龐二爺，我特地託王大老爺出面請客，他是你們湖州的父母官，龐二爺再忙也不能不到。不過今天只是為了請客吃飯，『場頭』拉不大，只不過打打麻將。你要拿本事出來，讓他跟你賭過一場，還願意跟你賭第二場；這樣子交情才可以越拉越攏。」

「我曉得了。這一點你放心！不過，」劉不才很吃力地說：「我們雖沒有會過；他是在上海的時候多，大概總也曉得我這個人——。」

「曉得也不要緊，『敗子回頭金不換』，沒有那個笑話你！再說，我跟王大老爺關照過了，對你會特別客氣；有主人抬舉著，人家也識不透你的底細。」

劉不才聽了他的話，看一看自己那身裝束，再看一看那兩萬銀票；想法變過了，甚麼都可以假，銀子不假，錢就是膽，怕甚麼！

「雪巖，你的話不錯。」他精神抖擻地問，「我們甚麼時候走？」說著，便打開那隻打簧錶，一看才午後兩點鐘。

「約的是四點，我自然要早到。你再養養神，準時到王公館好了。」胡雪巖留下一張紙條，上面寫著王家的地址。

約定了各自分手。劉不才果然靠在一張軟榻上，閉目養神；把龐二爺的脾氣作了一番很周詳的考慮，然後又細想應付的態度。自己覺得頗有把握，欣然睜眼，重新又修飾了一番，方始雇一頂小轎，專程赴約。

到了王家，主人果然很客氣，口口聲聲稱他「三才兄」；坐下寒暄了一陣，請的客人陸續都到了，除了嵇鶴齡和裘豐言，另外兩個都是闊少，一個是做過天津海關道的周道台的弟弟，行五；一個是亦官亦商的高家老四。坐下來言不及義，不是說一場牌九輸了多少，就是談「江山船」上出了怎麼樣的一個尤物。

最後，龐二爺到了，三十四五歲年紀，一張銀盆大臉，賽似戲台上的曹操。因為祖父死了不久，有服制在身，只穿一件灰布羊皮袍，但手上戴一隻翻頭十足的「火油鑽」戒指，戒面朝裡，偶爾揚手之間，掌中光芒亂閃，格外引人注目。

主人一一引見，龐二爺初見面的只是嵇鶴齡、裘豐言和劉不才。聽到他是湖州口音，便覺親熱，「劉三哥，」他問，「你府上哪裡？我怎麼沒有見過？」

劉不才聲明住處，接著又說：「久仰龐二爺的大名，幸會之至。」

「彼此，彼此！」龐二也很客氣，不像有架子的紈袴。

「喂，喂！」周老五性子最急，「該上場了！」

於是主人引導，進入廂房，裡面已擺好一桌麻將牌在那裡；站著商議入局，龐、周、高三人是用不著說的，剩下一個搭子，主人讓嵇鶴齡，嵇鶴齡讓劉不才，劉不才讓胡雪巖，胡雪巖一推辭，便即定局，仍由劉不才上場。

扳好位子坐定，講好一萬銀子一底的「么二」，四十和底十六圈，隨即噼噼啪啪打了起來。

劉不才先不忙著和牌，細看各人的牌路，龐二和高四都打得很精，但高四有個毛病，喜歡做牌；周五打牌跟他的脾氣一樣，性子急，不問大小，見牌就和，一等張便把牌扣了下來，兩眼瞪著「湖」裡，恨不得揀一張來和牌似地。

然而牌雖打得蹩腳，手氣卻是他好。四圈牌下來，和了兩副清一色，一副三元，已經贏了將近一底，把他興頭得不得了。

「這都是老四做牌做得太厲害，張子太鬆！」龐二一面擲骰子扳位，一面冷冷地說，「這四圈如果你坐我下家，可要當心一點兒！」

結果劉不才坐了周五的上家；他的上家是高四，跟龐二對面。高四老脾氣不改，十三張牌只要七張花色一樣，就想做清一色，所以張子仍舊很鬆。劉不才心想，不能多吃；不然自己的張子也會鬆，讓周五撿了便宜，手風一上去就很難制了。

打定這個主意，連邊嵌都不吃，全神貫注在下家，把周五釘得死死地；兩圈牌下來，周五「氽」出去一半，但大輸家的龐二卻並無起色。於是劉不才又想，現在不但要扣住周五，還得想辦法讓龐二和牌才好。

他的牌打得極精，稍微注意一下進出張子，就能料到龐二要的牌；總是在他剛聽張的時候「放銃」。龐二連著和了兩副，手風一順扳了回去。等八圈下來吃飯，計算一下，成了三吃一的局面，大輸家是高四。

「老兄的牌打得很高明。」下了牌桌，龐二這樣對劉不才說，「牌品更是佩服之至。」

「哪裡，哪裡！」劉不才覺得很安慰，同時也有些佩服龐二，是個識好歹的人。

到了飯後，龐二的手風轉旺了，逢莊必連，牌也越和越大，這也要歸功劉不才，但他已不再放張子；只是專門扣住周、高二人，尤其是不讓他們倆和大牌，一看風色不對，不是自己搶和，就是放人家和小牌。等到打完結帳，龐二一家大贏，周五一家大輸。

「每次都是這樣，先贏後輸；輸倒不要緊，牌真氣人！」周五恨恨地說，「所以我不喜歡打麻將！真沒意思。」

龐二和高四是看慣了他這副樣子，相視而笑，不說甚麼；劉不才卻開口了：「周五哥的性子，推牌九就配胃口了！」

「對！」周五接口說道：「我來推個莊！」

高四無可無不可，劉不才也不作聲，只有龐二遲疑著說：「太晚了吧！打攪主人不方便。」

「不晚，不晚！」胡雪巖代表主人答話，「各位儘管盡興，是吃了消夜再上場，還是——。」

「吃消夜還早。」周五搶著說道，「等我先推個莊再說。」

龐二深知他的脾氣，若是他做莊，不管輸贏，不見天光不散，因而緊接著他的話說：「都是自己人，小玩玩。這樣好了，推『輪莊牌九』，大小隨意；一萬兩銀子一莊，輸光讓位；贏的也只能推四方。」

「四方太少了，起碼要八方。」

「算了四四十六牌九推下來，擾了主人的消夜，回家睡覺正好。」

「這話不錯。」高四也說，「明天上半天，我還有事，早些散吧！」

周五孤掌獨鳴，只得依從。等把牌拿出來，自然是他第一個做莊；掏出隨身攜帶的一個豆莢樣的象牙盒，抽開蓋子倒出四粒骰子來——周五的花樣很多，四粒骰子一擲，要有一個四，一個五，才把紅的那粒揀出來；餘下三粒再擲，擲出一個四，一個六，才用紅的那粒四加五是九，諧音為「酒」；六加四是十，諧音為「肉」，說是「請骰子吃酒吃肉」。

「麻將要打得清靜，牌九要賭得熱鬧，請大家都來玩！」周五大聲說道，「一兩銀子也可以下注。」

這時裘豐言還沒有走，劉不才分了二百兩「紅錢」給他，讓他五兩、十兩押著玩。王有齡也被請了下場;胡雪巖雖不喜歡賭錢,但此時當然要助興,取了一張一百兩的銀票,押在龐二所坐的上門。

「是大,是小?」龐二問說。

「看我『開門』就知道了。」依周五的性格,開出「門」來,自是「一翻兩瞪眼」的小牌九。

他這個莊只推了兩方牌九,就讓龐二和高四把他打坍了。接下來是龐二推莊,四方牌九,平平而過。周五卻又輸了一萬多;大贏家是高四,劉不才也贏了五、六千銀子。

第三個莊家是劉不才,他捲起雪白的袖頭,洗牌砌好,一面開門一面說:「周五哥喜歡小牌九,我也推小的。」

周五賭得火氣上來了,一聽他的話,脫口答道:「對!『春天不問路』,坐天門就打天門。」說著,從身上掏出一疊銀票,往桌上一摔,「我包了!」

「嗐!」龐二大不以為然,「大家好玩嘛!你這樣子不讓別人下注,多沒意思!」

「怎麼叫沒意思,各人賭各人的;你要看得你下門好,你可以移我的注碼,不是照樣賭?」

「移注碼」是旁家跟旁家做輸贏,如果統吃統賠,移注改押的人毫無干係,倘或一家賠、一家吃,那出入就大了。牌九、搖攤,專有人喜歡移別人的注碼,彼吃此賠,贏了莊家贏旁家,雙倍得利;而且還可自詡眼力,是件很得意的事。

但「移注碼」往往會變成鬧意氣,一個移過去,一個移回來,一個再移過去,一個再移回來,每移動一次,就加了雙倍的輸贏,那就賭得「野」了。

現在周五跟龐二就有點鬧意氣的模樣。賭錢失歡，旁人自然要排解，但兩個人都是闊少，銀錢吃虧可以，話上吃不得一句虧；所以要排解也很難，胡雪巖不免有些著急。

就在這龐二爺有些光火，要想說「天門歸下門看」，移周五的注碼時，劉不才搶先一步，開口說道：「龐二哥的話不錯，都是自己人，『書房賭』，小玩玩——。」

果然，脾氣暴躁的周五打斷他的話說：「你莊家說的甚麼話？倒要請教，他的話不錯，我的話錯？」

「你的話也不錯。」劉不才神色從容地答道：「龐二哥也不必動注碼了。周五哥有興趣，我做莊的理當奉陪，『外插花』賭一萬銀子好不好？」

說「好」的是裘豐言：「好！這樣子就兩全其美了。」

莊家跟旁家額外「做交易」，誰也不能管，道理上是說得過去的。劉不才花一萬銀子，把面子賣了給兩個人，這一手做得很漂亮；而那一萬銀子，也還不一定會輸。胡雪巖暗暗心許，劉不才在應酬場中，果然有一套。

骰子擲了個七點，周五搶起分在外面的那兩張牌一翻，真是瞪眼了！一張牛頭、一張三六。把他氣得臉色鐵青。

「這叫甚麼？」裘豐言說，「我上次到松江聽來的一句話，叫做『黑鬼子抗洋槍』！」

他是不帶笑容，一本正經地在說，便無調侃的意味；大家都笑，周五也笑了。

這一牌是統吃。那「外插花」的一萬兩銀子，劉不才原可以另外收起；等於賭本已經收回，這一莊變成有贏無輸，但他很漂亮，放在外面，數一下，報個數，是兩萬七，好讓旁家斟量下注。

他這個莊很穩，吃多賠少，每把牌都有進帳；推到第三方第三條，照例末條不推，重新洗牌，他卻「放盤」了。

「只有一方牌了！」他說，「我推末條，要打盡快！」

「老兄，」龐二勸他，「『下活』的牌；這一條你還是不推的好！」

「多謝關照！」劉不才說，「推牌九的味道就在這上頭，骰子幫忙，『獨大拎進』！也是常有的。」

「那就試試看！我倒不相信下門會『活抽』。」周五又摸出一把銀票，「莊家有多少？」

劉不才點了點數，一共是四萬銀子。

「統歸下門看。」周五拿銀票往下門一放，「多下的是我的。」

這一下大家都緊張了。小牌九是沒有「和氣」的；這一牌，莊家不是由四萬變八萬，就是輸光讓位。從賭到現在，這是最大的一筆輸贏，一進一出不是小數；連龐二都很注意了。

劉不才聲色不動，把骰子擲了出去，等三門攤牌；上門九點，天門七點，下門天牌配紅九，講好不作天九作一點。

「你們看，下活嘛！」周五有些聲厲內荏的神氣，「一副剋一副，不是下活是甚麼？」

「下活是下活，點子太小了！」龐二說道，「末條常會出怪牌；老五，滿飯好吃，滿話難說。」

「有點子就有錢！」周五索性硬到底了，「這副牌再輸，我把牌吃下去。」

不要說是鉅額賭注的本身，引人矚目；光是周五這句可能會搞得無法收場的話，就使得一屋子的人，從坐在賭桌上的到站在旁邊伺候的聽差丫頭，無不大感興味，渴望著看看莊家的那兩張牌，翻出來是甚麼點子？倘或是一張雜七、一張雜五湊成的「無名二」就贏了下門的「天九一」，那時看說了「滿話」的周五，是何尷尬的神色。

但包括龐二在內，誰也沒有想到，劉不才根本就不翻牌，「周五哥！」他說，「不錯，你的一點很值錢。」

說著，他把面前的錢推了出去；臉上帶著平靜自然的笑容，竟像心甘情願地輸給周五，而更像自己贏了周五。

龐二此時對劉不才已大有好感，所以處處偏向著他，「你牌還沒有看！」他提醒他，「真的一點都會趕不上？」

「牌都在外面。」劉不才說，「用不著看了，一點輸一點。」

「我倒不相信！」龐二說著，就動手理牌；從最大的「寶子」理起，找到一張二四，卻找不到「么子」——既然說是一點輸一點，那麼莊家應該是一副「人丁一」；找人牌，果然只有一張。

翻出來，可不是「人丁一」？十個紅點，襯得那墨黑的一點格外觸目。極靜的屋子裡，立刻響起一片喧譁，嘆惜和笑聲、驚異和感嘆；自然聲音最大的是周五。

「來，來，歸我來賠！」他把莊家的錢和自己的銀票，都攏到面前，賠完了小注，餘下的便是他的盈餘。

「真有這樣的牌！」龐二搖搖頭，「就翻不出一個兩點。」

他替莊家遺憾，甚至引為恨事；劉不才卻若無其事地，把牌推向高四——這是最後一莊，推完四方，也是平平而過。於是主人招呼到廳上吃消夜；一面吃一面談，不知不覺又談到劉不才的那副牌。

「你老兄的眼光真厲害。」龐二說，「一下子就看到了外面少一張人牌，少一張『釘子』，這點道行，倒也不是三年、五年了。」

「老劉是個腳色。」連周五都心服，「跟你賭，輸了也有味道。幾時我們好好賭他一場。」

「何用『幾時』？」龐二接口說道，「就是明天。」

「明天不是約好了，擾老胡的；後天好了。」

「明天也一樣。」胡雪巖說，「你們約那幾位來玩，我補帖子也一樣。」

「不必，不必！」龐二說道，「後天我請大家吃飯，找幾個朋友來，好好賭他一場。」他特意向劉不才問道：「後天你空不空？」

「哪一天都空。」

「好的，那你後天早一點請過來。」龐二又說，「統通請賞光，喜歡玩的玩，不然就吃飯。

我新用了一個廚子，做的魚翅還不錯，請大家來品賞一番。」

「我謝謝了！」王有齡說，「後天我回湖州。」

於是即席約定，除了王有齡以外，後天都赴龐二的約；嵇鶴齡自然也請在內——龐二很佩服他，說一定要請到，特意拜託胡雪巖代為致意。

第二天胡雪巖借了王有齡家請客，依舊是「小玩玩」。兩天下來，劉不才贏了一萬多銀子，大為興奮；胡雪巖卻提醒他，不可因此改變初衷，賭上絕不能成功立業，同時也再一次拜託，務必把龐二籠絡得服服貼貼，然後好相機進言。

「看樣子我們很投緣。」劉不才說，「長線放遠鷂，『火到豬頭爛』——。」

「不！」胡雪巖不容如此閒豫，「我要託他的事，很急！三叔，你無論如何，趁明天這個機會，就要把他收服。像昨天那樣子就很好，連我都佩服。不過你今天就不大對了，全副心思放在賭上，誤了正事。」

「今天的機會很好，我先弄它幾個，好做賭本。」劉不才不好意思地笑一笑，「以後沒有機會了，你就先放我一馬！」

「賭本你不必愁。有機會能贏幾個，我自然也沒有反對你，非要你輸的道理；只是你要顧到你去賭的原意。」胡雪巖又重重地說：「做生意就是這樣！處處地方不要忘記自己是為的甚麼！」

劉不才想了一會，點頭答道：「好！我明天全副精神對付龐二。」

龐二請客的場面很闊，他家在西湖葛嶺山腳下有一所別墅；請客就請在那裡。十一月的天氣，外面西北風颳得人重裘不暖，但在龐二的別墅中，卻是溫暖如春，在那間背山面湖的溫室中開筵，一共三桌客，身分極雜，但都穿的便衣，也就不容易分得出來了。

宴是午宴，吃完已經下午兩點，除了少數幾個人以外其餘都是知名的賭客，一散席便商量如何賭法？

「做主人的搖場攤吧！」

這個提議，立刻有人附和；龐二喜歡搖攤是出名的，而在這個場合中，最有資格做莊的，自然也是龐二。在他雖有當仁不讓之心，卻不免躊躇；因為缺少一個幫手。

但轉眼看到劉不才，立即欣然答應：「好的！各位有興致，我就先搖幾十攤。」

於是除了一桌麻將以外，近二十個人都預備打攤。聽差的準備桌子、座位、賭具，龐二卻把劉不才找到一邊有說話。

「老劉！我們合夥。我六成，你四成，你看如何？」

「當然好囉！不過，我先要『靈一靈』市面；我只帶了三萬銀子在身上，場面太大，我要派人回去拿錢。」

「不必，不必，錢我有。你也不要先拿本錢，等場頭散了再算。只有一件事，請你替我做『開配』。」龐二又說，「我搖攤有個臭脾氣，開配不靈光，我搖起來就沒勁。那天在周五家搖攤，臨時請了位朋友幫忙，我不過出了五個『老寶』，輸不到兩萬銀子，那位開配朋友的手就有些發抖了。不是人家幫我的忙，我不見情，還要說人家；像那位朋友開配，真把我的臉面都丟完了！」

「我沒有替人做過開配，不過，你的事，自然沒話說。就怕我應付不下來。」

「你別客氣了。」龐二拱拱手，「捧我小弟的場！承情，承情。」

於是劉不才到場執行開配的任務。只見檯面已經布置好了；那張檯子，是專為搖攤用的，紫檀桌子，黃楊木的桌面，比平常方桌大一號，四角用象牙嵌出界線；每一方又用象牙嵌出茶杯大的圓點，莊家一點，對門三點；右方是二，左方是四；左青龍，右白虎，開配照例站立在左上角的三與四之間，那是吉利的「青龍角」。

等他在青龍角上站定，隨即便有聽差送過一盒籌碼來；籌碼是四寸長的牙籌！上面刻著金字「世載堂龐」四字，作為標識；籌碼共分五種，分別刻著骨牌中「天、地、人、和」的點子；另外還有一種只刻堂名的白籌，自然是最小的碼子。

劉不才把籌碼定為五等，一千、五百、一百、五十、十兩，等賭客買好籌碼，才是「皇帝」龐二落座，拿起一個明朝成化窯的青花搖缸，「察浪浪，察浪浪」地搖了三下，打開搖缸來看，十二點是四。

「不錯！『開青龍』！」龐二說著又搖。

前三下，名為「亮攤」，好供賭客「畫路」；攤路的名堂甚多，大路、小路、董路、素路，各人相信各人的。到第四下搖過，那才正式開始下注；場面極其熱鬧，劉不才的本事也就要拿出來了。

搖攤在賭裡面最公平，做下手的一點虧都不吃；而下手押注的花樣也最多，跟牌九一樣，打「角」，打「橫堂」以外，還可以打「大頭」。角與橫堂，下手與莊家各占兩門，所以是一賭一；「大頭」就不同了，雖也是各占兩門，但贏法有差別，二帶么的大頭，開出「白虎」贏兩倍；開出「進門」算和氣。此外還有「放鷂子」，下手打三門，贏了吃二賠三，在錢上是以三賭一，大本錢卜小利，好像吃虧；但在骰子上，下手占了便宜，贏三門輸一門──當然，偏開不下注的一門，也是有的；那一下三注都吃，全軍皆墨，就變成「放鷂子斷線」了。

「放鷂子」還是「孤丁」，照吃照賠，不傷腦筋；傷腦筋的是改注碼，有的大頭改為孤丁；有的把這門注碼移到另一門，注碼不動，只憑口說，都要開配記住。不該賠的賠了，自然沒有人說話；不該吃的吃了，便有人提出抗議。賠錢是小事，出了錯便是不夠格，會替龐二丟面子；所以劉不才不敢輕忽，每一注都得注意。

暗中用心，表面卻很悠閒，等搖缸亮出，該吃的吃進，該賠的賠多少倍，一一計算清楚；沒有下手說閒話，更不曾起爭執。劉不才不但計算得清楚，而且計算得特別快；莊家不會等得無聊，所以搖起來格外起勁。

不多時候，二十攤已經搖完；做莊做了一半，龐二才看一看面前的銀票。

開配手邊，只存籌碼和不足一萬的銀票；滿了一萬，就得擺到莊家面前，名為討口彩的「進莊」，其實是防範開配落入自己荷包。劉不才與龐二初交，兼以負有爭取信任的責任，對這些細節，自然特別當心。龐二這時略略點了下，共有十四、五疊之多；自己是十萬銀子的本錢，算來贏得也不能說少。

但後半場的手風就不如前半場了，只見劉不才不斷伸手到他面前取錢；轉眼間，只剩下七疊。而攤路更壞，一缸青龍，一缸白虎，來回地甩，這名為「搖路」，又稱「搖櫓」，周五看準了，一下就在白虎上打了兩萬孤丁，另外在這一門上還有萬把銀子；假如莊家開個二，便得賠九萬銀子，雖有三門可吃，為數極微，莊家面前的錢是不夠輸的。

這是開配的責任，得要提醒莊家；但也有些莊家不愛聽這，罄其所有還不夠賠的話，所以劉不才有些躊躇。

一抬眼恰好看到胡雪巖，不自覺略一皺眉；胡雪巖立刻便拋過一個阻止的眼色來，劉不才警覺了，嘴向莊家面前一呶，隨即恢復常態。

「老劉！」龐二自己當然有個計算，問道：「怎麼樣？」

這一問當然是問本錢夠不夠？劉不才不能給他洩氣，但也不便大包大攬，說得太肯定，只這樣含含糊糊地說：「開吧！」

開開來是三，劉不才鬆了口氣，等吃配完畢；只見龐家的聽差，取了兩張銀票，悄悄往龐二面前一放。他看了看，略有詫異之色；欲言又止地點一點頭，不知是表示會意，還是嘉許。

「老五！」龐二看著周五說，「你打吧！我添本錢了；再添十萬。」

說也奇怪，一添本錢，手風便又不同，攤路變幻莫測，專開注碼少的那門。等四十攤搖完，結帳贏了七萬銀子。

接下來是周五做莊，也要求劉不才替他做開配，二十攤終了；看鐘已是晚上八點，暫停吃飯。趁這空隙，龐二把劉不才找到書房裡，打開抽屜，取出兩個信封，遞了給他。

劉不才不肯接，「龐二哥！」他問，「這是啥？」

「你打開來看。」

打開第一隻信封，裡面是三張銀票，兩張由阜康錢莊所出，每張五萬；另外還有一張別家錢莊的，數目是五千。

「老胡很夠朋友，叫我聽差送了十萬銀子給我添本錢——我用不著，不過盛情可感。五千銀子算是彩。請你轉交給他。」

「雪巖不肯收的——。」

「你別管。」龐二打斷他的話說，「只託你轉交就是了。」

劉不才也是大少爺出身，知道替胡雪巖辭謝，反拂他的意，便收了下來。看第二隻信封，裡面是三萬二千多兩銀子。

「這是你的一份。」龐二解釋，「原說四六成，我想還是『南北開』的好。」

劉不才當年豪賭的時候，也很少有一場賭三萬銀子進出的手面；而此時糊裡糊塗的贏了這麼一筆錢，有些不大能信其為真實，因而楞在那裡，說不出話來。

龐二不免覺得奇怪。他在想，莫非他意有不足？這個疑惑的念頭，一起即滅；那是絕不會有的事！然則必是在想一句甚麼交代的話。這交代，並非道一聲謝，就可以了事的；三萬二千銀子，不是小數目，龐二對自己能給人帶來這麼大的好處，已覺得很得意。當然還想再聽兩句「過癮」的話——大少爺的脾氣，就是這樣。

劉不才的感動，不言可知，不過他倒也沒有讓這筆儻來之財，衝昏了頭腦；心想，胡雪巖的意思，是要自己爭取龐二的信任，最好還能教他見自己的情。現在分到了這筆鉅數，就得見人家的情了。再說，賭場裡講究的就是「現錢」兩個字，當時講好四六成比例合夥，就該先出本錢，把身上的三萬銀票交了過去，到此刻來分紅，就毫無愧怍了。雖然龐二是有名的闊少，不在乎此；但人家漂亮，自己也要漂亮，這才是平等相交的朋友，不然就成了抱粗腿的篾片，說話的分量，大不相同。

道理是相通了，要交龐二這個朋友，要替胡雪巖辦事，這筆錢就不能收。不收呢，到底是三萬二千銀子，加上前一天贏的一萬多，要把「敬德堂」恢復起來，本錢也夠了。

因為出入關係太大，決心可真難下；但此時不容他從容考慮，咬一咬牙在心裡說：銅錢銀子用得光，要想交胡雪巖和龐二這樣的朋友，今後未見得再有機會。

於是他做出為難而歉然的神色，笑一笑說道：「龐二哥，你出手之闊是有名的，這等於送了我三萬兩千銀子；我不收是不識抬舉，收了心裡實在不安。我想這樣，做朋友不在一日，以後無論是在一起玩，還是幹啥正經，總還有合夥的機會。這筆錢，我存在你這裡。」說著，把那個信封放回龐二面前。

「你——。」龐二搔搔頭皮，「沒有這個道理！我們一筆了一筆，以後再說；無論一起玩，還是幹啥正經，總有你一份就是了。」

劉不才急忙拱手：「龐二哥說到這話，當我一個朋友，這就盡夠了！來來，吃飯去！」

一面說，一面走了出去；龐二無可奈何，只好在那個信封上寫了「劉存」二字，藏入抽斗。

等吃了飯再賭，劉不才覺得剛才那樣做法，對胡雪巖的委託來說，已經做到；所以心無牽掛，全副精神擺在賭上，用「冷、準、狠」的三字訣，在周五所搖的二十攤中，只下了三次注，看準了「老寶」打兩千銀子的孤丁，贏了六千；連本帶利再撲一記，變成一萬八。第三記收起一萬打八千，如果贏了，就是兩千變成三萬四；除去本錢，恰好是那辭謝未受的三萬二千銀子。

結果吃掉了，周五的莊也做完了，劉不才贏了八千銀子。以後換了推牌九，賭到天亮，沒有甚麼進出；而劉不才覺得三四天功夫就贏了兩萬銀子，大可知足。

伸個懶腰，離開牌桌，走到窗前把窗帘拉開，頓覺強光眩目，閉一閉眼，再從那難得幾家有的外國玻璃窗望出去，不由得訝然失聲：「好大的雪！」

「真是！賭得昏天黑地，」高四也說，「外面下這麼大的雪都不知道。」

「雪景倒真不壞！」劉不才望著彌望皆白的西湖說，「龐二哥這個莊子的地勢真好，真正是洞天福地。」

「你說好就不要走。」周五賭興未已，「多的是客房，睡一覺起來，我們再盤腸大戰。」

劉不才遇到賭是從不推辭的，但此時想到胡雪巖的正事，而他本人又早已回城，必得跟他碰個頭才談得到其他，所以推說有個緊要約會，寧可回了城再來。

「再來就不必了。」龐二說道，「今天歇一天吧！如果有興，倒不妨逛一逛西湖，我派船到湧金門碼頭去等你們。」

一聽這話，周五先就將脖子一縮，「我可沒有這個雅興。」他說，「不如到我那裡去吃火鍋，吃完再賭一場。」

「不行！」龐二笑道，「我這個地方，就是賞雪最好；我也學一學高人雅士，今天不想進城。」

高四也說有事，還有幾位客，都不開口，周五的提議，就此打消。在龐家吃了豐盛的早飯，各自坐轎進城；劉不才不回錢莊，直接到一家招牌叫「華清池」的澡堂，在滾燙的「大湯」中泡了一會，躺在軟榻上叫人搥著腿便睡著了。

這一覺睡到下午兩點才醒，還不想離開澡堂子，喊來一名跑堂，到館子裡，叫菜來吃飯；同時寫了張條子，吩咐送到胡雪巖家，說明行蹤，請來相會。

等他就著一隻十景生片火鍋，喝完四兩白乾，正在吃飯時，胡雪巖到了；一見他便很注意的說：「你今天的氣色特別好。想來得意？」

「還不錯。一切都很順利。等我吃完這碗飯，再細談。」劉不才說，「天氣太冷，你先到池子裡泡一泡。」

於是胡雪巖解衣入池，等他回到座位，劉不才已很悠閒的在喝著茶等。匠几上擺著個信封；

看上面寫著兩行字：「拜煩袖致雪巖老哥。」

「你昨天怎麼不等龐二把攤搖完，就走了？」

「我自然要先走，不然，到晚上『叫城門』就麻煩了。」胡雪巖說，「我開了兩張票子，帶在身上；交是交了給龐二，號子裡有沒有這麼多存款，還不知道，必得趕進城來布置好。」

「虧得龐二不曾輸掉，否則就麻煩了。」劉不才這時倒有不寒而慄之感，「你想，我說了跟他四六成合夥，倘或連你這十萬一起輸光，就是二十萬。我派四成，得要八萬；劃個帳，找兩萬銀子。十萬剩了兩萬，險呀！這種事下次做不得了。」

「你也知道做不得！」胡雪巖笑道，「你在場上賭，等於我在場外賭。不過我這場外賭，無論輸贏，都是合算的。」

「贏了是格外合算。你看！」劉不才把信封推了給他；說明經過。

胡雪巖這時才打開信封，把他自己的兩張銀票收了起來；揚著龐二的那張五千兩的銀票說：「我當然不能要他這五千銀子，但也不便退回。只有一個辦法，用他的名義，捐給善堂；昨天夜裡一場大雪，起碼有二三十具『倒路屍』，我錢莊裡已經捨了四口棺材了。」

「『做好事』應該！我也捐一千銀子。」

「算了，算了！」胡雪巖不便說他有了錢，「大少爺脾氣」就會發作，只這樣阻止：「你要做好事，也該到湖州去做！杭州有我，不勞你費心。」

劉不才有些發覺了，略顯窘色地笑道：「其實我也要別人來做好事；自己哪裡有這個資格。」

「閒話少說。」胡雪巖說，「這裡不是說話的地方，到舍間去談。」

於是兩個人穿衣起身——劉不才是第一次到胡家，想到他姪女兒，有些心事重重的模樣；他不知道胡雪巖在湖州另立門戶，胡太太是不是知道？倘或知道，自己的身分不免尷尬。因而便有畏縮之意；但轉念又覺得這是機會，可以看看胡太太為人如何？將來跟芙蓉是不是相處得來？

就這樣躊躇著，走出華清池時，腳步就懶了。胡雪巖回身一望，從他的臉色，猜到他的心裡；覺得必須交代一句。

「三叔，」他說，「在湖州的事，見了內人，不必提起。」

這句話解消了劉不才心裡的一個疙瘩，腦筋就變得靈活了，「那麼，」他提醒他說：「你也不能叫我三叔！脫口出來，就露了馬腳。」

「不要緊。倘或內人問起來，我只說我先認識你姪兒，跟著小輩叫，也是有的。」

「算了，你叫我別樣。我也不想做你的長輩；寧願做朋友。」

「是的！劉三爺。」

這是「官稱」，劉不才欣然同意。一起坐轎到了胡家，拜見胡雪巖的母親和妻子；劉不才口稱「伯母」、「大嫂」。看這位「胡大嫂」人雖精明，極顧「外場」；不是那種蠻不講理的悍潑婦人，劉不才替芙蓉放了一半心。

於是圍爐把酒，胡雪巖開始談到龐二，「你曉得的，我現在頂要緊的一筆生意，是上海的絲。」他說：「我既然託了你，以後也還要共事，我不必瞞你，年關快到了，各處的帳目要結，應該開銷的要開銷，上海那批絲，非脫手不可。」

「嗯，嗯！」劉不才生長在湖州，耳濡目染，對銷洋莊的絲，自然也頗了解，「現在價錢不錯呀！不如早早脫手。擺到明年，絲一變黃，再加新絲上市，你就要吃大虧了。」

「是的。眼前的價錢雖不錯，不過還可以賣得好——說句你不相信的話，價錢可以由我開。」

「有這樣的好事！」劉不才真的有些不信，反問一句：「那你還在這裡做啥？趕緊到上海去呀！」

「對！就這幾天，我一定要動身。現在只等龐二的一句話——。」

這一句話就是要取得龐二的承諾，他在上海跟洋商做絲的交易，跟胡雪巖採取同樣的步驟——胡雪巖已經得到極機密的消息，江蘇的督撫，已經聯銜出奏，因為在上海租界中的洋人，不斷以軍械糧食接濟劉麗川，決定採取封鎖的措施，斷絕內地與洋人的貿易，迫使其轉向「助順」。這一來，絲茶兩項，來源都會斷絕；在上海的存貨，洋人一定會儘量搜購，只要能夠「壟斷」，自然可以「居奇」。

「原來如此！」劉不才很有把握地說：「這龐二一定會答應的，挑他賺錢，何樂而不為？」

「話不是這麼說。」胡雪巖大搖其頭，「你不要把事情看得太容易！」

劉不才是不大肯賣帳的性格，「我倒不相信！」他說，「龐二沒有不答應的道理。」

「憑交情！自然會答應。交情不夠就難說了。你要曉得，第一、他跟洋人做了多年的交易，自然也有交情，有時不能不遷就；第二、在商場上，這有面子的關係，說起來龐二做絲生意，要聽我胡某人的指揮。像他這樣的身分，這句話怎麼肯受？」

想想果然！劉不才又服貼了，笑著說道：「你的腦筋是與眾不一同。這樣一說，我倒還真得小心才好。」

「對了！話有個說法。」胡雪巖接下來便教了他一套話。

劉不才心領神會的點頭；因為休戚相關的緣故，不免又問：「萬一你倒扳價不放，洋人看看不划算，做不成交易，豈非枉做惡人？而且對龐二也不好交代！」

「不會的！」胡雪巖答道：「外國的絲，本來出在叫做義大利的一個國度，法蘭西也有。前個七八年，這兩個國度裡的蠶，起了蠶瘟，蠶種死了一大半，所以全要靠中國運絲去。原料不夠，外國的絲廠、機坊都要關門，多少人的生計在那裡！他們非買我們的絲不可；羊毛出在羊身上，水漲船高，又不虧洋絲商的本，怕甚麼！」

「你連外國的行情都曉得！」劉不才頗有聞所未聞之感，「怪不得人家的生意做不過你。」

「好了，好了！你不要恭維我了。」胡雪巖笑道，「這些話留著跟龐二去說。」

劉不才如言受教，第二天專誠去訪龐二，一見面先拿他恭維一頓，說他做生意有魄力，手段厲害。接著便談到胡雪巖願意擁護他做個「頭腦」的話。

「雪巖的意思是，洋人這幾年越來越精明，越來越刁，看準有些戶頭，急於脫貨求現，故意殺價。一家價錢做低了，別家要想抬價不容易；所以，想請你出來登高一呼，號召同行，齊心來對付洋人！」

「是啊！我也想到過，就是心不齊，原是為大家好，那曉得人家倒像是求他似地。」龐二搖搖頭，嘆口氣，「唉！我何苦舒服日子不過，要吃力不討好，自己給自己找氣來受！」

「你是大少爺出身，從出娘胎，也沒有受過氣，自然做不來這種仰面求人的事。雪巖也知道，他只請你出面為頭，靠你的地位號召，事情歸他去做。」

「這也不敢當！」龐二答道，「老胡這樣捧我，實在當不起。」

這話就要辨辨味道了，可能是真心話；也可能是推託。如果是推託，原因何在？劉不才這樣想著，一面口中恭維，一面在細察龐二的臉色。

這是劉不才有閱歷的地方！龐二果然是假客氣的話，他對胡雪巖雖頗欣賞，但相知不深；對於胡雪巖一下子如跳龍門似地，由窮小子闖出這樣的手面，其間的傳奇，也聽人約略談過，認為他實力畢竟有限，唯恐他弄甚麼玄虛，存著戒心。

說到後來，劉不才有些著急了，「龐二哥，承蒙你看得起我，一見如故，所以雪巖託我這件事，我一口答應。現在你一再謙虛，似乎當我外人看待。」說到這裡，發覺自己的態度，有些過分，便笑一笑說，「好了，好了！龐二哥，我不管這樁閒事了，我請你到『江山船』上吃花酒去。」

最後這一轉很好，龐二覺得劉不才很夠朋友，自己雖存著猜疑之心，他卻依舊當自己好朋友，這很難得。

就這一轉念之間，心便軟了，覺得無論如何要有個交代；於是這樣笑道：「老劉，你不要氣急！不看僧面看佛面，你第一趟跟我談正經事，又是為彼此的利益，我怎麼能不賣你的帳？不過，我也說句實話，像這樣的事，做好了沒有人感激；做壞了，同行的閒話很多。中國人的腦筋比外國人好，就是私心太重，所以我不敢冒昧出頭。現在這樣，我跟老胡先談一談再說，能做我一定做，絕不會狗皮倒灶。你看好不好？」

「那還有不好的道理？你說，你們在那裡談？」

「今天我還有一個約，沒有空了，就明天吧。」龐二又說，「你不是要請我吃花酒嗎？我們就在江山船上談好了。」

「一言為定。明天請你江山船上吃花酒，我發帖子來。」

「這不必了。你是用那家的船？」龐二對此道也很熟悉，「頂好的是小金桂的船；只怕定出去了。其次就是『何仙姑』的船。」

「好，不是小金桂，就是何仙姑。事不宜遲，我馬上去辦。定好了船，還是發帖子來。」

「好，好，我聽你招呼。」龐二又說，「人不宜太多；略微清靜些，好談正事。」

劉不才答應著告辭而去。進城直接去找胡雪巖，細說了經過，表示佩服胡雪巖有先見之明，果然事情不那麼容易；又說他未能圓滿達成任務，深感歉疚。

「這是哪裡的話！」胡雪巖安慰他說，「有這樣一個結果，依我看，已經非常好了。」

「那麼，預備怎麼跟他談呢？」

「那自然要臨機應變。看樣子，他是跟我初次共事，還不大能夠相信。」胡雪巖又說，「這件事即使做不成功，我以後跟他合作的日子還有。所以，三爺，倘或事情談不攏，你不必擺在心上，好像覺得對不起我，他不夠朋友。你要一切照常，一點不在乎。你懂我意思不懂？」

「當然懂！」劉不才深深點頭，「這個朋友是長朋友。」

「對了！」胡雪巖極欣慰的，「說這話，你是真的懂了。」

於是，劉不才告辭回去，託劉慶生派人定了小金桂的船，又發帖子；整整忙了一下午，才算諸事就緒。哪知到了夜裡，突然接到龐二的信，說他接到家報，第二天必須趕回南潯，花酒之約，只得辭謝；胡雪巖的事，希望即晚談一談，在何處見面，立等回音。信是由龐家的聽差送來的，劉不才打聽了一下，才知道龐二鬧家務；看起來他的心境不會好，對胡雪巖的事，自然也不會感覺興趣，談與不談已經無關宏旨了。不過想到「長朋友」這句話，劉不才覺得對龐二應有一番慰問之意；因此告訴龐家的聽差，說他馬上約了胡雪巖去拜訪。

等龐家的聽差一走，劉不才接著也趕到了胡家；相見之下，說了經過，胡雪巖大為皺眉，沉吟了好半晌，倏地起身，成竹在胸似地說：「走吧！船到橋頭自然直。」

坐轎出城，見著了龐二，胡雪巖發覺他眉宇之間，隱然有憂色；便不談自己的事，只問龐二有何急事，要趕回家去？

「我叫人告到官裡了！」龐二很坦率地回答，「這一趟回去，說不定要對簿公堂。」

「不幸之至。」胡雪巖問道，「到底為了甚麼？」

「這話說來太長，總之，族中有人見我境遇還過得去，無理取鬧。花幾個錢倒不在乎，這口氣忍不下去。」

一聽這話，就知道無非族人奪產，事由不明，無法為他出甚麼主意，只好這樣相勸：「龐二哥，訟則終凶，惟和為貴。」

「和也要和得下來。」龐二搖搖頭，「唉！不必談了。」

龐二不談，胡雪巖卻不能不談，也不可不談，因為他可以幫龐二的忙，「如果你願意和，我包你和得下來。」胡雪巖說，「龐二哥，打官司你不必擔心！只要理直，包贏不輸；不過俗話說得好：富不跟窮鬥。你的官司就打贏了也沒有甚麼意思。」

「啊！」龐二突然雙眼發亮，「對了，你跟王大老爺是好朋友。這個忙可以幫我！」

「當然。」胡雪巖說，「我先陪你走一趟。你的事要緊；我上海的事只好擺著再說了。」

這是以退為進的說法，龐二被提醒了；他是闊少的作風，遇到這些地方，最拿得出決斷，「老胡！」他說，「你上海的事不要緊，都在我身上。你說，要我怎麼樣？」

「劉三爺跟你大致已經談過了。我就是想龐二哥來出面，我勸同行齊心一致，由我陪你去跟洋人談判。」

「我是沒有空來辦這件事了。」龐二問道，「你在上海有多少絲？」

「我有兩萬包。」

「那就行了。我跟你加在一起，已經占到百分之七十，實力盡夠了。你跟洋人去談；我把我的棧單交了給你，委託你代我去做交易，你說怎麼就怎麼。這樣總行了吧！」

得到這樣一個結果，胡雪巖喜出望外。有龐二的全權委託，不但對洋商的交易，可以順利達成；而且自己的聲望，立刻就會升高。但好事來得太容易，反令人有不安之感，他不敢有得意的神色，「龐二哥，你這個委任重了！」他戒慎恐懼的說：「我怕萬一搞得灰頭土臉，對你不好交代。」

「不會的！」龐二答道：「我聽老劉談過了，你對絲不外行。就請你記住一句話，『順風旗不要扯得太足』，自然萬無一失。」

「是的，」胡雪巖衷心受教，「我照你的話去做。價錢方面，我總還要跟你商量的，不會獨斷獨行。」

「不必，你看著辦好了。至於回扣——。」

「不，不！」胡雪巖急忙搖手，「你這麼捧我，我絕不能再要回扣。原是你自己可以談的事，怎麼好損失回扣？我曉得你為人大方，不過你手下也有一般『朋友』，教他們背後說你的閒話，變得我對不起你了。」

聽這一說，龐二越覺得胡雪巖「落門落檻」，是做生意可以傾心合作的人。別人漂亮，他更不肯馬虎，堅持一定要送；胡雪巖也作了很肯定的表示，倘或龐二一定要送，他不能不收，只是除了必要的開支以外，餘數他要送龐二手下的「朋友」。

「那隨你，我就不管了。」龐二又說，「今天晚上我就寫信通知上海，把棧單給你送去；送到哪裡？」

「不是這麼做法，只請你寫封委託信給我，同時請你通知寶號的檔手，說明經過。棧單不必交給我。」

這樣做，亦無不可。談完胡雪巖的事，龐二談他自己的事。照胡雪巖的想法，上海那方面的生意，他可以託人代辦，自己該陪著龐二到湖州，去替他料理官司；劉不才也在旁邊幫腔，說胡雪巖對這種排難解紛的事，最為擅長，此行少不得他。但唯其如此，龐二反倒顧慮了。

「老胡！有你出大力幫忙，這件事，我現在就可以放心，至多惹幾天麻煩，花幾弔銀子，沒有甚麼大不了的。不過，我不願意落個仗勢欺人的名聲；你陪了我去，好是好，就只一樣不妥，湖州好些人都知道你跟王大老爺是知交，看你出面，明明王大老爺秉公辦理，別人說起來，總是我走了門路。」龐二停了一下又說，「這一來不但我不願意；對王大老爺的官聲也不好。」

聽了這番話，胡雪巖心想，誰說龐二是不懂事的紈袴，誰就是有眼無珠的草包。因而心悅誠服的答說：「龐二哥看事情，真正透澈！既然如此，我全聽吩咐。」

「不敢當！」龐二說道：「我只請你切切實實的替我寫封信，我也是備而不用。」

「好的。我的信要寫兩封，一封給王雪公，一封給刑幕秦老夫子——此人我也是有交情的；龐二哥有甚麼難處，儘管跟他商量。」

「這是文的一面，還有武的一面。」劉不才插嘴問龐二：「郁四，你認不認識？」

「認是認得，交情不深。」龐二答道：「說句實話，這些江湖朋友，我不大敢惹。」

「這個人也是『備而不用』好了。」胡雪巖說，「信我也是照寫——其實不寫也不要緊，郁四聽見是龐二哥的事，不敢不盡心。」

這是胡雪巖拿高帽子往龐二頭上戴，意思是以龐家的名望，郁四自然要巴結。只是恭維得不肉麻，龐二聽了非常舒服；心裡在想，他們杭州人的俗語，「花花轎兒人抬人」，胡雪巖越是如此說，就越要買他的面子。

「老胡，聽你這一說，郁四跟你的交情一定不錯；你的朋友就是我的朋友，我這趟回湖州，倒要交他一交，請你替我寫介紹信。」

「一句話！」胡雪巖起身告辭，「你就要走了，總還有些事要料理，我不耽擱你的功夫，明天一早，我把信送來。」

這天晚上胡雪巖備下三封極其切實的信，第二天一早帶到龐二那裡。投桃報李，他交給胡雪巖的兩封信也很實在，一封是委託書；一封是寫給他在上海的管事的，特意不封口，請胡雪巖代發，意思是讓他過了目，好放心。這使得胡雪巖對龐二又有了深一層的了解，做事不但豪爽，而且過節上的交代，一絲不苟，十分漂亮。

第二十章

有了這封委託書，胡雪巖要好好的動腦筋了。

他不斷跟古應春有書信往來，上海方面的生意，是託古應春代為接頭，尤五的一切情形，也是由古應春代傳達。所以龐二這面談成功，他第一件事，就是寫信告訴古應春；然後料理杭州這方面，所經手的事務，預備在十二月初動身到上海，盡量月半以前把絲賣出去，好應付公私帳目。然後開了年，另外再推出新的計畫，大幹一番。

不多幾天，古應春的回信來了，讓胡雪巖大出意外的是，洋人那方面變了卦；表示年關以前，無意買絲。表面是說，他們國內來信，存貨已多，可以暫停。實際上照古應春的了解，外國人也學得門檻精了，知道中國商場的規矩，三節結帳，年下歸總，需要大筆頭寸。有意想「殺年豬」。如果胡雪巖價錢不是扳得太高，則洋人為了以後的生意，也不會趕盡殺絕。

「事情麻煩了！」胡雪巖跟劉不才說，「我自己要頭寸在其次，還有許多小戶，不能過關，一定會倒過來懇求洋商，雖然他們這點小數，不至於影響整個行情，但中國人的面子是丟掉了！」

「那就只有一個辦法，」劉不才已經把胡雪巖佩服得五體投地，認為世上沒有難得倒他的麻煩，所以語氣非常輕鬆，「你調一筆頭寸幫小戶的忙，或者買他們的貨，或者做押款，教他們不要上洋人的圈套，不就完了嗎？」

胡雪巖最初的計議就是如此，難就難在缺頭寸，所以聽了他的話，唯有報以苦笑。

這一下，劉不才也看出意思來了，「老胡，」他說，「我看龐二也是吃軟不吃硬的脾氣，聽見洋人這樣可惡，一定不服帖，你何不跟他商量一下看？他的實力雄厚，如果願意照這個辦法做，豈不就過關了？」

話是說得不錯，但自己有許多公私帳務，一定要有個交代，那又如何說法？這非得細細地通盤籌劃一番不可。

這天晚上，胡雪巖跟劉慶生算了一夜的帳，各處應付款項，能展期的展期，能拖一拖的拖一拖，無論如何要三十萬兩銀子才能過關。而應收及可以調動的款子，不到十五萬，頭寸還缺一半，更不用說替絲商小戶張羅過年的現款。

這就到了必須向洋商屈服的時候了。胡雪巖想想實在於心不甘；多少時間心血花在上面，就為的是要弄成「一把抓」的優勢，如今有龐二的支持，優勢已經出現，但「一把抓」抓不住，仍舊輸在洋商手裡，這是從何說起？

一方面不甘屈服，一方面急景凋年，時不我待，胡雪巖徹夜徬徨，想不出善策。急得鬢邊見了白髮。而劉慶生卻又提出警告，該付的不付，面子要弄得很難看了！這個警告的意味，他很了解，萬一傳出風聲，說胡某人的週轉不靈，阜康的存戶紛紛的提存，這樣一「擠兌」，雪上加霜，非倒閉不可。

於是他又想到劉不才的話，覺得龐二是個可共患難的人；與其便宜洋商，不如便宜自己人！向龐二去開口，當然是件失面子的事；然而，這是同樣的道理，與其丟面子丟給洋人，倒不如丟給自己人。

「三爺！你陪我到湖州去一趟。」他這樣跟劉不才說，「這一趟去要看我的運氣，如果龐二鬧家務，已經順順利利了結，我說話也就容易了。不然，他自己都弄得『頭盔倒掛』，我怎麼還開得出口？」

「好的。」劉不才說，「我看我們直接趕到南潯去吧，不必先到湖州，再走回頭路就耽誤功夫了。」

胡雪巖點點頭，未置可否；心裡在盤算杭州跟上海兩方面的交代，細想一想，就是三、五天的功夫也不容易抽出來，年底下的商場，雖不是瞬息萬變，卻往往會出意外，萬一有何變化，自己措手不及，豈不誤了大事？

劉不才看他躊躇不決，知道他必須坐鎮在杭州；因而試探著說：「雪巖，你看是不是我代你去走一趟？」

這倒是個辦法。劉不才的才幹，辦這樣一件事，可以勝任；但他還有一件事不放心，「三爺！」他說，「你去了不能露出急吼吼的樣子——。」

「這何消說得？」劉不才搶著說，「我不能連這一點都不懂。」

「不是！我還有話。」胡雪巖說，「既然不是急如星火的事，那就可以從從容容來。大少爺的脾氣，你是最明白不過的，」他模擬著龐二的態度說：「『好了，好了，凡事有我。先賭一場再說。』那時候你怎麼樣？」

劉不才想想不錯，這一賭下來，說不定就耽誤了胡雪巖的功夫，千萬賭不得！

「我這樣跟他說：我自己在杭州還有許多事，要趕回去料理；到年三十，我趕到南潯來，陪你好好賭幾場。」

「對！就是這麼說。」胡雪巖又鄭重的加了一句：「三爺，你可不能拆我的爛汙！」

「你不相信我，就不要叫我去。」

說到這話，胡雪巖不能再多提一句，當時寫了信，雇了一隻船，加班添人，星夜趕到南潯去會龐二，約定無論事成與否，三天以後，必定回來。

這三天自是度日如年的光景，但胡雪巖絕不會獨坐愁城，聽天由命，他要作萬一的打算；所以依然每天一早，坐鎮阜康，不斷派出人去聯絡試探，希望能找出一條得以籌集這筆鉅款的路子來。

第一天第二天都毫無結果，到了第三天，他就有些沉不住氣了，正在攢眉苦思時，嵇鶴齡到阜康錢莊來相訪，一見面便訝然說道：「雪巖，幾天不見，你何以清瘦如此？」

異姓手足，無須掩飾，胡雪巖老實答道：「還差三十萬銀子，怎麼不急得人瘦？」

聽這話，嵇鶴齡大吃一驚，「你怎不跟我說？那天我問你，你不是說可以『擺平』嗎？」他帶些責備語氣地問。

「跟你說了，害你著急，何苦？」胡雪巖改用寬慰的語氣說，「只要海運局的那筆宕帳，你能給我維持住，別的也還不要緊。」

怎麼又說不要緊？顯見得他是故意叫人寬心。嵇鶴齡想了想問道：「你總得想辦法囉！」

「是的。」他說了遣劉不才到南潯乞援的事，「我給龐二的信上說，我願意照市價賣多少包絲給他，便宜不落外方；我這樣吃虧還卸面子，他應該可以幫我這個忙。」

「年底下一下子要調動三十萬的頭寸，不是件容易的事。」

「其實，有一半也可以過關了。」

「十五萬也不是少數。」嵇鶴齡招招手說，「你來，我跟你說句話。」

到得僻處密談，嵇鶴齡告訴他一個消息，是裘豐言談起的，說有個洋商走了「砲局」龔振麟、龔之棠父子的路子，龔家父子又走了黃撫台三姨太的路子，決定跟洋商買一萬五千枝洋槍，每枝三十二兩銀子，價款先發六成，就在這兩天要立約付款了。

聽到這個消息，胡雪巖大為詫異，買洋槍是他的創議，如果試用滿意，大量購置，當然是他原經手來辦，何以中途易手，變成龔家父子居間？

當然，這是不用說的，其中必有花樣；胡雪巖問道：「可曉得那洋商叫甚麼名字？」

「不知道。聽說是個普魯士人。」

「那就不是哈德遜了。」胡雪巖說，「這筆生意，每枝槍起碼有十二兩的虛頭，一萬五千枝槍是十八萬，回扣還不算。這樣子辦公事，良心未免太黑了一點。」

「這不去說它了。我告訴你這個消息，是提醒你想一想，這筆款子，能不能在你手裡過一過；能夠辦得到，豈不是眼前的難關，可以過去？」

這倒是個很新鮮的意見。胡雪巖對任何他不曾想到的主意，都有興趣，於是扳著手指數道：「一萬五千乘三十二，總價四十八萬銀子，先付六成就是二十八萬八，弄它一半就差不多了。」

「你跟龔家父子認識不認識？我倒有個朋友，跟小龔很熟，可以為你先容。」

「好極了！等我想一想。這條路子一定有用的。」

胡雪巖略為一想，就看出了這樁交易之中的不妥之處；一萬二千枝洋槍，是一批極惹人注目的軍火，近則上海的小刀會；遠則金陵的「長毛」，一定都會眼紅，如果在上海起運，不管陸路水路，中途都難免會出紕漏。

「怎麼樣能把合同打聽出來就好了。」胡雪巖自語似地說，「我看這件事，怕有點靠不住！」

「怎麼靠不住，千真萬確有此事。」

「我不是說沒有這件事；是說這筆生意，怕要出亂子，龔家父子會惹極大的麻煩。」接著，胡雪巖將他的顧慮，跟嵇鶴齡細談了一遍。

「我懂了！」嵇鶴齡說，「癥結在交貨的地方，如果是在上海交貨；黃撫台得派重兵護運。這倒是很麻煩的事。」

「有了！」胡雪巖當時便把劉慶生找了來問說：「撫台衙門劉二爺的節敬送了沒有？」

「還早啊！」

「要提前送了。」胡雪巖說，「我記得是每節一百兩，過年二百兩；請你另外封四百兩，連例規一起送去，說我拜託他務必幫個忙！」

要劉二幫忙的，就是把合同的原底子設法抄了來。劉二看在兩個紅封，總計六百兩銀票的面上，這個忙非幫不可；又因為龔家父子越過他這一關，以同鄉內眷，經常來往的便利，直接搭上了三姨太的線，心裡原就有氣，這時猜測胡雪巖的用意，大概要動腦筋打消這筆買賣，自所樂見，格外巴結，當天就用五十兩銀子買通了黃宗漢的孌童兼值簽押房的小聽差，把合同的底稿偷了出來，劉二關上房門，親自錄了個副本，神不知鬼不覺地送到了胡雪巖手裡。

合同上寫的是由船運在浙江邊境交貨。胡雪巖倒弄不明白，這個名叫魯道夫的普魯士人，具何神通？能夠安然通過上海到嘉善的這一段水路？倘或中途出險，不能如約交貨，又將如何？

細看合同，果然有個絕大的漏洞；這筆買賣，在賣主方面自然有保人——由上海的兩家錢莊承保，但保的是「交貨短少」及「貨樣不符」；又特為規定一樣：「賣方將槍枝自外洋運抵上海後，稟請浙江撫台衙門委派委員，即就海關眼同檢驗，須驗得式樣數目相符，始得提領交運。」看起來好像公事認真，完全為了維護買方的利益，實際上是正好為賣方脫卸責任。

「好刀筆！」在一起細看合約的嵇鶴齡，書生積習，不免憤慨，「公家辦事，就是如此！自作聰明，反上了別人的當。」

「恐怕不是自作聰明，是故作聰明。」胡雪巖說，「照這個合約來看，賣方只要把洋槍運到上海，在海關經過浙江的委員眼同檢驗，數量式樣相符，賣方就已盡了責任；如果中途遇劫，那就好比當票上的條規：『天災人禍，與典無涉。』保人是不保兵險的。真的鬧將開來，洋人只要說一句：在你們中國地方被搶的，你們自己不能維持地方平靖，與外人甚麼相干？這話駁不倒，還只能捏著鼻子受他的！」

嵇鶴齡也是才氣橫溢，料事極透的人，聽了胡雪巖的話，連連點頭，嘴角中現出極深沉詭祕的笑容；眼睛不斷眨動，似乎別有深奧的領悟似地。

「大哥！」胡雪巖問道：「你另有看法？」

「我是拿你的話，進一步去想。也許是『小人之心』，但是，人家未必是君子，所以我的猜測也不見得不對。」

說了半天，到底是指甚麼呢？胡雪巖有些不耐，催促著說：「大哥！你快說吧，這件事上，也許可以生發出甚麼辦法來，如今時間不多了，我們得要快動腦筋，快動手。」

於是嵇鶴齡提綱挈領的只問了一句，胡雪巖就懂了；所問這一句是：「這會不會是個騙局？」

如果要行騙，根據合約來說，並不是不可能：洋槍運到上海關，浙江所派的委員驗明了數目式樣，無不相符，但交運中途，說是遇到劫盜，意外災禍，不負責任。至於是不是真的搶走了洋槍，無可究詰，那就可以造成為騙局。

倘或事先有勾結，浙江的委員虛應故事，數目既不夠，式樣也不符，而以「相符」稟報；及至被劫，亦是無可究詰，這個騙局就更厲害了。

「我看，」胡雪巖畢竟是商人，遲疑著問道：「這，我看他們不至於如此大膽吧？」

「哈！」嵇鶴齡冷笑，「你不知官場的齷齪！事實俱在，這合約中有漏洞；人之才智，誰不如我？我們一看就看出來了，他們經過那麼多人看，說是不曾看出來，其誰能信？」

「是的。」胡雪巖點點頭，轉問出一句極要緊的話：「既然我們看出來了，該怎麼辦？」

嵇鶴齡笑了，「以你的聰明，何須問我？」他說，「你定策，我看我能不能幫你的忙！」

胡雪巖覺得嵇鶴齡這個人不失為君子，在這樣異姓手足之親，時不我待之迫，有了機會還不肯出「壞主意」，就算很難得了。

「辦法當然很多。」胡雪巖想了想說，「光棍不斷財路，只要他們不是行騙，生意仍舊讓他們去做。不過，我覺得黃撫台不作興這樣，我也幫過他好些忙；買洋槍又是我開的路子，現在叫別人去做這筆生意，想想於心不甘。」

嵇鶴齡聽他的話一腳進、一腳出，便知道他的意思了，反正只要能對他眼前的難關有幫助，他也不願多事；照此宗旨替他設想，覺得有跟龔家父子開個談判的必要。

「請誰去談判呢？」胡雪巖問，「託你的朋友？」

「不！這件事你我先都還不便出面，叫裘豐言去！」

「妙！妙！」胡雪巖撫掌稱善，「我們馬上找他來談。」

於是就借嵇鶴齡的地方，由瑞雲設爐置酒，叫人去請裘豐言。時已深夜，天氣又冷；裘豐言黃昏時分喝得醺醺然，早已上了床；但聽說嵇、胡二人請他圍爐消夜，立刻披衣起床，冒著凜冽的西北風，興匆匆地趕到嵇家。

一進門他就把「寒夜客來茶當酒」這句詩改了一下，朗然而吟：「寒夜客來酒當茶！」不但嵇鶴齡和胡雪巖相視莞爾，連隔室的瑞雲都笑了，只見小丫頭把門簾一掀，她一手提個酒瓶，一手提把酒壺，揚一揚笑道：「裘老爺，有的是酒，中國酒、外國酒都有，你儘管喝！」

「多謝嫂夫人！」裘豐言兜頭一揖，然後接過一瓶拔蘭地，拔開塞頭，先就嘴對嘴喝了一口。

這一下惹得瑞雲又笑，「裘老爺喝酒倒省事，」她說，「用不著備菜！」

「這話在別處可以這麼說；在府上我就不肯這麼說了。」

「為甚麼呢？」

「說了是我的損失。說句不怕人見笑的話，我這幾天想吃府上的響螺跟紅糟雞。想得流涎不止。」

「那真正是裘老爺的口福，今天正好有這兩樣東西。」瑞雲笑道，「不過，不好意思拿出來待客，因為吃殘了！」

「怕甚麼，怕甚麼！來到府上，我就像回到舍下，沒有說嫌自己家裡的東西吃殘的。」

於是瑞雲將現成的菜，辦了一個火鍋，四隻碟子為他們主客三人消夜；嵇鶴齡一面勸酒，一面為裘豐言談那張購槍合同的毛病。他雖未提到胡雪巖，而有了幾分酒意，並且一向與胡雪巖交好的裘豐言卻很替他不平。

「是可忍，孰不可忍！這件事非得好好評理不可。」

「稍安勿躁！」嵇鶴齡拉著他的手說，「今天請你來就是要跟你商量個打抱不平的辦法。毛病捉住了，但『沒有金剛鑽，不攬碎瓷器』，龔家父子也不是好相與的人，這件事還得平心靜氣來談。」

「好，好！」裘豐言喝口酒，挾塊紅糟雞放在口中咀嚼著，含含糊糊地說，「有你們兩位在，沒有我的主意；你們商量，我喝著酒聽。」

嵇胡兩人對看一眼，都覺得老實人也不易對付；他們原先有過約定，預備一搭一檔，傍敲側擊，讓裘豐言自告奮勇，現在他是「唯君所命」的態度，說話就不能再繞圈子，否則便顯得不夠朋友，所以反覺得為難。

當然，還是得嵇鶴齡開口，他想了一下看著胡雪巖說：「做倒有個做法，比較厲害，不過盤馬彎弓，不能收立竿見影之效。」

「不管它！你先說你的。」

「我想，老裘辦過一回提運洋槍的差使，也可以說是內行；不妨上他一個說帖，就說有英商接頭，願意賣槍給浙江，條件完全跟他們一樣，就是價錢便宜，每枝只要二十五兩銀子。看他們怎麼說？」

「此計大妙！」說不開口的裘豐言，到底忍不住開口，「有此說帖，黃撫台就不能包庇了；不然言官參上一本，朝廷派大員密查，我來出頭，看他如何搪塞？」

「不至於到此地步。這個說帖一上，龔家父子一定會來找你說話，那時就有得談了。」嵇鶴齡轉眼看著胡雪巖說，「有好處也在年後。」

裘豐言不明用意，接口又說：「年後就年後，反正不多幾天就過年了。」

嵇鶴齡聽得這話，慢慢抬眼看著胡雪巖，是徵詢及催促的眼色，意思是讓他對裘豐言有所表白。

胡雪巖會意，但不想說破真意，因為這對裘豐言無用，此人樣樣都好，就是辦到正事，頭緒不能太多，跟他說了他也許反嫌麻煩，答一句：「長話短說，我記不住那麼多！」豈不是自己找釘子碰？

因此，胡雪巖只這樣說：「不管甚麼時候收效，這件事對老裘有益無害，我看先上了說帖再作道理。」

「那也好。」嵇鶴齡轉臉問道：「老裘，你看怎麼樣？」

「除卻酒杯莫問我！」醉眼迷離的裘豐言，答了這樣一句詩樣的話，一隻手又去抓酒瓶。

「你不能喝了！」嵇鶴齡奪住他的手，「要辦正事就不能喝醉。等辦完了事，我讓你帶一瓶回去。」

裘豐言戀戀不捨的鬆了手；瑞雲在隔室很見機，立刻進來收拾殘肴剩酒，另外端來一鍋「燒鴨殼子」熬的粥，四樣吃粥小菜。裘豐言就著象牙色的「冬醃菜」，連吃三碗，「好舒服！」他摸著肚子說：「酒醉飯飽，該辦正事了。是不是擬說帖？」

「對了！」嵇鶴齡問道：「你還能動筆不能？」

「有何不能？『太白斗酒詩百篇』，何況平鋪直敘一說帖？」

「那好！你先喝著茶，抽兩袋煙休息。我跟雪巖商量一下。」

於是兩個人移坐窗前，悄悄的商議；因為有些話不便當著裘豐言說，首先就要考慮他個人的利害。

「這個說帖一上，黃撫台自然把裘豐言恨得牙癢；將來或許會有吃虧的時候，我們做朋友的，不能不替他想到。」

「這當然要顧慮。不過，大哥，我跟你的看法有點兩樣，黃撫台這個人，向來敬酒不吃吃罰酒，說不定這一來反倒對老裘另眼相看。」

嵇鶴齡想了想說：「這一層暫且不管，只是這個說帖，要弄得像真的一樣才好。」

「本來就要有這個打算。真的這筆生意能夠拿過來，二十五兩銀子一枝一定可以買得到，而且包定有錢賺。」

等這一點弄明白了，說帖便不難擬；移硯向燈，他們兩個人斟酌著一條一條地說，裘豐言便一條一條地寫。寫完再從頭斟酌，作成定稿；說好由裘豐言找人去分繕三份，一份送撫台，一份送藩台。這件事明天上午就得辦妥。

「好！這都歸我。現在問下一步，說帖送了上去，黃撫台要找我，我該怎麼說？」

「黃撫台不會找你！」嵇鶴齡極有把握地答道：「要找一定是龔家父子來找你。」

「那總也要有話說啊？」

「這不忙！他來找你，你來找我。」

「等我來找你，你的『過年東道』就有著落了。」胡雪巖覺得這話不妥，因而緊接著笑道，「這是我說笑話，不管怎麼樣，你今年過年不必發愁；一切有我！」

「多謝，多謝！」裘豐言滿臉是笑，「說實話，交上你們兩位朋友，我本來就不用愁。」

說到這裡，裘豐言站起身來告辭；胡雪巖亦不再留，一起離了嵇家，約定第二天晚飯時分，不管消息如何，仍在嵇家碰頭。

裘豐言感於知遇，特別賣力；回家以後，就不再睡，好在洋酒容易發散，洗過一把臉，喝過兩杯濃茶，神思便已清醒，於是挑燈磨墨，決定把這通說帖抄好了它，一早「上院」去遞。

這一番折騰，把他的胖太太吵得不能安眠，「死鬼！」她在帳子裡「嬌嗔」：「半夜三更，又是這麼冷的天氣，不死到床上來，在搞啥鬼！」

「你睡你的，我有公事。」

這真是新聞了，裘豐言一天到晚無事忙，從未動筆辦過公事，何況又是如此深宵，說有公事，豈非奇談！

「你騙鬼！甚麼公事？一定又是搞甚麼『花樣』，窮開心！」胖太太又說，「快過年了，也不動動腦筋；看你年三十怎麼過？」

「就是為了年三十好過關，不能不拚老命。你少跟我嚕囌，我早早弄完了，還要上院。」

聽說上院，就絕不是搞甚麼「花樣」，胖太太一則有些不信，二則也捨不得「老伴」一個人

「拚老命」，於是從床上起身，走來一看，白摺子封面寫著「說帖」二字，這才相信他真的是在忙公事。

「你去睡嘛！」裘豐言搓一搓手說，「何苦陪在這裡受凍。」

「你在這裡辦公事，我一個人怎麼睡得著？」

聽得這話，裘豐言的骨頭奇輕，伸手到她的臉上，將她那像瀉粉似的皮肉輕輕擰了一把；然後提起筆來，埋頭疾書。

他的一筆小楷，又快又好；抄完不過五更時分，胖太太勸他先睡一會，裘豐言不肯，吃過一杯早酒，擋擋寒氣，趁著酒興，步行到了巡撫衙門，找著劉二，道明來意。

由於裘豐言為人和氣，所以人緣極好；劉二跟他是開玩笑慣了的，把「裘老爺」叫成「舅老爺！」他笑著說道，「已經冬天了，『秋風』早就過去了，你這兩個說帖沒得用！」

「難道上說帖就是想打秋風？」裘豐言答道：「今年還沒有找過你的麻煩，這件事無論如何要幫我的忙。」

「怎麼幫法？」

「馬上送到撫台手裡；不但送到，還要請他老人家馬上就看。」

「有這麼緊要？」劉二倒懷疑了，「甚麼事，你先跟我說一說。」

裘豐言已聽嵇鶴齡和胡雪巖談過，知道劉二對龔家父子亦頗不滿；心想，這件事不必瞞他，便招一招手把他拉到僻處，悄悄說道：「我有個戶頭要推銷洋槍，這件事成功了，回扣當然有你一份。」

「推銷洋槍！」劉二細想一想，從裘豐言跟胡雪巖的關係上去猜測，就知道了是怎麼回事？便毫不遲疑地答道：「我有數了。倘有信息送哪裡？」

這句話把裘豐言問住了，他得先想一想，是甚麼「信息」？如果是黃撫台約見，則嵇鶴齡已經說過，不會有這樣的情形。看起來，這個推斷還是不確；得要預備一下。

「你是說撫台會找我？」裘豐言想了想答道，「你尋我不易；這樣吧，我下午再來一趟。」

「也好！如果有信息，而我又不在，必定留下信；否則就是沒有消息，你請回好了。」

這樣約定以後，裘豐言方始回家補覺；一睡睡到午後兩點才醒，只見胖太太遞給他一封信，是胡雪巖寫來的，約他下午三點在阜康錢莊見面。

原來說好了的，晚上仍舊在嵇家相會；如今提前約晤，必有緣故。裘豐言不敢怠慢，匆匆漱洗，出門赴約。

一到阜康錢莊，頭一個就遇見陳世龍，彼此是熟識的，寒暄了幾句，去見胡雪巖；只見他神采煥發，喜氣洋洋，不由得詫異：「咦！你今天像個新郎倌！」

胡雪巖笑一笑，不理他的話，只問：「那東西遞上去了？」

「昨天晚上回去——。」他倒也不是「丑表功」，只要說明替好朋友辦事的誠意；所以把整個經過情形講了一遍。

「好極！事緩則圓。回頭你就再辛苦一趟，看看有甚麼信息，打聽過了，晚上我們在嵇家喝酒。」

「好，好，我這就去。」裘豐言又問，「不過有件事我不明白，你特為約我此刻見面，就是問這句話？」

「是的！我的意思，怕你說帖還不曾送出去，就擺一擺；等我到了上海，把那個普魯士人的底細摸清楚了再說。既然已經送了出去，那也很好。」

這一說裘豐言更為困惑，「怎麼，一下子想到要去上海？」他問：「哪天動身？」

「日子還沒有定，總在這兩天。喔，」胡雪巖想起一件事；從口袋裡取出一個紅封袋，塞到裘豐言手裡，笑著說道：「趕快回去跟你胖太太交帳；好讓她早早籌劃打年貨！」

裘豐言抽開封套看，是一張四百兩銀子的銀票；心裡愧感交集，眼圈有些發紅。

胡雪巖不肯讓他說出甚麼來，推著他說：「請吧，請吧，我不留你了，回頭稀家見。」

陳世龍的不速而至，在胡雪巖頗感意外，但說穿了就不稀奇，是劉不才「抓差」。

到龐家的交涉，還算順利；主要的還是靠胡雪巖自己，由於他那兩封信，王有齡對龐二自然另眼相看。囑咐刑名老夫子替他們調解爭產的糾紛。原告是龐二的一個遠房叔叔，看見知府出面調停，知道這場官司打下去得不到便宜，那時「敬酒不吃吃罰酒」，未免不智；所以願意接受調解。龐二早就有過表示，花幾個錢不在乎；能夠不打官司不上堂，心裡就安逸了。因此，看了胡雪巖的信，聽了劉不才的敘述，一口答應幫忙。只是年近歲逼，人又在南潯，一下子要湊一大筆現銀出來，倒也有些吃力。

「我來想辦法！一定可以想得出。你就不必管了，先玩一玩再說。」

果然是胡雪巖預先猜到的情形出現了，劉不才心想，如果辭謝，必惹龐二不快，說不定好事就會變卦；但坐下來先賭一場，又耽誤了胡雪巖的正事。靈機一動，想到個兩全其美的辦法來。

「龐二哥，我受人之託，要忠人之事，本來應該趕回去；不過你留我陪著你玩，我也實在捨不得走。要玩玩個痛快，不要教我牽腸掛肚。這樣，」他略作沉吟之態，然後用那種事事無可疑，非如此辦不可的語氣說：「龐二哥，你把雪巖託你的事籌劃好，我到湖州找個人回去送信！」

「好！」龐二很爽快地答應，「你坐一下，我到帳房裡去問一問看。」

他一走，劉不才也不願白耽誤功夫，立刻就寫了一封信；請龐家派個人到湖州，把陳世龍找來待命。

「家裡倒有點現銀，過年要留著做賭本，也防著窮朋友窮親戚來告貸，不能給老胡。」龐二說道，「我在上海有好幾十萬帳好收；劃出二十五萬給老胡，不過要他自己去收，有兩筆帳或許收不到，看他自己的本事。」

「好的，好的！」劉不才覺得有此結果，大可滿足，「你幫雪巖這麼一個大忙，我代表他謝謝。不過，這筆款子，怎麼算法，你是要貨色，還是怎麼樣？請吩咐了，我好通知雪巖照辦。」

「要甚麼貨色？算我借給老胡的；等他把那票絲脫手了還我。」

「是！那麼，利息呢？」

「免息！」

「這不好意思吧——。」劉不才遲疑著。

「老劉！」龐二放低了聲音，「我跟你投緣，說老實話吧，其中有兩筆帳，大概七八萬銀子上下，不大好收。聽說老胡跟松漕幫的尤老五，交情很夠；這兩筆帳託尤老五去收，雖不能十足回籠，七成帳是有的。能夠這樣，我已經承情不盡；尤老五那裡，我自然另有謝意，這都等我跟老胡見了面再談。」

陳世龍非常巴結，接信立刻到南潯；劉不才已經在牌九桌上了，抽不出空寫信，把他找到一邊，連話帶龐二的收帳憑證，一一交代明白，陳世龍隨即坐了劉不才包雇的快船，連夜趕到杭州。

胡雪巖一塊石頭落地。不過事情也還相當麻煩，非得親自到上海去一趟不可；而杭州還有雜務要料理。尤其是意外發現的買洋槍這件事，搞得好是筆大生意，由此跟洋人進一步的交往，對他的絲生意也有幫助；而搞不好則會得罪了黃撫台和龔家父子，倘或遷怒到王有齡和嵇齡鶴身上，關係甚重，更加放不下心。

看他左右為難，陳世龍便自告奮勇，「胡先生！」他說，「如果我能辦得了，就讓我去一趟好了。」

胡雪巖想了想，這倒也是個辦法，「你一個是辦不了的；要託尤五！」他斷然決然的作了決定：「你先到松江，無論如何要拖著他在一起。其餘的事，我託老古。」於是整整談了一晚上，指點得明明白白。第二天一早，陳世龍就動身走了。就在這天，裘豐言所上的說帖有了反應；一大早便有一頂藍呢大轎，抬到裘家門口，跟班在拜匣裡取了張名帖，投到裘家「門上」。看門的是早就受了囑咐，一看帖子便回說主人出門了，其實裘豐言剛剛起身。

客是走了，名帖卻留了下來，是砲局坐辦龔振麟來拜訪過了。裘豐言大為興奮，一直趕到阜康錢莊，見了胡雪巖就說：「鶴齡好準的陰陽八卦！你看，老龔果然移樽就教來了。」

「你見了他沒有？」

「自然不見。一見便萬事全休──他要一問，我甚麼也不知道，真正是『若要盤駁，性命交脫』！」

「沒有那樣子不得了，你別害怕。走，我們到鶴齡那裡去。」

海運局底年清閒無事，嵇鶴齡在家納福；冬日晴窗之下，正在教小兒子認字號。看到裘豐言的臉色，便即笑道：「必是有消息了。」

「是啊！」裘豐言答道：「一路上我在嘀咕，從來不曾幹過這種『戳空槍』的把戲，不知道應付得下來不能？」他擔心的是本無其事，亦無其人，問到洋人在何處，先就難得回答。然而在胡雪巖和嵇鶴齡策劃之下，也很容易應付。細細教了他一套話，裘豐言才真的有了笑容。

「我要去回拜，得借你的轎子和貴管家一用。」

「不好！」嵇鶴齡未置可否，胡雪巖先就表示異議，「那一下就露馬腳了。」

「不錯，不錯！不要緊，我可以將就。」

裘豐言朋友也很多，另借一頂轎子，拿他的門上充跟班，將就著到砲局去回拜；名帖一遞進去，龔振麟開中門迎接。他家就住在砲局後面，為示親切，延入私第，先叫他兒子龔之棠來拜見，一口一個「老伯」，異常恭敬。

「豐言兄，久仰你的『酒中仙』；我也是一向貪杯，頗有佳釀，今天酒逢知己，不醉無歸。」

「一定要叨擾，未免不成話！」

「老兄說這話就見外了。」龔振麟囑咐兒子：「你去看看裘老伯的管家在那裡？把衣包取了來。」

「不必，不必！」裘豐言說，「原來是打算著稍微坐一坐就告辭，不曾帶便衣來。」

「既如此，」龔振麟看看客人，又看看兒子：「之棠，你的身材跟裘老伯相仿，取一件你的皮袍子來。伺候裘老伯替換。」

裘豐言心想，穿著官服喝酒，也嫌拘束，就不作假客氣；等龔之棠叫個丫頭把皮袍子取了來，隨即換上——是件俗稱「蘿蔔絲」的新羊皮袍，極輕極暖，剛剛合身。

未擺酒，先設茶，福建的武夷茶，器具精潔，烹製得恰到好處。裘豐言是隨遇而安的性格，跟點頭之交的龔振麟雖是初次交往，卻像熟客一樣，一面品茗，一面鑑賞茶具，顯得極其舒適隨便。而龔振麟父子也是故意不談正事，只全力周旋著想在片刻之間，結成「深交」。

品茗未畢，只見龔家兩個聽差，抬進一罎酒來，龔振麟便說：「老兄對此道是大行家，請過來看看。」

裘豐言見此光景，意料必是一罎名貴的佳釀，便欣然離座，跟龔振麟一起走到廊下；只見是一罎二十五斤的花雕，罎子上的彩畫，已經非常黯淡，泥頭塵封，變成灰色，隱約現得有字，拂塵一看，上面寫著：道光十三年嘉平月造。

「喲！」裘豐言說：「整整二十年了！」

「是的。在我手裡也有五六年了。一共是兩罎，前年家母七十整壽，開了一罎；這一罎是『罎因吾輩到時開』！」

裘豐言自然感動，長揖致謝，心裡卻有些不安，這番隆情厚意，不在胡、嵇估計之中；以後投桃報李，倒下不了辣手了。

就在這沉吟之際，龔家聽差已經將泥頭揭開，取下封口的竹箬說：「裘老爺，你倒看一看！」

探頭一看，罎口正好有光直射；只見一罎酒剩了一半，而且滿長著白毛；這就證明了確是極陳的陳酒，裘豐言果然是內行，點點頭說：「是這樣子的。」

於是，龔家聽差拿個銅杓，極小心地撇淨了白花，然後又極小心地把酒倒在一個綠瓷大罎中，留下沉澱的不要；又開了十斤一罎的新酒，注入瓷罎，頓時糟香撲鼻，裘豐言不自覺地在喉間嚥下一口口水。

回屋入座，但見龔家的福建菜，比王有齡家的更講究；裘豐言得其所哉，在他們父子雙雙相勸之下，一連就乾了三杯，頓覺胸膈之間，春意拂拂而生，通身都舒泰了。

等小龔還要勸乾第四杯時，裘豐言不肯，「這酒上口淡，後勁足，不宜喝得過猛。」他說，「喝醉了不好！」

「老伯太謙虛了！無論如何再乾一杯。先乾為敬。」說著龔之棠「嘓、嘓」的，一口氣喝乾了酒，側杯向客人一照。

裘豐言只好照乾不誤。自然，他的意思，龔家父子明白，是要趁未醉之前，先談正事。事實上也確是到了開談的時候了。

「昨天我上院，聽撫台談起，老兄有個說帖，」龔振麟閒閒提起，「撫台嘉賞不已！說如今官場中，像老兄這樣的熱心又能幹的人，真正是鳳毛麟角了。」

「那是撫台謬獎。」裘豐言從容答道：「撫台是肯做事的人；不然，我也不肯冒昧。」

「是啊！撫台總算是有魄力的。不過做事也很難，像這趟買的洋槍，是京裡的大來頭；不曉得那普魯士人具何手眼，力量居然達得到大軍機？價錢當然就不同了，簡直是獅子大開口！撫台把這樁吃力不討好的差使委了我，好不容易才磨到這個價錢。我做了惡人，外面還有人說閒話，變得裡外不是人，這份委屈，別人不知道，你老兄一定體諒！」

裘豐言心想，他拿大帽子壓下來，也不知是真是假；此時犯不著去硬頂。好在胡雪巖已授以四字妙訣：不置可否！

於是他點點頭答了一個字：「哦！」連這大軍機是誰都不問。

「我現在要請教老兄，你說帖中所說的英商，是不是哈德遜？」

這不能不答：「是的。」

「這就有點奇怪了！」龔振麟看看他的兒子說：「不是哈德遜回國了？」

這話是說給裘豐言聽的——他一聽大驚，心想智者千慮，必有一失；胡雪巖本事再大，也不會想到哈德遜已不在中國。這一下，謊話全盤拆穿，豈不大傷腦筋？

幸好，第一，裘豐言酒已上臉，羞愧之色被掩蓋著，不易發現；第二、裘豐言押運過一次洋槍，也到過上海，跟洋人打過交道，不是茫無所知；第三、最後還有一句託詞。

「這怕是張冠李戴了！」他這樣接口，「洋人同名同姓的甚多，大概是另外一個洋商哈德遜。至於我，這趟倒沒有跟哈德遜碰頭，是一個『康白度』的來頭。」

「康白度」是譯音，洋人雇用中國人作總管，代為接洽買賣，就叫「康白度」，是個極漂亮的「文明轍兒」，龔家父子聽他也懂這個，不覺肅然起敬。

「也許是的。」龔之棠到底年紀輕，說話比較老實，「是那個普魯士人，同行相忌，故意這麼說的。」

「對了！」龔振麟轉臉跟裘豐言解釋，「跟現在這個洋人議價的時候，我自然要拿哈德遜來作比，想殺他的價。如果他肯跟哈德遜的出價一樣，那麼，既賣了上頭的面子，公事上也有了交代。其中唯一的顧慮，是胡雪翁費心費力，介紹了一個哈德遜來，照規矩，應該讓他優先；現在機會給了別人，說起來道理上是不對的。不過，軍機上的來頭不能賣帳，事出無奈；所以我曾經跟撫台特為提到，撫台當時就說；胡某人深明大義，最肯體諒人；這一次雖有點對不起他，將來還有別的機會補報。軍興之際，採買軍火的案子很多，下一次一定調劑他。又說：胡某人的買賣很多，或許別樣案子，也可以作成他的生意，總而言之。不必爭在一時。」

龔振麟長篇大套，從容細敘；裘豐言則酒在口中，事在心裡，隻字不遺地聽著，一面聽，一面想，原是想跟洋商講價，結果扯到胡雪巖身上。這篇文章做得離題了！黃撫台是否說過那些話，莫可究詰；但意在安撫胡雪巖，則意思極明。自己不便有所表示，依然只能守住「不置可否」的宗旨，唯唯稱是而已！

「所以我現在又要請教，老兄所認識的這個哈德遜，與胡雪巖上次買槍的賣主哈德遜，可是一個人？」

這句話是無可閃避的，裘豐言覺得承認比不承認好，所以點點頭說：「是的！」

「那麼上次賣三十兩銀子一枝，此刻何以又跌價了呢？」

「上次是我們問他買，這次是他自己來兜生意，當然不能居奇。」裘豐言自覺這話答得極好，一得意之下，索性放他一把野火：「再說句實話，我還可以殺他個三、五兩銀子！」

「喔，喔！」龔振麟一直顯得很從容，聽到這一句，卻有些窮於應付的模樣了。

龔振麟大概也發覺到自己的神態，落入裘豐言眼中，不是一件好事，所以極力振作起來，恢復原來的從容，喝口酒說道：「我有句不中聽的話，不能不說與老兄聽，哈德遜的貨色，並不見得好；砲局曾拿老兄上次押運回來的洋槍試放過，準頭不好。不知道這一次哈德遜來兜銷的貨色，是不是跟上次的一樣？」

說「準頭不好」，到底是確有其事，還是他有意這麼說，裘豐言無法分辨；但後半段的話，卻不難回答，「我的說帖上寫得很明白，」他說，「照那個普魯士人同樣的貨色。」

「這反而有點不大合龍了。」龔振麟說，「那批貨色除他，別人是買不到的。」

不妙！裘豐言心想，這樣談下去，馬腳盡露，再有好戲也唱不下去了。於是他不答這話，單刀直入地問：「我要請教賢喬梓，那個普魯士人在不在這裡？好不好我當面跟他談一談？」

這是裘豐言的緩兵之計，用意是不想跟龔家父子多談；那知龔振麟卻認為他真的想跟洋人見面盤問，心裡有些著慌，因為其中有許多花樣，見洋人一談，西洋鏡就都拆穿了。

於是他這樣答道：「洋人此刻在上海。老兄有何見教，不妨跟我說了，我一定轉達。」

裘豐言多喝了幾杯酒，大聲說道：「我想問問他，憑甚麼開價這麼高！」

這語氣和聲音，咄咄逼人，龔振麟不覺臉色微變，「剛才已經跟老兄說過了，有京裡的大來頭，此間辦事甚難。」他用情商的口吻說：「凡事總求老兄和胡雪翁體諒。」

說到這話，便無可再談。裘豐言既不便應承，亦不便拒絕，只點點頭說：「老兄的意思，我知道了。」

局面變得有些僵，龔振麟當然不便硬逼，非要裘豐言打消本意，收回說帖不可，唯有盡主人的情意，殷殷酬勸，希望裘豐言能夠歡飲而歸。

一頓酒吃了四個鐘頭，裘豐言帶著八分酒意，到了嵇家；胡雪巖正好在那裡，聽他細談經過，不免有意外之感。

「原來是京裡大軍機的來頭，怪不得敢這樣明目張膽地做！大哥，」胡雪巖問嵇鶴齡，「你看這件事該怎麼辦？」

官場中的情形，嵇鶴齡自然比胡雪巖了解得多，「不見得是大來頭，是頂大帽子。」他說，「你先不要讓他給壓倒了！」

「對！」裘豐言也說：「我就不大相信，堂堂軍機大臣，會替洋商介紹買賣。」

「再退一步說，就算有大來頭，也不能這麼亂來！他有大來頭，我們也有對付的辦法；不過那一來是真刀真槍地幹了！」

「怎麼呢？大哥你有啥辦法？」

「最直截了當的是，託御史參他一本，看他還敢說甚麼大來頭不敢？」

這是極狠的一著，只要言官有這麼個摺子，即令黃宗漢有京裡的照應，可以無事；至少那樁買賣是一定可以打消的。但這一來就結成了不可解的冤家，只要黃宗漢在浙江一天，就有一天的麻煩。而且必然連累王有齡在浙江也無法混了。

當然，嵇鶴齡也不過這樣說說，聊且快意而已。反倒是裘豐言由此觸機，出了個極妙的「點子。」

「我想我們可以這麼做『只拉弓、不放箭』，託個人去問一問，就說有這麼一回事，不知其詳，可否見告？看龔振麟怎麼說。」

嵇鶴齡有些不解：「託甚麼人去問？」

「自然是託出一位『都老爺』來。」

這一說嵇、胡二人都明白了，所謂「只拉弓、不放箭」，就是做出預備查究其事的姿態；叫龔振麟和黃宗漢心裡害怕，自然便有確切的表示。

「好是好！哪裡去尋這麼一位都老爺？從京裡寫信來問，緩不濟急。」

裘豐言當然是有這麼一個人在，才說那樣的話，有個監察御史姓謝，請假回籍葬親，假期已滿，只等一開了年便要動身；這位謝都老爺是裘豐言的文酒之友，感情極好，一託無有不成之理。

「你看怎麼樣？」嵇鶴齡向胡雪巖說，「我是不服龔家父子的氣，肆無忌憚，竟似看準了沒有人敢說話似地。」

「我不是嘔這個閒氣，也不想在這上頭賺一筆。只是我現在正跟洋人打交道，面子有關。」

嵇鶴齡懂胡雪巖的意思，心裡在想，能把撫台作主，已有成議的買賣推翻，另找洋商；這消息傳到夷場上去，足以大大地增加胡雪巖的聲勢。但另一方面，無疑地，黃宗漢和龔家父子都會不快。所以此事不幹則已，一幹就必定結了冤家。

「我想這樣子，」胡雪巖在這片刻間，打定了主意，「這件事做還是做，有好處歸老裘，一則他出的力多；二則也替他弄幾文養老，或者加捐個實缺的『大花樣』，也去過一過官癮。只是將來事情要做得和平。」

「再和平也不行！」嵇鶴齡說，「你從人家口去奪食，豈能無怨！」

「這我當然想到，」胡雪巖說，「光棍不斷財路；我們這票生意倘能做成功，除了老裘得一份，龔家父子和黃撫台的好處，當然也要替他們顧到。」

「這還差不多！」

事情就此談定局。實際上等於是裘豐言的事，所以由他去奔走；胡雪巖只是忙自己的事。由於尤五的幫忙，和古應春的手腕，上海方面的情形，相當順利；杭州方面亦都「擺平」，到了臘月二十，幾乎諸事就緒，可以騰出功夫來忙過年了。

就在送灶的那一天，裘豐言興匆匆地到阜康來看胡雪巖，帶來一個好消息，說龔振麟已經跟他開誠布公談過，那筆洋槍生意，預備雙方合作。

龔振麟提出來的辦法是，這一批洋槍分做兩張合同，劃出五千枝由哈德遜承售，也就是裘豐言經手；撫台衙門每枝拿二兩銀子作開銷，此外都是裘豐言的好處。

胡雪巖算了一下，原來每枝槍有十二兩銀子的虛頭，如今只取了一個零數，換句話說，讓出五千枝就是損失了五萬兩銀子。這不是筆小數，龔振麟豈甘拱手讓人？只是為勢所迫，不能不忍痛犧牲；心裡當然記著仇恨，以後伺機報復，自己要替裘豐言擋災，未免太划不來。

當然，既上了這個說帖，龔振麟不能不敷衍，他自己吃肉，別人喝湯，應該不會介意；照現在這樣，變成剜了他的心頭肉，那就太過分了。但當初已經說過，有好處都歸裘豐言，那麼如今替龔振麟的利益著想，便又是剜裘豐言的心頭肉，怕他會不高興。這樣想，左右為難，覺得這件事做得太輕率了。

「怎麼回事？」裘豐言見他神色有異，困惑地問。

「老裘，」胡雪巖試探著說，「恭喜你發筆財！」

「那都是你挑我的。」裘豐言答道，「這筆好處，當然大家有分，將來聽你分派。」

這個表示，使得胡雪巖很安慰，只要裘豐言未曾存著「吃獨食」的打算，事情就好辦了。

「我跟鶴齡絕不要！不過，老裘，錢要拿得舒服；燙手的錢不能用。哈德遜的這張合同，大有研究。」胡雪巖想了一下問道，「說實話，老裘，你想用多少錢？」

這話使人很難回答，裘豐言不解所謂，也不知道能用多少錢，唯有這樣答道：「我說過，歸你分派；你給我多少，就是多少。」

「是這樣：我不能不從頭說起。」胡雪巖說：「他們讓出五千枝來，就要損失五萬銀子；但是從哈德遜那裡，弄不到這個數目，為啥呢？我算給你聽——。」

說帖上說，照同樣的貨色，每枝只要二十五兩銀子，實際上每枝二十兩，只有五兩銀子的虛頭；所以一共也只有二萬五千銀子的好處，除掉撫台衙門一萬，還剩下一萬五千銀子。

「一萬五千銀子三股派，」胡雪巖說到這裡，裘豐言自動表示，「每人五千。」

所望不奢，胡雪巖反倒過意不去，「你忙了一場，五千也太少了，你拿一萬。」他說，「我跟鶴齡不要。」

「那麼，還有五千呢，莫非送給龔振麟？」

「不錯，不但這五千送他；還要問他，願意戴多少『帽子』？要這樣，你的錢才不燙手。」

裘豐言先還不服氣，經過胡雪巖反覆譬解，總算想通了，答應照他的意思跟龔振麟去談。

當然，這有個說法，說是哈德遜願意每枝槍再減一兩銀子，加上另外的二兩。一共三兩；這就是說每枝槍以二十二兩銀子算。實收是這個數目；如果「上頭還有別的開銷，要加帽子也不妨。」

一聽這個說法，龔振麟的觀感一變。裘豐言背後有胡雪巖，他是知道的；原來以為胡雪巖太辣手，現在才發覺是「極漂亮」的一個人。

除了交情以外，當然更要緊的是估量利害關係。龔振麟對胡雪巖一派的勢力，相當了解，王有齡已有能員之名，在撫台面前很吃得開，嵇鶴齡也是浙江官場中一塊很響的牌子；而此兩人都倚胡雪巖為「謀主」，此人手腕靈活，足智多謀，尤其不可及的是人人樂為所用。像這樣的人物，有機會可以結交而交臂失之，未免可惜。

打定了這個主意，龔振麟便對裘豐言這樣表示：「不瞞老兄說，這件事我的處境，實在為難，其中委屈，不必細表；以老兄及胡雪翁的眼力，自然能識得透，言而總之一句話，多蒙情讓，必有所報。」

這幾句話聽得裘豐言大為舒服，便也很慷慨地說：「交個朋友嘛！無所謂。」

「是，是！俗語說得一點不錯，『在家靠父母，出外靠朋友』，朋友能交得上，一定要交。」龔振麟說：「事完以後，老兄這裡，我另有謝意；至於胡雪翁那裡，我當然也要致敬，想請教老兄，你看我該怎麼辦？」

「如果你有所餽贈，他是一定不肯收的。」裘豐言說到這裡，靈機一動，「我為老兄設想，有個惠而不費的辦法。」

「好極了！請指教。」

「阜康錢莊，你總知道，是杭州錢莊大同行中，響噹噹的字號；老兄大可跟阜康做個往來，也算是捧捧他的場。」

「這容易得緊，容易得緊！」龔振麟一迭連聲的說，「此外，我想奉屈胡雪翁小敘，請老兄為我先容。」

「好，好！胡雪巖很愛朋友的，一定會叨擾。」

「事情就這樣說了。」龔振麟重又回到公事上，「哈德遜這方面的事，謹遵台命辦理。上頭有甚麼開銷，我要上院請示了才能奉告。」說到這裡，他又放低聲音，作出自己人密訴腑肺的神態，「替黃撫台想想也不得了！一個年過下來，從京裡到本省、將軍、學政那裡，處處打點，沒有三十萬銀子過不了關。真正是『只見和尚吃粥，不見和尚受戒』！」

聽這口風，便知加的帽子不會小。裘豐言也不多說，回到阜康錢莊跟胡雪巖細談經過；話還未完，劉慶生笑嘻嘻地走了進來，顯然是有甚麼得意的事要說。

「胡先生，來了一筆意外的頭寸，過年無論如何不愁了。」他說，「砲局龔老爺要立個摺子；存八萬銀子！」

這一下裘豐言也得意了，笑著問道：「如何？」

「你慢高興。」胡雪巖卻有戒慎恐懼之感，對劉慶生說：「這筆頭寸，不算意外，隨時來提，隨時要有，派不著用場。」

「不！說了的，存三個月；利息隨意。」

「那倒也罷了！」胡雪巖想了想說，「利息自然從優。這樣，你先打張收條給來人；就說：我馬上去拜會龔老爺，存摺我自己帶去。」

劉慶生答應著管自己去料理。胡雪巖這時才有喜色，躊躇滿志地跟裘豐言表示，這件事得有此結果，是意外地圓滿。因為原來他最顧慮的是「治一經，損一經」，怕因為這件事，把王有齡跟黃撫台的關係搞壞；而照現在看，關係不但未壞，反倒添上一層淵源，豈不可喜？

「不過，也不能太興頭。」胡雪巖又說，「現在連『買空賣空』都談不到，只能說是『賣空』；大包大攬答應了下來，哈德遜那裡還不知道怎麼說呢！」

「不要緊！你不是說哈德遜答應二十兩一枝？現在有個二兩頭的敷餘在那裡，大不了我白當一次差，二十二兩一枝，總敲得下來。」

裘豐言這番表白，很夠味道，胡雪巖笑笑拍一拍他的肩。然後，帶著存摺到砲局去拜訪龔振麟。

一見面當然各道仰慕，十分投機，入座待茶，胡雪巖首先交代了存摺，申明謝意。接著便談王有齡的近況；套到這層關係上，更覺親熱，真正是「一見如故」了。

「這次裘豐翁上的說帖，多蒙雪巖兄斡旋，體諒苦衷，承情之至。」龔振麟說道：「我已經面稟撫台，撫台亦很欣慰，特地囑我致意。」

如何致意沒有說，意思是黃宗漢也很見情。胡雪巖矜持地笑了笑，沒有多說甚麼。

「我雖承乏砲局，對洋務上所知並不多，以後還要請雪巖兄多指教！」

「不敢當。」胡雪巖急轉直下地問道，「我想請教，跟普魯士人訂的那張合同，不知定在甚麼地方交貨？」

「定在杭州。」龔振麟答道：「他答應包運的。」

「振麟兄！由上海過來，路上的情形，你估量過情形沒有？」

「也曉得不大平靜，所以我已經面稟撫台，將來要派兵到邊境上去接。」

「能入浙江境界，就不要緊了。」

「喔！」龔振麟很注意地問，「你是說江蘇那段水路不平靜？」

「是的。小刀會看了這批槍，一定會眼紅。」胡雪巖說，「不是我危言聳聽，洋人包運靠不住。」

龔振麟吸著氣，顯然有所疑懼，望著胡雪巖，半晌說不出話。

「振麟兄，」胡雪巖很率直說，「萬一出事，洋人可以推託，或者稟請官廳緝捕。那場官司怎麼打？」

「啊！」龔振麟滿頭大汗，站起身來，深深一揖：「多蒙指點，險險乎犯下大錯。合同非修改不可；不能教洋人包運，他也包不了。」

「是的！振麟兄明白了。」

「明白是明白了，怎麼個辦法，還要雪巖兄指點。」龔振麟又說：「這件事恐怕還要請教裘豐翁，他押運過一趟，路上的情形比較熟悉。」

「不須請教他。此事我可以效勞。」

「那太好了！」龔振麟又是一揖。

胡雪巖趕緊還了禮。到此地步，自不須再作迂迴；他直截了當地把跟尤五的交情說了出來，表示如果龔振麟有用得著的地方，可以幫忙。

「自然要仰仗！」龔振麟喜不可言；感激之情，溢於言表，「多虧得雪巖兄，不然真是不了之事了！」

接著，龔振麟要人。官場中講交情關係，談到這一點，就是最切實的表示；無奈胡雪巖自己也是人手不足，便只有謹謝不敏了。

不過，他還是替龔振麟出了一個主意，兩方面的槍枝不妨合在一起運，仍舊請黃撫台下委札，派裘豐言當「押運委員」，跟尤五的聯絡，自然也歸裘豐言負責，駕輕就熟，可保無慮。

這個辦法既省時，又省運費，龔振麟自然依從。兩人越談越投機，直到深夜方散。第二天龔振麟又到胡家回拜，硬要把胡老太太請出堂前，為她磕頭；到了下午又是龔太太攜禮來見，兩家很快地成了通家之好。

不過胡雪巖對龔振麟是「另眼相看」的；這「另眼」不是青眼；他察言觀色，看出龔振麟這個人的性情，利害重於感情，如俗語所說的「有事有人，無事無人」，所以不能與王有齡、尤五、郁四、嵇鶴齡等量齊觀。也因此，他囑咐妻子，與龔家交往要特別當心；禮數不可缺，而有出入關係的話，不可多說，免得生出是非。

果然，從龔家惹來一場是非！

年三十晚上，祭過祖吃「團圓夜飯」。胡老太太穿著新製的大毛皮襖，高高上座，看著兒媳，又歡喜、又感慨地說：「我也想不到有今天！雖說祖宗積德；也靠『家和萬事興』，雪巖，你總要記著一句老古話：『糟糠之妻不可忘』，良心擺在當中。」

大年三十怎麼說到這話，胡雪巖心裡覺得不是味道，但只好答應一聲：「我曉得！」

胡太太不響，照料一家老小吃完；才問他丈夫：「你要不要出去？」

「不出去！」胡雪巖說，「今天晚上自然在家守歲。」

聽得這話，胡太太便備了幾個精緻的碟子，供胡雪巖消夜。夫婦倆圍爐小飲，看看房中無人，做妻子的說出一句話來，讓胡雪巖大為驚疑。

「娘說的話，你總聽見了。雪巖，你良心要擺在當中！」

「奇怪了！」胡雪巖說，「我哪裡做了對不起你的事？」

「好！這話是你自己說的。」胡太太說，「一過了年，湖州那個人，叫她走！」

這句話說得胡雪巖心中一跳，鎮靜著裝傻：「你說的是哪個？」

「哼！你還要『裝羊』？可見得要把我騙到底。」胡太太說：「要不要我說出名字來？」

「你說嘛！」

「芙蓉！」

「噢——。」胡雪巖裝得久已忘卻其事，直到她提起，方始想到的神情，「逢場作戲，總也有的。過去的事了，提她作啥？我問你，你這話聽誰說的？」

「自然有人！」胡太太追緊了問，「你說啥逢場作戲，過去的事？是不是說這個人不在湖州了？」

「在不在湖州，我怎麼曉得？」胡雪巖一面這樣說，一面在心裡一個個的數；數她妻子平日往來的親友，誰會知道芙蓉其人？

想來想去只有一個人知道，王有齡的太太。但是，王太太能幹而穩重，說甚麼也不會多嘴去告訴胡太太；除非——。

胡雪巖驀然醒悟，王龔兩家同鄉，內眷常有往來；一定是王太太在閒談中洩漏了祕密，而胡太太是從龔太太那裡聽來。

由於做丈夫的堅決不認，做妻子的也只得暫且拋開。但夫婦倆就此有了心病；這個年也過得不如想像中那麼痛快。

第二十一章

年初四夜裡「接財神」。胡雪巖因為這一年順利非凡，真像遇見了財神菩薩似地，所以這天夜裡「燒財神紙」，他的心情異常虔誠；照規矩，凡是敬神的儀節，婦女都得迴避，胡雪巖一個人孤零零地上香磕頭，既鮮兄弟，又無兒子，忽然感從中來，覺得身後茫茫，就算財神菩薩垂青，發上幾千萬兩銀子的大財，有何用處。

等把財神「接」回來，全家在後廳「散福飲胙」；胡老太太倒很高興，胡雪巖卻神情憂鬱，勉強吃了兩杯酒、半碗雞湯麵，放下筷子就回臥房去了。

「怎麼了？」胡老太太很不安地低聲問兒媳婦：「接財神的日子，而且吃夜飯辰光，還是有說有笑的，忽然變成這副樣子！是不是你又跟他說了啥？」

「沒有！我甚麼話也沒有說。」胡太太說，「新年新歲，一家要圖個吉利，我不會跟他淘閒氣的。」

做婆婆的連連點頭，顯得十分欣慰，「我曉得你賢慧，雪巖有今天，也全虧你。」她撫慰著說，「不過，他外面事情多，應酬也是免不了的。你的氣量要放寬來！」

前面的話都好，最後一句說壞了，胡太太對婆婆大起反感，想答一句：「我的氣量已經夠大了！」但話到口邊，到底又嚥了下去。

回到臥房，只見胡雪巖一個人在燈下想心事；胡太太想起婆婆的話，忘掉了那令人不怡的一句，只記著「他外面事多」這句話，心便軟了——也虧他一個赤手空拳，打出這片天下；在家裡，凡事總要讓他。

於是她問：「你好像沒有吃飽，有紅棗蓮心粥在那裡，要不要吃點甜的？」

胡雪巖搖搖頭，兩眼依舊望著那盞水晶玻璃的「洋燈」。

「那麼，睡吧！」

「你不要管我！」胡雪巖不耐煩地說，「你睡你的。」

一片熱心換他的冷氣，胡太太心裡很不舒服；「他在想啥？」她暗中自問自答：「自然是想湖州的那個狐狸精！」

這一下，只覺得酸味直衝腦門；忍了又忍，噙著眼淚管自己鋪床，而胡雪巖卻發了話。

「喂！」他說：「我看你要找個婦產醫生去看看！」

聽這一說，胡太太大為詫異，「為啥？」她問；不敢轉過臉去，怕丈夫發現她的淚痕。

「為啥？」胡雪巖說，「『屁股後頭光塌塌』，你倒不著急？」

這是指她未生兒子。胡太太又氣又惱，倏地轉過身來瞪著她丈夫。

「沒有兒子是犯『七出之條』的。」胡太太瞪了一會，爆出這麼句話來。

這句話很重，胡雪巖也楞了，「怎麼說得上這話？」他實在有些困惑；原也知道妻子胸有丘壑，不是等閒的女流，卻想不到說出話來比刀口還鋒利。

「我怎麼不要說？」胡太太微微冷笑著：「生兒育女是兩個人的事；莫非天底下有那等人，只會生女兒，不會生兒子？你既然要這樣說，自然是我退讓，你好去另請高明。」

為來為去為的是芙蓉，胡雪巖聽出因頭，不由得笑了，「你也蠻高明的。」他說：「『先開花，後結果』；我的意思是不妨請教、請教婦科醫生，配一服『種子調經丸』試試看。」

胡太太實在厲害，不肯無理取鬧；態度也變得平靜了，但話很扎實，掌握機會，談到要緊關頭上：「試得不靈呢？」她問。

胡雪巖已具戒心，不敢逞強，「不靈只好不靈，」他帶點委屈的聲音，「命中注定無子，還說點啥？」

有道是「柔能克剛」，他這兩句彷彿自怨自艾的話，倒把胡太太的嘴堵住了。這一夜夫婦同床異夢，胡太太通前徹後想了一遍，打定了一個主意。

於是第二天胡老太太問兒子：「你打算哪一天到上海去？」

「到上燈就走。」

「今天初五，上燈還有八天。」胡老太太說，「也還來得及。」

「娘！」胡雪巖詫異的問道：「甚麼來得及來不及？」

胡老太太告訴他，胡太太要回娘家，得要算一算日子，趁胡雪巖未走之前，趕回家來。胡太太娘家在杭州附近的一個水鄉塘棲，往返跋涉，也辛苦得很；如果日子倜促，一去就要回來，便犯不著吃這一趟辛苦了。

「那倒奇怪了，她怎麼不先跟我談？」

「我也問她，說你曉得不曉得？她說先要我答應了，再告訴你。」話是說得禮與理都占到了，而其實不是那麼一回事；每一次歸寧都是夫婦倆先商量好了，方始稟告堂上的，何以這一次例外？同時一接了財神，商場上便得請吃春酒；胡雪巖要趁這幾天大請其客，不能沒有人照料，此刻怎抽得出功夫回娘家？

他把這一層意思一說，胡老太太答道：「我也提到了。她說你請客是在店裡，用不著她；她也幫不上忙。請幾家親眷吃春酒，日子也定了，就是明天。」

「豈有此理！」胡雪巖不悅，「怎麼不先告訴我？」

胡老太太因為已經知道芙蓉的事，覺得兒媳婦受了委屈，不免袒護，所以這時候便「攬是非」，說是她的主意，與胡太太無關。

看這樣子，胡雪巖認為以少開口為妙，冷笑一聲答道：「隨便她！反正在家裡是她大！」這句話的言外之意，做娘的自然聽得出來，「這個家也虧得她撐持，」她警告兒子：「你不要以為你在外頭，就沒有人管你，高興怎麼樣就怎麼樣！如果你真的存了這個念頭，將來苦頭有得你吃！」

知子莫若母，一句話說到胡雪巖心裡；他也頗生警惕，不過事情多想一想也不能無怨，

「娘！」他說，「『不孝有三，無後為大』，難道你老人家就不想抱孫子？」

「我怎麼不想？」胡老太太平靜地說：「這件事我們婆媳已經商量過了。媳婦不是不明事理的人，我做婆婆的，自然要依從她的打算。」

「她是怎麼樣打算？」

「你先不要問。」胡老太太笑道：「總於你有好處就是了。」

胡雪巖猜不透她們婆媳，葫蘆裡賣的是甚麼藥；也就只好暫且丟開。

到第二天在家請過了春酒。胡太太便帶著八歲的小女兒，雇了一隻專船回塘棲，這一去只去了五天，正月十一回杭州；他們夫婦感情本來不壞，雖然略有齟齬，經此小別，似乎各已忘懷，依舊高高興興地有說有笑。

胡雪巖打算正月十四動身；所以胡太太一到家，便得替丈夫打點行李；他個人的行李不多，多的是帶到松江、上海去送人的土產，「四杭」以外，吃的、用的，樣數很不少，一份一份料理，著實累人。

土產都是憑摺子大批取了來的，送禮以外，當然也留些自用；胡雪巖打開一包桂花豬油麻酥糖，吃了一塊不想再吃，便喊著他的小女兒說：「荷珠，你來吃了它。」

拿起酥糖咬了一口，荷珠直搖頭：「我不要吃！」

「咦！你不是頂喜歡吃酥糖？」

「不好吃！」荷珠說：「沒有湖州的好吃。」

「你在哪裡吃的湖州酥糖？」

這句話其實問得多餘，自然是在外婆家吃的；但「一滴水恰好溶入油瓶裡」，略懂人事的荷珠，忽然有所顧忌，竟答不上來，漲紅了臉望著她父親，彷彿做錯了甚麼事怕受責似地。

這一來胡雪巖疑雲大起，看妻子不在旁邊，便拉著荷珠的手，走到窗前，悄悄問道：「你告訴爸爸，哪裡來的湖州酥糖？我上海回來，買個洋囡囡給你。」

荷珠不知怎麼回答？想了半天說：「我不曉得！」

做父親的聽這回答，不免生氣，但也不願嚇得她哭，只說：「好！你不肯告訴我，隨便你！等我上海回來，姐姐有新衣裳、洋囡囡；你呢，甚麼沒得！」

威脅利誘之下，荷珠到底說了實話：「娘帶回來的。」

「娘到湖州去過了？」

「嗯。」荷珠委屈地說：「我也要去，娘不許！」

「噢！去了幾天？」

「一天去，一天回來。」

「那麼是兩天。」胡雪巖想了想又問：「你娘回來以後，跟外婆說了些甚麼？」

「我不曉得。我走過去要聽，娘叫我走開。娘又說，不准我說，娘到湖州去過。」荷珠說到這裡，才感覺事態嚴重，「爸爸、爸爸，你千萬不要跟娘去說，說我告訴你，娘到湖州去過。」

「不會，不會！」胡雪巖把她摟在懷裡，「我買洋囡囡給你。」

安撫了荷珠，胡雪巖大上心事。他妻子的湖州之行，不用說，自然是為了芙蓉；但她幹了些甚麼，卻難以揣測，是去打聽了一番，還是另有甚麼作為？照他的了解，她做事極有分寸，絕不是蠻橫無理的悍潑之婦可比。意識到這一點，他越覺得自己不可魯莽，必須謀定後動；或者說，兵來將擋，水來土掩，看她是用的甚麼辦法，再來設計破她。

只要知道了她的用意和行動，一定有辦法應付，這一點胡雪巖是有信心的。不過他也有警惕，自己所遭遇的「對手」太強，不可造次；同時估量形勢，在家裡他非常不利，上有老母，下有一雙女兒，都站在他妻子這面，自己以一敵四，孤掌難鳴。所以眼前的當務之急，是要爭取優勢；這這個工作只能在暗地裡做，讓妻子知道了，只要稍加安撫，「地盤」就會非常穩固。

於是他首先還是找到荷珠，告誡她不可將他所問的話，告訴她母親。然後又找他的大女兒，十五歲的梅玉。

梅玉很懂人事了，雖是她母親的「死黨」，卻很崇拜父親；因而胡雪巖跟她說話，另有一套計算，一開口就說：「梅玉，你跟爸爸一起到上海去，好不好？」

這話讓梅玉又驚又喜。能出去開一開眼界，又聽說十里夷場有數不盡的新奇花樣，自然嚮往萬分；但離開母親，又彷彿覺得不能令人安心，所以只骨碌碌地轉著一對黑眼珠，半晌答不出話來。

「你的意思怎麼樣？不願意？」

「那個說不願意？」梅玉說，「我有點怕。」

「怕？那完了！」胡雪巖說，「爸爸還想靠你；你先怕了！」

「靠我！」梅玉大惑不解，怎麼樣也不能接受這話，「爸爸，你靠我甚麼？」

「靠你替我寫寫、算算。」胡雪巖鄭重其事地說，「我在外面的生意做得很大，總要有個幫手；這個幫手一定要自己人，因為有些帳目，是不能讓別人知道的。哪怕劉慶生劉叔叔、陳世龍陳叔叔，都不能讓他們知道。想來想去，只有靠你幫忙。」

這一套鬼話，改變了梅玉的心情；原來一直當自己是個文弱的女孩子，在外面百無一用，只有幫著操持家務；現在才知道自己還有派得上緊要用場的地方，頓覺自己變了一個「大人」，而且也不再想到母親，自覺膽子甚大，出去闖一闖也無所謂。

但是，這只是一鼓作氣，多想一想不免氣餒，「爸爸，」她說，「我怕我算不來帳。」

「那麼，你幫你娘記家用帳，是怎麼記的呢？」

「家用帳是家用帳。爸爸的帳是上千上萬的進出。」

「帳目不管大小，算法是一樣的；家用帳瑣瑣碎碎，我的帳只有幾樣東西，還比家用帳好記。」

梅玉接受了鼓勵，「雄心」又起，毅然決然的說：「那我就跟了爸爸去，不過我要把阿彩帶了去。」

阿彩是專門照料她的一個丫頭；胡雪巖當然答應。事情就這樣說定局了。

這一來，全家大小都知道了這回事，而胡太太只當丈夫說笑話。

「你要把梅玉帶到上海去啊？」她問她丈夫。

「對！」胡雪巖說，「女兒大了，帶她出去閱歷、閱歷。」

「閱歷！」胡太太詫異之至，「聽說夷場上的風氣不好，有啥好閱歷？學了些壞樣子回來，你害了她！」

胡雪巖笑笑不作聲。

這有何可笑？女孩子學壞學好，有關終身，不是好笑的事；那自然是笑自己的話沒見識！胡太太倒有些不服氣了。

「我的話說錯了？」她平靜而固執地，「而且聽說路上不平靜，梅玉不要去！」

「路上不平靜，那麼我呢？你倒放心得下？」

「你跟梅玉不同。」胡太太說，「又有尤五爺照應，我自然放心。」

「那就對了，梅玉跟我在一起，你還有啥不放心？」

夫婦倆的交談，針鋒相對；而且是「綿裡針」，勁道暗藏著，但畢竟還是胡雪巖占了上風；胡太太爭不過他，還有一著棋，拿老太太搬了出來。

對母親說話，自然不能那樣子一句釘一句；胡雪巖依舊是對梅玉的那套說法，說要有個親信的人替他管帳，不過一套假話，比對梅玉說的還要詳細，他說有些交際應酬的帳目，沒有憑證，如果不是當時記下來，事後就搞不清楚。而這些帳目，無論如何是不能讓外人知道的；所以要把梅玉帶去幫忙。

說到這裡，他嘆口氣：「如果有男孩子，何必要帶梅玉出去？哪怕有個親姪兒也好了！苦的就是沒有。」

這是胡雪巖靈機一動的攻心之計。胡老太太果然在想，梅玉如果是個男孩，十五歲便可以跟他父親出去「學生意」，有五六年下來，足可以成為他父親的一個得力幫手；生意做得發達了，不患後繼無人。如今就算馬上有了孩子，要到十幾年以後，才能成人，緩不濟急，對胡家來說，是吃了虧了，不免有些怨兒媳婦，耽誤了這十幾年的大好時光。

這一下胡太太又落了下風，胡雪巖則甚為得意；但再想進一步打聽他妻子到了湖州的情形，卻是失望，聽梅玉的口氣，她母親根本沒有跟她說過。

就在這天晚上，錢莊裡派人來通知，說劉不才已經從湖州回來，請胡雪巖去有話說——可想而知的，必是關於芙蓉的事；否則劉不才也是熟客，何不到家來談？

估量到這一層，他首先就要注意他妻子的態度；「奇怪！」他試探著說：「劉不才怎麼不來？反要我去看他。」

「你管他呢！」胡太太夷然不以為意，「你去了再說。」

胡太太的沉著實在厲害了！等跟劉不才見了面，才知道她跟芙蓉已經見過面；只說她跟胡雪巖是共患難的糟糠之妻，然後留下一張五千兩銀票，就告辭了。

「有這樣的事！」胡雪巖說，「我實在想不到。」

「誰也沒有想到。」劉不才很尷尬的說：「芙蓉要我來問你的意思，才好作去留之計。」

於是胡雪巖又改回原來的稱呼：「三叔！」他說，「請你仍舊回湖州，叫芙蓉不必著急。我自有辦法。」

「是甚麼辦法呢？」

「這一時說不清楚。」胡雪巖這樣答道：「三叔，反正我一定對得起芙蓉就是了。」

這話恰好是劉不才聽不進去的，照他的私心打算，最好胡雪巖再給個三兩萬銀子，讓芙蓉下堂，別求歸宿；省得自己沾上這點不十分光彩的裙帶親。而現在聽他的口氣，適得其反；劉不才雖然失望，卻不便多說甚麼。

「你新年裡的手氣如何？」胡雪巖故作閒豫地問。

這一問，劉不才又高興了，「實在不錯！」他笑得合不攏口，「所向披靡，斬獲甚豐。」

大概是贏得不少。胡雪巖心想，趁這時候得要規勸幾句，「三叔！」他說，「『瓦罐不離井上破，將軍難免陣前亡』，你見過那個是在賭上發跡的，現在你手上很有幾文了，應該做點正事。」

「我的帳都還清了。」劉不才說，「還贏進一張田契，我已經託郁四去替我過戶營業。」

說到這裡，他又感慨地說，「一個人真是窮不得！手頭有幾個錢，別人馬上不同；就在這幾天，有好幾個人來替我做媒，勸我續弦。」

「那是好事啊！」

「不忙！」劉不才搖搖頭，「讓我瀟瀟灑灑，先過幾年清閒日子再說。」

「這就不對了！未曾發財，先想納福；吃苦在後頭。」胡雪巖說：「三叔，我勸你把劉敬德堂恢復起來。」

「咦！」劉不才詫異，「你不是要我幫你開慶餘堂嗎？」

這件事幾乎連胡雪巖自己都已忘記了，「自己人我說實話，這要慢慢再說了。就是開起來，我也要另外請人。三叔，」他說，「你的長處不在這上面。」

一聽是這樣的答話，劉不才不免有些傷心，「雪巖，」他怨艾地說：「你看得我只會賭錢？」

「不是這話，不是這話！」胡雪巖倒覺歉然，極力安慰他說，「你的長處我都知道，將來我有大大仰仗你的地方。」

「那麼眼前呢？」

「眼前要看你自己的意思，你的志向是把祖傳的基業恢復起來，所以我那樣勸你，而且可以幫你的忙。」

「我的想法變過了。劉敬德堂就算恢復了，也沒有啥意思；叫我守在店裡，更加辦不到。我想想，還是跟你一起去闖一闖的好。」

「那好！」胡雪巖說，「你先回湖州，叫芙蓉放心，關起門來過日子，甚麼事也不必管，等我上海回來，自有安排。這話說到了，請你跟世龍一起趕到上海來。」

這樣說定了，各自分手。胡雪巖已出錢莊，靈機一動，開了張五千兩的銀票，帶在身上；一到家，正好在書房裡遇著他妻子，便把那張銀票遞了過去。

胡太太裝作不解地問道：「這是啥？」

「你白送了五千銀子！我貼還你的私房。」胡雪巖又說，「有私房錢，放到錢莊裡去生息倒不好？壓在箱子底下，大錢不會生小錢的。」

看他是這種態度，胡太太倒有些莫測高深了。

夫婦倆暗中較勁，到了這樣的地步，至矣盡矣；胡太太自然有些不安，心想既然西洋鏡已經拆穿，就不如敞開來談了。

於是她先表示歉意，「雪巖，你不要怪我事先沒有跟你商量！我也是萬般無奈，為了一家大小——我們苦了這麼多年，你剛剛轉運，千萬沾染不得『桃花』，我這樣做，是為你好。十幾年夫妻，你總曉得我的心。」她停了一下又說，「當然，我另外有打算的，跟娘也講過；將來你就可以曉得了，我不是不講道理，亂吃醋的人。」

最後這幾句話，讓胡雪巖看穿了他妻子的用心。只要是小康之家，三十一過，尚乏子息；堂上老親，便會動替兒子置妾的念頭；再過五六年，依然有「後顧之憂」，則鄉黨宗親都會出來「說公話」，再悍潑的大婦，也得屈服於「不孝有三，無後為大」的大道理之下，忍氣吞聲讓丈夫另闢偏房。

因此，會吃醋的人便作未雨綢繆之計，表面絕不露慍色，而且為丈夫置妾之念，表現得非常熱切，三天兩頭找媒婆上門，裡外串通，託詞宜男之相，找來個粗腳大手，其蠢如牛的女孩子，作為丈夫金屋中的阿嬌。同時一進門便立下許多規矩，閫令大如軍令，偏房有如敵國，戒備森嚴，把丈夫擺布得動彈不得。胡雪巖認為他妻子就是這類厲害的腳色，所以立刻表示「敬謝不敏」！

「你不必瞎打算，我也不會領你的情。」他接著提到芙蓉：「你這趟到湖州去，做錯了，大錯特錯！我跟你說過，是逢場作戲，認不得真；以後我自有擺脫的辦法。現在你這一來，倒叫我為難了；如果照你的想頭，給個幾千銀子，讓人家走路，說出去是我胡雪巖怕老婆！不要說我面子上下不來，而且人家要想，胡雪巖凡事自己做不得主；你倒說人家還信任不信任我？」

這番道理把胡太太說得楞住了！她雖精明，到底世面見得少；商場中的習慣和顧忌，那裡懂得透？只好這樣辯解：「我一個人去，一個人來，一共只見了一面，談不到一盞茶的功夫，真正是人不知鬼不覺，哪個會曉得？」

「是不是『鬼不覺』，我不曉得；若要『人不知』，除非己莫為。不說別的，就說我，先就曉得了。」胡雪巖故意跌足嗟嘆：「現在湖州已經在笑話我了！你曉得龐二怎麼說？他說，做大生意就像皇帝治天下一樣，該殺的殺，該放的放，全靠當機立斷，所以切忌女人軋腳。胡雪巖原來要聽太太的話！如果說有筆生意來了，發大財或者本錢蝕光，都在當時一句話上，而胡某人說要回去跟太太商量一下看。你們說，這樣子怎麼合得攏淘來做大生意？」

這番編出來的話，把胡太太說得青一陣，紅一陣，心裡又急又悔，好半晌說不出話來。

「你也不要急！」胡雪巖倒過來安慰她，「事情已經做錯了，懊悔也無用；眼前只有讓他們去笑我，等我上海回來再說。」

越是如此，越不能讓胡太太安心。夫婦之間為了妾侍，沒有不吵得天翻地覆的，即令丈夫脾氣好，也不能這樣絲毫不帶慍色。其中一定有甚麼花樣！同時芙蓉到底怎麼樣了呢，是知難而退，還是戀戀不捨，也得從丈夫口中討出一個確實信息來，才好處置。

總而言之，事情到此地步，由暗而明，便得乾乾淨淨有個了結；如果聽任丈夫從上海回來再辦，且不說夜長夢多，光是這許多日子他心中懷著不滿，就足以使夫婦的感情起變化。

想到這裡，胡太太認為丈夫的生意雖然要緊，但這件事更顯得緊迫，說不得只好留他下來。

「你晚幾天走好不好？」她問。

真是俗語說的「開口見喉嚨」，一聽這話，胡雪巖便看透底蘊，卻明知故問地說：「為啥？」

「梅玉第一趟出遠門，總要替她多做點衣服。」胡太太這樣託詞，「晚個兩三天走，也不礙吧？」

「你說不礙就不礙。」胡雪巖隱約提出警告：「不過這幾天當中，你不要替我惹甚麼麻煩，弄得我走不成，那就要了我半條命了。」

「有啥麻煩？」胡太太想到自己處處落下風，不免怨恨，便發牢騷似地說，「啥麻煩也難不到你！反正各憑天良就是了。」

說著，眼圈便有些紅了。性格剛毅的女子，有此軟弱的表示，最易感人；胡雪巖倒覺得心裡酸酸地，一伸手扶著她的肩頭說：「十幾年夫妻，你難道還不曉得我？你有良心，我也有良心；不然我們不會有今天這樣的日子。」

想到眼前的日子，胡太太又生警惕；也越覺得留住丈夫是個一點不錯的做法——她的做法是預備請嵇鶴齡出面來談判，能讓步一定讓步。

胡雪巖只知道她一定會有動作，卻不知道她是打的這個主意。冷靜地想一想，發覺到這重糾紛，主客已經易勢，原來是自己懷著個鬼胎，深怕妻子進一步追究；此刻變成她急自己不急，以逸待勞，看她使出甚麼招數，再來設法破它，也還不遲。

有此閒豫的心情，而且有了多出來的兩三天功夫，他忽發雅興，特地約嵇鶴齡和裘豐言，白天逛湖，晚上吃「皇飯兒」，吃完上城隍山去看燈。

裘豐言一諾無辭，嵇鶴齡則辭了逛湖之約，來赴飯局。酒到半酣，話題落到芙蓉身上；一個是異姓手足，一個是無話不談的好朋友，有了幾分酒意的胡雪巖想起對付他妻子的手腕，自覺得意，忍不住大談特談。

就是這天上午，嵇鶴齡已受了胡太太之託，要來調停此事，便落得聽他「自供」；裘豐言卻不知就裡，附和著胡雪巖說：「胡大嫂果然精明，只怕是讀過『妒律』的。」

胡雪巖沒有聽懂，追問一句：「你說啥？」

「『妒律』，妒忌之妒，律例之律！」

「吃了酒又來信口開河，杜撰故事了。」嵇鶴齡笑道，「從未聽說過有此一部律例。」

「自然是遊戲筆墨，但也不無道理。把大婦的妒心，刻劃得無微不至。」裘豐言笑道，「天下凡想納寵的男子，都當一讀。」

「那麼，」胡雪巖很感興趣的說，「你倒講講這部妒律，是怎麼回事？」

「分吏、戶、禮、兵、刑、工；另加『各例』、『督捕律』等，一共八章。有引有判，是絕妙好詞。」

「你念幾條來聽聽！」

裘豐言點點頭，喝了口酒，挾了一個「響鈴兒」在嘴裡咀嚼得「嘎吱、嘎吱」的響；念念有詞的默誦了一會，忽然笑道：「想起來了，我念兩條你聽，是兵部的軍律：『凡婦見夫入妾房言語，即假借公事，突入衝散，擬坐以「擅闖轅門」律。如止諢擾，不作嗔狀，引例末減，笞五十，免供。判曰：翡翠床前，方調鸚鵡之舌；水晶簾外，忽來獅吼之聲。不徒花上曬衣，未免腹中藏劍！有心心術不端，無心見識不到。』」

這幾句四六是胡雪巖聽得懂的，「判得好！『花上曬衣』，大殺風景，」他說：「真個該打手心！」

「再有一種罪名，就不輕了！」裘豐言又拉長了聲調念：「『凡婦度與夫正值綢繆之際，忽喚妾起，囑以他事，擬坐以『擅調官軍』律——。」

一句話未完，胡雪巖大笑：「好個『擅調官軍』，應得何罪？」

「『杖一百，發邊遠充軍。』」

「這未免太重。」嵇鶴齡也笑了。

「你說太重，人家以為『宥以生命，猶為寬曲』。」裘豐言接著念判詞：「『酣戰方深，浪子春風一度，金牌忽召，夫人號令三申；既撤白登之圍，詎有黃龍之望？』」

「想想也是。」胡雪巖問道：「像內人那樣，不曉得犯甚麼『律』？」

裘豐言想了想說：「有這麼一條，『凡婦蓄妾，原非得已，乃自誇賢德，冀人讚美。擬坐現任官輒自立碑律，杖一百，徒三年。』此由『事因情近，名與實違』；『盜名有禁，功令宜遵！』」

「你不要瞎說！」嵇鶴齡覺得裘豐言的玩笑之談，有礙他的調停之職，所以阻止他再說下去，「我那位弟婦，絕不是那種人；他要替雪巖置妾，既非『名與實違』，更不是『盜名』。你說的妒律，全不適用。」

裘豐言聽出他的言外之意，極其見機，「原是不經之談，」他說，「胡大嫂的賢德，不必自誇，親友無不深知。」

「『家家有本難念經』——」

「雪巖！」嵇鶴齡搶著問道，「你那位新寵，如今怎麼樣了？」

胡雪巖當然沒有騙他的道理，老實答道：「好好在湖州。」

「還頂著你的姓？」

「當然。」胡雪巖忽然發覺嵇鶴齡的態度，與自己不盡符合，便問了一句：「大哥，你說我該怎麼辦？」

「千言併一句，不可因此在家庭中生出意見；否則就是大不幸。」

「對，對！」裘豐言又在旁邊幫腔，「家和萬事興！雪巖兄鴻運當頭，方興未艾，此時最要得內助的力。」

胡雪巖把他們兩人一看，笑著說道：「雙拳難敵四手，看樣子我今天說不過你們了。」

「老裘不是外人，我說老實話，我受託調停；即此可以看出弟婦的賢德。」嵇鶴齡又說：「今天上午，我也拜見了伯母，面奉慈諭，要我以長兄的資格，料理這件『風流官司』。」

「高堂之命、賢妻之託、長兄之尊，」裘豐言拍掌笑道：「雪巖兄，你可真要唯命是從了。」

嵇鶴齡趕緊搖手阻止：「不是這話，不是這話！大家都是為雪巖。我先問你的意思；弟婦有句話給我，只要在情理上，一定可以如你的願。」

說到這話，胡雪巖覺得不必再玩弄甚麼手腕；便很率直地說道：「我不是甚麼荒唐的人，而且也還沒有到可以荒唐的時候。沒有兒子是一層，各地來去，要有個歇腳的地方，又是一層。所以我不覺得在湖州立個門戶，就是對不起內人。我是尊重她，所以不讓她知道；她偏偏要戳穿西洋鏡，這齣戲就很難唱得下去了。」

「唱總要唱下去，頂了石臼也要唱。」嵇鶴齡說：「家庭之間和為貴；要和就得忍。弟婦算是忍耐了，你呢？」

「我不是也在忍嗎？凡事將就，不跟她吵，也算對得起她了。」

「是的。我也知道。不過芙蓉呢？總得有個著落才好。」

「目前的情形，就是著落。」

「這就談不下去了。」

照此看來，胡太太提得有條件；胡雪巖心想，莫非他妻子還是堅持要遣走芙蓉？果然如此，可真的是談不下去了。

就在這顯現僵局之際，裘豐言說了句很公平的話：「彼此都要讓步。雪巖兄如果堅持目前的情形，似乎不對！」

「對了！我也是這話。」

「不堅持目前的情形又如何？莫非真的教大家笑話我胡某人怕老婆？」

「當然不是這樣子。」嵇鶴齡說，「我已經聽出意思來了，弟婦的想法是，你討小納妾都可以，不過一定要住在一起。」

「這就不錯了！」裘豐言說，「胡大嫂這個意思在情理上。」

「情理固然說得過去，無奈還有法——妒律！」

這是沒有理由的理由，照理一時倒還不容易解釋說服；除非嵇鶴齡能提出保證！天下事甚麼都可保證，只有共一座江山、共一個丈夫不能保證相安無事。嵇鶴齡為難而生煩惱，因而有點遷怒到裘豐言身上。

「都是你！信口開河，講甚麼妒律，以至於授人以柄！」

裘豐言脾氣好，受此責備不以為忤，反自引咎，自斟自飲乾了一杯酒說：「罰我、罰我！」

「我敬一杯！」胡雪巖笑道：「都虧你提醒了我。」

「不敢，不敢！」裘豐言這時才覺察到「授人以柄」這句話，不是笑談，所以不願再提，連連搖手說道：「雪巖兄，再莫談妒律！不然我就變成罪魁禍首了。」

胡雪巖笑一笑不答，神態閒豫。嵇鶴齡覺得事有蹊蹺；異姓手足，責無旁貸，胡家的家務，也就像自己的煩惱，因而一連乾了兩杯酒。

「大哥！」胡雪巖極其機警，看出他有不悅之色，「你不必煩心，沒有甚麼大不了的事。」

「唉！你不曉得我的處境。」嵇鶴齡說，「如果你們夫妻反目，你想我以後怎麼還有臉見老伯母？」

「絕不會！」胡雪巖的語氣很堅定，「絕不會有甚麼反目之事。事緩則圓，不必急在一時，等我從上海回來再說，如何？」

「叫我有甚麼話說？」嵇鶴齡報以苦笑，「但望你心口如一，不要對弟婦生甚麼意見；聽她的勸。」

「能聽一定聽，不能聽我也不會讓她嚥不下氣去。」

話說到這裡，至矣盡矣，彼此都不再談，飯罷看燈，深夜歸去；胡雪巖只當沒事人似地，依然有說有笑地，跟他妻子大談這一天的遊蹤。

到了第二天，瑞雲來看胡太太，她是受了嵇鶴齡的委託來傳話的；說胡雪巖的態度很好，事情一定有圓滿結局，請胡太太放心好了。這是寬慰的話，胡太太不明就裡，只是看丈夫毫無芥蒂的神情，自然相信中間人的傳言。

到了動身那天，胡雪巖帶著一女一婢上路。當夜在北新關前泊舟，父女倆燈下吃閒食說閒話，做父親的刻意籠絡女兒，把個梅玉寵得依依不捨，一直不肯上床。

「梅玉，」胡雪巖認為時機已至，這樣問道：「你曉不曉得爸爸的苦處？」

梅玉點點頭：「爸爸一年到頭在外頭，自然辛苦的。」

「辛苦在其次，每到一處地方，沒有人照應，是最苦的事。不過，這一趟不會苦了，有你陪我在一起，情形不同。」

「那——，」梅玉答道，「以後爸爸出門，我陪你好了。」

「好倒是好，只怕辦不到。」胡雪巖說，「梅玉，我說句話，你會不會動氣？」

「不會的。爸爸，你儘管說。」

「我是說老實話，在家是女兒好，出門是兒子好。如果你是男的，我走東走西，一定帶著你走。可惜不是。就算我捨不得你，你捨不得我，也不能趟趟帶著你走，第一、奶奶跟娘不放心；第二、別人會說閒話，那有個女孩子走江湖的？第三、你也不方便，吃不起這個辛苦。所以只好偶爾一次。」

梅玉不作聲，只拿憂愁的眼光，看著她父親。

「我倒問你看，假使到一處地方，有人能代替你來服侍我，你覺得怎麼樣？」

梅玉不明他的意思，只直覺的答道：「那自然好囉！」

「乖！」胡雪巖愉悅的拍拍她的肩，「真正是我的好女兒。」

於是第二天胡雪巖吩咐船家，先到湖州去彎一彎，再直放松江。

「咦，爸爸，」梅玉不解而問，「怎麼忽然想到湖州去，為啥？」

「為了你，我要到湖州去一趟。」

這話越發令人困惑，「為我？」十五歲的梅玉，情竇初開，忽然想到，是不是要把自己「許人家」，所以到湖州去彎一彎？

這樣一想，頓覺忸怩萬狀，臉也紅了，心也跳，話也說不清楚了！這一下輪到做父親的感覺詫異；回想一想自己說過的話，才知道梅玉起了誤會。

這是個令人好笑的誤會，但他不敢笑出來；然而此時也不便深談，因為梅玉心神不定，不能去細想他的話，就得不到他想得到的效果。

於是，他說：「是為我的事，我要你替我去拿個主意。」

原來是這樣！自己完全弄錯了，想想有些慚愧，又有些爽然若失，心裡說不出是甚麼味道？只有一點是她能抓得住的；就是深怕她父親發覺她的誤會。

還好！她看不出她父親有何異樣的表情；一顆心放了下來，定定神問道：「爸爸，甚麼事要我拿主意。」

「說來話長。等吃過飯，我慢慢跟你細談。」

飯罷睡了一個午覺，起來天倒又快黑了，彤雲密布，大有雪意；胡雪巖叫早早泊了船，命船家到岸上去買了一尾鮮魚，一大塊羊肉，恰好有人獵獲野味經過，胡雪巖買了一隻雉雞、一隻野鴨。這頓晚飯就非常豐盛了。

「今天還不錯！」胡雪巖舉杯在手，慢慢說道：「你不要以為出門都是這樣子舒服！今天是因為有你，我的興致比較好；有時候要趕路，錯過地方，荒村野岸，甚麼也沒有，就只好沖碗醬油湯吃冷飯了。」

父親出門是如此苦法！梅玉心裡好生疼憐，雖未說話，手中那雙筷子的動作就慢了，一筷一筷撥著飯粒，卻不送進口去。

「你吃嘛！」胡雪巖挾了一塊紅燒羊肉放在她碗裡，「在家千日好，出外一時難。你娘不曉得我在外頭的苦楚，你該曉得了？」

梅玉點點頭。她並不覺得苦；只是她父親說苦，她也就隱隱然覺得行路難了。

「梅玉！」胡雪巖急轉直下地說，「你是我的大女兒，但我當你兒子看待。現在我湖州有個人，要你去看看，你說好，我就留下來；你說不好，我叫她走！」

梅玉一時不解所謂，轉一轉念頭才知道所說的「有個人」是甚麼人？她也隱隱約約聽說過，父親在湖州娶了個人，問她母親，母親反叱斥她「少管閒事」；如今聽父親是這樣子說，倒有些不大相信。

「真的？」

是問那個「人」的去留，真的憑自己一言而決？胡雪巖懂她的意思，正色答道：「當然是真的！我跟你娘說不清楚。只有跟你商量。」

「我——，」梅玉不知道怎麼說了，心裡只想幫父親的忙，卻苦於無從表達，楞了一會才問：「是怎麼個人？」

「她叫芙蓉。」

接著，胡雪巖便大談芙蓉人如何好，命如何苦！使得梅玉除卻芙蓉，就不會想別的念頭了。

談到最後，胡雪巖問道：「梅玉，你說這個人怎麼樣？」

「這個人，」梅玉答說，「爸爸，你怎麼跟她認識的？」

這其中的曲折，做父親的就不肯細說了，「也是人家做的媒。說我每次到湖州，沒有個歇腳的地方，沒有個照料起居的人，應該立個門戶——做大生意的人，都是這樣子的，不足為奇。」胡雪巖又說，「我看她人還不錯，而且人家講的話，也是實在情形，就接了她來住。不過講明在先，要等我跟我女兒談過，等你答應了，才能算數。」

再一次提到這話，使梅玉有受寵若驚以及感懼不勝之感，「怎麼說要我答應？」她搖搖頭，「我哪裡敢來管爸爸的事？」

「你不敢管，我還非要你管不可。為啥呢？」胡雪巖喝口酒，一層層往下說：「第一當然要告訴奶奶，奶奶答應了，還要你娘答應。你娘答應了，我還要問你；我不願意家裡有那個跟她不和。你懂不懂我的意思？」

「我懂。」梅玉答道，「面和心不和，大家都難過。」

「就是這話囉！我為啥非要你管不可呢？因為奶奶最聽你的話；你娘也不能不問你的意思。

所以將來要你從中說話，事情才會順利。」

梅玉從來沒有為人這麼重視過，自覺責無旁貸，當時答道：「爸爸這麼說，我回去就先跟奶奶講。」

「你預備怎麼講法？」

梅玉想了想答道：「我說她是好人，蠻可憐的。」

「怎麼好法呢？奶奶問你，你見過沒有；你怎麼說？所以我一定要帶你去看了她再談。」

到此光景，胡雪巖已有把握，女兒是自己的不叛之臣，只是父女之情是一回事，梅玉看芙蓉怎麼樣，又是一回事。所以此時他的心思，拋開了梅玉，在思索著應該怎麼安排，才能讓芙蓉跟梅玉一見投緣？

一夜過去，第二天午前就可抵達湖州；事先他把在湖州的朋友和關係，如何稱呼，都細細告訴了梅玉。等船泊下，先把梅玉帶到郁四家暫時安頓；見了面，梅玉叫郁四為「四伯伯」，阿七是「七阿姨」——七阿姨對這些事上最聰明，一看胡雪巖把他女兒帶到她家，便知道應有顧忌，所以絕口不提芙蓉，只是極殷勤地招待梅玉。她的心熱，又會說話；加以胡雪巖的交情深厚，因而把梅玉看得嬌貴無比，刻意取悅。梅玉當然知道，人家是看誰的面子？心裡便越覺得她父親了不起了。

「你坐一下，在七阿姨家就跟自己家一樣，不用拘束。我先到知府衙門去一趟，馬上來接你。」

胡雪巖哪裡是到知府衙門去看王有齡；一逕來到芙蓉那裡，敲門相見，芙蓉自然高興，但眉宇間掩抑不住幽怨之色。迎入客廳，先問行李在哪裡？

「在船上。」胡雪巖說，「我住一天就走，特為帶個人來看你。是我大女兒。」

「喔！」芙蓉雙目灼灼地看著他問：「大小姐在哪裡？」

「在郁家，回頭我就帶她來。小孩子，你騙騙她！」

這句話芙蓉懂得，「騙騙她」就是好好敷衍籠絡一番，這沒有甚麼不可以，「我會對付。」她說，「這是小事情。」

甚麼是大事呢？她認為胡雪巖的態度和打算，一定先要弄清楚。她三叔所轉達的話，語焉不詳，只說「放心」卻不知如何才能教人放得下心？她首先問的就是這一點。

這話不是三言兩語所談得完的，兩人攜手並坐在床沿上，胡雪巖先問到他妻子尋上門來的經過？「那天我在家做年糕，說有個胡太太來了！」芙蓉用委委屈屈的聲音說，「一見面就說：『我家老爺叫胡雪巖。』我一聽心裡就發慌。這樣不明不白的身分，實在不是味道。唉！」她嘆口氣，眼圈便有些紅了。

胡雪巖見此光景，頗為著急，這時不是拉拉扯扯訴苦講感情的時候；辰光不多，要扎扎實實談辦法，但其勢又不能不安慰安慰她，只好耐著心說：「你不要難過，不要難過，一切都看在我面上。你放心，我一定會安排妥貼。你先講給我聽，當時她怎麼說？」

眨了兩下眼，芙蓉又抽出一塊手絹，擤了擤鼻子，抑制著自己的情緒談她所遭遇的窘境：

「你太太說：『上門冒昧，實在叫沒法子！我也曉得你是好人家的女兒，受了他的騙。如今明人不必細說，只求你可憐、可憐我！』我看她的話厲害，態度倒還好，就這樣回答她：『胡太太你到底啥意思，請你實說！』她聽我的話，不響，從手巾包裡拿出一個紅封套來，放在我面前，『這是我多年積下來的一點私房，你收了下來，我就感激不盡了。』我自然不肯收；她硬塞在我手裡，又說：『雪巖一時不會來了。他有沒有啥帳簿、契約之類的東西，放在這裡？我順便帶了回去。』我說：『沒有！』她有點不大相信的樣子；楞了一楞說：『我跟雪巖是患難夫妻，無話不談的。千言併一句：大家都是女人，總要你體諒我的處境，可憐可憐我！你年紀還輕，又是這樣的人才；實在犯不著做低服小。』」芙蓉說到這裡，略停一下，扭轉臉去說：「我想想她的話也不錯。」

察言觀色，胡雪巖知道這句話，縱非言不由衷，也是一半牢騷，便不覺得如何嚴重，扳過她的肩來，輕輕點著她的鼻尖笑道：「你真老實無用！不是嫁著我這樣一個人，有得苦頭吃。你說『她的話』不錯，我倒問你，她說我不會回來了，怎麼我又來了呢？不但來了，我還帶了女兒來。你說，她的話是不是大錯特錯？」

「總也有些話不錯的。」芙蓉答道：「我實在好難，你們是患難夫妻；我算啥？」

這樣扯下去，交涉辦不清楚了！胡雪巖想了想，只有用快刀斬亂麻的手法，「那麼你倒說一句，」他問，「你到底是怎麼個意思？」

「我不是說過，我好難！」

這樣就不必再問了，「你為難，我來替你出個主意。」胡雪巖故意這樣問：「你看好不好？」

「你說！」

「我說啊，」他這次是點點她的額頭：「你仍舊跟我姓胡！」

「也要姓得成才行呀！」

「怎麼姓不成？胡是我的姓，我自己作主；哪個敢說一句話？」

話說到這樣，芙蓉縱有千言萬語，也沒法再開口了。胡雪巖卻還有句話，想問她一下，如果必須回杭州，與大婦合住，她的意思怎麼樣？但話到口邊，發覺不妥；此時不宜節外生枝，先取得她的合作，一起「收服」了梅玉，才是當務之急，其他都可以留待以後再談。

於是他把梅玉的性情、癖好都告訴了芙蓉。她一一依從，只是提出一個條件，梅玉必須認了名分；否則她不招待。

「這你放心，包在我身上。」說完就走了。

回到郁四那裡，只見阿珠的娘也在；她是來串門子偶爾遇上的。梅玉跟她見過，即無陌生之感，所以反跟她談得很起勁。

跟胡雪巖見了，自有一番寒暄；阿珠的娘要請他們父女到絲行去住，胡雪巖不肯，「這就不必了！」他說：「倒是有件事要麻煩你。你做兩樣拿手菜請我女兒吃。」

「容易，容易！大小姐喜歡吃啥，點出來，我馬上動手。」

梅玉給大家一捧，樂不可支；但畢竟是十五歲的女孩子，怎麼樣也不肯點菜，最後是做父親的揀女兒喜愛的，點了兩樣。兩樣都是炒菜，並不費事；阿珠的娘欣然應聲，又即問道：「在啥地方吃？」

「在芙蓉那裡。」

「炒菜要一出鍋就上桌，我帶材料到那裡去下鍋。」

「那就多謝。我們也好走了。」胡雪巖把梅玉拉到僻處悄聲問道：「你見了姨娘怎麼叫？」

這一問把梅玉弄糊塗了，明明已說了是「姨娘」，還怎麼叫？「不叫姨娘叫啥？」她問。

胡雪巖原是暗示的手法，聽得梅玉這麼說，便即笑道：「我當你不肯叫她姨娘呢！」

「肯叫的！」梅玉重重地點頭。

「你姨娘脾氣最好。在湖州，我都靠她服侍，這也就等於代替你服侍我，所以你見了面，最好謝謝她。這是做人的道理。」

「好的。」梅玉想了想，又說一句：「好的。」

於是胡雪巖放心大膽地，帶了女兒到芙蓉那裡；兩乘轎子到門，就聽芙蓉在喊：「抬進來，抬進來！」

轎子抬進大門，廳前放下，她走到第二乘前面，親自揭開轎簾；梅玉已經在轎中張望過了，覺得這位新姨娘就是皮膚黑了些，論相貌實在不壞，恍然意會，怪不得父親這麼「捨不得她」！

「大小姐！」芙蓉含笑說道，「沒有想到你來。」

梅玉自然有些靦腆，報以羞澀的一笑，跨出轎門，才低低叫了聲：「姨娘！」

聽得這一聲，芙蓉也不好意思老實答應；攙著她的手說：「來，來！到裡面坐。你冷不冷？」說著便又去捏她的肩臂，「穿得少了！看我新做的一件絲棉襖能不能穿！」

「謝謝姨娘！」梅玉乘機把父親教的那句話，說了出來，「平常多虧姨娘照應！」

話說得不夠清楚，但意思可以明白，既說「平常多虧姨娘照應」，則照應的一定是胡雪巖；不是此時照應梅玉。芙蓉聽得她這話，自然安慰；但也有感想，由女及母，認為梅玉有這樣的教養，可以想見胡太太治家是一把好手。

因為有此想法，更不敢把梅玉當個孩子看待，領入她自己臥室，很客氣地招呼，左一個「大小姐」、右一個「大小姐」，連梅玉自己都覺得有點刺耳。

「姨娘，你叫我梅玉好了。」

芙蓉還待謙虛，剛剛跟了進來的胡雪巖恰好聽見，難得梅玉自己鬆口，認為機不可失，因而接口說道：「對了！自己親人，『小姐、小姐』的倒叫得生疏了。」

芙蓉接受了暗示，點點頭說：「那麼，我就老實了。梅玉，你來，試試這件絲棉襖看！」

拉開衣櫥，芙蓉的衣服不少，取下一件蔥綠緞子的新絲棉襖，往梅玉身上一披：看來長了些；袖口也嫌太大，不合穿。倒是有件玫瑰紫寧綢面子的灰鼠皮背心，恰恰合身；芙蓉等她穿了上去，就不肯讓她脫下來了。

「姨娘的好衣服，」梅玉非常高興，但有些過意不去，望著她父親說：「我不要！」

「一樣的。」胡雪巖很快的說：「你姨娘比你娘還要疼你！」

就這一句話，把梅玉跟芙蓉拴得緊緊的；兩個人形影不離，像一雙友愛的姐妹花。

胡雪巖寬心大放，覺得自己不必再操心了，時貴如金，不肯虛耗，隨即到知府衙門去看王有齡。

「你有幾天耽擱？」王有齡問。

「想明天就走。」

「何以如此匆忙？」王有齡說，「能不能多住幾天？」

不來倒也罷了，來了自然有許多話談；估量一夜也談不完，胡雪巖便說：「我多住一天吧！」接著，他把此行的目的和他的家務，細細說了一遍。

「你真厲害！」王有齡笑道：「內人最佩服尊夫人，在你手裡就如孫行者遇著了如來佛。」

「還未可樂觀。」胡雪巖搖搖頭：「孫行者還有一招，連如來佛怕也招架不住。」

「哪一招？」

「她要將芙蓉接回去一起住。」

「那麼，你的意思呢？」

「我想，還是照現在這樣子最好。」

「走著看吧！」王有齡勸他：「真的非一起住不可的時候，你也只好將就。」

「我不是怕別的，芙蓉太老實，絕不是內人的對手；我又常年在外，怕她吃虧。」

王有齡想了想說：「如果只是為了這一層，我倒有個計較，眼前且不必說：我問你，你跟龔家父子是怎麼回事？」

「喔，我正要跟你說。」胡雪巖先反問一句：「你必是聽到了甚麼話！」

「很多。不過大致都還好。」王有齡說，「龔家父子雖是同鄉，我並不袒護他們；說實話也不甚投緣。這父子倆手段甚辣，因此他們這一趟吃了你的虧，頗有人為之稱快。」

胡雪巖聽了這話，頗為不安。他的宗旨是不得罪人；進一步能幫人的忙一定幫。做生意脫不了與官場打交道，尤其是做大生意；只要小小一點留難，就可以影響全局，因而更不願得罪官場。在這方面他頗下過潛察默會的功夫，深知人言可畏；甲與乙原無芥蒂，但如有人傳說，乙如何如何與甲不睦，結果連甲自己都糊裡糊塗，真的當乙不夠朋友了。這就叫「疑心生暗鬼」。他自己雖常引以為警惕，遇到有人在背後道人是非，不願輕聽；可是他無法期望別人也像他這樣明智，所以這時不能不作辯白。

「那麼，雪公，你倒說，龔家父子是不是吃了我的虧？」

「我想，你不是那樣的人！」

「知我者雪公！」胡雪巖略感欣慰，「龔家父子不但不曾吃虧，而且我還幫了他的忙。」

接著胡雪巖把買洋槍一案的來龍去脈，都講了給王有齡聽。

王有齡一面聽，一面不斷的點頭，認為胡雪巖這件事，做得面面俱到，相當妥貼。接著由洋槍談到湖州的團練，盛讚趙景賢了不起；提到這上頭，他相當欣慰，因為各地辦團練，官紳的意見，常有扞格，唯獨湖州是個例外，彼此合作無間，處事相當痛快。

「我曾細想過，這有兩個原因，第一、趙景賢本人的功名有限，倘或他是戴過紅頂子的在籍紳士，還忘不了在『馬上』的威風，隱隱然以為我必得像伺候現任一、二品大員那樣去仰他的鼻息，那就談不攏了。其次，要歸功於你，雪巖，不是我捧場，」王有齡很懇切地說：「做生意能幹的也有，未見得懂公事，了解做官的苦衷和想法，只有你，無不精通。這又要說到洋槍了，趙景賢看我能留意於此，頗為佩服；其實，他不知道是你的功勞。」

「既無功，又不勞。像這些事，在雪公面前，我不敢說假話；無非順帶公文一角。這趟我到上海，如果有事，我還可以代辦。」

「我想留你多住兩天，正就是為此。湖州地方富庶，大家也熱心，團練的經費相當充足。我想託你辦一批軍裝，明天交單子給你，請你先訪一訪價。」

「這容易。我一到上海就可以辦好。」

「還有件事，這件事比較麻煩。」王有齡放低了聲音說：「『江夏』有動的消息，我得要早自為計。」

「『江夏』？」胡雪巖弄不明白。

「『江夏黃』！」

這一說胡雪巖才知道是指黃宗漢。官場中好用隱語，尤其是指到大人物，或者用地名、或者用郡名、或者用一個古人來代替；說破了不稀奇，但肚子裡墨水不多，還真不知人家說的是啥？這一點是自己的一短，看起來雖不能「八十歲學吹鼓手」再去好好念兩天書，至少也得常跟嵇鶴齡這樣的人請教請教。

這是附帶引起的感想，暫且拋開；為王有齡的前程打算，是跟自己切身利害有關的大事，胡雪巖不敢輕忽，很用了些心思。

「怎麼？」看他久久不語，王有齡便問：「你另有想法？」

「我想先請問雪公，『江夏』到底待你怎麼樣？」

「總算不錯。」

「那麼是希望他留任了？」

「這也不然。」王有齡答道：「此人甚難伺候。如果換個人來，於我無礙；我倒巴不得他早動身。」

「我懂了！」胡雪巖點點頭說：「最妙不過，何學使能調到浙江來。」

何學使是指何桂清，聽他這一說，王有齡猛然一拍大腿，「真的！」他極興奮地說：「真正是『一語驚醒夢中人』！倒不妨問問他看。」

「不是問，是勸！」胡雪巖說，「勸何學使趁早活動。自然要一筆花費，我們替他想辦法。」

這下是王有齡凝神不語了。一面想，一面又微笑，又點頭，一副欣然有得的神情，使得胡雪巖暗暗得意，能使人顛倒如此！

「你的主意真不壞！我想何根雲一定樂從。第一、學政雖也是二品官兒，到底不及巡撫是方面大員；第二、江蘇到底是危疆，浙江雖不及江蘇大，畢竟兵火未及，而況軍務部署，已有基礎，只要『保境安民』四個字能夠做到，前程大有可觀。何樂不為。」

「那一來，」胡雪巖笑著揭破他心裡的話，「雪公知府『過班』，就輕而易舉了。」

「當然！調首府也在意中。」王有齡說，「這件事，最好是我自己去，不過越省為人代謀，風聲太大，『江夏』的氣量狹，一定大不高興；此外，只有雪巖，你替我去走一趟如何？」

胡雪巖有些躊躇，因為時間上實在抽不出空，上海的生意亟待料理；而何桂清還不知在何處——江蘇學政原駐江陰；自從「太平天國」一出現，江陰存身不住，流徙不定，同時因為道路艱難，要去找他，怕要費好些周折。

看他面有難色，王有齡自然體諒，便改變了一個主意：「這樣吧，我親筆寫封信，請你帶到上海，雇專人投遞如何？」

「這當然遵辦。」胡雪巖問道，「就不知道何學使此刻駐節在哪裡？」

「想來應該在蘇州。你到上海再打聽吧！」

這樣說定了，又談了與彼此利益有關的事，等胡雪巖告辭時，已經深夜；王有齡用他自己的轎子，派四名親兵，持著官銜燈籠，送他回去。到家一看，芙蓉和梅玉都還未睡。

「怎麼樣？」胡雪巖笑著問道，「你們在家做些甚麼？」

「姨娘跟我在描花樣；要做一雙鞋子，孝敬奶奶。」

「哪個做？」他問，「是你還是你姨娘？」

「我倒想跟姨娘學了做，哪裡有功夫呢？」

這句話觸動了胡雪巖的靈機，偷空把芙蓉找到一邊，叮囑她把梅玉留了下來——胡雪巖原就覺得帶著梅玉，是個累贅，只是另有作用，不能編一套正大光明的理由；如今看梅玉與芙蓉投緣，便樂得改變主意。

「就怕她不肯，徒然碰個釘子。」

「碰就碰。這也不是甚麼大不了的事。」胡雪巖說，「你眼光要放遠來！預備在胡家過日子，就得先拿梅玉收服；她是老大，將來幫著你說兩句話，很有用的。」

想想不錯！姑老爺姑太太是「公親」；分家之類的家務，總是請「公親」到場，主持公道。娘家人是「私親」，不能出場的；為將來著想，這時候值得在梅玉身上下番功夫。

於是這一夜胡雪巖孤眠獨宿；芙蓉找了梅玉一起同床，刻意籠絡，把梅玉說動了心，只要父親答應，她願意在芙蓉這裡住些日子。

明明是做父親出的主意，而提到這話，卻還猶豫作態。最後算是允許了；答應從上海回來時，先到湖州來把她帶回杭州。倘或上海逗留的日子過久，而梅玉思歸時，便由陳世龍護送回去。

芙蓉的事，在胡雪巖彷彿下棋，擺下了梅玉這粒子，勝算可操，不妨暫時丟開；自己計算了一下，為這樁家務，耽誤的功夫已多，便不肯多作勾留。這一天跟郁四匆匆一晤，到錢莊裡看了一下，連絲行的事都無暇過問，當天便拿了王有齡的信，和採辦軍裝的單子下了船，吩咐多雇水手，連夜趕路，直放松江。

「你來到正巧！」尤五一見面，就這樣說，「絲茶兩項，這幾天行情大漲，機會好極！」

「怎麼？」胡雪巖問：「是不是有甚麼禁運的消息？」

「對呀！你看。」

尤五從抽斗裡取出一張紙來，上面抄著一通「摺底」，是兩江總督怡良的原奏，大意是說小刀會通洋有據，唯有將福建、浙江、江西的絲茶，暫行停運到上海，使洋商失自然之利，急望克復，方能停止對小刀會的接濟。

「這兩天都在傳說，除此以外，還有嚴厲的處置。」尤五又說，「官軍已經決定，非把上海克復不可。」

接著，尤五又談了最近的戰局；從胡雪巖離開上海以後，江蘇的紳士，便捐款募了一千「川勇」，由四川榮縣籍，派赴「江南大營」效力的刑部主事劉存厚率領，隸屬於江蘇按察使吉爾杭阿部下。同時太倉的舉人錢鼎銘與嘉定的舉人吳林，又辦團練，配合官軍反攻，所以嘉定、青浦，首先克復；寶山、南滙、川沙，也次第落入官軍手中，目前是由吉爾杭阿與劉存厚，合圍上海縣城。不過劉麗川是不是馬上會失敗？卻在未定之天，因為洋商的接濟，相當有效；劉麗川有糧食、有軍械彈藥，守個年把，也是很可能的事。

「這得要好好籌劃一下。」胡雪巖問，「應春兄呢？」

「在上海。」談到這裡，尤五嘆口氣，欲言又止。

「五哥，怎麼回裡？」

「唉！家醜。跟你自然不必瞞，不過這話真不知從何談起。」

尤五是極外場的人物，說話爽利乾脆；有時需要婉轉陳詞的，也是娓娓言來，從來沒有甚麼吞吐其詞，難以出口的。只有這時候是例外，胡雪巖凝神細聽，費了好半天，才算弄明白，原來是七姑奶奶私奔，在上海跟古應春住了在一起。

這種情形，俗語叫「軋姘頭」，是極醜之事；衣冠縉紳之家，甚至連這句俗語都不上口的。那就無怪乎提到此事，忸怩萬狀了。胡雪巖甚為詫異，詫異的不是七姑奶奶有此大膽舉動，而是古應春何以如此不顧朋友的交情和自己的體面；而更為不解的是，古應春信中連一句口風都沒有露過。照道理說，至交好友，而且他還是替他們拉攏，將來要做大媒的；古應春有甚麼理由，瞞著不說？

這樣轉著念頭，他不由得說了句：「老古太不對了！」

事情已經揭明，就比較不覺得礙口，尤五答道：「江湖上要說公道話，這件事其實怪不得老古。總而言之，家門不幸，出了這麼個寶貝妹子！」

「喔，」胡雪巖追問著，「怎麼說是怪不得老古？」

於是尤五又為難了，語焉不詳地透露了經過，胡雪巖一半聽，一半猜，彷彿是七姑奶奶到了上海，鍥而不捨地釘住了古應春；然後有一天在她所租的寓所中，留古應春喝酒，不知是有意還是無意，反正古應春頹然大醉，糊裡糊塗成就了「好事」。

「事後老古跪在我面前賠罪。小爺叔，做事情要憑良心，哪怕是聖人，到了那步田地，只怕也要落水。我只好這樣問他：『你打算怎麼辦呢？』他說，他要專程到杭州來請你出面做媒。這樣也算是歪打正著，倒也罷了。哪知道橫途裡岔出個程咬金，三斧頭把古應春劈得招架不住。」

「怪了！」胡雪巖疑雲大起，「是不是老古另有元配？從前跟我說的話不實在。果真如此，我倒要好好問他一問。」

「不是，不是！」尤五答道：「是他們古家門裡的族長，七十多歲的白鬍子老頭，剛好到上海來看孫子；壞在老古太守道理，跟他去稟告這件事，哪知不講還好，一講了，白鬍子老頭大為反對，說他們古家門裡，從無再醮之婦，不准！老古再三央求，託了人去說情；一句回話：要娶可以，他要開祠堂出他的族！這件事，現在成了僵局。」

「這些話是老古自己跟你說的？」

「是的。不過，」尤五又說，「我託人去打聽過，話不假。」

「那麼，七姐呢？」

「唉！女心外向。」尤五嘆口氣說，「一個月在家裡住不到十天，一直在上海；跟老古已經做了人家。不過阿七自己說，老古從來沒有住在她那裡過——就這樣子，也夠我受的了！」

「五哥，」胡雪巖便勸他，「哪個不曉得七姐是女中丈夫，她做的事，不好拿看一般婦道人家的眼光去看她的。我相信人家不會笑話你，你何必鬱在心裡？」

「話是不錯，這件事總要有個了局。」

「等我到了上海再說；總有辦法好想的。」

高陽作品集・胡雪巖系列

胡雪巖 新校版（中）

2020年5月三版　　定價：新臺幣平裝380元
2024年6月三版二刷　　精裝500元

著者　高陽
叢書編輯　黃榮慶
校對　吳美滿
內文排版　極翔
封面設計　兒日

出版者　聯經出版事業股份有限公司
地址　新北市汐止區大同路一段369號1樓
叢書編輯電話　(02)86925588轉5307
台北聯經書房　台北市新生南路三段94號
電話　(02)23620308
郵政劃撥帳戶第0100559-3號
郵撥電話　(02)23620308
印刷者　世和印製企業有限公司
總經銷　聯合發行股份有限公司
發行所　新北市新店區寶橋路235巷6弄6號2樓
電話　(02)29178022

副總編輯　陳逸華
總編輯　涂豐恩
總經理　陳芝宇
社長　羅國俊
發行人　林載爵

行政院新聞局出版事業登記證局版臺業字第0130號

本書如有缺頁，破損，倒裝請寄回台北聯經書房更換。
電子信箱：linking@udngroup.com

ISBN　978-957-08-5427-5 (平裝)
ISBN　978-957-08-5431-2 (精裝)

家圖書館出版品預行編目資料

胡雪巖 新校版（中）/高陽著．三版．新北市．聯經．2020年5月．440面．14.8×21公分（高陽作品集·胡雪巖系列）
ISBN 978-957-08-5427-5（中冊平裝）
ISBN 978-957-08-5431-2（中冊精裝）
[2024年6月三版二刷]

863.57 108019534